TROVARE CARLY

Forze Speciali alle Hawaii, Libro 5

SUSAN STOKER

Copyright © 2022 di Susan Stoker

Titolo originale: Finding Carly

Traduzione dall'inglese di Emanuele Mazzola per Well Read Translations

Correzione bozze: Kelli Collins, Anna Maria Sacchi (edizione italiana)

http://wellreadtranslations.com

Design di copertina: AURA Design Group

Prodotto negli Stati Uniti

Also by Susan Stoker

Forze Speciali alle Hawaii
Trovare Elodie
Trovare Lexie
Trovare Kenna
Trovare Monica
Trovare Carly
Trovare Ashlyn (7 Feb 2023)
Trovare Jodelle

Ricerca e soccorso Eagle Point
In cerca di Lilly
In cerca di Elsie
In cerca di Bristol (15, Novembre)
In cerca di Caryn
In cerca di Finley
In cerca di Heather
In cerca di Khloe

Il Rifugio
Meritare Alaska
Meritare Henley
Meritare Reese
Meritare Cora
Meritare Lara
Meritare Maisy
Meritare Ryleigh

Armi & Amori: verso il futuro
Soccorrere Caite
Soccorrere Brenae
Soccorrere Sidney

Soccorrere Piper
Soccorrere Zoey
Soccorrere Avery (1 Sept)
Soccorrere Kalee
Soccorrere Jane

Mercenari di Montagna

Difendere Allye
Difendere Chloe
Difendere Morgan
Difendere Harlow
Difendere Everly
Difendere Zara
Difendere Raven

Delta Force Heroes

Salvare Rayne
Salvare Emily
Salvare Harley
Il Matrimonio di Emily
Salvare Kassie
Salvare Bryn
Salvare Casey
Salvare Sadie
Salvare Wendy
Salvare Mary
Salvare Macie
Salvare Annie

Armi e Amori

Proteggere Caroline
Proteggere Alabama
Proteggere Fiona
Il Matrimonio di Caroline

Proteggere Summer
Proteggere Cheyenne
Proteggere Jessyka
Proteggere Julie
Proteggere Melody
Proteggere il Futuro
Proteggere Kiera
Proteggere i figli di Alabama
Proteggere Dakota

Ace Security
Il riscatto di Grace
Il riscatto di Alexis
Il riscatto di Bailey
Il riscatto di Felicity
Il riscatto di Sarah

Una raccolta di storie brevi
Un momento nel tempo

SENZA TITOLO

Una sera fatidica, un leggero malessere tiene Carly Stewart lontana dalla follia del suo ex... che al suo posto cerca di fuggire prendendo in ostaggio la migliore amica di Carly. Sono passati mesi da quel giorno, l'amica è stata salvata e l'ex di Carly, Shawn, è morto, eppure la polizia non ha la minima idea di chi potesse essere il suo complice. Carly non è affatto tornata a vivere, anzi, si nasconde nel suo appartamento in preda all'ansia, sussultando al minimo rumore, vedendo ombre dappertutto. La sua unica salvezza è Jag, il SEAL della marina che le impedisce di lasciarsi prendere totalmente dal terrore.

Jagger Bennett non abbandonerà mai Carly: capisce meglio di chiunque altro ciò che lei sta passando e sa che Carly non si lascerà dominare ancora per molto dal ricordo dell'ex, ormai morto e sepolto. Jag lo capisce in particolare dopo aver visto una scintilla di rabbia farsi strada penetrando la paura; così decide che la aiuterà a sconfiggere i propri demoni e a tornare sicura di sé, risvegliando la Carly piena di vita, quella che doveva ancora incontrare Shawn Keyes... in cambio, Carly potrà essere l'unica donna ad aiutare Jag, che deve superare il proprio passato. Se anche lui riuscirà a mettersi alle spalle ogni tormento, finalmente potrà vivere pienamente il rapporto con Carly e farla sua.

Shawn Keyes era mio amico, il mio mentore, ma è morto. Adesso non ho più nessuno, ed è tutta colpa sua, di Carly Stewart. La pagherà per tutto ciò che ha fatto a Shawn... a me... la pagherà ben presto, prima di poter rovinare la vita di un altro uomo.

**Trovare Carly* è il quinto libro della serie *Forze speciali alle Hawaii*. Ciascun libro si può leggere da solo, non ci sono finali sospesi.

CAPITOLO UNO

CARLY STEWART ERA SEDUTA in camera da letto di casa sua, dava la schiena alla parete. Aveva sentito un rumore in corridoio e le era venuto un altro attacco di panico. Si era nascosta per un po' sotto al letto come una bambina di cinque anni, poi finalmente era uscita e si era messa con le ginocchia strette al petto, sforzandosi di respirare.

Però era successo qualcosa di divertente, qualcosa di nuovo. Qualcosa che non le era mai successo, dalla sera in cui Kenna era stata rapita da Shawn, l'ex ragazzo di Carly; costui aveva fatto esplodere una bomba che si era legato al petto; Kenna si era salvata a malapena.

Oltre alla paura paralizzante che da quel giorno le tornava regolarmente, Carly aveva cominciato a sentire una certa rabbia ribollirle dentro.

Non era una sensazione a cui fosse abituata. Lei non era il tipo di donna che si stressa per ogni minuzia. In genere, era una persona allegra... almeno lo era stata.

All'inizio le era piaciuto frequentare Shawn: un uomo di quasi vent'anni più grande di lei, ma a lei la differenza d'età non interessava. Però era bastato poco e lui era cambiato; da uomo gentile e romantico, come l'aveva conosciuto, era diventato un maniaco del controllo spesso molesto.

Carly aveva impiegato fin troppo tempo per capirlo. Per fortuna non si era mai trasferita da lui, che gliel'aveva chiesto più volte in modo insistente.

Però Shawn si era rifiutato di accettare la chiusura della storia, superando ogni limite. Aveva cominciato a seguirla, rendendole la vita un inferno. Carly aveva ottenuto un'ordinanza restrittiva contro di lui, pur sapendo che lui l'avrebbe presa male, ma non si sarebbe mai aspettata che cercasse di ucciderla.

Era tornata a casa presto dal lavoro, la sera in cui lui si era presentato al ristorante con tanto di bomba legata al petto, pronto a rapirla e a farle Dio solo sa che cosa. Shawn aveva finito per rapire Kenna, l'amica e collega di Carly, arrivando poi a farsi saltare in aria.

La storia avrebbe anche potuto finire quella sera, invece quello era stato solo l'inizio di un altro incubo.

Prima infatti almeno si sapeva da chi guardarsi, si conosceva l'identità della persona che la perseguitava. Però si era scoperto che qualcuno si era prestato a collaborare *con* Shawn, quella fatidica sera, qualcuno disposto ad aiutarlo in quella tortura... qualcuno di cui non si conosceva esattamente l'identità.

Carly era piuttosto sicura che si trattasse di Luke, il figlio di Shawn, peraltro anche la polizia ne era convinta: Luke l'aveva odiata dal primo momento in cui l'aveva conosciuta e non gliel'aveva mai nascosto. La sera del tentato rapimento, Shawn aveva lasciato intendere che qualcuno sarebbe arrivato in una barca dall'oceano, pronto a prelevarlo dalla spiaggia antistante il ristorante Duke's. Però la polizia non aveva trovato prove del coinvolgimento di Luke... o di chiunque altro nelle azioni di Shawn.

Da quella notte, Carly era sempre in preda alla paranoia.

Aveva sempre una paura folle, era terrorizzata, temeva che il complice di Shawn si presentasse a portare a termine il piano iniziale, interrotto sul nascere. Aveva mollato il lavoro, aveva smesso di frequentare le amiche, era diventata un guscio vuoto, rispetto alla donna di prima.

Sarebbe diventata un'eremita *totale*, non fosse stato per Jag.

Jagger Bennett era un SEAL della marina, lei l'aveva conosciuto grazie a Kenna, l'amica e collega del Duke's che frequentava un commilitone di Jag.

Jag non la lasciava mai in pace, letteralmente. Le inviava messaggi, le telefonava, passava persino a trovarla a casa. Era quasi irritante, insisteva, le diceva cosa fare... ma Carly non sapeva proprio come avrebbe fatto senza di lui, negli ultimi mesi.

Avrebbe voluto tanto odiarlo, per quella continua intromissione nella sua vita. Avrebbe tanto preferito che la lasciasse in pace, ma non poteva chiederglielo: era grazie a lui se lei stessa non aveva perso la testa, le aveva impedito di andare completamente nel pallone.

Poi c'era da aggiungere che Carly aveva sviluppato una grande cotta nei confronti di Jag, ancor prima che Shawn tentasse di rapirla.

Però aveva imparato la lezione sugli uomini più maturi. Certo, Jag aveva solo dieci anni più di lei e non era come Shawn, tutt'altro, però...

Seduta per terra, persa ogni sensibilità al fondoschiena, Carly ripensava agli ultimi mesi e la rabbia continuava a crescerle dentro. Shawn era stato un bastardo. Non si era mai preso la responsabilità per le proprie azioni, aveva sempre dato la colpa a tutti quelli che gli stavano vicino. Quando aveva cominciato a uscire con lui, si era ritrovata ben presto ad essere spesso l'oggetto su cui lui sfogava la propria rabbia.

Non gli andava mai bene nulla di ciò che lei faceva. Che uomo immaturo, stupido e irresponsabile.

Che vergogna dover ammettere di aver cominciato a credergli.

Nessuno sapeva esattamente cos'aveva passato Carly con Shawn. Lei non l'aveva raccontato a nessuno. Sul lavoro, si presentava sempre col sorriso, pronta a scherzare, pur sentendosi abbattuta e spezzata. Alla fine Shawn aveva quasi ucciso Kenna, l'amica di Carly. Era troppo da sopportare.

Carly rivoleva indietro la propria vita disperatamente. Era distrutta, sola, con una paura folle di uscire dall'appartamento in cui viveva, nel timore che Luke la stesse aspettando per vendicare la morte del padre.

Una settimana e mezza prima, si era fatta persino convincere da Jag, che l'aveva accompagnata alle nozze di Kenna. Era stata la prima occasione in cui Carly aveva accettato di uscire, dopo alcuni mesi... ma era stato anche uno dei giorni più dolorosi della sua vita: Kenna era bellissima e sembrava maledettamente felice. Carly era felice per *lei*, ma triste per sé. Ormai non sapeva più cosa stesse succedendo, nella vita dell'amica, o nella vita dei nuovi amici che aveva conosciuto grazie a Jag, i suoi compagni di squadra. Non sapeva nulla di Monica, che si era unita di recente al gruppetto di donne che Carly aveva cominciato a conoscere.

Presenziare alle nozze di Kenna era stato un momento rivelatore, le aveva fatto capire che la vita le stava scivolando tra le mani. Le mancavano le amiche, voleva per sé ciò che loro avevano trovato, ma non sarebbe arrivata da nessuna parte, rimanendosene col sedere per terra in casa, a tremare come una foglia.

Si sentiva come una nonnina di cent'anni. Si abbassò e prese il telefono, che aveva appoggiato sul comodino vicino al letto. Lo strinse forte e sbloccò lo schermo, fissando l'elenco dei contatti.

Elodie. Jag. Kenna. Lexie. C'erano anche i colleghi di Jag, i suoi compagni di squadra, anche se lei non aveva mai mandato un messaggio o telefonato a nessuno di loro. Cliccò sul nome di Jag e fece scorrere la schermata: solo negli ultimi mesi, c'erano centinaia di messaggi. In gran parte li spediva lui, per chiederle come stesse, se avesse mangiato, se avesse bisogno di qualcosa o se volesse vederlo. Lei si concedeva raramente il lusso di invitarlo a casa, ma quando lui passava a farle visita, lei sentiva un certo sollievo, per quanto passeggero.

L'ultima volta che l'aveva visto era stato alle nozze. Jag se l'era presa perché lei aveva deciso di tornare a casa sul presto. Lei aveva reagito con frustrazione, perché *lui* non capiva quanto fosse stato difficile per lei anche solo presentarsi a quella cerimonia. Da allora, Jag le aveva scritto solo un messaggio, il giorno dopo; un messaggio breve che andava dritto al punto. Carly stava fissando proprio le poche parole che le aveva scritto.

Jag: Andiamo in missione. Quando torno, dovremo parlare.

Per la prima volta, dopo tanto tempo, Carly era preoccupata per qualcun altro, non solo per sé. Stava bene? Non aveva idea di dove fosse, del resto sapeva che Jag era un SEAL e non avrebbe *mai* potuto rivelare certi dettagli delle missioni, ma... e se lo avessero ferito? O peggio, ucciso?

Quel pensiero fu come un pugno allo stomaco, una paura nuova, diversa dal timore costante e monotono che l'aveva tormentata negli ultimi mesi. Era una paura a tutto tondo.

Senza pensarci, Carly spostò i pollici sul tastierino dello schermo per digitare un messaggio di risposta. Un messaggio lungo, molto più delle poche parole con cui di solito comunicava con Jag. Voleva... no, aveva *bisogno* di fargli sapere che gli era grata per quella presenza costante, che senza di lui forse non sarebbe mai stata in grado di gestire ciò che le era accaduto. Non che lo stesse gestendo molto bene, ma sentiva che senza Jag sarebbe finita molto peggio.

Carly: Mi dispiace di essere stata una stronza con te. Ci sono giorni in cui i tuoi messaggi sono l'unico motivo per cui non compio dei gesti drastici per mettere fine alla paura interminabile che mi assilla. Grazie per avermi spinta a partecipare alle nozze di Kenna. Mi sarei odiata per sempre, se me le fossi perse. Immagino tu sia ancora in missione, almeno spero sia questo il motivo per cui non ti sento da una settimana e mezza. Sono sfinita, Jag. Sono stanca di essere una codarda, stanca di avere sempre paura. Sono anche arrabbiata. Incazzata. Hai ragione: nascondermi non farà scomparire Luke. Voglio tornare a vivere. Voglio tornare a essere *me stessa*. Quando torni, ti va di accompagnarmi alla centrale di polizia? Voglio parlare con l'ispettore. Voglio sentire cos'ha scoperto finora su Luke, se ci sono delle basi per farlo arrestare. So che non è un segno di coraggio, usarti come stampella, ma ti giuro che lo farò solo per il tempo necessario per rimettermi in sesto. So di essere stata egoista e cercherò di cambiare, di non pensare solo a me stessa. Starò meglio, te lo giuro. Ti prego, non ti arrendere con me.

Carly inviò il messaggio prima di avere ripensamenti. Poi digitò dell'altro.

Carly: Spero che tu stia bene. Non so dove sei, se sei tornato alle Hawaii o no, ma mi rendo conto che è passato tanto tempo dall'ultimo tuo messaggio e non posso non pensare al peggio. Spero che anche gli altri stiano bene. Non voglio nemmeno immaginare che sia successo qualcosa al marito di Kenna o agli altri. Mi manchi, Jag. Non ho mai capito quanto significassero i tuoi messaggi per me finché non ho smesso di riceverli.

Inviò anche il secondo messaggio, poi spense il telefono. Lo tenne in mano e appoggiò il mento sulle ginocchia. Non aveva idea di cos'avesse in serbo il futuro per lei, ma avrebbe fatto del suo meglio per smetterla di nascondersi come una codarda.

———

Jag era esausto. La missione in Tajikistan era stata una frustrazione, anche perché era durata più di quanto sperassero gli uomini della squadra. Alla fine era andato tutto bene, ma c'erano stati intoppi burocratici e ritardi che avevano trascinato il tutto.

Finalmente stavano tornando a casa. Aleck era prontissimo a rivedere la sposina novella, mentre Midas, Mustang e Pid erano altrettanto ansiosi di tornare alle rispettive case, dalle compagne.

Persino Slate sembrava impaziente. Certo, per lui l'ansia era quasi una condizione permanente, ma Jag sapeva che l'amico voleva rivedere Ashlyn. Anche se nessuno dei due aveva mai ammesso che battibecchi e frecciate non fossero altro che dei preliminari, era evidente per tutti che fosse solo una questione di tempo, prima che uno dei due cedesse, ammettendo che tra i due ci fosse un certo interesse.

Tuttavia, lo sfinimento fisico passava in secondo piano, rispetto alla preoccupazione per Carly. Quando Jag era partito per la missione, una decina di giorni prima, aveva deciso che avrebbe smesso di andarci piano con lei. Sì, aveva passato un'esperienza traumatica. Sì, il complice di Shawn, chiunque fosse, era ancora a piede libero e chissà, forse la pedinava e aspettava il momento giusto per metterle le mani addosso, ma lei non poteva vivere per sempre nascosta.

Nell'attimo stesso in cui l'aereo atterrò, Jag tirò fuori il telefono. Gli altri fecero lo stesso, ansiosi di far sapere alle compagne che erano tornati. Jag batteva col piede per terra mentre aspettava che il cellulare si avviasse. Sapeva che la batteria era poco carica, ma sperava ci fosse abbastanza energia per inviare almeno un messaggino.

Nell'attimo stesso in cui il cellulare si accese, però, il pensiero di mandare un messaggio a Carly svanì dalla mente di Jag, il quale lesse i messaggi che lei gli aveva mandato, nemmeno tre ore prima... e tutto lo sfinimento fu quasi dimenticato. Jag sentì come una dose di adrenalina scorrergli nelle vene.

"Tutto a posto?" gli chiese Mustang.

Jag annuì. "Sì." Guardò il caposquadra negli occhi. "Carly mi chiede di accompagnarla alla centrale di polizia."

"Che bella notizia," commentò Mustang. Nella settimana precedente, durante i pochi momenti di fiacca, Jag si era confidato con i compagni di squadra, rivelando di essere preoccupato per Carly, per tutto ciò che aveva passato, dicendo di volerla aiutare. Si erano dichiarati tutti d'accordo che il primo passo fosse trovare Luke e scoprire se fosse davvero una minaccia, in modo che Carly potesse mettersi alle spalle quanto era accaduto con l'ex.

"È la prima volta che la sento così..." Jag si interruppe. Non era sicuro di trovare la parola giusta per descrivere le emozioni che Carly gli aveva trasmesso nei due messaggi, sembrava molto scossa, ma diversa dalla donna miserabile in preda alla paura che era stata dal giorno in cui Shawn aveva rapito Kenna.

Mustang annuì, come sapendo esattamente ciò che Jag stava cercando di dirgli... probabilmente lo sapeva davvero. "Per lei, affrontare tutto questo sarà una carambola di emozioni. Sei pronto a starle vicino?" gli chiese.

"Certo, cazzo," rispose Jag senza esitare. Carly gli era piaciuta fin dal primo momento, quando faceva la cameriera al Duke's, quando Aleck era andato in quel ristorante per il primo appuntamento con Kenna, portandosi dietro anche il resto della squadra. Era una donna minuta, capelli biondi e occhi azzurri, molto cordiale e sinceramente affezionata a Kenna e agli altri colleghi del Duke's... tanto che Jag ne era rimasto colpito. Negli ultimi mesi, gli aveva dato un fastidio estremo vedere quella scintilla in lei svanire.

Era determinato a riportarla alla luce, a qualunque costo.

"Allora, finalmente ti decidi a marcare il territorio?" gli chiese Aleck, che evidentemente aveva sentito la conversazione con Mustang.

"Sì," rispose Jag, ben sapendo che era un'espressione sessista, non c'era alcun territorio da marcare, si parlava di un'altra persona, ma non gli interessava puntualizzare. Lui voleva stare con Carly. Il fatto che un rapporto con lei non potesse essere facile non lo induceva affatto a desistere.

"Bene," rispose Aleck. "A Kenna manca un'amica e vorrebbe tornare a frequentarla. Sarei per sempre in debito con te, se riuscissi ad aiutarla."

Jag si sentì pervaso da ancor più determinazione: voleva aiutare Carly, nella speranza che così lei si sentisse tranquilla abbastanza da accettare un nuovo rapporto, ma anche perché Carly aveva bisogno di frequentare le amiche. Stare in mezzo agli altri la faceva sbocciare. Era evidente anche dalla depressione che l'aveva colta, quando aveva smesso di lavorare al Duke's.

"Vado subito da lei, domani la porto alla centrale di polizia," confermò Jag.

"Ehm, ma lo sai che sono le tre di notte, vero?" gli chiese Midas, mentre si incamminavano insieme per scendere dall'aereo.

"Merda," borbottò Jag.

Gli amici si misero a ridere.

Era tanto carico, per la richiesta di aiuto che gli aveva inviato Carly, che sembrava finalmente disposta a voltare pagina e riprendere a vivere, che non aveva nemmeno considerato l'ora tarda. A dire il vero, dopo tanti giorni passati dall'altra parte del mondo, anche lui si sentiva completamente scombussolato dal fuso orario, ma insomma...

"Parlerò col comandante per farti avere qualche giorno di permesso," gli disse Mustang.

"Voglio sapere cos'ha scoperto la polizia," aggiunse Aleck, "sono coinvolto in questa faccenda tanto quanto te."

Jag non era sicuro di condividere, ma capiva il motivo dell'interesse di Aleck: Shawn aveva rapito Kenna, ora moglie di Aleck, e l'aveva quasi fatta saltare in aria. Non fosse stato per la reazione rapida di Kenna, l'esito sarebbe stato devastante.

Jag annuì all'amico.

"Chiama Baker," suggerì Slate, che interveniva nella conversazione per la prima volta. "Lo sai che ha fatto delle ricerche ed era irritato perché Luke non si era ancora trovato. Vorrà sapere tutto quello che ti dicono in centrale."

Slate aveva ragione. Sapeva che Baker aveva fatto delle ricerche per trovare Luke. Baker era un SEAL non più in servizio, un personaggio non da poco, che spesso si era rivelato un notevole aiuto.

"Lo chiamerò," rispose Jag.

Dopo aver preso il borsone da viaggio, salutò gli amici e si diresse verso la Volkswagen Jetta nera che aveva lasciato nel parcheggio. Un'auto affidabile, ma che non si notava troppo per le strade dell'isola, o vicino al palazzo in cui viveva Jag. A lui piaceva non farsi notare troppo, preferiva non essere al centro dell'attenzione, quando era possibile. Un tratto caratteriale molto utile, per un SEAL... anche se lui in realtà aveva cominciato a disdegnare le attenzioni degli altri già da ragazzo.

Rimase seduto in macchina per un momento, cercando di decidere il da farsi. Sapeva che era troppo tardi per raggiungere subito l'appartamento di Carly, eppure era proprio ciò che voleva fare. Aveva bisogno di vederla.

Prese il telefono e digitò un breve messaggio, prima di cambiare idea.

Jag: Siamo appena tornati, sei sveglia?

Ovviamente Carly non poteva essere sveglia, accidenti, erano le tre e mezza di notte. Doveva dormire, come quasi tutti gli altri abitanti dell'isola. Che stupido era stato, a pensare...

Sbatté le palpebre sorpreso, vedendo i tre puntini lampeggianti in fondo alla schermata dei messaggi. Carly era sveglia e gli stava scrivendo una risposta. Sentì il cuore che cominciò a battere più forte. Jag era esausto, come sempre, dopo una missione, ma in quel momento gli sembrava di poter tranquillamente star sveglio per altri tre giorni senza alcun tipo di problema.

Carly: Sono sveglia. Sono contenta che tu sia tornato e che stia bene.

. . .

Jag stava per chiederle *come mai* fosse ancora alzata, ma aveva la netta sensazione di conoscere già la risposta. Sapeva bene che Carly non aveva il sonno facile. Glielo aveva anche detto: da quando Kenna era stata presa in ostaggio da Shawn Keyes, Carly dormiva a malapena poche ore a notte. era troppo preoccupata che Luke facesse irruzione nell'appartamento e portasse a compimento l'opera del padre.

Jag: Posso passare?
   Carly: Sì.

Una parola sola. Jag la prese come un segnale di cambiamento in meglio, almeno ci sperava.

Era passato all'appartamento di Carly moltissime volte, negli ultimi mesi, ma stavolta gli sembrava tutto diverso. Forse perché aveva già deciso di fare tutto il possibile perché Carly si sentisse di nuovo al sicuro, voleva aiutarla a tutti i costi a riprendere in mano la sua vita. Forse perché era reduce da una missione alquanto spinosa, o forse perché non dormiva da settantadue ore. Quale che fosse il motivo, si sentiva carico come un pompiere nel bel mezzo di un incendio. Gli sembrò che la macchina non partisse abbastanza alla svelta.

Non si era mai sentito in quel modo, per una donna. Dopo che...

No. Non voleva tornare al passato.

Le donne non rientravano nella sua vita. Le aveva tenute fuori per scelta. Non aveva mai passato il periodo che molti altri giovani SEAL attraversavano: felici di scopare con chiunque mostrasse un interesse anche minimo. Lui non aveva mai avuto nemmeno una ragazza fissa, non l'aveva voluta.

Odiava pensare al passato, ma per una volta nella vita

rimpianse di non avere più esperienza con le donne. Avrebbe tanto voluto dire e fare le cose giuste, con Carly, ma non sapeva quali fossero. Avrebbe dovuto agire d'istinto... e pregare di non creare altre frustrazioni nella vita di Carly, oltre a quelle che aveva già.

Dopo un respiro profondo, Jag fece del suo meglio per calmarsi. Avrebbe seguito l'iniziativa di Carly, che aveva già fatto un primo passo, chiedendogli di accompagnarla alla centrale di polizia; da lì, avrebbe poi visto come procedere.

Dopo una ventina di minuti, Jag accostava nel parcheggio del palazzo di Carly. Non era un brutto quartiere di Honolulu, ma non era certo il più lussuoso. L'edificio era alto due piani e Carly era all'ultimo, un dettaglio di cui lui era contento. Non c'erano guardie e le porte di tutti gli appartamenti comunicavano direttamente con l'esterno, quindi chiunque poteva presentarsi alla porta senza alcun problema.

Non era la situazione ideale, per Carly. Luke avrebbe anche potuto trovarsi in quel parcheggio a spiarla, nell'attesa di assalirla appena fosse uscita. Cambiare casa non era certo possibile, anche perché Carly al momento non lavorava e Jag sapeva che non aveva enormi risparmi.

Tutta la situazione di Carly gli dava sui nervi, Jag non poteva che essere grato per quella decisione di cercare finalmente un cambiamento. Prima della missione, anche lui aveva deciso di dare una bella scossa alla situazione, per cercare di incoraggiarla a riprendere a vivere. Il sollievo di Jag, nel leggere i messaggi che Carly gli aveva inviato, era stato immenso.

Spense il motore e prese il telefono, poi le inviò un breve messaggio; l'avvertiva sempre, quando andava a trovarla.

Jag: Sono qui. Busso alla tua porta tra meno di un minuto.

· · ·

Non aspettò che Carly gli rispondesse. Si avviò su per le scale al centro del palazzo. Fece due gradini alla volta, poi percorse a grandi falcate il corridoio esterno in cemento che portava all'appartamento di Carly. Dopo un respiro profondo, alzò la mano per bussare, ma la porta si aprì prima ancora che lui la colpisse.

Appena vide Carly, gli si strinse il cuore. Era tutta malconcia, capelli arruffati e unti che le coprivano il viso, come se non si facesse una doccia da diversi giorni. Sotto gli occhi aveva delle occhiaie scure, indossava una maglia oversize e un paio di pantaloni comodi extra-large che le nascondevano il corpo minuto.

L'emozione più forte, però, fu l'espressione negli occhi di Carly, un misto di sollievo e disperazione.

Jag fece un passo in avanti e lei arretrò. Lui chiuse la porta, serrando i tre chiavistelli che le aveva installato da non molto tempo, per farla sentire più al sicuro, poi la prese tra le braccia senza dire una parola.

CAPITOLO DUE

CARLY NON ERA MAI STATA TANTO CONTENTA in vita sua di vedere qualcuno. Arrivare a decidere di voltare pagina non era stato semplice. Era pietrificata, ma nell'attimo stesso in cui Jag la prese tra le braccia, le sembrò di tornare a respirare per la prima volta dopo tanto tempo... beh, dall'ultima volta che l'aveva visto, alle nozze di Kenna.

Carly si aggrappò alla maglia di Jag, dietro la sua schiena, appoggiandogli la guancia sul petto. Aveva i capelli più lunghi dall'ultima volta che l'aveva visto, arrivavano quasi a coprirgli gli occhi. La barba incolta gli nascondeva il volto, aveva gli occhi arrossati... ma Carly non aveva mai visto un uomo altrettanto affascinante in tutta la vita.

Jag non era un gran chiacchierone. Lei l'aveva notato fin dal primo incontro, al Duke's. Era contento di ascoltare la conversazione che si svolgeva intorno a lui. Lei però non aveva certo bisogno di parole. Aveva bisogno della sua forza, della sua presenza di spirito. Jag la faceva sentire protetta anche solo standole vicino. Era sbagliato innamorarsi di lui, Carly lo sapeva, ma ormai le sembrava fosse già troppo tardi.

Kenna una volta le aveva detto che Jag era un uomo ricco

di mistero, glielo aveva detto Aleck: nessuno conosceva molto dell'infanzia di Jag, o della sua vita prima che entrasse nelle forze speciali. A lei però non interessava, poteva anche essere stato allevato da un branco di lupi in Siberia... l'uomo che era diventato era affidabile e retto. Forse intimoriva un po', ma Carly sapeva che Jag non avrebbe esitato a far del male solo a chi avesse osato mettere in pericolo le persone che gli stavano a cuore. Proprio ciò di cui lei aveva bisogno in quel momento. Sentirsi sicura. Jag le faceva quell'effetto.

Lo sentì spostarsi all'indietro, ma non lo lasciò andare e si spostò con lui, senza staccargli la testa dal petto; non era sicura di farcela. All'improvviso, sentì il peso delle notti insonni. Non aveva idea di che ore fossero, ma sapeva che era molto tardi... o molto presto. Ormai il tempo non significava più nulla per lei: arrancava giorno dopo giorno, notte dopo notte, cercando di non pensare a ciò che le avrebbe fatto Luke, quando finalmente le avesse messo le mani addosso.

Quando si addormentava, non sognava altro che scene di terrore. Shawn che le urlava dietro, dicendole che era una donna patetica e inutile. Macchie di sangue, mentre padre e figlio la torturavano con dei coltelli e ridevano, mentre lei li implorava di lasciarla vivere. Di conseguenza, non passava una notte serena da moltissimo tempo.

Jag si spostò con lei verso la camera da letto e le mise le mani sulle spalle, costringendola ad allontanarsi da lui. Carly tremò, sentendo il contatto mancare.

"Hai bisogno di andare in bagno?" le chiese.

Carly voleva sorridere, per quanto era diretto, ma non ce la faceva. Scosse la testa.

"Io sì. È stata una giornata lunghissima. Salta sul letto, torno tra un momento."

Carly evitò di protestare e annuì, ricordandosi di aver deciso di smetterla con gli atteggiamenti da codarda.

Jag però sembrò accorgersi di quei dubbi: si abbassò su di

lei e appoggiò la fronte su quella di Carly, tenendole le mani sulle spalle. Carly non poté evitare di aggrapparsi alla sua maglia, all'altezza dei fianchi di Jag. Rimasero in quella posizione per almeno un minuto o due, poi lei fece un respiro profondo.

"Ce la faccio," gli sussurrò.

Jag alzò la testa per scrutarla, Carly ricambiò con una occhiata lunga e impegnativa. Sapeva di avere un aspetto malandato, ma anche lui sembrava totalmente sfatto. Gli vedeva gli occhi stanchi per la tensione accumulata, aveva i vestiti tutti spiegazzati e ondeggiava leggermente davanti a lei.

"Da quanto tempo non dormi?" gli chiese di getto.

Lui accennò un sorriso. "Che giorno è oggi?" le chiese.

Una risposta più che esauriente. Per la prima volta, dopo moltissimo tempo, Carly sentì un cambiamento profondo. Voleva prendersi cura di lui; una sensazione un po' ridicola, dato che Jag era chiaramente un uomo in grado di prendersi cura di sé e delle persone che gli stavano vicino. Ciò non le impediva di preoccuparsi per lui.

Si sforzò di lasciargli andare la maglia e fece un passo indietro. "Vai," gli disse, indicandogli con un cenno del capo il bagnetto, "se vuoi farti una doccia, fai pure."

Jag scosse la testa. "Mi servirebbe troppo tempo," mormorò, "torno tra un minuto."

Jag attese che Carly facesse un passo verso il letto, poi si avviò in bagno.

Carly sentiva il cuore palpitare forte nel petto, scostò il lenzuolo e salì sul letto. Si sdraiò e fissò la porta chiusa del bagno dall'altra parte della camera. Sentì il rumore dello sciacquone e poi dell'acqua del lavandino. Le arrivò alle orecchie anche il suono inconfondibile di Jag che si lavava i denti. Doveva aver trovato lo spazzolino nuovo che si era comprata dal dentista, all'ultima visita, e che non aveva ancora usato... almeno così lei sperava. Per quanto le piacesse Jag, l'idea di condividere lo stesso spazzolino da denti le dava un certo fastidio.

Non ebbe più tempo di pensarci, perché la porta del bagno si riaprì e la luce all'interno si spense. Ne uscì Jag, che si incamminò a grandi falcate verso la parete vicina alla porta del corridoio e spense la luce.

Carly sbatté le palpebre per il buio improvviso. Ultimamente aveva tenuto la luce accesa anche di notte, perché si sentiva come sopraffatta dal buio. Proprio quando stava per dire a Jag di accendere la luce, lui uscì dalla stanza e una luce soffusa si accese nel corridoio. Jag aveva acceso la luce in salotto. Quando tornò, tenne aperta la porta della camera da letto, lasciando entrare una luce sufficiente a farla sentire più tranquilla.

Poi la sorprese quando prese i lembi della propria maglia e se la sfilò dalla testa, abbassandosi per slacciarsi gli stivaletti.

"Ehm, Jag?"

"Sì?"

"Cosa stai facendo?"

Lui si fermò mezzo curvo e alzò lo sguardo verso di lei. Poi si tirò su lentamente. "Mi preparo per andare a dormire?"

"Qui?" gli chiese, senza trattenersi.

"Sì."

Breve e diretto, dritto al punto senza girarci intorno.

"Ah. Va bene." Che altro poteva dirgli? Jag aveva bisogno di riposare e se voleva dormire a letto con lei, Carly non avrebbe certo rifiutato.

Jag finì di togliersi gli stivaletti e le calze, poi si avvicinò al letto con indosso ancora i pantaloni modello cargo. Allungò una mano per spostare il lenzuolo, al che Carly sbottò: "Non ti togli i pantaloni?"

Lui accennò un sorriso, ma scosse la testa. "No. Sono più a mio agio con i pantaloni."

Carly sbatté le palpebre per la sorpresa. Non le aveva detto che *lei* si sarebbe sentita più a suo agio, ma che *lui* preferiva tenerli. Carly non ebbe modo di aggiungere altro, prima che lui fosse di punto in bianco sdraiato di fianco a lei. Poi, senza chiederle nulla, lui la prese con un braccio per farla avvicinare.

Carly si ritrovò con la guancia appoggiata sul petto e con un braccio sulla pancia di Jag. Sentì che contraeva i muscoli addominali per un attimo, poi le appoggiò una mano sul braccio e lasciò andare un lungo sospiro.

"Non hai idea di quanto mi senta bene così," le disse Jag sottovoce.

"Missione pesante?" gli chiese.

"Sì."

Di nuovo, una parola per esprimere tutto.

"Sono fiero di te," le disse dopo un momento.

Carly si lasciò sfuggire un piccolo sbuffo.

"Dico davvero," insisté lui, "il tuo messaggio è il più bello che abbia mai letto. Adesso sono troppo stanco per parlarne, ma vedrai che lo troveremo, Carly. Riavrai indietro la tua vita. Te lo giuro."

Carly chiuse gli occhi e fece del suo meglio per non scoppiare in lacrime. Si sentiva distrutta da fin troppo tempo, totalmente diversa dalla Carly di sempre. Odiava sentirsi così, rivoleva indietro la propria vita. Nonostante la paura folle, non poteva andare avanti in quel modo troppo a lungo, nascondendosi, andando nel panico a ogni minimo rumore, sopraffatta dalla paura della propria ombra.

Se qualcuno poteva aiutarla, quel qualcuno era proprio Jag. Lei lo sapeva nel profondo dell'animo.

"Va bene."

"Ora dormi, Carly," le ordinò Jag. Non c'era alcun dubbio che *fosse* un ordine.

Carly sorrise. Quand'era stata l'ultima volta che aveva

sorriso? Non se la ricordava nemmeno. "Sissignore," gli rispose scherzando.

"Sono qui con te, sei al sicuro. Niente e nessuno potrà darti fastidio," aggiunse Jag.

Quelle parole le penetrarono nell'anima. Carly era piuttosto certa che non sarebbe stata capace di addormentarsi, nonostante fosse tra le braccia di Jag, uno dei luoghi più comodi in cui si fosse mai trovata in tutta la vita, ma gli annuì lo stesso.

Jag la sfiorava col pollice sul braccio con un movimento ritmico, avanti e indietro. Carly si sorprese di sentire i muscoli che si rilassavano e gli occhi che si chiudevano.

"Ecco, così, angelo mio, ci sono qua io."

"Jag?" mormorò Carly.

"Sono qui."

"Grazie per essere venuto."

"Non potevo starti lontano per nulla al mondo," le disse.

Carly ebbe la netta impressione che Jag la baciasse sulla fronte, ma si convinse che fosse solo un'allucinazione. Jag non aveva mai compiuto un passo per andare oltre, l'aveva sempre trattata come un'amica, con cameratismo.

Del resto, non era mai nemmeno venuto a letto con lei, non l'aveva mai abbracciata in quel modo.

Prima di elaborare troppi pensieri al proposito, però, Carly si addormentò: fu un sonno profondo e rigenerante.

———

Carly si rigirò nel letto e quando aprì gli occhi si accorse che fuori non era più buio. Il sole splendeva talmente tanto che le sue tendine economiche non riuscivano a tenerne fuori la luce. Non si ricordava l'ultima volta che aveva dormito così a lungo.

"Buongiorno," le disse una voce profonda da vicino. Da

molto vicino. "O forse dovrei dire buon pomeriggio?" le chiese Jag facendosi una risata.

Carly non si allarmò, aveva riconosciuto le braccia che l'avvolgevano. Si tirò su sostenendosi con un gomito e guardò l'uomo sdraiato di fianco a lei.

Aveva i capelli tutti arruffati, ma gli occhi non erano più arrossati; aveva un aspetto mille volte più bello di quando era arrivato, in piena notte. Carly fece una smorfia e si immaginò di avere un aspetto mille volte peggiore. Non si ricordava l'ultima volta che si era fatta una doccia e aveva la lingua talmente felpata che le sembrava di aver dormito con del cotone in bocca.

"Che ore sono?"

"L'una e qualche minuto," le rispose Jag.

"L'una del pomeriggio?" strillò Carly sorpresa.

"Eh sì."

Non riusciva a credere di aver dormito tanto a lungo. Le sembrava impossibile anche solo essersi addormentata. "Ho dormito," disse sorpresa.

"Sì, come un sasso," confermò Jag.

"No, non capisci: non dormivo più, da quando... non so nemmeno da quando," gli confidò. Non l'avrebbe mai ammesso, non fosse stato per l'ora tarda. "Non ho fatto alcun sogno."

"Bene," commentò Jag d'istinto. "Dobbiamo parlare, ma prima se vuoi puoi farti una doccia e indossare qualcosa di pulito, intanto preparo qualcosa da mangiare."

"Ehm... non so cosa troverai in cucina," ammise Carly.

Jag aggrottò la fronte. "Quand'è stata l'ultima volta che sei andata a fare la spesa?" le chiese.

Carly arricciò il naso e fece spallucce.

"Carly..." la riprese Jag con una punta di esasperazione.

"Non avevo appetito," gli rispose, "e la situazione che mi faceva sentire meno al sicuro era proprio andare a fare la spesa. Mi sono fatta fare le consegne a domicilio... però, ehm, dato che ho smesso di lavorare, ho dovuto fare attenzione a non spendere troppo. Però non era un gran problema, perché tanto non avevo fame."

Jag si fece più serio. "Cambio di programma. Prendi un po' di roba, non fare la doccia, ti porto a casa mia. Puoi fare la doccia da me intanto che preparo la colazione, poi potremo parlare."

Carly sbatté le palpebre per la sorpresa. "A casa tua?"

"Sì, a casa mia c'è molto da mangiare e ho la doccia più grande."

"Ma non posso venire a casa tua," gli disse.

"E perché no?"

Carly aprì la bocca per spiegare, ma non riuscì a trovare alcuna ragione convincente per dover rimanere in quell'appartamento.

"Appunto," commentò Jag un po' compiaciuto. "Sei rimasta rintanata qui fin troppo a lungo. Questo appartamento non rappresenta altro che paura, cambiare ambiente ti farà bene. Fidati."

Carly fissò l'uomo che aveva al fianco, l'uomo vicino al quale aveva dormito profondamente e senza sognare: sapeva di non aver fatto incubi perché con lui si sentiva al sicuro. Jag non era tenuto a raggiungerla, peraltro era sfinito... eppure si era presentato da lei.

Inoltre, Jag aveva ragione. L'appartamento in cui viveva, all'inizio, era stato un rifugio in cui lei si era rintanata, ma poi, lentamente ma inesorabilmente, più ci rimaneva e più il mondo esterno le era sembrato sempre più minaccioso. Quell'appartamento alla fine era diventato una prigione.

Carly sentì nel profondo un'altra fitta di rabbia. Era arrabbiata con Luke, ma ce l'aveva soprattutto con se stessa, per essersi ridotta in quello stato patetico.

"Va bene," sbottò per rispondergli.

Il sorriso che si formò sulla bocca di Jag era tutta la ricompensa che le serviva per aver accettato di *uscire* dalla sua tana.

Jag alzò una mano e gliela appoggiò sulla guancia. Carly trattenne il fiato mentre il calore della pelle di Jag le entrava dentro. Orientò la testa per appoggiarla meglio alla sua mano.

"Vedrai che andrà tutto bene, angelo mio," le disse Jag molto tranquillamente.

Carly gli credeva. Annuì.

Lui si abbassò e le baciò teneramente la fronte, poi si girò e saltò giù dal letto. Carly lo osservò mentre prendeva la stessa maglia che indossava quando era arrivato e se la infilava dalla testa. I muscoli addominali di Jag si contrassero e lei si ritrovò a stringere i pugni. Quella reazione viscerale nel vederlo fu sorprendente, come l'istinto di stringere le cosce sotto il lenzuolo.

Jagger Bennett era un uomo maledettamente sexy e lei aveva appena passato la notte appiccicata a lui. Fosse stata una donna facile agli svenimenti, sarebbe svenuta all'istante, là sul letto.

"Alzati, pelandrona," le disse stuzzicandola mentre si incurvava per indossare le calze e le scarpe. "Io muoio di fame e tu, cara mia, hai un bisogno tremendo di farti una doccia."

Carly non si trattenne e si mise a ridere. Un Jag così era una sorpresa. Non l'aveva mai sentito scherzare prima. Non con gli amici e senz'altro mai con lei. Si spostò sul letto e si alzò.

"Ecco, usa questa," le disse Jag aprendo l'armadio e tirandone fuori il valigione che Carly aveva portato con sé quando si era trasferita alle Hawaii: era rimasto inutilizzato da quando lei l'aveva infilato nell'armadio. A un certo punto Jag doveva averlo visto, perché l'aveva preso senza esitare.

"È troppo grosso, Jag, ho una borsa più piccola che posso usare per infilarci al volo dei vestiti per cambiarmi e qualche prodotto che mi serve."

Lui la guardò negli occhi e scosse la testa. "No. Metti in questa valigia tutto quello che puoi. Rimarrai da me finché non risolveremo la tua situazione."

Carly lo fissò negli occhi sorpresa. "Jag, non abbiamo idea di quanto tempo ci servirà. Sono già passati dei mesi."

Lui non fece commenti, si limitò a inarcare un sopracciglio, poi si avvicinò al letto con la valigia in mano. La appoggiò sul letto e aprì la cerniera. "Riempila," le ordinò; poi ignorò l'espressione sbalordita di Carly, si girò e uscì dalla stanza.

Carly sentiva le farfalle nello stomaco mentre fissava il valigione enorme. Era molto combattuta. Avrebbe voluto opporsi, ma allo stesso tempo c'era una parte di lei che faceva i salti di gioia come una ragazzina il giorno di Natale. In quell'appartamento c'erano troppi brutti ricordi.

Ricordi di tutti i momenti in cui si era nascosta in camera con un coltello in mano, perché pensava di aver sentito qualcuno che cercava di fare irruzione. Ricordi delle tante notti insonni, dei tanti giorni passati a disperarsi per la vita orribile che stava vivendo.

Ma traslocare da Jag? Poteva farlo?

Sentì il telefono vibrare sul comodino vicino al letto e sobbalzò. Si incamminò e prese il telefono, trovò un messaggio di Kenna.

Kenna: I ragazzi sono tornati! Marshall ha detto che Jag è venuto da te. Puoi fidarti di lui, è un brav'uomo. Lo sai anche tu. So che non parliamo più tanto quanto un tempo, ma mi manchi, Carly. Il lavoro non è più lo stesso, senza di te. Se hai bisogno di qualcosa, basta che mi telefoni. Se no, comunque c'è Jag. Fai come ti dice lui. Anche se ti sembra un matto e non hai idea di cosa stia pensando. I nostri SEAL sanno quel che fanno. Garantito.

. . .

Era proprio la spintarella di cui Carly aveva bisogno. Non aveva appena deciso di fare di tutto, pur di voltare pagina e tornare a vivere? Andare ad abitare da Jag per un po' di tempo l'avrebbe senz'altro fatta uscire da quella routine deprimente, rimettendola sulla strada giusta per tornare alla normalità.

Posò il telefono e andò all'armadio. Jag aveva fame e lei doveva farsi una doccia. Cercò di riempire la valigia il prima possibile, per potersene andare alla svelta. La chiacchierata che lui le chiedeva di fare con tanta insistenza non sarebbe stata semplice, per non parlare dell'incontro con l'ispettore che seguiva il suo caso, ma era stata lei a domandare l'aiuto di Jag, ed era proprio quello che lui le stava dando.

Carly sapeva di dover essere aperta e onesta con lui, a costo di giocarsi ogni chance di costruire con lui un rapporto che andasse oltre l'amicizia... ma pazienza.

Aveva deciso di farla finita con la paura. Più facile a dirsi che a farsi, ma avrebbe voltato pagina. Shawn Keyes le aveva già tolto abbastanza. Era ora di mettersi alle spalle tutto ciò che le era capitato e tornare a vivere.

Carly non era una scema, sapeva di poter essere ancora in pericolo. Luke era ancora a piede libero, chissà dove, probabilmente nell'attesa che arrivasse il momento giusto per vendicarsi con lei per la morte del padre, ma lei si sentiva sempre più determinata. Chissà come, con Jag al suo fianco, le sembrava di poter tornare ad affrontare il mondo.

Un passo alla volta. Il primo passo era allontanarsi per un po' di tempo dall'ambiente tossico che era diventato il suo appartamento. Il secondo passo: farsi una doccia e mangiare qualcosa di diverso dagli spaghetti precotti in brodo. Terzo passo... beh, il tempo gliel'avrebbe svelato, ma di sicuro non sarebbe tornata a ripararsi nell'appartamento con la coda tra le gambe.

Con rinnovata determinazione, Carly continuò a riempire la valigia.

————

Il complice di Shawn fissava fuori dalla finestra del condominio, imbronciato per quella bella giornata. Non era incazzato con il bel tempo, era incazzato con *lei*. Carly Stewart.

Shawn era morto a causa di quella stronza. Doveva pagarla per quella morte.

Lui la teneva d'occhio, aspettava da mesi l'opportunità giusta, ma lei non usciva mai dal maledetto appartamento in cui viveva.

All'inizio, lui aveva ipotizzato che vendicare Shawn fosse facile. Aveva intenzione di offrire a Carly un passaggio a casa, dopo il servizio funebre di Shawn, per poi finire rapidamente ciò che era stato iniziato e interrotto. Invece lei non si era nemmeno presentata! Quell'assoluta mancanza di rispetto l'aveva fatto infuriare.

Shawn l'aveva accolta quando era ancora una ventenne ingenua, aveva cercato di plasmarla per farla diventare una donna matura. Una donna presente per il proprio uomo, una compagna che gli rimanesse al fianco, che si accorgesse di ogni sua esigenza. In cambio, lei gli aveva praticamente sputato in faccia. Lo aveva respinto nel modo più umiliante possibile. Aveva richiesto e ottenuto una *ordinanza restrittiva* contro di lui. Una totale baggianata.

Shawn era un brav'uomo, il migliore. Quella troia non sapeva che fortuna le era capitata. Se lui avesse potuto diventare anche solo in parte l'uomo che era diventato Shawn, si sarebbe ritenuto fortunato. Invece quella stronza scema non l'aveva apprezzato. Non l'aveva rispettato, aveva sminuito tutto ciò che lui aveva fatto per lei.

Per quanto Shawn avesse tentato di parlare con lei, dopo che lei aveva *osato* andarsene, per quanto lui le avesse spiegato più e più volte che, se solo l'avesse ascoltato, avrebbe fatto molta più strada nella vita, invece che rimanere un'umile cameriera, lei lo aveva ignorato.

Per forza Shawn aveva dovuto usare le maniere forti con lei: era una bestia selvatica che doveva imparare quali fossero i limiti da rispettare.

Era una donna, non le era permesso andare da *nessuna* parte senza far sapere dove andasse e con chi fosse. Il mondo era un luogo pericoloso. Uomini come lui e come Shawn dovevano proteggere le loro donne, ma per farlo dovevano sapere in ogni momento dove rintracciarle.

Era una logica stringente.

Lui aveva imparato tantissimo da Shawn. Aveva imparato anche come si comportava un *vero* uomo in una relazione, come insegnare a una donna il modo giusto di comportarsi per diventare una brava compagna, una brava moglie. Le donne erano da considerare inferiori, deboli. Avevano bisogno di un uomo che le guidasse, che le tenesse al sicuro.

Quella stronza non solo era troppo stupida per accorgersi di tutto il bene che aveva trovato in Shawn, ma aveva dimostrato una mancanza di rispetto all'ennesima potenza.

Il fatto che Carly avesse rifiutato di trasferirsi da Shawn era stata la goccia che aveva fatto traboccare il vaso. Come poteva Shawn continuare a modellarla a dovere, non dormendo con lei tutte le notti? Un uomo aveva esigenze precise e Shawn gli aveva raccontato tutto: Carly alla fine si era persino rifiutata di andare a letto con lui. Si rifiutava persino di baciarlo. Era inaccettabile. Che disgraziata. Aveva mandato tutto all'aria... sia per lui *che* per Shawn.

Quando Shawn si era presentato dal suo amico, agitato e arrabbiato per aver ricevuto la notifica dell'ordinanza restrittiva, avevano parlato insieme delle possibili mosse. A lui aveva fatto piacere sentirlo finalmente aprirsi, parlare dei suoi problemi, fidarsi nel chiedere aiuto. Lo aveva ritenuto un onore. Ovviamente, avevano deciso insieme che Carly si meritava una lezione. *Nessuna* poteva rifiutare Shawn Keyes: era l'uomo migliore che quella stronza potesse trovare e doveva rendersi conto dell'errore che aveva commesso, sprecando un'occasione unica.

Avevano elaborato un piano perfetto... peccato che quella sera, nel momento dell'esecuzione, era andato tutto storto. Quella stronza aveva mollato il lavoro in anticipo perché stava male, poi era arrivato il temporale peggiore che avesse mai sconvolto quella zona da diversi anni.

Alla fine, Shawn era morto.

Non era giusto! Carly non aveva ricevuto la lezione che meritava... e adesso toccava a *lui* finire quell'impresa. Avrebbe onorato la memoria del suo amico, facendola pagare a Carly.

La strategia iniziale, purtroppo, era cambiata. Non c'era più tempo per torturarla. Rapirla dal ristorante non era più possibile. Scoparla non gli interessava, anche se era stato nelle intenzioni di Shawn; lui invece non avrebbe mai messo l'uccello in quella passera velenosa.

No, Carly doveva morire. Sparire senza lasciare traccia.

C'erano molti posti in cui poter abbandonare il suo corpo, in modo che non lo trovasse nessuno. La scelta migliore era l'oceano. Milioni di litri d'acqua che l'avrebbero inghiottita, senza mai restituire la salma.

L'attesa non faceva altro che rimestare la rabbia e rinsaldare il voto di vendetta per l'amico. Carly Stewart avrebbe rimpianto il giorno in cui aveva respinto un uomo tanto raffinato. Allora, solo allora anche lui avrebbe potuto riprendere a vivere, con la coscienza a posto.

Purtroppo sapeva di dover attendere ancora. Doveva aspettare il momento giusto, quando lei avrebbe abbassato la guardia. Quella stronza ormai non usciva più di casa... lui se ne sarebbe accorto. Almeno aveva la soddisfazione di averla terrorizzata: Carly faceva bene ad avere paura. Il pericolo l'attendeva dietro l'angolo.

La vendetta sarebbe stata ancor più soddisfacente, colpendola quando lei meno se l'aspettava.

Carly poteva anche continuare a nascondersi per sempre, ma prima o poi avrebbe messo il naso fuori dalla tana in cui si era ficcata, e in quel momento lui ci sarebbe stato, in attesa, pronto a colpire.

L'uomo distolse bruscamente lo sguardo dalla finestra. Sapeva esattamente come avrebbe posto fine all'esistenza di Carly. Non vedeva l'ora.

CAPITOLO TRE

DOPO AVER CONVINTO Carly a trasferirsi da lui, Jag avrebbe voluto sbarrare la porta per evitare che se ne andasse. Aveva sognato per molte notti di averla con sé nel proprio appartamento, più di quante ne potesse contare. Fosse stato per lui, Carly non sarebbe mai tornata nell'appartamento in cui si era rintanata.

Erano mesi che a Jag interessava Carly; vederla soffrire gli aveva procurato dolore e frustrazione, perché nemmeno lui era stato in grado di fare molto per aiutarla. Però lei finalmente gli aveva chiesto aiuto e lui non intendeva affatto deluderla. Il pensiero stesso di farla rimanere con sé per sempre era una follia, ma Jag aveva visto esattamente la stessa cosa capitare agli amici. Una volta portate le future compagne nella propria tana, per così dire, non se le erano più fatte scappare.

Proprio ciò che voleva anche lui. Conquistare Carly. Gli sembrava di conoscerla da sempre eppure non era riuscito a impressionarla. Jag non *voleva* impressionarla.

Il motivo? Jag sapeva che lei meritava molto meglio. Lui era un uomo distrutto nell'animo e non era nemmeno sicuro di poter avere un rapporto normale, non dopo l'infanzia che aveva vissuto. Però voleva provarci, per Carly. Voleva tirarsi fuori dal marciume che gli scombussolava la testa, diventare il tipo di uomo a cui lei potesse affidarsi.

Solo che non era sicuro di potercela fare.

Allontanò i pensieri del passato e si sforzò di concentrarsi sul momento, sul pasto che stava preparando. I waffle erano quasi pronti, poi avrebbe cotto qualche uovo strapazzato. Carly aveva bisogno di mangiare. Aveva perso alcune delle curve sensuali che lui ammirava tanto; il pensiero che dovesse risparmiare sul cibo perché non aveva abbastanza soldi gli faceva venire il voltastomaco.

Le aveva lasciato *troppo* spazio. Voleva aiutarla, ma avrebbe dovuto fare di più, soprattutto quando la sua situazione era peggiorata. Basta col passato. Adesso erano insieme e avrebbero affrontato tutto insieme.

Jag aveva dormito come un sasso. Sì, era tornato sfinito dalla missione e dal viaggio, ma era soprattutto il fatto di avere Carly tra le braccia, di sapere dov'era, di saperla al sicuro, che finalmente gli aveva permesso di godere di un sonno profondo.

Il mattino dopo si era sentito mille volte meglio, tanto da riuscire a convincerla a fare i bagagli per trasferirsi da lui. Jag era rimasto sorpreso dalla rapidità con cui lei aveva accettato, del resto le aveva visto negli occhi molta determinazione. Meno di due settimane prima, alle nozze di Kenna e Aleck, negli stessi occhi era scoccata una scintilla di rabbia e lui si era ripromesso di aggrapparsi a quella scintilla. Invece Carly non aveva aspettato che lui la pungolasse: era arrivata da sola a decidersi.

Era una donna fortissima. Lui doveva solo aiutarla ad accorgersene.

"Hai una doccia fantastica."

Jag si voltò e vide Carly che gli si avvicinava. Aveva i

capelli biondi ancora bagnati che le cadevano sulle spalle. Indossava dei pantaloncini e una maglia a maniche lunghe, camminava scalza: vedendole le dita dei piedi, gli venne da sorridere.

"Che c'è?" gli chiese lei.

Jag scrollò le spalle. "Penso di non aver mai visto nessuna con le unghie dei piedi di dieci colori diversi."

Carly sorrise con un certo imbarazzo. "Dovevo pur fare qualcosa, tutto il giorno chiusa nel mio appartamento."

Jag posò il cucchiaio che stava usando per strapazzare le uova, che poi versò nella padella. Infine le si avvicinò, le mise le mani sulle spalle e aspettò che lei lo guardasse negli occhi. "Non fare così," le disse con voce profonda e sincera, "hai fatto ciò che dovevi per sopravvivere."

"Jag, mi sono nascosta in appartamento come una bambina piccola che scappa dall'uomo cattivo. Facevo... pietà."

Jag scosse la testa con decisione. "No, nessuna pietà. Avevi solo bisogno di elaborare la situazione e io credo proprio che tu abbia fatto bene. Mi dà un fastidio tremendo sapere che avevi paura, che *hai* paura, ma farò tutto ciò che posso per garantirti che quel bastardo stia mille miglia lontano da te."

"Se mi vuole davvero beccare, nessuno potrà farci nulla. Troverà un modo, lo sai tu come lo so io."

"Allora farò quel che posso per insegnarti come difenderti da sola," le rispose con semplicità. Jag odiava ammetterlo, ma Carly aveva ragione. Se aveva imparato qualcosa da ciò che era successo alle compagne dei suoi amici, era che non poteva certo rimanere appiccicato al fianco di Carly ventiquattr'ore al giorno: le probabilità che Luke *riuscisse* in qualche modo ad avvicinarsi a lei, prima o poi, erano più in suo favore. "Sei già stata rinchiusa nel tuo appartamento per troppo tempo. Devi ricominciare a vivere. Che vada a farsi fottere!" Concluse esclamando con un tono brusco. "Fagli vedere che sei più forte di quanto pensassero lui e suo padre. Niente potrà mai abbatterti. Se poi lui decidesse di comportarsi da idiota e di tentare l'impresa in cui il padre ha fallito, se ne pentirà, perché gli farai il culo e rimpiangerà di non averti dimenticata."

Jag non intendeva essere così diretto, ma non si era tenuto a freno. Il pensiero di Luke, o di chiunque altro che metteva le mani su Carly gli faceva montare il sangue alla testa. Sapeva bene che, con un minimo di preparazione, Carly avrebbe potuto farsi valere, dimostrando all'assalitore di aver messo gli occhi sulla donna sbagliata.

Carly lo guardò un po' di sghembo. "Nel caso tu non l'abbia notato, io non ho certo il fisico di voi SEAL," gli disse facendo spallucce.

"Non è necessario," le rispose Jag. "Puoi usare la forza dell'assalitore per contrastarlo. Lui non si aspetterà certo che tu lotti... non fraintendermi: proprio perché hai passato tanto tempo a nasconderti, lui penserà che tu abbia troppa paura per reagire in alcun modo, non si aspetterà che tu ti difenda."

Jag capì che Carly non era del tutto convinta, ma gli sembrò comunque che la sua postura fosse un po' più dritta.

"Che buon profumino che c'è qui," gli disse lei dopo un momento.

Carly aveva chiuso in modo chiaro con quell'argomento, così Jag la seguì a ruota: "Cosa ti piace nelle uova?"

"Ehm... cosa mi offri?"

"Un po' di tutto." Jag le tolse le mani dalle spalle e fece un passo indietro. In realtà avrebbe preferito stringerla tra le braccia e dirle che sarebbe andato tutto bene, ma non voleva metterla ulteriormente a disagio.

Carly fece una risata. "Di tutto?"

"Sì. Pancetta, peperoni verdi o rossi, formaggio, sale e pepe, salsa di pomodoro, salsiccia, funghi, cipolle, pomodori, spinaci, prosciutto, panna e salsa piccante. Penso che la panna acida e il formaggio non siano scaduti, per le verdure dovremo accontentarci di quelle surgelate, almeno finché non andrò a fare la spesa."

"Porca vacca, ma chi mette tutta quella roba sulle uova?"

"Beh, magari non proprio tutto insieme nello stesso piatto," rispose Jag con un gran sorriso. "In genere ci puoi preparare una frittata, ma io non riesco mai a cuocere bene le frittate, quindi spesso mescolo tutto insieme alle uova strapazzate. In fondo credo faccia lo stesso, anche se non ha lo stesso bell'aspetto. Allora... tu cosa preferisci?"

"Posso avere le uova con i peperoni verdi, formaggio, pomodoro, funghi e panna acida?"

"Puoi avere le uova con tutto quello che vuoi, angelo mio," le rispose Jag.

"Posso aiutarti?" gli chiese lei.

"Ma certo. Puoi grattugiare del formaggio."

Lavorarono insieme alla colazione, e Jag provò una fitta di desiderio tanto intensa che quasi sentiva le ginocchia cedere. Era proprio quello che voleva. In futuro la voleva al suo fianco, sorridente e rilassata, mentre preparavano da mangiare.

La colazione fu pronta in un lampo e si misero al tavolino vicino alla cucina. Di solito Jag non si sedeva là a mangiare, preferiva mangiare in piedi in cucina, oppure in salotto, guardando la TV.

C'era un che di... familiare... nello stare seduto a tavola con Carly.

Carly fissava il piatto che aveva davanti, incredula. "Non penserai davvero che possa mangiare tutto questo, vero?" gli chiese.

Jag ebbe un sussulto notando quanto cibo le aveva preparato, poi scrollò le spalle un po' impacciato. "Mi dà fastidio pensare che tu abbia fame," ammise, "mangia solo quello che ti senti. Poi finirò io il resto, se no metterò via qualcosa in frigo."

Mangiarono in silenzio per un attimo, poi Jag toccò l'argomento a cui stava pensando da quando aveva ricevuto i messaggi di Carly, appena tornato dalla missione. "Sarei felice di accompagnarti alla centrale di polizia. Anzi, proprio entusiasta. Voglio scoprire cos'hanno fatto per trovare Luke e per porre fine all'incertezza in cui ti trovi. Mi spieghi come mai ti sei decisa? Cos'è cambiato?"

Carly finì di masticare e deglutì le uova che aveva in bocca, poi posò la forchetta e appoggiò i gomiti sul tavolo. "Mi sono stancata di fare pietà," gli sussurrò.

"Tu *non fai* pietà," le disse Jag.

"Invece sì," ribadì lei con fermezza, "però mi sono accorta che a nascondermi nel mio appartamento per la paura non risolvevo nulla. Stavo malissimo, mi manca il lavoro, mi mancano gli amici. Mi manca la *gente*, Jag. Non sai che paura, partecipare alle nozze di Kenna. Continuavo a pensare che Luke fosse pronto a saltar fuori da dietro un albero o da chissà dove, magari con una bomba legata al petto, pronto a rapirmi o a far saltare in aria tutti quelli a cui voglio bene. Quando sono riuscita a concentrarmi sulla cerimonia, ormai era finita. Me la sono persa completamente perché ero immersa nei miei patemi."

"Ho visto Monica con le altre, c'erano Kenna, Lexie, Elodie, allora mi sono accorta che Monica non la conoscevo nemmeno. Ashlyn e Lexie parlavano di Food For All e dei grandi traguardi del centro di assistenza, di come volevano svilupparlo; mi ha dato molto fastidio non sapere nemmeno a cosa si riferissero. Anche il fatto che Theo mi sia stato lontano... mi ha fatto male. Sono stata lontana talmente tanto tempo che praticamente si è dimenticato di me. Tutte queste cose, una dietro l'altra, mi hanno fatta imbestialire."

Carly fece un respiro profondo e Jag non si trattenne:

allungò un braccio e le prese una mano. Aveva bisogno di un contatto con lei, anche solo per farle sentire la propria presenza.

Lei gli strinse la mano e non la lasciò andare, ma riprese a spiegargli. "Ma anche a quel punto, avevo ancora troppa paura. L'unico posto in cui mi sentivo al sicuro era chiusa a chiave nel mio appartamento, pur sapendo che non era un bel modo di vivere. Sono pazza se ti dico che vorrei tanto che Luke avesse già fatto la sua mossa? Che faccia quel che deve fare, così poi potrò tornare a vivere!"

"Non sei una pazza," la rassicurò Jag, "anzi, che tu ci creda o meno, sono tutte sensazioni normali."

Carly alzò gli occhi al cielo.

"È così," insisté lui, "hai subito un trauma e prima devi guarire, poi potrai tornare alla tua vita."

"Prima di tutto, *io* non ho subito un trauma," disse Carly con un tono un po' irrequieto, poi tolse la mano da quella di Jag e incrociò le braccia al petto sbuffando. "L'ha subito Kenna, è stata lei a soffrire al mio posto e già questo mi rode molto. In secondo luogo, non so neanche perché cerco di spiegarti. Non potresti mai capire."

Era la seconda volta che gli diceva qualcosa del genere. La prima volta era stata alle nozze di Kenna e Aleck, gli aveva detto che lui non poteva capire cosa significasse sentirsi vulnerabili.

Jag non aveva detto a nessuno cosa gli era successo da ragazzo. Senza alcuna eccezione. Eppure all'improvviso si sentì pronto a confidarsi con Carly, a dirle quanto si sbagliava.

Invece trattenne in gola quelle parole e continuò a fissarla negli occhi. "Se solo sapessi ciò che posso capire, ti sorprenderesti," le disse, "ma la verità è che tu *hai* subito un trauma causato dal tuo ex e non parlo solo di quella sera al Duke's, quando ha preso in ostaggio Kenna."

Carly lo fissò perplessa. "Non so di cosa parli."

"Certo che lo sai. Non conosco i dettagli, ma un uomo come quel Shawn non passa di punto in bianco da compagno modello a pazzo bombarolo che ti vuole rapire e torturare. Tu sei troppo intelligente per farti coinvolgere da uno che ti tratta di merda, quindi immagino che *all'inizio* si sia comportato da bravo ragazzo, trattandoti da principessa per farti stare alla grande. Poi probabilmente avrà cominciato a cambiare, a fare ogni tanto dei commenti che ti avvilivano. Niente che non si potesse risolvere con una scusa immediata."

"Poi, quasi certamente avrà detto delle cavolate su di te agli amici e al figlio, alle tue spalle... facendoti sentire a disagio quando li frequentavi, perché hanno cominciato a guardarti male. Poi quegli stessi commenti sono arrivati anche quando eri presente, davanti agli altri. Avrà detto qualcosa di molto brutto, per poi scusarsi con un fiume di parole, e così via, tutto daccapo, magari è arrivato anche a metterti le mani addosso. Immagino che a quel punto tu ti sia stufata, ma ormai era troppo tardi: Shawn aveva già deciso che gli appartenevi, come un oggetto suo. Ecco che hai avuto bisogno di chiedere l'ordinanza restrittiva, spingendolo in una spirale di follia."

Carly aveva la bocca aperta, le braccia, prima incrociate al petto, erano ora appoggiate sulle ginocchia. Lo fissava incredula.

"Ci ho preso, vero?" le chiese Jag.

"Beh... sì, più o meno," gli sussurrò.

Jag allungò un braccio e le prese di nuovo una mano. La tenne stretta, appoggiandola sul tavolo. "In tutto questo, lo stronzo è *lui*, non sei tu, angelo mio. Aveva trovato un tesoro prezioso e l'ha trattato di merda. Si meritava ciò che gli è successo, non ho alcun problema a dirti che mi fa piacere che quella sera sia saltato in aria. Odio anche solo il pensiero di ciò che ti ha fatto passare; il fatto che tu abbia avuto la forza di mollarlo, di mandarlo a quel paese, mi rende molto fiero di te."

La vide deglutire a fatica. "È cambiato tantissimo," gli disse Carly tranquillamente, "non ci sarei mai uscita se si fosse rivelato fin dall'inizio per quello che era."

"Lo so," le rispose Jag per consolarla.

"Mi sento una stupida."

"Non dovresti. Niente affatto. Te lo ripeto, lo stronzo era lui, Carly, è stato lui a metterti in questo casino. Ricordatelo, va bene?"

Lei inclinò la testa e gli disse l'ultima cosa che Jag si aspettava di sentirsi dire: "Aspetta un attimo, ma è una citazione dal film *Speed*?"

A quel punto toccò a Jag guardarla perplesso: "Ehm... non penso proprio?"

"Invece io penso di sì. Poco dopo che la signora salta in aria sulle scale e viene schiacciata dall'autobus. Annie, l'eroina del film... era interpretata da Sandra Bullock, te lo ricordi? Insomma, è tutta agitata e guida l'autobus, mentre Jack, quel bel pezzo di Keanu Reeves, si mette in ginocchio vicino a lei e le dice quasi le stesse parole che mi hai detto tu."

Jag fece un gran sorriso. "Ah sì?"

"Sì sì."

"E le sono state d'aiuto quelle parole?"

Un sorrisetto illuminò il viso di Carly. "Sì, lei gli ha risposto qualcosa del tipo: 'Sì, è lui il bastardone'."

"Non ho visto quel film," ammise Jag.

Carly lo guardò strabuzzando gli occhi. "Non l'hai visto?"

"No."

"Beh, dobbiamo porre immediatamente rimedio a questo scempio. Mi ricordi molto il personaggio di Jack, avete anche un nome molto simile. Jag, Jack. Era coraggioso, altruista, a volte anche divertente."

"Io non sono divertente," le disse Jag con espressione impassibile.

Carly fece una risata.

Quel suono gli arrivò dritto al cuore. Preferiva mille volte Carly quando rideva, piuttosto che vederla stressata e spaventata a morte come la notte prima, quando gli aveva aperto la porta.

Jag le strinse la mano. "Non sei da sola, Carly, ci sono qua io, ci sono i miei compagni di squadra, anche Baker. Vedrai che troveremo una soluzione. Insieme. Va bene?"

Lei annuì.

"Però prima... devi finire di fare colazione."

Carly sbuffò. "Sei ossessionato dal farmi mangiare," gli mormorò mentre riprendeva in mano la forchetta.

Con riluttanza, Jag le lasciò andare la mano e si appoggiò allo schienale. "Il pensiero che tu soffra la fame mi disturba. Quindi, sì, può darsi che in futuro mi preoccupi eccessivamente di farti mangiare abbastanza, almeno per un po' di tempo, sarà meglio che ti ci abitui," le disse.

Carly si fermò con una forchettata di uova a mezz'aria tra piatto e bocca per chiedergli: "Perché ti interessa così tanto?"

"Perché mi sei entrata dentro, angelo mio, e mi piace sentirti dentro," le disse Jag con spavalderia, prima di mettersi in bocca una forchettata di uova.

Lei lo fissò per qualche attimo, poi continuò a mangiare. Masticò e deglutì, infine ammise sottovoce: "Penso che piaccia anche a me, sentirmi dentro di te."

Terminarono la colazione senza altre confessioni spassionate; Jag non si era mai sentito tanto in pace. Se era quello lo stato d'animo di Mustang, Midas, Aleck e Pid, quando stavano con le loro compagne, non c'era da meravigliarsi che fossero sempre tanto euforici.

Jag si pentì di aver aspettato tanto tempo, prima di cercare di aiutare Carly. Aveva solo immaginato che Shawn avesse abusato di lei verbalmente e fisicamente, ma quando lei l'aveva ammesso, dandogli ragione, Jag aveva dovuto concentrarsi molto per non saltare subito in piedi e andare a cercare Luke di persona. Quel tipo probabilmente sapeva come Shawn trattava Carly e non aveva fatto nulla per impedirlo. Bastava questo per renderlo un uomo spregevole, almeno agli occhi di Jag.

Nell'opinione di Jag, le molestie nei confronti delle donne erano sia pur di poco al secondo posto nell'elenco dei crimini peggiori che si potessero commettere, mentre al primo posto c'erano gli abusi sui minori. Per Jag non potevano esistere crimini peggiori.

Finalmente nel pomeriggio avrebbero raccolto ulteriori informazioni. Jag era felice di accompagnare Carly alla centrale di polizia. Anche lui voleva scoprire cosa diamine avessero fatto nel frattempo le autorità per trovare Luke, a che punto fossero le indagini. Qualora le avesse ritenute insufficienti, avrebbe coinvolto gli amici della squadra, anche Baker Rawlins, occupandosene in prima persona. Non aveva idea di cos'avrebbe comportato un'azione del genere, ma era disposto a tutto, pur di liberare Carly dalla minaccia che ancora incombeva su di lei.

CAPITOLO QUATTRO

CARLY ERA SEDUTA nella Jetta di Jag, di fianco a lui, cercava di non lasciarsi prendere dal panico. Non le piaceva uscire di casa, non le piaceva andare in giro in auto. Non andava più a lavorare, non andava più da nessuna parte. Odiava Shawn e Luke per averla ridotta in quel modo. Aveva un terrore folle di vivere la normale quotidianità.

Come accorgendosi dei pensieri di Carly, Jag allungò un braccio e le prese una mano, intrecciò le dita con quelle di lei e appoggiò le due mani sulla console tra i sedili del veicolo.

Era pazzesco quanto fosse in grado di farla sentire protetta, anche solo con un gesto semplice come quello. Non che fosse davvero al sicuro, Carly lo sapeva: Luke poteva sempre mettere fuori gioco Jag con la stessa facilità con cui poteva sopraffare lei. Però, chissà come, forse per la determinazione che gli si leggeva negli occhi, forse per il modo in cui si guardava sempre intorno, le dava la sensazione di poter avere almeno una chance.

"Allora... Baker?" gli chiese dopo un momento.

Jag la guardò per un attimo, poi tornò a scrutare la strada. "Cosa vuoi sapere?"

"Ho sentito Kenna che parlava di lui, alle nozze, andava a zonzo a lamentarsi che non si era presentato. Chi è?"

"Baker Rawlins è stato un SEAL, adesso non è più in servizio attivo e vive nella North Shore. Passa il tempo a fare surf."

Jag non aggiunse altro, così Carly gli chiese: "E poi? Ci sarà altro da sapere su di lui."

Jag accennò un sorriso. "Beh, se chiedi alle ragazze, ti diranno che è molto figo."

Carly aggrottò la fronte sorpresa. "Davvero? Ma... loro sono impegnate!" esclamò senza troppa convinzione.

"Beh, però dicono che guardare non è vietato e che non c'è niente di male ad affermare che qualcun altro è bello."

"Su questo non ci piove," ammise lei, "ma, è vero? Un ex SEAL con un certo fascino, a cui piace fare surf? Ed è questo il motivo per cui voi lo volete coinvolgere per trovare Luke?"

"No," rispose Jag, con un tono che non lasciava spazio allo scherzo. "È anche un tipo estremamente letale, uno che non vorrei certo fare incazzare, uno che voglio avere assolutamente dalla mia, specialmente se cerco di rintracciare qualcuno che non vuole essere trovato. È un tipo tosto, forse anche un po' inquietante, ma di caratura. Quando Kenna è stata presa in ostaggio, lui l'ha saputo e si è incazzato, così si è ripromesso di trovare Luke. Dato che non l'ha ancora trovato, immagino che si sia incazzato *ancora* di più. Cosa sai di ciò che è successo a Monica?"

Carly sbatté le palpebre per quel che le sembrava un cambio di argomento piuttosto brusco. Avrebbe voluto aggiungere che, se *Jag* trovava Baker inquietante, lei di sicuro non voleva nemmeno incontrarlo... perché in realtà si aspettava un tipo assolutamente spaventoso. Invece fece spallucce e rispose: "Nulla."

"È stata rapita da un uomo che l'ha usata come esca per attirare Baker alla Big Island. Quel tipo era un ex SEAL ed era stato in squadra con Baker, ma era stato allontanato perché aveva dei problemi mentali. Si era messo in testa di far bruciare vivi sia Monica che Baker sfruttando la lava dell'eruzione del vulcano Kailua, ma ha sottovalutato il suo ex caposquadra."

"Accidentaccio!" commentò Carly con un filo di voce, stringendo la mano di Jag. "Stanno bene?"

"Se intendi Monica e Baker, sì, stanno bene. Invece l'altro no, per nulla. Gli si è ritorta contro la sua stessa arma. Ma il punto è un altro: Baker non ha esitato a intervenire, ha fatto ciò che doveva per riuscire a salvare Monica. Prima era anche andato in volo a New York per incontrare un cazzo di mafioso, per assicurarsi che anche *Elodie* fosse al sicuro, che nessuno degli appartenenti a quella famiglia cercasse vendetta. Potrebbe starsene tranquillamente in pace, non è più in servizio, passerebbe il tempo a controllare le previsioni meteo per il surf, invece no. Fa parte della nostra squadra tanto quanto ciascuno di noi, anche se non sarebbe in servizio."

"Allora vuole che Kenna sia al sicuro," ripeté Carly sottovoce.

"Esatto," rispose Jag senza esitare.

Per chissà quale motivo, la risposta di Jag fu come una stretta al cuore di Carly.

"Però vuole anche evitare che *tu* corra dei pericoli, angelo mio," proseguì Jag.

Carly si voltò verso di lui, guardandolo con scetticismo. "Ma questo Baker non mi conosce nemmeno."

"Non importa, sa che sei importante *per me* e che finché Luke non sarà neutralizzato, nessuno sarà mai al sicuro."

Carly si leccò le labbra. "Sono importante per te?" gli chiese di getto senza nemmeno pensarci, ma si pentì subito di non potersi rimangiare la domanda.

"Sì," le rispose Jag, apparentemente senza alcun problema.

"Ho passato ogni minuto del mio tempo libero a controllare come stavi o a rompere le scatole a Baker incessantemente per sapere cos'avesse scoperto."

Carly non aveva idea di come rispondere. Sapeva solo come la facevano sentire quelle parole. La facevano sentire importante. Non era più invisibile, perché a qualcuno importava di lei, del fatto che fosse viva, che non morisse. Tutte le emozioni che la pervasero le fecero venire voglia di piangere.

Jag sembrò accorgersi che Carly aveva bisogno di un attimo, così cambiò argomento. "Dopo l'incontro con la polizia, che ne dici se andiamo a trovare Kenna? So che a lei farebbe *molto* piacere vederti."

Carly avrebbe *voluto* dire di no. Ormai pensare di stare insieme a Kenna le sembrava... strambo. Si sentiva in colpa, se l'amica era stata presa in ostaggio ed era quasi saltata in aria.

Invece, dopo un lungo momento, gli sussurrò: "Va bene."

"Se hai bisogno di più tempo, non c'è problema, ma sono sicuro che le manchi terribilmente," le disse Jag con dolcezza, "Aleck mi dice che Kenna parla sempre di te e si lamenta perché da Duke's il lavoro non è più divertente come prima, perché manchi tu. Se non ti senti pronta a incontrarla, magari possiamo andare a Barbers Point e vediamo se Lexie, Elodie e Ashlyn hanno bisogno di aiuto al centro di Food For All."

Carly si sentì come sommersa da un'onda di nostalgia. Avrebbe voluto. Avrebbe *tanto* voluto... ma il solo pensiero di stare per tanto tempo fuori casa le fece venire il batticuore. Se avesse spostato l'attenzione di Luke su una delle amiche, non si sarebbe mai perdonata.

"Guardami, angelo mio," le disse Jag con un tono profondo che Carly non poté ignorare.

Le dava un fastidio tremendo, lo stato d'animo in cui si trovava. Le mancava la persona estroversa che era prima. Si voltò per guardare Jag e notò che divideva la propria attenzione tra lei e la strada.

"Ti sto dando una bella spinta, lo so, ma non sei da sola: ci sono persone che ti vogliono bene, persone che si preoccupano per te. Hai detto di volere indietro la tua vita ed è proprio per questo che cerco di aiutarti. Anche se mi piacerebbe stare sempre al tuo fianco, a ogni ora del giorno, non sarà possibile. L'ultima cosa che voglio è che tu ti nasconda a casa mia come ti nascondevi a casa tua."

"Pensi che *io* voglia tornare a nascondermi?" gli chiese Carly con tono quasi irritato, "odio la sensazione di paura che mi prende al pensiero di uscire di casa. Odio la noia mortale che mi viene quando me ne sto seduta a casa. Mi mancano le mie amiche!"

"Allora lascia che ti aiuti a ritrovare la vecchia Carly," le disse Jag, per nulla toccato da quello sfogo.

"E se poi non ci riesci? Se la vecchia Carly fosse sparita?" gli sussurrò lei.

"Non è così," le disse lui con fermezza, "magari sarà cambiata, ma non è sparita. Vedrai che supererai questa fase. Ti dico come faccio a saperlo?"

Carly annuì.

"Lo so perché lo desideri. Forse sembra troppo semplice, ma quando ti guardo negli occhi, ci vedo determinazione, ci vedo rabbia, desiderio di tornare alla tua vita. Credimi, quando ti dico che tantissime persone, dopo aver subito un trauma, non ritrovano la stessa forza. In tanti si smarriscono, ma tu invece no: tu ce la puoi fare, Carly. Non sarà certo semplice. Dio santo, vorrei tanto dirti che basta pensare positivo, ma c'è molto di più. Dovrai lottare ogni giorno per superare i demoni che ti tormenteranno nel cervello, che cercheranno di dirti che saresti più al sicuro nascondendoti. Dovrai costringerti a fare delle cose di cui avrai paura. Dovrai appoggiarti alle amiche, quando penserai di non farcela da sola. Tu ce la *puoi* fare, angelo mio. Io credo in te."

Carly deglutì a fatica e lasciò che quelle parole le entrassero nel profondo. Aveva proprio bisogno di sentirselo dire. Beh, a parte il passaggio su quanto sarebbe stato difficile, ma tutto il resto.

A quel punto qualcos'altro la colpì...

Jag parlava come se sapesse per esperienza diretta ciò che diceva. Come se avesse superato anche lui qualcosa di simile.

Non poteva essere vero: Jag era la persona più forte che lei conoscesse. Cosa mai poteva aver affrontato di così brutto, che fosse anche lontanamente simile a ciò che era capitato a lei? Non poteva certo essere un nemico che lo prendeva di mira per ucciderlo: un SEAL era di per sé un bersaglio, ogni volta che andava in missione. Era mai stato prigioniero? Lo avevano torturato?

Carly si accorse in quel momento che non sapeva *molto* di Jag. Sapeva che era un uomo affidabile, che le era stato vicino quando più ne aveva bisogno, ma non sapeva altro su di lui, nemmeno le informazioni più essenziali, dove fosse cresciuto, se avesse fratelli o sorelle, o anche come fosse entrato in marina.

Ignorare tanti dettagli su di lui la fece imbronciare. All'improvviso Carly sentì il desiderio di conoscere *tutto* di lui. Negli ultimi mesi, si era appoggiata a lui e solo in quel momento si accorse di quanto fosse stata egoista. "Jag?"

"Dimmi, angelo mio?"

"Io... va bene."

Lui la guardò preoccupato. "Va bene?"

Lei annuì. "Ce la posso fare. Non la darò vinta a Shawn."

"Brava, così si fa!" le disse con orgoglio.

"Però possiamo vedere come va l'incontro con l'ispettore, prima di fare altri programmi? Possiamo affrontare l'operazione 'Carly alla riscossa' un passo alla volta?"

Jag fece una risatina. "Ma certo, angelo mio, certo che possiamo. Anzi, scusami, ma sai, quando voglio qualcosa tendo a diventare molto insistente."

La guardò di nuovo di sfuggita... e Carly trattenne il fiato, notando il suo sguardo intenso e interessato. Quando Jag tornò a guardare la strada, le sembrò di poter ricominciare a respirare. Buon Dio, Jag era davvero un killer.

Tuttavia, non le sfuggì la scintilla di gioia che le si era accesa nel profondo, per il fatto che Jag l'avesse guardata in *quel* modo.

Sentì di nuovo la determinazione crescerle dentro. Le sembrava di trovarsi sulle montagne russe delle emozioni. L'attimo prima era terrorizzata, poi arrabbiata, poi aveva voglia di piangere... infine si trovava a chiedersi come poter piacere a Jag, in modo che la considerasse molto più che un'amica.

Erano sbalzi che la confondevano e la stancavano, ma almeno, per la prima volta dopo tanti mesi, Carly si sentiva viva. Le sembrava quasi, forse, di avere un futuro. Anche da morto, Shawn le aveva tolto ogni speranza per un certo periodo, ma lei si sarebbe impegnata al massimo per voltare pagina, per mettersi alle spalle Shawn. Il primo passo sarebbe stato domandare all'ispettore di aggiornarla sulle indagini. Gli avrebbe chiesto cosa avessero scoperto su Luke, sempre che sapessero qualcosa. Quell'aggiornamento l'avrebbe aiutata ad andare avanti, almeno lei ci sperava.

Senza Jag al suo fianco, Carly sentiva che non avrebbe mai trovato il coraggio di decidersi e andare alla centrale. Però lui *c'era*, era con lei, e grazie a lui Carly si sentiva più forte. Gli strinse la mano per gratitudine e poi cercò di rilassarsi al meglio sul sedile.

Le sembrava il primo giorno del resto della sua vita. Non aveva idea di dove l'avrebbe portata, ma sarebbe stato sempre meglio che nascondersi in un angolo della camera da letto. Guardò Jag con la coda dell'occhio e si meravigliò di nuovo che fosse lì con lei, che la tenesse per mano, che la chiamasse angelo.

Voleva quell'uomo, lo voleva per sé. Jag non era come Shawn, Carly lo sapeva nel profondo dell'anima e voleva diventare una donna migliore, per lui. Jag meritava una donna che non avesse sempre paura, una donna di cui poter essere fiero.

Quel pensiero le fu sufficiente per trovare un appiglio, qualcosa per cui combattere. Valeva la pena lottare, per Jag e anche per se stessa, Carly voleva tanto crederci.

———

I pensieri positivi l'accompagnarono fino al momento in cui si sedette nella stanza della stazione di polizia in centro a Honolulu e fu costretta ad aspettare l'arrivo dell'ispettore Lee. Più Carly aspettava in quella che sembrava una stanza per gli interrogatori e più si innervosiva. Jag continuava ad andare avanti e indietro, di certo non l'aiutava a star meglio. Ovviamente anche lui non aveva preso bene quel ritardo e non gli piaceva dover aspettare.

Dopo un'ora intera, finalmente l'ispettore entrò nella stanza. "Mi dispiace avervi fatto attendere."

Carly aprì la bocca per rispondere che andava tutto bene, ma Jag la anticipò.

"Fa bene a dispiacersi, è un'ora che aspettiamo. È così che la polizia tratta le vittime?"

Carly non era convinta che fosse quello il modo migliore di avviare la conversazione, ma ormai era troppo tardi.

Invece l'ispettore la sorprese rispondendo: "Ha ragione, no, non è questo il modo. Sono dovuto intervenire, un signore di ottantasette anni è stato rapinato, probabilmente per comprare della droga. Gli hanno trovato addosso solo dieci dollari e l'hanno pestato, adesso è in ospedale e al pronto soccorso stanno cercando di ricucirgli la testa."

Carly fece una smorfia.

Jag si passò una mano nei capelli. "Scusi tanto."

L'ispettore sospirò. "No, davvero, mi dispiace, non è stato corretto nei vostri confronti, qualcuno avrebbe dovuto avvertirvi. Vedrò di capire come mai non vi è arrivata voce, dove c'è stato l'inghippo, farò in modo che non capiti di nuovo," concluse l'ispettore Lee. "Che ne dite di cominciare?"

Jag annuì.

"Sono l'ispettore Lee, ma potete anche chiamarmi Mack, o anche solo ispettore." Porse la mano a Jag.

"Jagger Bennett. Sono amico di Carly, le sono molto vicino. Sono anche un SEAL della base navale qui sull'isola. Io e i miei amici abbiamo cercato di trovare Luke, finora senza fortuna, quindi mi interesserebbe moltissimo sapere cos'avete scoperto."

Carly notò nello sguardo dell'ispettore un rispetto crescente. Lei non si aspettava che Jag se ne uscisse subito dicendogli che era un SEAL, ma comprese che Jag aveva ottenuto esattamente la reazione che voleva: fare in modo che Mack lo considerasse con il massimo rispetto.

Mack si voltò verso di lei. "Tu come stai, Carly?"

Lei fece spallucce. "Tutto bene."

Evidentemente non era molto brava a mentire, perché Mack si accigliò subito, pur non commentando il tentativo palese di Carly di nascondere il suo reale stato d'animo. "Grazie per essere venuta qui in centrale. So che mi hai già raccontato tutto ciò che ti ricordi di quella sera e dei giorni precedenti, ma pensi che potremmo ripercorrere gli eventi? Stavolta potrebbe tornarti in mente qualche dettaglio rilevante."

Carly sospirò. Non ricordava altro che potesse aiutare la polizia a trovare Luke. Prima di quel fatidico giorno, non aveva notato nulla di anomalo e se solo avesse avuto il sospetto che Shawn aveva in animo di fare ciò che poi aveva fatto, avrebbe detto qualcosa a qualcuno. Raccolse le mani sulle ginocchia e ripercorse doverosamente gli eventi di quella sera. No, non aveva visto Shawn per tutto il giorno, né l'aveva visto nei giorni precedenti l'attacco. Erano passati dei mesi dall'ultima volta che l'aveva visto: era successo proprio al Duke's, la sera in cui aveva incontrato Jag per la prima volta. Sì, aveva visto Luke sulla spiaggia, il giorno in cui Shawn era morto, ma lui non aveva affatto cercato di contattarla.

Quando Carly terminò di raccontare, aspettò che l'ispettore le facesse altre domande, invece lui si limitò a sospirare e ad appoggiare la schiena alla sedia.

"Ecco, allora, il fatto è che... ho parlato con Luke Keyes e non esistono prove di alcun tipo che sia coinvolto nel tentativo di rapire la signora Madigan."

"Un momento... cosa?" domandò Jag incredulo. "Hai parlato con Luke? Di persona?"

"Sì. Sapeva che lo stavamo cercando e si è presentato di sua spontanea volontà."

"Cazzo," commentò Jag alzandosi in piedi e riprendendo a camminare avanti e indietro per l'agitazione. "Come mai Carly non lo sapeva? Carly ma *tu* lo sapevi che l'avevano trovato?"

Lei scosse la testa: era sbalordita tanto quanto Jag.

"Abbiamo controllato l'alibi e risulta veritiero. Ha detto di aver passato la sera con la sua ragazza e lei l'ha confermato."

"Può sempre mentire anche lei," rispose Jag.

L'ispettore strinse i denti per un attimo, poi replicò: "È possibile, ma sentite, nella mia carriera ho interrogato un sacco di sospetti; quei due mi sembrano credibili."

Carly capì che Jag era sul punto di perdere le staffe. Quando le passò di nuovo vicino, allungò una mano e gliela posò sulla coscia. Lui smise subito di camminare.

Jag fece un respiro profondo, come per cercare di calmarsi, poi disse: "Un mio amico sta cercando Luke da quel fatidico giorno e non ci è riuscito, e il mio amico è *bravo* a trovare le persone. Dove si trova Luke adesso?"

"Purtroppo non sono autorizzato a svelare questa informazione," rispose l'ispettore, "ma sembra che abbia tanti amici che lo aiutano come possono a nascondersi."

"Ma non è illegale?" riuscì a chiedere Carly.

"No, se non è ricercato o accusato di nulla," le disse Mack, "poi è seguito da uno studio legale. Si è presentato una volta per rilasciare una dichiarazione, ma poi ha detto che qualunque altra domanda doveva passare tramite l'avvocato."

"Allora, se pensate che Luke non c'entri, avete scoperto *qualcosa* sui colleghi di Shawn?" chiese Jag, con un tono di voce chiaramente irritato.

Carly odiava quel modo di affrontare il confronto, la metteva molto a disagio. Lei preferiva di gran lunga andare d'accordo con gli altri, non discuterci animatamente. Però era comunque contenta che Jag fosse con lei quel giorno, anche perché stava ponendo tutte le domande a cui lei voleva una risposta, ma che probabilmente non avrebbe avuto il coraggio di porre.

L'ispettore Lee sembrava a disagio. Riprese il blocchetto su cui aveva annotato degli appunti e girò pagina.

"Abbiamo interrogato tutte le persone che la signora Stewart sospettava fossero coinvolte. Jamie Redmon, che era il capo di Shawn nella fabbrica in cui imbottigliano la Coca Cola. Eddie Evans, che era il vicino di casa di Shawn. Kelly Gregory, la donna che Shawn frequentava prima di uscire con Carly. Wes Schell, il padrone di casa di Shawn. Luke e la sua ragazza, Rebecca Nelson. I tre amici più vicini a Shawn, che sono Beau Langford, Gideon Sparks e Jeremiah Barrowman. Non esistono prove del coinvolgimento di *nessuno* di loro nel piano di Shawn."

Carly avvertì un brivido, sentendo quel lungo elenco di nomi. Erano tutte persone a stretto contatto con Shawn, a parte Kelly; se una o più di quelle persone avesse tramato con Shawn per farle del male, Carly non se ne sarebbe sorpresa.

"Quanti di loro posseggono una barca?" chiese Jag.

"Tre. Jamie, Eddie e Beau."

"Avete controllato i porticcioli in cui vengono tenute le loro barche?"

"Sì."

Jag continuò a porre domande a raffica all'ispettore, il quale rispose senza alcuna ritrosia, Carly gliene diede atto.

L'incontro non era andato affatto come si aspettava lei: Carly sperava che fossero state trovate prove concrete del coinvolgimento di Luke nel piano del padre, sperava che le assicurassero che era solo una questione di tempo, prima che Luke venisse incriminato e poi recluso. Invece la realtà era molto diversa. Anzi, sembrava proprio che l'uomo che lei aveva ritenuto il pericolo numero uno non fosse affatto l'uomo di cui avrebbe dovuto aver paura.

Le indagini sembravano impantanate. L'ispettore non aveva trovato alcuna informazione che lo portasse a sospettare di qualcuno, in modo da scoprire chi fosse stato il complice di Shawn.

"Sappiamo bene entrambi che Shawn aveva un complice," disse Jag, che nel frattempo non si era mosso dal punto in cui si era fermato, vicino a Carly, mentre poneva domande all'ispettore. Lei gli teneva ancora una mano sulla gamba, a un certo punto gli aveva afferrato i pantaloni senza accorgersene, quasi inebetita da tutto ciò che aveva sentito.

"A quel che mi ha detto Kenna Madigan, Shawn quella sera era fuori di testa," affermò l'ispettore Lee, "sarebbe plausibile anche che fosse *convinto* che qualcuno sarebbe venuto a prenderlo, ma che in realtà non ci fosse nessuno ad aiutarlo. Il temporale di quella sera è stato il peggiore degli ultimi anni, in questa zona, sarebbe stato quasi impossibile mettersi in barca con quel vento, con quella pioggia, la visibilità era quasi zero."

"Allora, stai dicendo che è finita?" sbottò Jag, "che le indagini si sono fermate? Caso chiuso?"

"Non ho detto questo," rispose l'ispettore mettendosi sulle difensive e poi voltandosi a guardare Carly. "Sospetti di qualcun altro? C'è qualcuno che potrebbe aver aiutato il tuo ex?"

"No," rispose Jag, di nuovo parlando prima che Carly potesse rispondere.

Lei alzò lo sguardo confusa. Jag non stava guardando lei, stava lanciando frecciate all'ispettore Lee. "Non è responsabilità di Carly fornire dei sospettati, è *tuo* dovere di ispettore, devi fare il tuo lavoro e scoprire da solo chi c'è dietro."

"Non è un problema," disse lei sottovoce, accarezzando distrattamente la gamba di Jag.

"Invece sì," disse lui scuotendo la testa.

"Abbiamo fatto ricerche tra i colleghi di lavoro di Shawn, li abbiamo interrogati quasi tutti, di persona o al telefono," disse l'ispettore Lee, "hanno tutti degli alibi di ferro. Erano quasi tutti a casa con la famiglia o con i parenti. Abbiamo passato giorni e giorni a raccogliere dichiarazioni, quasi tutti si sono detti sbalorditi da quanto è successo. Alcuni non conoscevano nemmeno Carly, non l'avevano mai incontrata e non avevano alcun movente per diventare complici di Shawn."

"Non abbiamo chiuso il caso, ma non abbiamo uno straccio di prova per stabilire che ci fosse qualcuno in mare quella sera, in attesa di portare via Shawn con un ostaggio. Abbiamo esaminato tutti i video di sorveglianza dei porticcioli vicino a Waikiki e non abbiamo trovato nulla di anomalo. A meno che Carly non suggerisca qualcun altro che potrebbe aver aiutato Shawn, fintanto che non sorgeranno altre prove, non c'è molto che possiamo fare al momento."

Carly deglutì a fatica. Non sapeva bene come prenderla. Forse avrebbe dovuto sentirsi meglio, perché tutte le persone legate a Shawn erano state indagate e considerate estranee ai fatti. Oppure doveva sentirsi ancor *più* paranoica?

Senza dire una parola, Jag abbassò una mano per prendere quella di Carly, l'aiutò ad alzarsi in piedi e le mise subito un braccio intorno alla vita, tenendola stretta a sé. Fu un gesto che lei apprezzò... perché se non si fosse appoggiata a lui, Carly aveva l'impressione che sarebbe caduta faccia a terra.

"Ci contatterà se scopre qualche altra informazione, vero?" domandò Jag.

"Certamente," rispose l'ispettore Lee. "Mi dispiace moltissimo di non avervi potuto comunicare notizie migliori, oggi, ma se le fa piacere, io penso che sia al sicuro, in fondo è passato moltissimo tempo dall'incidente. Il signor Keys è stato ovviamente il principale responsabile di quell'attacco e la sua morte ha chiaramente fatto desistere il complice, sempre che ci *fosse* un complice."

Jag non gli rispose, invece Carly, che non voleva dare l'impressione di essere scortese, gli disse: "Grazie."

Poi si avviò verso l'uscita della centrale, mano nella mano di Jag; quando gli altri lo vedevano arrivare, si spostavano rapidamente. Non era un uomo molto alto (altissimo, rispetto a lei), ma stava emanando vibrazioni di rabbia evidenti a tutti e nessuno voleva stargli tra i piedi.

Uscirono all'aperto, il pomeriggio era tiepido, Jag si diresse al garage in cui avevano parcheggiato senza rallentare minimamente. Come sempre, nel momento stesso in cui Carly uscì all'aria aperta, le tornò la solita agitazione. Non sapeva come togliersi di dosso la brutta sensazione di essere osservata. Pure per questo si era nascosta per tutto quel tempo.

Anche se l'ispettore Lee le aveva detto che la pensava al sicuro, lei non si sentiva tranquilla. Un'occhiata a Jag di sfuggita la fece sentire appena meglio. Lui continuava a guardarsi attorno, controllando se ci fosse qualcosa o qualcuno di strano.

Jag le aprì lo sportello del passeggero, senza dirle una sola parola quando lei entrò. Carly gli tenne gli occhi addosso mentre lui girava intorno alla macchina per mettersi al volante. Quando anche lui fu dentro, dopo aver chiuso la portiera, afferrò il volante stringendolo forte, con lo sguardo fisso in avanti.

"Jag?" lo chiamò Carly sottovoce.

"Dammi un minuto," le rispose lui a denti stretti.

Vederlo tanto irritato la metteva a disagio. Da quando lo conosceva, Jag si era sempre dimostrato molto equilibrato. Invece in quel momento le sembrava sul punto di perdere completamente il controllo.

Carly deglutì a fatica e rimase in silenzio più che poteva, respirando a malapena: non voleva far nulla che potesse renderlo ancor più agitato di quanto evidentemente fosse già. Però non aveva paura di lui. Non era come quando Shawn era in preda alla rabbia. No, Jag non le avrebbe mai fatto del male, non era arrabbiato con lei, era solo chiaramente frustrato per la situazione, per tutte le questioni irrisolte, le domande senza risposta sorte dal colloquio con l'ispettore.

Carly allungò una mano e gliela mise sul braccio, al che Jag si voltò subito verso di lei, si spostò e le prese la mano con la propria, portandosela alle labbra, infine le baciò le dita con dolcezza, sospirando.

"Mi dispiace, scusami, sono un mostro," le disse.

"Dai, non preoccuparti," gli rispose subito Carly.

"Invece sì, di solito riesco molto meglio a controllare le mie emozioni, è solo che mi dà molto fastidio che la polizia non abbia trovato nessuno su cui concentrare l'attenzione, o che pensino che Shawn non avesse affatto un complice."

"Forse non ce l'aveva," gli disse Carly facendo spallucce.

Lui la guardò e le disse con fermezza: "*Sì*, c'era un complice."

"Tu come fai a saperlo? Magari sono solo io che sono paranoica."

"Non sei paranoica. Ne sono convinto senza alcun dubbio. Non sai quante volte mi è capitato in missione di accorgermi che c'era qualcosa di strano nell'aria, sai, chiamalo sesto senso, intuito, prudenza, chiamalo come vuoi, ma il mio addestramento mi dice di non ignorare mai le mie sensazioni. Non ti sei nascosta per tutto questo tempo senza motivo. Se hai avuto la sensazione che qualcuno ti guardasse, significa che qualcuno ti stava guardando." Fece una pausa per un momento. "Scusa, ti ho spaventata?"

Carly sbatté le palpebre. "Spaventata?"

"Non vorrei mai fare qualcosa che possa ricordarti anche lontanamente quel deficiente con cui uscivi. Io non ti farei *mai* alcun male, non ti metterei mai le mani addosso e cercherò sempre di non ferirti neanche con le parole. Ogni tanto ho bisogno del mio tempo per assorbire qualcosa, ma non dovrai mai preoccuparti che mi sfoghi su di te, hai capito?"

"Ho capito," gli rispose subito Carly.

Lui le baciò di nuovo le dita della mano, poi l'abbassò, appoggiandosela sulla coscia, sempre con le dita intrecciate. "L'ispettore è convinto che sia finita qui, ma io non mi metterò il cuore in pace finché Baker non parlerà con tutti gli amici di Shawn e anche con tutti quelli che lo conoscevano. Fino a quel momento, finché non sarà *Baker* a dirmi che non ci sono sospetti, voglio che tu stia con me."

Le emozioni che vorticavano negli occhi color cioccolata di Jag quasi ipnotizzarono Carly, che rimase ferma immobile. "Va bene."

Che altro poteva rispondergli? Di sicuro non voleva tornare al proprio appartamento, specialmente non dopo aver saputo che la polizia aveva interrotto le indagini e non stava cercando nessuno.

A un certo punto, Carly si avvide che l'ispettore Lee era convinto che Luke non fosse coinvolto. Lei gli aveva fatto un sacco di nomi solo perché lui aveva insistito e le aveva chiesto l'elenco di tutti quelli vicini a Shawn, ma era sempre stata convinta che nessuno di loro avesse a che fare col piano folle di rapirla e torturarla.

Se però Luke non era il complice in attesa nell'oceano, pronto ad aiutare il padre... chi poteva esserci al suo posto? La polizia ci aveva visto giusto? Shawn era solo impazzito e si era *convinto* che qualcuno sarebbe andato a prenderlo? Le sembrava improbabile.

"Smettila," le disse Jag staccando la mano da quella di lei per portargliela dietro la nuca con tenerezza. Non la stava stringendo, non le stava facendo male, ma quel contatto le bastò per tirarla fuori dall'attacco di panico che stava per impossessarsi di lei. "Fai un bel respiro, angelo mio."

Carly respirò.

"Brava, ora fanne un altro."

Carly respirò profondamente. Odiava la sensazione di vulnerabilità che stava per prendere il controllo di lei.

"Devo parlare con Baker per fargli sapere cosa ci ha detto l'ispettore. Vedrai che non si fiderà ciecamente, già non si fida di nessuno. Troverà Luke e gli parlerà. Rintraccerà anche tutti gli altri che ha nominato l'ispettore. Se c'era qualcuno ad aiutare Shawn, lui lo scoprirà."

"Ma ha intenzione... di torturarli?"

Jag sembrò preso alla sprovvista per un attimo, poi le fece un gran sorriso, sorprendendola. Alcune delle emozioni che gli si leggevano in volto svanirono. "Ma no! È un tipo molto tosto, ma non si spingerebbe mai a tanto. Non ne avrà nemmeno bisogno. Sa come fare per farsi dire la verità."

Carly cercò di rilassare le spalle incurvate e gli altri muscoli. "Meno male."

"Avevi ragione a chiedermi di aspettare l'esito dell'incontro con l'ispettore, prima di decidere cosa fare per il resto della giornata. Adesso non ho alcuna voglia di incontrare qualcuno, e tu?"

Lei scosse la testa.

"Bene. Allora che ne dici di una passeggiata sulla spiaggia?"

Tutto lo sforzo che lei aveva fatto per rilassare i muscoli fu sprecato, perché si sentì subito di nuovo tesa.

"Poco tempo," le disse Jag, "andiamo a Barbers Point."

"Non ce la faccio," gli rispose Carly con voce tremante.

"Pensi che potrei mai permettere che ti succedesse qualcosa?" le chiese Jag inclinando la testa.

Carly aveva cominciato a respirare in modo affannato al solo pensiero di camminare su una spiaggia pubblica, all'aperto. "Non mi sento pronta," gli rispose, evitando di rispondere alla domanda.

"Ma sei pronta," insisté lui, "non sei più da sola a lottare, angelo mio, sono qui con te."

Lei chiuse gli occhi e sentì il pollice di Jag che le sfiorava la pelle sensibile della nuca. Avrebbe voluto insistere, chiedergli di riportarla al proprio appartamento, dove poteva chiudersi di nuovo a chiave e cercare di assorbire tutto ciò che aveva detto l'ispettore. Però sarebbe stata una reazione da vigliacca. Un passo indietro. Voleva credere che nessuno le stesse dando la caccia, che non ci fosse nessuno in giro, pronto al momento opportuno... ma non era affatto semplice.

Infastidita da quel tumulto di emozioni, Carly cercò di far prevalere la rabbia che le era venuta poco prima. "Va bene," sussurrò.

"Eccola qui," commentò Jag.

Carly aprì gli occhi e lo guardò in faccia.

"Il mio angelo coraggioso, faremo solo quattro passi. Poi mentre torniamo a casa prendiamo qualcosa da asporto e telefono a Baker."

Jag le tolse la mano dalla nuca e Carly alzò una mano e gli afferrò il polso. Lui si fermò.

"Grazie, Jag. Grazie di tutto. Ci sto provando, ma non posso togliermi di dosso la sensazione di essere osservata."

Lui girò subito la testa per guardare fuori dal finestrino dietro di lei, poi dietro la propria schiena. Solo quando fu sicuro che nessuno li stesse spiando, tornò a guardarla. "Lascia che osservino," le disse con fermezza, "se c'è qualcuno che ti guarda, adesso sa che non sei più da sola. Che ci provi, a fare qualcosa, se ne pentirà."

Carly non era sicura di apprezzare quella velata minaccia, ma Jag aveva già avviato il motore e stava facendo manovra per uscire dal parcheggio e dirigersi fuori dalla città.

CAPITOLO CINQUE

IL RESTO del pomeriggio era passato piuttosto liscio. Durante la passeggiata sulla spiaggia, Carly era ovviamente tesa, chiaramente al limite, ma Jag aveva fatto del suo meglio per farla calmare. Dopo quattro passi durati un quarto d'ora, erano tornati in macchina e si erano diretti verso il palazzo di Jag.

Nel rientrare, lui si era fermato a prendere del cibo da asporto in un ristorante italiano; quando erano arrivati a casa, non gli era sfuggita la reazione di Carly, che aveva rilassato le spalle per il sollievo appena lui aveva chiuso la porta a chiave. A Jag dava molto fastidio vederla tanto vulnerabile e impaurita, quando era in pubblico, ma non poteva certo biasimarla.

Anche lui si era infuriato, sentendo l'ispettore dire che l'indagine si era imbattuta in un sostanziale muro di gomma, perché non si erano trovate prove per identificare il complice dell'ex di Carly. *Qualcuno* aveva tramato con Shawn. *Qualcuno* era stato disposto ad assecondare il piano di rapire e torturare Carly. Solo perché l'ispettore non aveva scoperto chi fosse, o perché qualcuno si era dimostrato un professionista delle menzogne, non significava che la minaccia fosse finita e che Carly non dovesse proteggersi.

Era stato un errore lasciar passare tanto tempo prima di fare qualcosa. Lei aveva sofferto troppo, ben oltre il necessario, da sola nel suo appartamento; Jag non si sarebbe perdonato tanto facilmente per quell'errore.

Almeno fu contento di averla convinta a telefonare a Kenna mentre tornavano a casa. Carly gli era sembrata incoraggiata da quella breve conversazione.

Era solo una questione di tempo: Carly avrebbe riallacciato l'amicizia con Kenna e si sarebbe fatta risucchiare nel vortice del circolo delle amiche. Lui non aveva dubbi che Carly sarebbe andata d'accordo con Monica, appena si fossero conosciute. Monica era una donna un po' anomala, riservata, che poteva mettere a disagio; ma proprio il suo carattere l'avrebbe resa ancor più cara a Carly. Sì, certo, Carly era sempre stata molto estroversa, amante della compagnia, ma dopo gli ultimi mesi doveva aver rivalutato un modo di fare più riservato e avrebbe rispettato anche quel tratto della personalità di Monica.

Jag aveva inviato un messaggio a Baker per fargli sapere che doveva parlare con lui, ma più sul tardi, perché non voleva sentirlo con Carly intorno , per non dover stare attento a ciò che diceva. Non che volesse tenere dei segreti, ma voleva evitarle dell'altra rabbia che gli sarebbe venuta, per quella situazione. Si era comportato da idiota, le aveva mostrato la propria frustrazione per il colloquio con l'ispettore. Non voleva darle alcun motivo di fare dei paragoni con Shawn.

Però Jag era senz'altro furioso per come stavano le cose. Furioso con la polizia, ma anche con se stesso, per non averla convinta prima a trasferirsi da lui. Era furioso con la persona misteriosa, chiunque essa fosse, che rimaneva a piede libero nell'ombra a osservare, in attesa.

Carly gli aveva confidato di sentirsi osservata e Jag non aveva dubbi che ci *fosse* un complice che la osservava. C'era un motivo se si era nascosta, chiudendosi nel suo appartamento; la sensazione che qualcuno la spiasse era un'ottima ragione.

"Vuoi andare a dormire?" le suggerì Jag, quando ormai fuori era buio. Dopo cena, Carly si era messa a leggere un libro in formato *e-book*, o almeno ci aveva provato. Gli occhi continuavano a chiudersi da soli. Gli sembrava una scolaretta che si addormentava in classe. Aveva la testa che le cadeva in avanti svegliandola, poi si sforzava di concentrarsi sul libro. Però gli occhi le si chiudevano di nuovo inesorabilmente, la testa le tornava giù di nuovo. Aveva ancora molto sonno da recuperare.

Si voltò a fissarlo e lui le vide negli occhi un'espressione perplessa. Jag aveva fatto del suo meglio per lasciarle dello spazio; pur avendo voglia di sedersi vicino a lei, sul divano, tenendola stretta, aveva resistito a quell'impulso. Si era già mosso abbastanza alla svelta. L'ultima cosa che voleva era fare qualcosa che la mettesse a disagio, soprattutto nella situazione in cui si trovava in quel frangente.

A Jag piaceva la presenza di Carly in casa con lui. Aveva passato fin troppe notti a preoccuparsi per lei, a chiedersi se stesse mangiando, se stesse dormendo, se avesse paura. Vedersela in casa contribuiva molto a rassicurare quella parte di lui che voleva prendersi cura di Carly. Almeno aveva la certezza che stesse bene.

"Ah, sì va bene, ma..." Carly si interruppe.

"Dimmi, che c'è? Puoi chiedermi quello che vuoi, dirmi quello che vuoi."

"Nel tuo appartamento c'è solo una camera da letto," sbottò lei, "pensavo di dormire qui sul divano."

"No," le rispose con tono deciso e non aperto a discussioni. "Se qualcuno deve dormire sul mio divano, quello sono io."

"Non posso dormire nel tuo letto," protestò lei.

"Perché no?"

"Perché no," gli rispose lei.

"Non è una risposta," le disse scherzosamente. "Senti, il mio è un letto matrimoniale extra large, c'è moltissimo spazio per entrambi e ti giuro sul mio onore di SEAL della marina che *non* ti sfiorerò e non farò nulla che possa metterti a disagio. Con me sei al sicuro, angelo mio. Al sicuro da chiunque voglia metterti le mani addosso, incluso me stesso. Però se non ti senti a tuo agio a dormire insieme a me, posso rimanere qui, non è un problema. Il divano è molto comodo, sai quante volte mi ci sono addormentato sopra guardando la TV? Poi ho dormito in condizioni molto peggiori, nella vita. A me interessa solo che tu stia bene, che ti senta al sicuro."

Carly lo fissò per un lungo momento e Jag non riuscì a interpretare le emozioni che le illuminavano gli occhi, il che lo infastidiva. Non poco.

"Va bene."

Jag si rilassò appena a quella risposta, le fece un gran sorriso e ripeté: "Che cosa 'va bene'?" Vuoi che dorma qui in salotto, o in camera con te?" Trattenne il fiato nell'attesa della risposta di Carly. Soprattutto perché voleva dormire con lei *più* di quanto non sentisse il bisogno di respirare.

La notte prima, per lui era stata come un sogno che si avverava. La presenza di Carly aveva calmato i demoni che gli tormentavano la testa, a lui era sembrato un piccolo miracolo, dato che quel tormento lo perseguitava da tantissimo tempo. Però era disposto a fare ciò che lei gli chiedeva, ciò di cui Carly aveva bisogno, grato anche solo del fatto che lei condividesse gli stessi spazi.

"Ho una domanda," gli disse lei.

"Spara."

"Da che parte del letto preferisci dormire? Perché a me piace dormire sulla destra e non so se potrei dormire a sinistra." Carly accennò un sorriso mentre aspettava che lui rispondesse.

Jag fece una risatina: "Puoi stare sulla destra."

"Jag?"

"Dimmi angelo mio."

"Non so come ringraziarti per..."

"No." Jag la interruppe di netto, ma non gli importava.

"Ma non sai nemmeno cosa stavo per dire," protestò lei.

"Lo so, e l'ultima cosa che voglio è la tua gratitudine," le disse col cuore in mano. "Mi sto già insultando da solo per non essermi mosso prima. Se solo penso a come ti eri rannicchiata nel tuo appartamento, spaventata a morte, mi viene..." fu scosso da un brivido. Quel pensiero lo feriva nel profondo, ecco l'effetto che gli faceva. Però non se la sentì di dirglielo. "Sei qui perché ci tengo a te, perché odio il pensiero che tu non possa vivere la tua vita, quindi non c'è bisogno di ringraziarmi, va bene?"

"Ci proverò," gli rispose lei.

"Brava. Ti raggiungo un po' più tardi."

Carly lo fissò per un attimo, poi annuì e si alzò. Si avviò nel corridoio e Jag la sentì chiudere la porta della camera.

Dopo un respiro profondo, Jag si alzò e prese il telefono. Era tutto il pomeriggio che gli prudevano le mani perché voleva telefonare a Baker. Sapeva che non avrebbe preso molto bene ciò che aveva da dirgli, ma non voleva perdere altro tempo.

Tenendo sempre l'orecchio attento, qualora Carly uscisse dalla camera da letto, Jag camminava avanti e indietro con il telefono che gli squillava nell'orecchio.

"Baker."

"Sono Jag. Ho novità."

"Dimmi tutto."

Jag gli disse proprio tutto. Gli raccontò che l'ispettore aveva parlato di persona con Luke e che l'alibi che gli aveva fornito l'aveva convinto. Poi raccontò i dettagli delle altre persone menzionate da Carly, spiegando a Baker che la polizia era convinta che nessuno di loro fosse coinvolto.

Quando finì di aggiornarlo, dall'altra parte ci fu un grande silenzio.

"Baker? Ci sei ancora?"

"Ci sono," gli rispose, "è ovvio che non mi ci sono messo con abbastanza impegno, ma questa storia cambia a partire da subito."

Jag si sentì un po' preoccupato per il tono quasi apatico della voce di Baker e capì che per Luke Keyes, o per chiunque altro fosse coinvolto, non si metteva bene. "Carly è al sicuro, è qui con me," gli disse.

"Era ora," sbottò Baker.

A Jag venne voglia di ridere. Non era passato molto tempo da quando aveva conosciuto Carly. Solo qualcuno nella cerchia degli amici poteva pensare che fosse passato troppo tempo, prima che lui le chiedesse di trasferirsi a vivere insieme. L'unico che andava più piano di Jag era Slate. "Tienimi aggiornato," disse Jag all'amico, "voglio sapere se scopri qualcosa nel momento stesso in cui affronti qualcuno e ti vengono dei sospetti."

"Io lavoro da solo," gli ricordò Baker.

"No, non in questo caso," insisté Jag, "non conosco bene la tua storia, ma i SEAL lavorano insieme. Anche se non sei più in servizio attivo, sei sempre un maledetto SEAL! Non dimenticare che è della mia donna che stiamo parlando. C'è in ballo la vita di Carly e per tenerla al sicuro, cazzo, devo sapere cosa diavolo succede, hai capito?"

Baker esitò per un attimo, poi Jag sentì una risata roca dall'altra parte. "Merda, amico mio, penso di non averti mai sentito parlare tanto tutto d'un fiato."

"Vaffanculo," brontolò Jag.

"Ti fidi dell'ispettore?" domandò Baker, cambiando argomento bruscamente.

"Sì e no. Ovviamente non credo che tutti i sospettati siano colpevoli, ma sono convintissimo che uno di loro sia coinvolto. C'era *qualcuno* nell'oceano, qualcuno che aspettava qualche segnale da parte di Shawn per venire a prenderlo."

"Pensi che questo, o questa complice cercherà di terminare ciò che Shawn aveva tentato?" gli chiese Baker.

Jag si stava innervosendo. Baker conosceva già la risposta a quella domanda. "Certo. Solo due pazzi potevano tramare un piano del genere, quindi chi è rimasto è ancora in ballo e cercherà di portare a termine il piano di Shawn."

"Sono d'accordo. Farò altre ricerche poi ci sentiamo." Baker riattaccò senza aggiungere altro.

Jag era nervoso, agitato. Voleva *fare* qualcosa, magari partire e interrogare i sospetti di persona. Però era un SEAL in servizio attivo e doveva muoversi con circospezione. Era meglio lasciare che fosse Baker a scarpinare, ma a Jag non faceva piacere.

Senza esitare, Jag si girò e si avviò a grandi falcate per il corridoio, verso la camera da letto. Di solito si ritirava più tardi, ma, del resto, di solito non c'era Carly che lo aspettava.

Aprì lentamente la porta della camera e fissò la donna sdraiata sul letto. Aveva lasciato accesa la luce del bagno, filtrava un chiarore più che sufficiente per muoversi. Carly si era messa sulla destra del letto, il lato che preferiva, era appallottolata. Quella posizione difensiva gli dava molto fastidio.

Afferrò un paio di pantaloni da notte e andò in bagno. nel giro di un paio di minuti ne uscì e andò sul lato sinistro del letto matrimoniale, lasciando la luce del bagno accesa: non voleva che Carly si svegliasse in piena notte e non si ricordasse dov'era.

Le aveva detto la verità: non gli importava che fosse Carly a dormire sulla destra... perché lui di solito dormiva in mezzo al letto. Quella posizione lo faceva sentire più sicuro, perché diventava difficile per chiunque avvicinarsi a lui, in mezzo a quel letto enorme. Si infilò nel letto e non trattenne un sorriso, perché Carly si girò subito per accoccolarsi addosso a lui.

Alla faccia del dormire senza entrare in contatto.

Però Jag in parte se lo aspettava. Anche lui non sarebbe mai riuscito a tenere le distanze. Non dopo averla tenuta tra le braccia tutta la notte precedente. Voleva rivendicare il diritto di toccarla e non solo a letto.

Era una sensazione del tutto nuova. Jag non era mai stato ossessionato dal sesso. Mai. Pensarci tanto spesso, come gli stava capitando, era sconcertante. Fare sesso con Carly gli avrebbe cambiato la vita e lui lo sapeva senza ombra di dubbio.

Non si sentiva ancora pronto per quel passo, voleva esserne sicuro. Voleva che *lei* ne fosse sicura. Voleva che Carly scegliesse di stare insieme a lui perché lo desiderava come persona, non solo perché lui la teneva al sicuro. Era un approccio delicato, perché chissà, magari lei non sarebbe mai stata in grado di distinguere.

Jag era un SEAL e il suo lavoro era tenere le persone al sicuro. Beh, non era *solo* quello, c'era dell'altro, ma quello era in gran parte il suo modo di essere. Già da giovane si era prefisso la missione di difendere chi non poteva proteggersi da solo, le persone vulnerabili, i deboli. Non che Carly fosse una donna debole, tutt'altro. Forse Jag avrebbe dovuto preoccuparsi più per se stesso, avrebbe dovuto concentrarsi per tenere Carly lontana dal proprio passato.

I brutti ricordi minacciavano sempre di trascinarlo in un baratro oscuro e Jag doveva sempre sforzarsi di allontanarli. Inspirò, inalando il profumo leggermente dolciastro della crema da notte di Carly. Aveva visto il vasetto sul lavandino. Fiori di ciliegio. Quel profumo gli avrebbe sempre ricordato Carly.

"Che ore sono?" gli chiese lei mormorando.

"Shhhh," le sussurrò Jag, "è tardi."

Non era davvero tardissimo, ma lui non voleva farla svegliare, anche per evitare che si sentisse in imbarazzo per essersi accoccolata contro di lui e magari si voltasse dall'altra parte, mettendo della distanza tra loro.

"Ok."

Jag trattenne il respiro finché non sentì sulla pelle gli sbuffi d'aria dei lunghi e profondi respiri di Carly. Doveva pensare a un'infinità di cose, cose da fare per aiutarla, ma in quel momento poteva concentrarsi solo sulla bella sensazione di averla al proprio fianco.

Alzò lentamente una mano e le lisciò i capelli togliendoglieli dal viso. Sentendo il contatto, Carly arricciò leggermente il naso, ma poi si avvicinò ancora di più a Jag. Aveva i capelli biondi sparsi sul cuscino, Jag resistette all'impulso di afferrarne una ciocca per sentirne il profumo. Il viso di Carly era rilassato nel sonno, le labbra carnose lo tentavano, Jag non riusciva a smettere di fissarle. Era appena più bassa di lui, gli piaceva il modo in cui i loro corpi si completavano.

Quell'attrazione forte, che gli faceva notare ogni minimo dettaglio di Carly, avrebbe dovuto spaventarlo. Jag non era mai stato interessato all'aspetto esteriore delle donne, il suo sincero interesse era sempre scoprire gli eventuali secondi fini che potessero celare.

Sembrava sempre trovarne qualcuno. Volevano andare a letto con un SEAL solo per potersene vantare. Volevano qualcosa da lui, usarlo in qualche modo. Solo quando Mustang si era messo con Elodie, Jag aveva incontrato una donna totalmente altruista. Elodie amava Mustang in modo incondizionato e quel sentimento era senz'altro ricambiato. Poi Lexie era entrata nella vita di Midas e Jag aveva assistito allo stesso sentimento nascere tra loro.

Quando Aleck aveva conosciuto Kenna, anche Jag aveva cominciato ad aprirsi alla possibilità che magari, chissà, forse anche lui avrebbe trovato la donna giusta, un giorno. Il rapporto tra Monica e Pid aveva rafforzato quella speranza.

Finalmente eccolo, con Carly. Certo, non stavano insieme, almeno non in senso romantico, ma a lui faceva molto piacere che il loro rapporto fosse nato come un'amicizia. Negli ultimi mesi l'aveva conosciuta e la speranza era cresciuta.

Per la prima volta nella vita, Jag desiderava una relazione stabile con una donna. Voleva condividere il proprio spazio con qualcuna. Si riscopriva anche pronto ad aprirsi con lei, a confidarle ogni segreto; però era ancora troppo presto.

Nel frattempo, avrebbe fatto tutto il possibile perché Carly riprendesse in mano la propria vita... e se qualcuno avesse tentato di impedirglielo, quel qualcuno se la sarebbe vista con Jag.

Si addormentò pieno di speranze e sensazioni positive. Era pronto. Pronto ad abbattere i demoni di Carly... e magari pronto a sconfiggere i propri grazie a lei.

CAPITOLO SEI

CARLY TRATTENEVA a stento i conati di vomito. Non riusciva a credere di essersi lasciata convincere da Jag.

L'ultima settimana era stata meravigliosa. Era quasi tornata a sentirsi la vecchia Carly: aveva sentito Kenna quasi tutti i giorni al telefono ed era anche uscita dall'appartamento di Jag almeno una volta al giorno. Certo, ovviamente lui le era stato sempre vicino, ma era comunque una conquista.

Erano andati a fare la spesa insieme, Jag l'aveva accompagnata al centro commerciale per comprare altre cianfrusaglie che le servivano, una sera l'aveva persino portata in spiaggia per una cena all'aperto sotto forma di pic-nic. Era stata una serata molto divertente, anche perché tutti i passanti sembravano sempre attenti a rimanere a distanza, quasi che avessero timore di Jag, o chissà perché. Carly invece non si era mai sentita intimorita da quell'uomo massiccio, anzi, la faceva sentire meno vulnerabile... sotto sotto le piaceva persino quell'aria di pericolo che lui trasmetteva agli altri.

Per lei, Jag era proprio un porto sicuro, ma non solo quello.

Più tempo passavano insieme e più le riusciva difficile non gettarsi tra le sue braccia.

Jag cercava sempre il contatto. Le sfiorava la schiena con la mano, intrecciava le dita con lei e si appoggiava le mani di entrambi sulla coscia mentre guardavano la TV, ogni tanto le baciava persino la tempia. Era la notte, però, il momento più difficile, quando Carly faceva più fatica a tenere le mani a posto.

Ogni sera, Jag la mandava a letto per prima, poi la raggiungeva più tardi. Lei di solito dormiva già, quando lui arrivava a letto, ma si svegliava subito, appena anche lui si infilava sotto le lenzuola. Si girava e si appoggiava a lui, sapendo che l'avrebbe abbracciata e tenuta stretta. Negli ultimi mesi, per Carly la notte era sempre stata il periodo peggiore: immaginava di vedere qualcuno che si nascondeva nell'ombra, le succedeva di continuo. Nella settimana passata con Jag, Carly aveva dormito come non aveva mai dormito in vita sua, nemmeno prima della fatidica paranoia.

Stargli sempre vicino, però, comportava un desiderio sempre *crescente*. Carly era contenta che Jag non cercasse ringraziamenti, anche se lei si sentiva comunque in debito, ma preferiva così, perché non voleva essere considerata un caso pietoso. Voleva ciò che anche Kenna aveva. Ciò che avevano Elodie, Lexie e Monica. Voleva il diritto di toccare Jag come e quando desiderava, dove le piaceva. Voleva il privilegio di conoscerlo, fin nei pensieri più reconditi.

Però non erano ancora a quel punto. A lei piaceva pensare che il loro rapporto stesse diventando più stretto, più intimo, ma sarebbe servito del tempo.

Quello che *non* la entusiasmava affatto era il modo in cui Jag insisteva a farle pressioni per farla parlare con Alani, la manager del Duke's. L'ex capo di Carly. Pensiero che la riportò alla circostanza in cui era.

Carly non era affatto sicura di sentirsela, di tornare a lavorare. Uscire dall'appartamento di Jag era sempre uno stress molto difficile da vincere... e Jag voleva farla uscire, magari mettendola in pericolo, per farla tornare a lavorare?

"Non capisco ancora come mai insisti tanto su questo punto," gli disse, mentre erano seduti nella macchina di Jag in un parcheggio di Waikiki non lontano dal Duke's. Carly aveva accettato di andare a parlare con Alani, ma arrivati al parcheggio aveva deciso di insistere con Jag perché la riportasse a casa.

"Come mai ti piaceva fare la cameriera?" le chiese lui, invece di reagire a quanto gli aveva detto Carly.

Lei sospirò. "Mi piaceva passare il tempo con Kenna, con Paulo e Kalee. Mi piaceva vedere come cambiava l'espressione della gente dopo aver assaggiato la torta hula. Mi piaceva accogliere i gruppi numerosi, quelli che venivano a festeggiare qualcosa... tipo compleanni, anniversari, nozze. Sono sincera, mi piaceva anche guadagnare..."

"Noto con piacere che hai messo al primo posto le amicizie," le disse Jag. "Carly, tu somigli molto a Kenna, quando sei in mezzo agli altri sei un'altra, prendi vita. Le persone ti rendono felice, ne hai bisogno."

"Ma se sto in mezzo agli altri, Luke, o chiunque altro fosse il complice di Shawn, può vedermi e raggiungermi," protestò lei.

Jag le prese la mano e la strinse tra le proprie. "Vorrei tanto poterti dire che non succederà, ma non posso. Non sono certo entusiasta del fatto che la polizia non abbia scoperto collegamenti tra il piano di Shawn e le persone che lo conoscevano, ma penso che la tua esigenza di stare con gli amici sia di gran lunga più pressante del mio desiderio di chiuderti a chiave in casa finché non scopriremo chi avesse coinvolto Shawn nel suo piano."

Carly sentì ancor più rispetto nei confronti di Jag: doveva

sentirsi dire la verità, per quanto non le piacesse, e Jag era stato onestissimo con lei.

"Ho parlato con Aleck, ha assunto un'auto con conducente per portare Kenna al lavoro ogni giorno e poi lui la va a prendere a fine turno. Ha detto che non sarebbe un problema aggiungere anche te nel programma, così ti passerebbero a prendere. Penso che ti sentiresti meglio facendo gli stessi turni di Kenna. Me l'hai detto anche tu, che quando avevi ottenuto l'ordinanza restrittiva nei confronti di Shawn, sul lavoro eri molto attenta e avevi allertato anche i baristi e le altre cameriere. Kenna ha detto che adesso al ristorante c'è anche una guardia di sicurezza sempre in servizio, quando è aperto. Ce la puoi fare, Carly. So che ce la puoi fare."

La fiducia di Jag le fece venir voglia di piangere. Credeva in lei più di quanto ci credesse lei stessa. "Ho paura, Jag," ammise Carly. Jag sapeva bene che lei aveva paura di uscire di casa: aveva assistito a tutti i piccoli attacchi di panico, ogni volta che la convinceva a uscire con lui per faccende o altri motivi. L'aveva vista sempre all'erta, impaurita da chiunque sembrasse intenzionato ad avvicinarsi a lei.

"Lo so," le rispose sottovoce, passandole una mano sul lato del viso.

Carly chiuse gli occhi e si appoggiò al palmo della mano di Jag.

"Ma so anche che ne hai bisogno."

Carly avrebbe voluto dire che non era vero, dirgli che no, che voleva stare chiusa in casa da lui finché la polizia, o Baker, non avesse scoperto prove schiaccianti contro qualcuno, arrestando il colpevole. Ma persino lei si rendeva conto che non sarebbe stata un'ipotesi realistica... né tanto coraggiosa.

"Se mi rapiscono dal Duke's, darò la colpa a te," scherzò a fatica.

Sul volto di Jag non comparve traccia di divertimento. "Anch'io," le rispose. "Sei pronta?"

Carly scosse la testa, ma gli disse: "Beh, immagino di sì."

Allora Jag accennò un sorriso. "Sei fantastica," le disse senza muoversi per uscire dalla macchina.

"No, proprio per nulla," rispose lei.

Jag si abbassò verso di lei... e Carly trattenne il fiato. Stava per baciarla? Oddio, quanto sperava che Jag la baciasse!

Invece di abbassare le labbra su quelle di Carly, però, lui le baciò la fronte.

Carly lasciò andare il sospiro che aveva trattenuto e le sembrò che Jag sorridesse, ma quando lui si allontanò aveva un'espressione del tutto normale. "Dopo aver parlato con Alani, che ne dici di andare al centro di Food For All?"

Era sabato e Carly sapeva che il centro alimentare sarebbe stato affollato. Lexie, Elodie e Ashlyn si davano molto da fare per cercare di dar da mangiare a tantissime persone.

"Forse Alani avrà qualche pietanza rimasta che possiamo portare," gli suggerì lei cercando di essere leggera.

"Forse sì," ripeté Jag, "aspetta qui, faccio il giro."

Carly annuì e lo guardò scendere e fare il giro della macchina. Ne avevano parlato; Carly insisteva di potersi aprire da sola lo sportello dell'auto, ma aveva dovuto ammettere che si sentiva più sicura se lui usciva a dare un'occhiata. Inoltre, Jag le sarebbe stato vicino, se qualcuno avesse osato avvicinarla nel parcheggio.

Jag arrivò ad aprirle la portiera in pochi secondi, poi le porse una mano per aiutarla a uscire. Dopo aver chiuso lo sportello, Jag non lasciò andare la mano di Carly, che non pensò minimamente di farglielo notare. Era una novità degli ultimi giorni: quando uscivano di casa, si tenevano sempre per mano. A lei piaceva tantissimo tenere la mano di Jag, le dava più sicurezza. Forse, vedendoli così, chiunque avrebbe pensato che sarebbe stata una stupidaggine, tentare di farle qualcosa con quell'uomo muscoloso al fianco.

Si avviarono giù per le scale del parcheggio multipiano,

arrivarono in strada e si diressero verso il Duke's. Attraversarono la porzione di centro commerciale antistante l'albergo, verso il retro, dov'era il ristorante.

Appena si avvicinarono, Vera lanciò un grido acuto e uscì da dietro la postazione in cui accoglieva i clienti e corse verso di loro.

Carly sentì Jag fare una risata appena prima di lasciarle andare la mano. Si preparò a incontrare l'amica, una mano di Jag le impedì di cadere all'indietro quando Vera l'abbracciò di slancio.

"Santo cielo! Che bello rivederti, amica mia!" le disse Vera parlando tra i capelli di Carly.

"Grazie," le rispose Carly.

Ormai si erano voltati tutti a fissarle, ma per una volta a Carly non interessava. Chiuse gli occhi e si lasciò andare al piacere di quell'incontro. La reazione di Vera era genuina e accorata, Carly si sforzò di non mettersi a piangere.

Vera si staccò da lei e sorrise. "Dai, dai, dai, dimmi che sei qui per lavorare e non per mangiare," le disse.

Carly fece spallucce. "Sono qui per parlare con Alani, non sono sicura se potrò riavere o meno il posto, in fondo sono stata io a mollare."

Vera le fece un cenno con la mano nell'aria, con leggerezza. "Ah, ma certo che lo riavrai indietro," le disse molto sicura di sé, "le cameriere che sono venute di recente sono penose, sempre in ritardo, pause più lunghe di quelle concordate." Vera prese Carly sottobraccio e l'accompagnò all'entrata. "Davvero, che *bello* rivederti," le ripeté.

Carly si guardò dietro le spalle e vide che Jag le seguiva a una distanza ravvicinata. Vederlo che la seguiva fu un enorme sollievo. Per la prima volta in chissà quanto tempo, non sentiva il bisogno costante di allarmarsi. Avrebbe pensato Jag a tenerla al sicuro.

Alani doveva aver sentito il grido di Vera, quando era arrivata Carly, perché appena le due amiche furono all'ingresso, la manager si presentò da loro con un sorriso. Non fece una scena plateale come quella di Vera, ma aveva un'espressione sinceramente contenta in viso. Abbracciò Carly e le mise le mani sulle spalle chiedendole: "Stai bene?"

"Sto bene," rispose Carly.

"Siamo stati tutti molto preoccupati per te," le disse Alani, "quel che è successo è stato orribile, una paura folle."

"Mi dispiace di non essere stata qui," rispose Carly, mentre il senso di colpa minacciava di sconvolgerla. "Shawn è venuto a cercare *me*."

"Beh, a me non dispiace," le rispose Alani con decisione, "chissà cos'avrebbe fatto quel pazzo se ti avesse messo le mani addosso."

Carly deglutì a fatica. L'incontro si rivelava ancor più difficile di quanto lei si aspettasse. Alani però non sembrò notare quel disagio. "Andiamo, ci sono due baristi che ti aspettano, vogliono vederti prima che parliamo, se no poi chissà quanto me lo fanno pesare." La manager trascinò Carly nel ristorante verso la zona bar.

Si sentì un altro grido acuto e poi Paulo cominciò a correre verso di lei. Carly non poté che mettersi a ridere. Paulo amava i gesti plateali; Carly fu contenta di notare che non era cambiato per nulla, da quando lei aveva smesso di lavorare.

Il barista l'abbracciò e la sollevò da terra, facendola piroettare per aria prima di farle appoggiare di nuovo i piedi per terra. "Amica mia, sei tornata!"

"Beh, non sono sicura di essere tornata *tornata*, ma sono qui per parlare con Alani, per vedere se è possibile."

"Ah, ma certo che sei tornata," le disse Paulo senza ombra di dubbio.

Poi arrivò Kaleen, e Carly fu avvolta da un altro abbraccio.

I due baristi si impegnarono per parlare in contemporanea nel tentativo di raccontarle i mesi arretrati di gossip.

Carly scoppiò di nuovo a ridere. "Va bene, basta, voi due, accidenti. Qui non è cambiato proprio nulla, vero? Siete sempre i miei tre marmittoni, solo che siete in due."

Risero entrambi, anche Alani si unì a loro.

"Te lo giuro, ci sono dei clienti che vengono al bar solo per sentire le loro chiacchiere," le disse la manager. "Li metterei in turni diversi, ma penso che i clienti si lamenterebbero."

"Paulo è un rompiscatole, ma è un barista di talento," disse Kaleen con un sorriso.

"Non sono un rompiscatole, sarai *tu* il rompiscatole," rispose Paulo.

"Ah sì? Ma chi ha convinto quel tipo la scorsa settimana a invitarti a uscire insieme?" gli chiese Kaleen. "Allora non mi hai detto che ero un rompiscatole."

"È vero, e quel tipo era b-o-n-o," disse Paulo, facendosi aria agitando la mano davanti al volto.

"Va bene, voi due, tornate a lavorare," disse Alani. "Quando avremo parlato, vi riporterò Carly."

Paulo si abbassò leggermente verso Carly e le fece l'occhiolino chiedendole: "Quel bel pezzo di fustacchione che non ti toglie gli occhi di dosso, sta *con te?*"

Carly si girò e vide Jag appoggiato a una parete non troppo lontano. Le teneva chiaramente gli occhi addosso e, almeno per una volta, Carly era felicissima di essere osservata. Tornò a voltarsi verso Paulo. "Si chiama Jag, l'hai visto già in qualche altra occasione."

Paulo strizzò gli occhi e drizzò la schiena. "Accidenti, è vero. Quelli più gnocchi sono sempre impegnati." Poi si abbassò per abbracciare di nuovo Carly e si avviò verso il bar. Era ancora abbastanza presto e non c'erano tanti clienti, quindi fortunatamente nessuno se la prese per quel piccolo ritardo nella preparazione dei drink.

"Andiamo," disse Alani, "penso sia meglio fare la nostra chiacchierata prima che ti vedano anche gli altri, se no poi non ci mollano più." Carly la seguì verso la cucina, poi nell'ufficetto sul retro.

Carly guardò di nuovo Jag, sollevata di trovarlo sempre con gli occhi incollati su di lei. Le sembrava incredibile che la proteggesse così da vicino. Era uno dei motivi principali per cui si era lasciata convincere ad uscire di casa in settimana, perché si fidava di lui.

Prima di entrare nelle cucine, gli accennò con le labbra: "Tutto a posto?"

Jag annuì e fece un gesto con un dito indicando il punto in cui si trovava. Carly lo interpretò come un cenno per comunicare che l'avrebbe ritrovato esattamente nello stesso punto. Annuì anche lei e lui sorrise.

Quel sorriso fu come una carica di coraggio per Carly, una carica di cui aveva senz'altro bisogno, prima di parlare con la sua ex manager.

CAPITOLO SETTE

JAG RIMASE fermo dov'era ad aspettare che Carly finisse il colloquio con Alani, la manager. Dal punto in cui si era fermato, aveva un'ottima visuale del bar e delle panchine dietro la zona coi tavoli del ristorante. Ovunque guardasse, vedeva turisti allegri e camerieri che sembravano di buon umore. Poteva capire perché a Kenna e a Carly piacesse tanto lavorare al Duke's.

I colleghi sembravano molto gentili, Jag non era stato sorpreso dall'accoglienza che avevano riservato a Carly; anche se lei non aveva la stessa personalità estroversa di Kenna, ma quando era in forma era una bella gara di allegria.

Jag non vide nulla che sembrasse fuori posto, un vero sollievo. Stava ancora aspettando che Baker gli inviasse le foto delle persone interrogate dall'ispettore, le persone che a Carly erano sembrate vicine a Shawn. Senza quelle foto, doveva rimanere sempre all'erta.

Rivolse lo sguardo all'oceano. In quel momento l'acqua era molto calma, la superficie liscia come l'olio. Era difficile pensare che, pochi mesi prima, ci fosse stata una burrasca pericolosissima.

Jag non aveva problemi ad aspettare tutto il tempo necessario, Carly doveva parlare con Alani: così fu sorpreso nel vederle riapparire dalla cucina dopo appena venti minuti.

Carly abbracciò la manager, poi lo raggiunse.

"Tutto bene?" le chiese Jag.

"Sì."

Non gli disse di cosa avevano parlato o se avesse o meno riottenuto il posto, ma prima ancora che Jag potesse farle delle domande, si avvicinarono due camerieri.

Di nuovo, Jag osservò l'accoglienza benevola riservata a Carly, che gli presentò Justin e Charlotte. Mentre parlavano... accadde proprio ciò che Jag sperava: Carly sembrava rifiorire man mano che passava il tempo con le persone che conosceva e che apprezzava e rispettava.

Passarono quasi tre quarti d'ora, prima che Carly terminasse di parlare con il resto dello staff che conosceva, persino qualche cliente regolare si fermò a salutarla.

Mentre l'accompagnava verso il centro commerciale nei pressi della strada principale di Waikiki, Jag la prese di nuovo per mano.

Dirigendosi verso il parcheggio, non parlarono. C'erano molte persone nei paraggi e Jag era concentrato a guardarsi attorno, per via dei molti turisti. Una volta arrivati in macchina, entrambi seduti e con le portiere chiuse, Jag si voltò verso di lei chiedendole: "Allora?"

Carly gli rispose con un sorrisetto: "A quanto pare Alani non ha mai inoltrato i documenti di chiusura del rapporto di lavoro, quindi non deve nemmeno riassumermi. Posso cominciare quando sono pronta."

"Che notizia fantastica, angelo mio."

Carly fece un respiro profondo. "Sì, immagino di sì. Non morivo dalla voglia di ricominciare a lavorare, specialmente al Duke's dopo quel che è successo, ma la visita di oggi, aver visto tutti mi ha fatto capire quanto mi manca."

Jag non trattenne il sorriso che gli si formò in volto.

Carly lo notò e alzò gli occhi al cielo. "Dai, forza, dillo pure."

"Dire cosa?"

"Te l'avevo detto."

"Non te lo rinfaccerei mai. Ero abbastanza certo che oggi sarebbe andato tutto bene, ma c'era sempre la possibilità che tu decidessi di non volerci più tornare, per via dei troppi brutti ricordi. È chiaro che ti rispettano tutti, al Duke's, ti vogliono tutti bene, il che dimostra non solo che sei una cameriera brava e gentile, ma anche il tipo di persona che sei."

"Però ho ancora paura," disse Carly senza timore.

"Sarei sorpreso se non ne avessi," le rispose Jag.

"Alani ha detto che posso fare gli stessi turni di Kenna per tutto il tempo che voglio, almeno questo è un bel sollievo. Spero solo che a Kenna non dispiaccia."

"Non le dispiacerà," le disse Jag sicuro di sé.

Carly abbassò lo sguardo sulle proprie mani per un momento, poi alzò la testa e lo guardò negli occhi. "Pensi che sia diventata paranoica? Magari l'ispettore Lee ha ragione e non c'è nessuno in giro che vuole prendermi di mira. Ormai sono passati dei mesi. Anche se Shawn avesse avuto un complice, è probabile che non abbia più alcun interesse per me, da quando lui è morto."

Jag sentì nella voce di Carly un filo di speranza; non voleva farla preoccupare più di quanto lo fosse già, ma in tutta coscienza non poteva essere d'accordo. "Non penso che tu sia paranoica," le disse facendo attenzione alle parole, "penso che tu faccia bene a essere prudente. Finché non scopriamo esattamente quali erano i piani di Shawn e con chi li aveva imbastiti, devi fare attenzione. Non penso che fosse tanto allucinato da inventarsi un complice. Il tuo ex era ovviamente la mente dietro quel piano folle, ma non sono pronto a ignorare altri rischi, per quanto marginali, come un complice che decida di procedere, anche se Shawn non c'è più."

"Sì, lo penso anch'io."

Quando Carly tornò a guardarsi le mani, Jag le mise un dito sotto al mento per farle alzare la testa. "Però non vuol dire che non devi tornare a vivere. Devi solo fare un po' più di attenzione rispetto a prima."

Carly lo fissò, gli occhi blu turbinavano di emozioni. "Posso farti una domanda?"

"Puoi chiedermi quello che vuoi," la rassicurò Jag togliendole la mano da sotto al mento.

"Se pensi davvero che potrei ancora essere in pericolo, perché non insisti nel tenermi chiusa in casa finché il complice non viene catturato? Cioè, non penso che Mustang sarebbe contento se Elodie continuasse a lavorare, al mio posto. Anche Aleck non sarebbe tanto d'accordo, se Kenna insistesse a fare la cameriera con Shawn ancora in circolazione."

Era una bella domanda. Jag non era sicuro che Carly fosse davvero pronta a sentire la risposta, ma non voleva mentirle. Non voleva mai mentire. "La risposta breve è che chiuderti in casa ti ucciderebbe. Lentamente, ma inesorabilmente. Devi ammettere che gli ultimi mesi della tua vita sono stati un inferno."

Carly annuì, era d'accordo.

"Come ti ho già detto, tu non sei il tipo di persona che reagisce bene a chiudersi in casa da sola. Hai bisogno delle tue amicizie, hai bisogno delle persone. È la situazione ideale? No. Anch'io voglio che questo bastardo venga catturato, lo voglio quanto lo vuoi tu, ma non posso chiuderti in casa. Non è ciò di cui hai bisogno. Te lo dico chiaro e tondo, angelo mio, io farò *sempre* ciò che mi sembra meglio per te, a prescindere da quanto sia difficile."

Lei lo fissò con gli occhi spalancati. "Jag," gli sussurrò.

Lui alzò una mano e gliela portò di nuovo alla guancia. Santo cielo, quanto gli piaceva quando Carly inclinava la testa e gliela appoggiava sulla mano. "Non so come valuti il nostro rapporto... ma per quanto mi riguarda stiamo insieme. Finora il nostro è stato un rapporto anomalo, ma va bene così. Dovresti sapere che... alle nozze di Aleck ho deciso che era ora di smetterla di lasciarti in pace. Avevi bisogno di spazio, ma se non mi avessi mandato quei due messaggi, quando sono tornato dalla missione, sarei venuto comunque e ti avrei convinta a non nasconderti più."

"Ho notato uno sguardo ostinato nei tuoi occhi, quando ti ho detto che volevo tornare a casa, dopo la cerimonia," gli disse Carly.

Jag sorrise. "Sì, in realtà sono stato contento di vedere un lampo di rabbia in te," le confidò.

"Infatti *sono* arrabbiata," confermò lei, "sono furiosa con Shawn, che mi ha messa in questa situazione. So di essere giovane, ma pensavo che ci tenesse a me, invece alla fine voleva solo controllarmi. Quando non ci è riuscito, ha cominciato a uscire di testa."

"È esattamente quello che è successo," confermò Jag, "ma tu non hai alcuna colpa, lo sai questo, vero?"

"Sto cercando di convincermi," gli rispose Carly sottovoce.

"Sei fantastica," le disse, gli sembrava di averglielo detto per la centesima volta. Forse, se gliel'avesse detto abbastanza, lei alla fine ci avrebbe creduto. "Sei una grande amica, sei divertente, lavori sodo, sei altruista. Qualunque problema quel testa di cavolo avesse con te, era solo un problema suo, non tuo. Poi non sei *tanto* giovane."

Carly gli sorrise e scosse un pochino la testa.

"Ti crea problemi uscire con uno anziano come me?" le chiese Jag.

"Non sei poi così anziano," ribatté lei.

"Ho dieci anni più di te... anche se alcuni giorni mi sembra di averne di più."

"La verità è che ho sempre preferito gli uomini più maturi. Non so il perché, ma comunque, per rispondere alla tua domanda, no, non mi importa che tu abbia trentacinque anni. A te importa che io ne ho solo venticinque?"

"Col cazzo," rispose Jag con decisione. "Allora... stiamo insieme?"

Lei gli regalò un sorrisetto e alzò una mano, mettendola su quella che lui le aveva appoggiato alla guancia. "Immagino di sì. Jag?"

"Sì?"

"Dato che stiamo insieme, adesso... magari potresti baciarmi?"

Jag sentì il cuore accelerare, non riusciva a parlare. Non sapeva trovare le parole per dirle quanto fosse importante per lui quel momento. Non sapeva come dirle quanto era preoccupato per lei, farle capire che, pur incoraggiandola a tornare alla sua normale routine di vita, non l'avrebbe mai esposta a un attacco, perché in pochissimo tempo Carly era diventata la persona più importante nella sua vita.

Invece di esprimere tutto a parole, spostò la mano portandogliela dietro la nuca, poi si avvicinò a lei. Era un angolo scomodo, tra i sedili dell'auto c'era la console centrale, ma Jag non avrebbe mai rinunciato a quell'occasione di mettere le labbra su quelle di Carly.

Nel momento in cui le bocche si toccarono, Jag chiuse gli occhi, quasi sopraffatto dall'emozione. Quando lei aprì timidamente la bocca per accoglierlo, gli venne quasi la pelle d'oca. Gli sembrava di essere tornato vergine. Sotto molto aspetti, era proprio così.

Jag strinse leggermente la mano dietro la nuca di Carly, facendola gemere, poi le fece girare la testa per avvicinarla. Lei gli leccò la lingua e a quel punto fu Jag a fare con la gola un suono profondo, quasi lo stessero torturando. Quel che era partito come un bacio dolce, un timido incontro delle labbra, si trasformò all'istante in qualcosa di più, molto di più.

Jag avrebbe voluto avvicinarsi ancora; la teneva stretta mentre la divorava.

Per quanto tempo durò quel bacio? Jag non ne aveva idea. Quando finalmente si staccò da lei, ansimava come se avesse appena finito una marcia di dieci chilometri sulla spiaggia, con tanto di zaino da quindici chili sulle spalle. Fissò Carly, quasi con venerazione. Gli sembrava di aver sfondato un muro di mattoni che non sapeva nemmeno di essersi costruito nella mente.

In trentacinque anni di vita, non aveva mai desiderato tanto una donna. L'uccello gli pulsava nei pantaloni e per la prima volta nella vita capì perché gli uomini perdevano la testa per una donna.

"Ehm...wow," commentò Carly leccandosi le labbra.

Lui non le aveva tolto la mano dalla nuca e al commento appena sussurrato di Carly, la strinse appena.

"Eh sì," commentò Jag, che faceva fatica a togliere gli occhi dalle sue labbra. Se la immaginò, in ginocchio, con quelle labbra intorno all'uccello, mentre alzava lo sguardo verso di lui, con quegli occhi azzurri annebbiati dal desiderio. Che immagine erotica. Jag non riusciva a togliersela dalla mente.

"Ci sono molte cose che mi spaventano," gli disse Carly, stringendo la presa intorno al polso di Jag, "ma tu non sei una di queste."

Cazzo, che donna micidiale.

Jag Si sforzò di lasciarla andare: non si era nemmeno accorto di averle stretto la nuca così tanto. "Bene. L'ultima cosa che vorrei è proprio spaventarti."

Con lo sguardo penetrante fisso negli occhi di Jag, Carly

gli disse, con un sesto senso inspiegabile: "Provo lo stesso per te."

Per un nano-secondo, Jag andò nel panico: Carly aveva capito tutto? Aveva scoperto che per lui un rapporto intimo con una donna era un terreno vergine? Non che lui fosse vergine (solo il pensiero quasi lo fece sghignazzare), ma sotto gli aspetti più importanti era come se lo fosse. Con lei, gli sembrava tutto nuovo, diverso, naturale. Giusto. Proprio come doveva essere un rapporto tra due persone.

Dopo un respiro profondo, che gli fece apprezzare il profumo di ciliegio in fiore di Carly, Jag la tirò di nuovo a sé per un bacio veloce. Avrebbe voluto soffermarsi, esplorare meglio il loro legame, ma non era il luogo giusto, né era il momento. Con riluttanza, la lasciò andare e appoggiò la schiena al sedile. "Ti va ancora di andare a Food For All?"

Carly ebbe bisogno di un momento per riprendersi e Jag ne fu lusingato. Gli piaceva farle perdere la testa nel modo giusto. Almeno in quel momento Carly pensava a lui e non alla paura, pur essendo fuori casa, dove si sentiva più protetta.

Carly annuì lentamente. "Sì, penso di sì."

"Ottimo."

"Però mi sono dimenticata di chiedere ad Alani se c'era qualche pasto in più da poter portare al centro."

"Avrai tutto il tempo di farlo in futuro," la rassicurò lui, che poi infilò la chiave nel blocco d'accensione, ma sentì la mano di Carly sul braccio.

Si voltò verso di lei.

"Io... ti ringrazio, Jag, per tutto. Fosse stato per me, starei ancora seduta nel mio appartamento, in un angolino, ad ascoltare il minimo rumore, vedendo mostri dappertutto. Non sto dicendo di essere pronta ad andare in giro senza la minima preoccupazione, ma mi fa piacere almeno cominciare a riprendere il controllo della mia vita."

"Non c'è di che, angelo mio. Nessuno ti sta chiedendo di

dimenticare tutto all'improvviso. Io penso che comunque una certa prudenza sia sempre un'ottima cosa. Però tornerai a essere la Carly di sempre, di questo sono certo." Non aggiunse la speranza che lei continuasse a desiderarlo, una volta tornata la Carly di sempre.

Jag non voleva nemmeno pensare al momento in cui Carly non avesse più avuto bisogno di protezione; fece manovra per uscire dal parcheggio.

Jag si sentiva sicuro, nel campo militare, per via delle proprie abilità da SEAL. In missione, era imbattibile. Non accettava la sconfitta e faceva di tutto per portare a termine ogni compito con successo. Però, sul piano personale, era molto diverso. Un aspetto che Jag odiava di se stesso: avrebbe voluto essere sempre il SEAL tosto e deciso, ma la verità era un'altra: era stato troppo traumatizzato per poter mantenere la stessa sicurezza anche sul piano personale. Poteva uccidere qualcuno senza nemmeno starci a pensare, ma il solo pensiero di stare con una donna gli faceva venire i brividi.

Almeno prima di conoscere Carly.

Lei era diversa, era speciale.

Poteva però gestire i traumi di Jag, nell'intimità? Lui non ne era sicuro. Non perché avesse qualcosa contro di lei, ma perché sentiva di avere dei problemi maledettamente pesanti.

Non volendo pensare al perché o al per come fosse diventato l'uomo che era, nei rapporti con le donne, Jag si concentrò sulla guida. Controllò lo specchietto retrovisore e non vide nulla di anomalo, ma doveva rimanere sempre all'erta. La vita di Carly poteva dipendere da lui e se l'avesse delusa non si sarebbe mai ripreso.

———

L'uomo che si nascondeva nell'ombra, nel parcheggio multipiano, aveva lo sguardo torvo. Si era trovato nel posto

giusto al momento giusto e aveva visto la stronza che camminava per Kalakaua Avenue, sembrava non avere la minima
preoccupazione al mondo. Per quanto ne sapesse lui, doveva
essere ancora chiusa in casa come una codarda.

Come fosse stato destino, un'auto era uscita dal
parcheggio sulla strada appena dopo che lui aveva visto Carly,
così lui l'aveva seguita fino al Duke's. Non aveva idea di chi
fosse l'uomo che stava con lei... ma non gli piaceva il modo in
cui continuava a guardarsi attorno. Quell'uomo prestava
molta più attenzione di quella stronza, un intoppo non da
poco per i suoi piani.

Telefonò al capo per dire che avrebbe fatto tardi al lavoro,
inventandosi un problema alla macchina. In fondo lui era un
dipendente modello e nessuno avrebbe messo in dubbio ciò
che diceva. Era molto più importante cercare di scoprire cosa
fosse successo nella vita di Carly.

La osservò da lontano, mentre al Duke's l'accoglievano a
braccia aperte tra mille sorrisi. Più la osservava, più si indi-
spettiva. Quando Carly aveva mollato il lavoro, lui aveva
goduto: voleva isolarla, farle venire una paura folle. Era
riuscito a farla comportare proprio come sperava ed era
pronto a fare la prossima mossa.

Però qualcosa era cambiato.

Era colpa dell'uomo che stava con lei, lui ne era certo.

Lo faceva incazzare.

Niente avrebbe potuto impedirgli di portare a compimento il piano. Shawn era morto, certo, ma lui avrebbe
portato fino in fondo il programma che avevano elaborato
insieme, fosse stata l'ultima cosa che faceva. Lo doveva a
Shawn.

Shawn lo aveva preso a cuore, perché lui non era mai
riuscito a farsi degli amici... la gente lo considerava uno
strano, uno goffo. Non diceva mai la cosa giusta, rideva nei
momenti meno opportuni. Invece Shawn lo aveva accettato,

gli aveva insegnato come diventare un *vero* uomo, anche come prendersi cura di una donna. Erano usciti spesso per locali a guardare lo sport in TV, passando molto tempo insieme. Shawn era stato un vero amico, il suo unico amico. Con il suo aiuto, grazie alla sua esperienza, lui aveva gettato le basi per diventare una persona speciale.

Shawn era stato un mentore e aveva fatto di tutto per Carly, che lo aveva ignorato con troppa facilità, facendolo infuriare. Avrebbe dovuto ritenersi *fortunata* per aver trovato Shawn.

Ora toccava a lui vendicare l'amico.

Lui e Shawn avevano parlato a lungo e spesso di come farla pagare a Carly per aver disobbedito e mancato di rispetto, per aver pensato di potersela cavare così facilmente. Programmare la vendetta aveva approfondito la loro amicizia.

Quando il piano era andato in malora, gli sembrava di aver perso per sempre una parte di sé. Senza Shawn, si sentiva inutile. Era tornato a essere il tipo strambo con cui nessuno vuole avere a che fare nemmeno da lontano. Specialmente le donne.

Era passata più di un'ora, l'uomo guardava Carly uscire dal Duke's con un sorriso enorme in volto. Si confondeva facilmente tra i turisti, mentre tornava al parcheggio. Volendo scoprire che macchina guidasse quell'uomo, si infiltrò nel parcheggio a spiare dalle scale.

Quando li vide baciarsi, strinse i pugni con tutte le forze.

No! Carly non poteva risucchiare un altro uomo nella sua maledetta trappola! Non meritava di essere felice, non dopo aver rovinato la vita di Shawn!

Imparò a memoria la targa, mentre gli venivano in mente una serie di idee nuove. Doveva cambiare approccio, visto che era coinvolto un altro uomo. Doveva lasciarle credere di essere al sicuro; che si convincesse pure che non c'erano minacce che l'aspettavano dietro l'angolo.

Sì, il nuovo piano era molto meglio: i poliziotti lo avevano interrogato, ma lui aveva allontanato facilmente ogni sospetto. Poteva illudere Carly allo stesso modo.

Fece una risata tra sé e sé, entusiasta del nuovo piano che prendeva forma nella sua mente; poi si incamminò giù dalle scale, tornando nell'aria calda del pomeriggio. Non lo infastidì più di tanto, quando qualcuno gli andò addosso. Si fermò persino per aiutare una coppia che si era persa, indicando loro dove andare. Era tutto sorridente.

Sì, il nuovo piano avrebbe funzionato benissimo. Carly sarebbe finita ammazzata lo stesso, Shawn sarebbe stato vendicato e nessuno avrebbe mai sospettato di lui.

Si avviò verso la macchina fischiettando.

"Vengo a prenderti, Carly," disse con un filo di voce, "vengo a prenderti quando meno te l'aspetti, vengo a fartela pagare."

CAPITOLO OTTO

CARLY ERA ancora tutta agitata quando Jag si avvicinò a Barbers Point. Non riusciva a smettere di sorridere. Il bacio con Jag era stato diverso da qualunque altro bacio avesse mai dato in vita sua. Quando le loro labbra si erano incontrate, le era sembrato di sentire una scossa elettrica in tutto il corpo, le erano venute le vertigini, si era sentita persa. A ripensarci le spuntava un sorriso, ma all'inizio lo aveva preso per un tipo timido. Era stata lei a compiere la prima mossa per approfondire il bacio, all'inizio molto casto; ma quando gli aveva sfiorato le labbra con la lingua lui aveva finito per prendere il controllo.

A lei, ogni tanto, non dispiaceva prendere l'iniziativa con un uomo, ma preferiva che fosse lui a iniziare, si eccitava di più. In quel senso, Jag le aveva fatto scattare tutte le molle giuste. Probabilmente gli piaceva andarci piano per essere sicuro di non spaventarla.

Jag di certo non la spaventava.

Carly non era un'idiota, sapeva bene cosa faceva lui di lavoro. Non andava certo all'estero a convincere dei criminali ad arrendersi solo parlando. No, era una macchina da guerra letale, senza alcun dubbio. Ma Carly doveva anche ammettere che le piaceva il lato più dolce che le aveva mostrato.

Era un uomo complicato, come tutti quelli che lei aveva conosciuto. Un SEAL della marina, un tipo tosto, eppure sembrava un po' incerto nel baciarla. Insistente e ostinato per farle fare ciò che voleva lui, cioè andare a parlare con Alani.

Infatti aveva funzionato. Carly ancora non ci credeva, tutti quelli che aveva incontrato al Duke's erano stati entusiasti di rivederla. Quando aveva detto ad Alani che voleva tornare, le aveva visto gli occhi lucidi. La manager si era fatta in quattro con lei, promettendole che avrebbe potuto prendere qualunque turno preferisse, anche gli stessi di Kenna.

Le malefatte di Shawn avevano cambiato Carly, l'avevano resa più guardinga, soprattutto a disagio nel tornare al Duke's. Kenna era quasi morta e Carly si sentiva in colpa e temeva che l'amica e collega desse a lei la colpa. In fondo era stato l'ex di *Carly* a impazzire. Invece lei non aveva visto espressioni di condanna da parte dei colleghi, l'avevano accolta tutti con gioia, entusiasti di sentire che sarebbe tornata al lavoro.

Si voltò verso Jag e dovette ammettere che aveva ragione lui. Lei aveva bisogno delle persone. Ma lui come faceva a saperlo, dopo un periodo così breve? Era una prova delle sue grandi capacità di osservatore.

Carly sapeva che si stava affezionando a lui. Nei mesi passati da quando Shawn aveva tentato di rapire Kenna, non potendo rapire Carly, Jag era sempre stato... presente.

Le aveva inviato messaggi, email, le aveva telefonato, era andato a trovarla. Era stato sempre molto paziente e comprensivo, non le aveva fatto pressioni perché tornasse a lavorare o telefonasse alle amiche. L'aveva ascoltata quando lei aveva bisogno di parlare, l'aveva aggiornata su ciò che facevano gli altri, in generale l'aveva supportata come poteva in ciò che a lei serviva.

Quando alla fine si era stufato di farle da baby-sitter, per fortuna anche lei era arrivata alla stessa conclusione: stanca della persona paurosa e patetica che era diventata. Carly aveva bisogno di essere incoraggiata e la decisione di Jag di invitarla a stare da lui era stata la decisione giusta. Se invece di insistere glielo avesse semplicemente chiesto, lei avrebbe rifiutato l'offerta.

In pratica, Jag aveva fatto tutte le mosse giuste. In brevissimo tempo, l'attrazione di Carly verso di lui si stava trasformando in qualcosa di più.

"Come mai quel sorrisetto?" le chiese Jag.

Finalmente Carly era di buon umore e non oppressa dalla paura come al solito, quando era fuori di casa, quindi condivise con lui ciò che le passava per la testa: "Stavo solo pensando che sei sempre pronto a comandare da bravo tiranno."

Lui sembrò sorpreso. "Quindi è per questo che sorridi?" le chiese incredulo.

"Già."

"Tante donne si arrabbierebbero per lo stesso motivo," osservò Jag.

"Ma io non sono come tante donne," gli spiegò Carly.

"Puoi dirlo forte," borbottò lui.

Quel dialogo fece sorridere Carly ancor di più. Poi sentì il bisogno di spiegargli: "Però dovrei avvertirti, di solito non sono così accomodante come negli ultimi tempi. Mi sono lasciata convincere su un sacco di cose, ma non prenderci l'abitudine."

A quel punto fu il turno di Jag di sorridere. "Ah sì?"

"Eh sì," confermò lei.

"Va bene."

"Va bene? A tanti *uomini* non piacciono le donne indipendenti che decidono da sole."

Jag non le rispose immediatamente; accostò nel parcheggio in fondo alla strada in cui c'era il centro di Food

For All e spense il motore, poi si girò verso di lei. "A tanti uomini piacciono le donne più dimesse, ma io penso sia uno sfinimento, dopo aver lavorato tutto il giorno, tornare a casa e dover decidere tutto ciò che riguarda il rapporto o la casa, specialmente per chi fa il mio lavoro. I SEAL hanno bisogno di donne forti, tanto forti da non crollare quando veniamo inviati in missione. Se poi includi nel discorso anche dei figli, diventa ancor più importante."

Carly non poté che sentirsi sollevata da quelle parole. Jag proseguì.

"Non puoi prendere come parametro quel bastardo di Shawn," le disse, "tipi come lui sono ossessionati dal controllo, è l'unica cosa che li preoccupa. Non vogliono una compagna, una donna con cui condividere una vita: hanno un bisogno maniacale di dominare completamente qualcuno, se no si sentono delle merde vuote."

"Voleva che mi trasferissi da lui, ma io continuavo a rinviare," ammise Carly, "non era felice con me, ma io non ce la facevo: suo figlio Luke viveva ancora con lui e a me sembrava strano. Sapevo che il figlio mi odiava e più Shawn cercava di convincermi ad andare a vivere da lui, perché era dovere di una brava partner, più io mi impuntavo."

Jag corrucciò la fronte. "Me lo dici perché ti ho fatta trasferire da me?" le chiese con un tono evidentemente preoccupato, "perché io non ho *nulla* a che vedere con quel bastardo. Se vuoi tornare nel tuo appartamento non c'è problema."

"No!" sbottò Carly, "non te lo dicevo per questo... a meno che," ammorbidì il tono, "tu vuoi che vada via?"

"Accidenti, no, non voglio che tu vada via," le rispose Jag, che poi fece un respiro profondo e chiuse gli occhi mormorando: "Sto incasinando tutto."

Carly non si trattenne e allungò un braccio verso di lui. Jag era un uomo enigmatico. "Non è vero, non avrei dovuto usare quell'esempio," gli disse appoggiandogli una mano sull'avambraccio.

Jag aprì gli occhi di scatto e la guardò. "Non sono molto bravo nei rapporti," ammise, "sono bravo come amico, oppure come compagno di squadra, sia in missione che fuori servizio, ma il rapporto uomo-donna è un terreno completamente estraneo per me... non ho... non ho avuto dei grandi esempi."

Carly lo fissò, sentendo che stava per dirle qualcosa, pur non sapendo bene cosa.

"Sto cercando di imparare da Mustang e dagli altri, osservo il modo in cui si comportano con le mogli, con le compagne, ma è molto diverso da come immaginavo. Te l'ho già detto e te lo ripeto: terrò sempre a cuore in primo luogo il tuo interesse. Magari non sono bravo a spiegarmi, probabilmente dico un sacco di cavolate, ma per me tu sei importante, angelo mio."

"Sei già stato con una ragazza, vero?" gli chiese Carly.

Jag arrossì. Gli vennero proprio le guance *rosse*. Carly non era sicura di aver mai visto un uomo arrossire fisicamente per l'imbarazzo. Un motivo in più per avere a cuore Jag.

"No."

A quel punto Carly sembrò confusa: "Proprio mai?"

"Sono stato con un paio di donne, ma non ho mai avuto una compagna, un rapporto stabile."

"Jag... è solo che... è davvero difficile da credere. Sei... cioè, guardati! Sei maledettamente bello. Con tutti quei muscoli e l'espressione da duro che hai spesso in faccia. Sì, a volte spaventi gli altri, me ne sono accorta, ma le donne *adorano* queste cose. Sai, gli atteggiamenti da ragazzaccio, cose così. Che mi dici delle scuole superiori? O dopo i vent'anni? Non ci sono tanti SEAL che si approfittano del debole che le donne hanno nei confronti della divisa e delle forze speciali?" Carly ormai stava parlando a vanvera, ma le riusciva impossibile credere che un uomo come Jag non avesse mai avuto un rapporto stabile con una donna... neanche uno.

"Tanti SEAL ne approfittano, ma io no."

Negli occhi color cioccolata di Jag turbinavano le emozioni e Carly avrebbe voluto conoscere ogni pensiero, ogni emozione; ma erano in macchina, in un parcheggio, non le sembrava il luogo più adatto a quel tipo di conversazione seria.

"Ma allora... sei vergine," gli disse per stuzzicarlo un po'.

Lui non accennò nemmeno un sorriso.

"Porca vacca, non sarai davvero vergine, vero?" gli chiese, completamente sbalordita.

"No, non sono vergine," le disse Jag dopo una lunga pausa.

"Non farebbe alcuna differenza, se anche fossi vergine," aggiunse lei, "è solo che... dai, Jag, per me sei come un sogno divenuto realtà. Sei figo, intelligente, protettivo, sensibile, deciso quando serve, non mi interessa se hai avuto cinque-cento donne o nessuna. Sono solo molto emozionata, oltre che nervosa da morire, perché vuoi stare con *me*."

Jag allungò un braccio e le mise una mano dietro la nuca, facendola avvicinare fino a trovarsi fronte a fronte. La tenne così, vicina, e lei gli afferrò il braccio. Non aveva idea di cosa gli passasse per la testa.

"Sei mia," le disse con voce profonda e un po' roca, che le attraversò come un'onda tutto il corpo, "non te lo sto dicendo da stronzo, sei mia tanto quanto io sono tuo. Voglio vederti felice, vederti sorridere. So di essere io quello più fortunato, tra noi due, ma ti giuro che non farò mai nulla *di proposito* per mandare tutto all'aria."

"Jag..." cominciò a dire Carly, ma lui si allontanò un minimo, giusto per guardarla negli occhi, poi continuò a parlare.

"Non mi ha mai dato fastidio vedere gli altri allontanarsi da me, a volte persino attraversare la strada per starmi lontano. Anzi, ho fatto in modo di ottenere quella reazione. Che tu ci creda o no, di solito non parlo nemmeno tanto. Gli altri mi rompono sempre le palle per questo motivo. Invece, con te, mi sembra di non riuscire a smettere di parlare."

Carly sorrise. le piaceva molto avere quell'effetto su di lui.

"Sei pronta ad andare dentro?"

Fu un cambio brusco di argomento per chiudere la discussione, ma Carly sospettava che Jag fosse un po' a disagio per quel momento di dialogo sentimentale. "Sì."

"Rimani qui, vengo ad aprirti," le disse Jag, che le sfiorò la guancia con le nocche, poi si girò per uscire dalla macchina.

Carly fece un respiro profondo, cercando di riprendersi. Come potesse essere possibile, che nessuna donna gli avesse mai messo gli occhi addosso, era inspiegabile. Però le piaceva molto considerarlo il suo uomo. Le piaceva sapere che Jag parlava più con lei di quanto non parlasse con gli altri, la faceva sentire diversa, speciale. Era tantissimo tempo che non si sentiva tanto bene.

Jag le aprì la portiera e le porse la mano. Carly la prese e lui non la lasciò andare, mentre si incamminavano insieme verso l'ingresso del centro alimentare. Non era una camminata molto lunga, ma a Carly vennero i brividi al solo pensiero di percorrere quel tragitto da sola. Aveva pur detto di essere una donna indipendente, ma in quel momento si sentiva tutt'altro.

"Rilassati un poco, angelo mio," le disse Jag, quasi in grado di leggerle i pensieri. "Ci arriverai."

Lei non ebbe occasione di rispondere, perché arrivarono alla porta del centro di Food For All. Carly aveva sentito tutta la storia della vetrina anteriore danneggiata da Theo, che aveva visto qualcuno all'interno intento a rubare. Vedendolo dopo tanto tempo, non avrebbe mai pensato che ci fosse stato quell'incidente.

"Santo cielo! C'è Carly!" urlò Lexie appena la vide entrare

con Jag. Mentre si avviava per andarle incontro, abbassò lo sguardo sulle loro mani congiunte e sorrise raggiante, ma non fece commenti, limitandosi ad abbracciare Carly.

Carly si accorse che Jag faceva un passo indietro, ma sapeva che non sarebbe andato lontano.

Fu accolta proprio come al Duke's. Elodie uscì dal retro per salutarla con altrettanto calore. Persino Theo la sorprese avvicinandosi e mettendole un braccio intorno alla vita per un attimo. Lo aveva incontrato solo poche volte, non si aspettava certo che la abbracciasse, specialmente dopo che pratica- mente l'aveva ignorata, alle nozze di Kenna.

"Ciao a tutti," disse Carly.

"Ti trovo bene," le disse Lexie.

"Che bello rivederti," intervenne Elodie.

"Vuoi vedere il mio ultimo disegno?" le chiese Theo.

Risero tutti.

"Mi farebbe molto piacere," gli rispose Carly.

Theo la prese per mano e partì verso la cucina, portandosi dietro Carly, che vide Jag fare un passo per impedirglielo, ma Elodie lo fermò dicendogli: "Vado io con loro, stai tranquillo, Jag."

Lui non le rispose a parole, ma solo annuendo. Carly poteva sentirsi gli occhi di Jag addosso, mentre andava con Theo verso la porta della cucina, il regno di Elodie.

Appena entrò, vide subito l'enorme pittura murale sulla parete opposta. Theon aveva dipinto su tutto il muro l'in- terno di un ristorante d'alta classe, sembrava vero, era mera- viglioso.

"Porco cane," mormorò Carly.

"Vero?" le disse Elodie con un sorriso.

"Ho pitturato una cucina per Elodie," disse Theo con orgoglio.

"Sì, lo vedo," gli confermò Carly, "è meravigliosa."

Poté quasi vedere il petto di Theo gonfiarsi d'orgoglio.

Aveva tutto il diritto di *essere* orgoglioso: aveva realizzato un dipinto talmente realistico che Carly quasi si aspettava che lo chef all'angolo cominciasse da un momento all'altro a sbraitare indicazioni agli altri. Nel dipinto, da una parte c'erano *sous chef* piegati sui piatti a impiattare, da un'altra parte c'era un fornello con un pentolone, da cui usciva una fiamma altissima. Theo aveva catturato perfettamente il trambusto e la confusione di una bella cucina in un ristorante di classe.

"Gli ho fatto vedere alcune foto," le disse Elodie, "mi ha chiesto di tutto sui ristoranti in cui ho lavorato in passato. Ha voluto sapere cosa ci succedeva e quante persone ci cucinavano, cose così. Ne abbiamo parlato per una settimana di fila, poi non mi ha chiesto più nulla. Pensavo che per lui fosse solo una curiosità passeggera. Invece ho scoperto che ne ha parlato con Lexie, che l'ha fatto entrare un'ora dopo la fine del mio turno. Ci ha messo quasi tutta la notte, ma il mattino dopo, quando sono arrivata, ecco cos'ho trovato entrando in cucina."

"Davvero, è fantastico," disse Carly con un sorriso.

"Sì, proprio fantastico."

"Ti manca?" chiese Carly di getto. Era una domanda dettata dall'espressione di piacere e desiderio sul viso di Elodie.

"Se mi manca il caos? O sentirmi urlare dietro quando c'era qualcosa che non andava? Se mi mancano le persone che mandano indietro una pietanza perché la bistecca non era cotta come richiesto, quando invece era cotta alla perfezione come da comanda? Se mi manca fare tardi la notte, lo stress? No, assolutamente no. Mi mancano le persone con cui lavoravo, quelle sì"

"Certo." Carly la capiva al cento per cento.

Le due amiche condivisero un'occhiata complice.

"Mi dispiace per quanto è successo," le disse Elodie dolcemente.

Carly non era sicura di volerne parlare, ma si fece forza e drizzò la schiena. Come le aveva detto Jag, e come diceva Jack ad Annie nel film *Speed*, il bastardo era Shawn, non era lei. "Grazie."

"Sei... come non detto."

"No, dai, cosa?" le chiese Carly, ormai curiosa di sapere cosa stesse per chiederle l'amica.

"Sei tornata? Cioè, a Kenna mancavi terribilmente; io e Lexie avevamo appena cominciato a conoscerti, quando c'è stata quella tragedia. Abbiamo parlato con Monica, le abbiamo detto tutto di te; lei è una che non parla tanto, ma anche lei vorrebbe conoscerti."

"Io *voglio* tornare," ammise Carly, "ma ho paura. Ultimamente mi spaventa *tutto*. L'ultima cosa che voglio è che succeda qualcosa a una di voi. Penso sia per questo che me ne sono stata via per tanto tempo. Mi sembrava di proteggervi. Se fosse successo qualcosa a Kenna..." si interruppe.

A quel punto non fu Elodie a confortarla, ma Theo, che era rimasto ad ascoltare la conversazione con molta attenzione. Si avvicinò a Carly e le si mise di fianco molto vicino. Non entrò in contatto, non la guardò nemmeno, ma le disse: "Non succede niente quando sono io di guardia."

Carly sorrise e gli strinse il braccio. "Ho sentito che hai sventato una rapina, poco tempo fa."

Lui annuì.

"Sai qual è la mia battuta preferita dal film *Mamma, ho perso l'aereo*?" gli chiese.

Theo finalmente si girò per guardarla. Per un momento si guardarono negli occhi, poi lui abbassò di nuovo lo sguardo. "Quale?"

"Eccola: 'Quando sarò grande e mi sposerò, voglio vivere da solo!' Poi sbatte il piede sul pavimento e urla di nuovo: 'Voglio vivere da solo!' andando a tempo con il piede."

Theo sorrise. Il suo viso si illuminò con un grande sorriso.

"Bella battuta. 'Ehi, ti do il tempo di contare fino a dieci per far sparire la tua brutta faccia gialla dalla mia proprietà, prima che ti riempia le budella di piombo'," disse con voce profonda come quella del Gangster Johnny nel vecchio film che Kevin McCallister guardava sempre in *Mamma, ho perso l'aereo*.

Carly si mise a ridere. "Adoro quella scena!"

Theo replicò con tono pomposo: "Senti questa: 'Si può essere un po' vecchi per molte cose, ma mai troppo per avere paura'."

Carly fissò l'uomo che le stava di fianco. A volte Theo si comportava come un bambino di sette anni, altre volte, come in quel momento, sembrava un uomo navigato. "È proprio vero," gli rispose sottovoce.

"Tu hai tanta paura?" le chiese Theo.

Continuava a non guardarla, ma Carly sapeva con certezza che stava prestando la massima attenzione a quanto gli diceva.

"Ultimamente? Eh sì."

"Per via dell'uomo con la bomba?" le chiese Theo.

Carly doveva aspettarsi che Theo sapesse cos'era successo, eppure fu sorpresa. "Beh, lui ormai non può fare più del male... ma sì, ho paura di chi l'aveva aiutato."

"Io ho paura degli aghi," disse Theo.

Carly si sarebbe messa a ridere, ma Theo era serissimo.

"Anche degli scarafaggi, specialmente di quelli che volano," aggiunse Theo.

"Mi fanno schifo."

Theo annuì di buon grado. "Ci pensa Jag, nessun cattivo ti fa del male. Anche Baker."

"Cosa sai tu di Baker?" gli chiese Elodie.

"È mio amico," rispose Theo, alzando appena il mento, "ha detto che il mio lavoro era fare la guardia a Food For All."

"Ah," commentò Elodie annuendo, "di sicuro per noi sei un aiuto importante."

Theo annuì; poi, senza dire una parola, si girò e uscì dalla cucina.

"Che tipo... interessante," commentò Carly dopo che se ne fu andato.

"Proprio così, ma è bello averlo intorno. Quando ci sono altre persone, lui di solito non parla molto, quindi se ti ha parlato vuol dire che gli stai molto simpatica, si trova a suo agio con te."

Carly ne fu molto lieta.

"Per la cronaca... nulla di quanto è successo è stata colpa tua, se Jag pensa che sia ora di farti uscire e di farti tornare al lavoro, allora significa che va bene."

"Come fai a sapere che tornerò al lavoro?" le chiese Carly sorpresa. "Siamo letteralmente appena tornati dal Duke's."

Elodie arrossì e fece spallucce. "Kenna ha mandato un messaggio a tutte noi, è felicissima."

Carly si mise a ridere. Aveva inviato un messaggino alla sua cara amica mentre andava al centro di Food For All, chiedendole se le faceva piacere abbinare i turni, almeno per un po' di tempo; Kenna aveva reagito andando in visibilio e chiaramente aveva già cominciato a spargere la voce.

"Per oggi abbiamo già preparato tutti i pasti pronti da portar via, ma se vuoi, ti va di aiutarci a organizzare le richieste per domani?"

"Certo. C'è anche Ashlyn?"

"È ancora fuori, sta facendo le consegne dei pasti a domicilio agli utenti domiciliari."

"Ah, mi sembrava che Slate non ne fosse troppo entusiasta."

Elodie annuì. "Infatti, ma Ashlyn non è il tipo che si lascia dire ciò che può fare o meno."

"Santo cielo, stanno ancora battibeccando come dei bambini dell'asilo, vero?" chiese Carly. Quanto le piaceva fare gossip e ridere con le amiche, le dava l'impressione di non essersi mai allontanata.

"Già. Però sai cosa ti dico? Vedrai che finiranno per mettersi insieme."

"Pensi di sì?"

"Eh sì, tra quei due c'è troppa tensione, troppa chimica, va ben oltre il divertimento."

"Che bello."

"Sì, oh, a proposito... tu e Jag...?" Elodie tenne la domanda sospesa.

Carly sorrise. "Sì."

"Mi sembrava avessi detto che non eri pronta per un altro boyfriend?" le chiese Elodie stuzzicandola.

Carly sentì le guance accaldarsi. "Sì, beh, però è successo."

"Guarda, ti capisco fin troppo bene," le disse Elodie con un sorriso, "e per la cronaca, penso sia fantastico. Non dice molto, ma è un tipo eccezionale."

Carly voleva ridere alle parole 'non dice molto', dato che con lei Jag sembrava non aver alcun problema a parlare; però si limitò ad annuire rispondendo: "Sì, davvero eccezionale."

"Beh, andiamo, sono sicura che anche Lexie muore dalla voglia di parlare con te. Ti ho trattenuta qui in cucina troppo a lungo e immagino che Jag sia sul punto di raggiungerci per controllare che tu stia bene."

"Oh, ma dai, non credo che..."

Carly fu interrotta proprio da Jag che fece capolino dalla porta chiedendo: "Tutto a posto qui in cucina?"

Carly ignorò la risata di Elodie e gli sorrise. "Sì, tutto bene, stavamo proprio per uscire."

Jag annuì e spalancò la porta completamente, tenendola aperta alle due amiche.

"Te l'avevo detto," sussurrò Elodie a Carly mentre le passava avanti, uscendo dalla porta.

Carly la seguì, ma quando passò davanti a Jag, lui la fermò per chiederle sottovoce: "Stai bene?"

Lei annuì. "Sì."

"Volevo solo accertarmi. Oggi Lexie è molto chiacchierona, non sta più nella pelle per parlarti."

"Ti sta facendo girare la testa a forza di farti parlare?" gli chiese Carly provocandolo.

Jag accennò un sorriso. "Sai che non sono un chiacchierone."

"Tranne che con me."

"Tranne che con te," confermò lui, che poi si abbassò verso di lei per baciarla. Fu un bacio rapido, niente di profondo, ma le fece comunque venire i brividi su tutto il corpo, per quel contatto così intimo. Carly sapeva bene che Elodie, Lexie e Theo potevano vederla chiaramente, dato che era in piedi tra la cucina e il corridoio, ma se a Jag non dispiaceva baciarla davanti agli altri, Carly di sicuro non si sarebbe lamentata.

"A cosa devo questo bacio?" gli sussurrò.

"Al fatto che non so resisterti," le rispose lui, che poi le appoggiò una mano dietro la schiena per accompagnarla nell'altra stanza.

"Theo, ti va di fare un giro di perlustrazione con me? Per controllare che sia tutto a posto?" chiese Jag a Theo.

"Sì!" rispose di slancio Theo, come se la richiesta di Jag di fare il giro dei locali fosse una vittoria alla lotteria.

"Noi torniamo subito, tengo d'occhio la zona, non preoccuparti," disse Jag rivolgendosi a Carly.

Lei gli annuì.

Non appena la porta si chiuse lasciando fuori i due uomini, Lexie saltò su a dirle: "Daaaaai, adesso devi dirci tutto, come sta andando tra voi due?"

Carly si accorse che stava arrossendo, ma sorrise comunque. "Non c'è molto da dire."

"Col cavolo!" esclamò Lexie tirando fuori una sedia e indicandogliela con determinazione. "Tra voi due c'è tanta energia che se solo la si potesse imbottigliare non dovremmo più pagare la bolletta della luce per un mese. Dai, vuota il sacco."

Carly si mise a ridere, le piacevano i momenti come quello, con le amiche. Avrebbe tanto desiderato ci fossero anche Kenna e Ashlyn, e voleva conoscere anche Monica. Come aveva ammesso con Jag, aveva *bisogno* di passare il tempo con le amiche, socializzando in momenti come quello. Rintanandosi nel proprio appartamento era diventata paranoica, sempre più terrorizzata. Non era ancora del tutto serena sulla situazione, perché c'era sempre il rischio che qualcuno fosse in giro, pronto ad attaccarla, ma con l'aiuto di Jag, Carly sapeva che sarebbe stata in grado di tornare a vivere pienamente.

Dopo una mezz'ora, Jag e Theo tornarono nel centro accompagnati da Ashlyn.

"Carly!" esclamò Ashlyn correndo verso di lei per salutarla.

Carly vide il gran sorriso divertito sul volto di Jag, prima che lui potesse cercare di celarlo.

Passò un'altra ventina di minuti, poi lo stomaco di Carly cominciò a brontolare. Era stata talmente presa dagli incontri con le amiche che non si era accorta quanto tempo fosse passato e quanta fame le fosse venuta.

Jag la accompagnò fuori dal centro di Food For All prima che Carly potesse fare molto altro, se non dire alle amiche che si sarebbe tenuta in contatto. Elodie le disse che Kenna avrebbe organizzato presto un'altra festa tra amiche, con tanto di pernottamento, e che, dato che ora Carly era "tornata", probabilmente avrebbe dovuto prepararsi a partecipare.

Il pensiero di trovarsi in un luogo chiuso con altre donne, che potevano essere in pericolo per causa sua, la inquietava, ma Carly si limitò a sorridere annuendo. Poi Jag la prese per mano e si incamminò con lei lungo il marciapiede, verso il parcheggio doveva aveva lasciato l'auto. La fece accomodare sul lato passeggero e in meno di un minuto stavano già tornando verso casa.

"Ne avevo proprio bisogno. Grazie," disse Carly a Jag.

"Non c'è di che. Quando arriviamo a casa posso preparare il pollo al forno, se ti va bene. Non è niente di eccezionale, ma mentre si cuoce possiamo preparare un'insalata, oppure ti pulisco dei broccoli tanto per piluccare qualcosa intanto che il pollo è pronto."

Parlare di cosa preparare per cena le sembrava molto... familiare. Una sensazione che lei amava. "Ottima idea. Jag?"

"Sì, angelo mio?"

"Ho passato una bella giornata."

"Son contento," le rispose annuendo appena.

"So che non potrai passare tutti i giorni a scarrozzarmi in giro facendomi da baby-sitter, anche tu hai il tuo lavoro, hai da fare, ma apprezzo la spinta che mi hai dato per far ripartire la mia vita, ne avevo proprio bisogno."

"Ci saresti arrivata anche senza di me," le disse lui alzando le spalle.

"Forse sì."

"Niente forse, angelo mio, ce l'avresti fatta."

Jag aveva più fiducia in Carly di quanta ne avesse lei stessa. "È andato tutto bene con Theo?"

"Ma certo. È un tipo strano, ma è un brav'uomo," le rispose Jag.

"Hai visto il disegno che ha fatto sul retro?"

"Sì. La prima volta che l'ho visto, non riuscivo a distogliere lo sguardo," le raccontò Jag.

"Hai, ehm... hai notato qualcosa di strano mentre facevate il vostro sopralluogo?" gli chiese Carly, senza sapersi trattenere.

"Perché? Oggi hai avuto l'impressione che qualcuno ti stesse osservando?" le chiese lui tranquillamente.

"No, in realtà, oggi pomeriggio no. Chiedevo tanto per sapere."

Jag allungò una mano e prese quella di Carly, a cui bastò quel contatto per star meglio.

"Se in qualunque momento dovessi sentirti a disagio, voglio che tu me lo dica. Non mi interessa se hai paura di essere paranoica, non si è mai troppo sicuri."

"Va bene."

"Tra qualche giorno devo incontrare Baker, magari avrà trovato altre informazioni."

Carly tremò: era combattuta tra il desiderio di sapere tutto e la voglia di non sapere proprio *nulla*. Le dava un senso di pace, non conoscere i dettagli, non sapere se ci fosse o meno qualcuno che la seguiva. Ma sarebbe stato stupido e lei non voleva essere il tipo di persona che nasconde la testa sotto la sabbia.

"Se per te va bene," proseguì Jag, "pensavo di riunire tutti gli altri della squadra insieme a Baker, così sentiamo cos'ha scoperto e discutiamo dei prossimi passi, vediamo che si può fare. Poi ne parliamo insieme io e te."

Carly sospirò, annuendo sollevata. "Sarebbe l'ideale."

"Benissimo. Voglio evitarti di rivivere giorno dopo giorno gli stessi brutti ricordi. Devi continuare ad andare avanti, se pensi continuamente a quanto è successo non ti farà bene. Ti fidi di me, se ti dico che ti riferirò le informazioni essenziali, quelle che ritengo più rilevanti?"

"Sì," gli rispose senza esitare, "ma neanche tu devi sempre rivivere giorno dopo giorno le stesse difficoltà, Jag, io non voglio una guardia del corpo, non è ciò di cui ho bisogno. Penso che altrimenti il nostro rapporto cambierebbe e non sarebbe più quello che voglio. Mi vedresti come una donna inerme, una che ha bisogno di essere protetta, accudita, ma non è così che voglio impostare il nostro rapporto."

"Sono d'accordo, però non voglio nemmeno uscire del tutto dalle indagini," ribatté lui, "a questo punto, in pratica si occupa Baker del flusso di informazioni. Sai, è incazzato per tutta questa situazione e si è ripromesso di scoprire chi fosse il complice di Keyes."

"Io ancora non lo capisco, ma sono abbastanza egoista da fregarmene," rispose Carly, "a un certo punto incontrerò anche questo Baker?"

"Mamma mia, eccoci qua," mormorò Jag.

"Come?"

"Hai parlato con le altre," le disse.

Carly si acciglò confusa. "Sì, ho parlato con le altre, ma non di Baker."

"Non avete parlato di lui?"

"No. C'è qualcosa che mi sono persa?"

"No, nulla."

Carly lo sgomitò in un fianco e brontolò protestando: "Dai, dimmelo!" Poi gli sorrise.

"Te l'ho già detto. Pensano tutte che sia un gran figo. Un fascino sale e pepe."

Carly fece una risatina.

Jag proseguì: "È un uomo brizzolato di mezza età molto inquietante, intenso, uno che non vuoi come nemico, ma super figo."

"Ah, allora è... un po' come te, a parte il brizzolato," gli disse Carly.

Jag le lanciò un'occhiata con un sopracciglio inarcato, vagamente incredulo.

"In pratica ti sei appena descritto, Jag. Puoi essere molto intenso e di sicuro non ti vorrei mai come nemico, ma sei senz'altro un super figo, anche senza ciocche di capelli bianchi."

Lui roteò gli occhi. "Se lo dici tu."

Non prendeva benissimo i complimento. Carly decise di ricordarsi più spesso di dirgli quanto lo stimasse. "Beh, se le altre pensano che sia un figo, lo sarà di sicuro, ma a me interessano di più le sue abilità investigative."

"È bravo," le disse Jag semplicemente.

Carly annuì. "Allora, lo conoscerò?"

"Posso organizzare l'incontro."

"Grazie."

Rimasero in silenzio per il resto del viaggio di rientro al palazzo di Jag, ma non fu un silenzio imbarazzante. Per una volta, Carly si concesse di chiudere gli occhi per rilassarsi. Era con Jag, nessuno le avrebbe mai fatto del male. Era pazzesco, quanto si fidasse di lui, ma Carly sapeva senz'ombra di dubbio che, se fosse successo qualcosa, ci avrebbe pensato Jag... si sarebbe preso cura di *lei*.

CAPITOLO NOVE

DOPO QUASI UNA SETTIMANA, finalmente Jag riuscì a trovarsi con Baker per sentire cosa avesse scoperto sulla situazione di Carly. L'ex SEAL si era presentato alla base della marina e la squadra aveva requisito una sala riunioni; erano tutti in ansia di scoprire quali fossero le novità.

"Grazie per essere venuto da noi," gli disse Jag.

"Passavo da queste parti," spiegò Baker, "ieri sera ho parlato con un paio di persone qui vicino, così ho pensato che tanto valeva rimanere in zona per incontrarvi stamattina."

"Dove hai dormito?" gli chiese Mustang.

"Amici," rispose Baker rimanendo sul vago.

"Potevi venire da noi," gli disse Aleck, "lo sai che abbiamo molte camere e Kenna sarebbe stata contenta di fare una chiacchierata."

Baker inarcò un sopracciglio, un po' scettico.

Aleck fece una risatina. "Sì, va bene, magari ti avrebbe fatto il terzo grado, ma insomma, sai che puoi sempre venire a rintanarti da me quando vuoi."

"Penso che lo stesso valga per tutti noi," intervenne Midas.

Tutti si mostrarono d'accordo.

"Non c'è problema, ho finito molto tardi e non volevo disturbare."

"Come vuoi, come se tu fossi un disturbo," disse Slate a mezza voce, "potevi stare da me e approfittare delle onde del mattino."

"Magari ne ho approfittato," ribatté Baker.

Slate abbassò la testa e riconobbe: "Va bene."

"Se possiamo cominciare... oggi devo trovare qualcun altro, prima di tornare a nord," disse Baker.

Jag si sporse in avanti sul tavolo e lo fissò intensamente negli occhi, aveva davvero bisogno di sentire qualche bella notizia, magari che Baker aveva scoperto chi aveva collaborato con l'ex di Carly, o che si era convinto che non esisteva più alcuna minaccia in circolazione. L'istinto gli diceva che l'ultima ipotesi non era quella giusta, ma ci sperava lo stesso.

"Prima di tutto, Carly è ancora in pericolo?" domandò Mustang.

Baker esitò... e Jag sentì una stretta allo stomaco.

"Da quel che sono riuscito a scoprire, direi di no, ma..." Baker si interruppe.

"Ma?" insisté Jag dopo un momento.

"Tutta questa situazione puzza di marcio," disse Baker con tono duro. "Qualcuno sta mentendo. Forse tutti quanti. Le persone con cui ho parlato mi hanno dato tutte le risposte giuste, però nessuna di loro mi ha trasmesso sensazioni positive, nessuna rassicurazione."

"Con chi hai parlato e cos'hai scoperto?" gli chiese Pid.

"Ho cominciato con il figlio. È un testa di cazzo," disse Baker senza mezzi termini, "un bastardo misogino che non ha il minimo rispetto per le donne. Immagino che abbia preso tutto dal suo caro paparino. L'ho torchiato per bene e lui ha continuato a ribadire la storia che ha raccontato alla polizia, cioè che stava con la sua ragazza."

"Come ha spiegato il fatto che Carly l'abbia visto sulla spiaggia dietro al Duke's, quella sera?" domandò Aleck.

"Ha giurato che stava solo cercando suo padre, per cercare di convincerlo a non fare una stupidata... parole sue, non mie," spiegò Baker.

"E tu gli credi?" chiese Pid.

"No, però è anche vero che, se gli orari del racconto di Carly alla polizia sono esatti, Luke non aveva nemmeno il tempo di andare dalla spiaggia a un porticciolo, per poi uscire in pieno oceano con un'imbarcazione per andare a prendere il padre," spiegò Baker.

Jag strinse i denti dalla frustrazione. Era arrivato anche lui allo stesso ragionamento. "Pensi che Keyes avesse più di un complice?" domandò.

Baker rivolse gli occhi verdi su Jag e scosse la testa: "No. Il figlio conosceva il piano del padre... in fondo l'ha ammesso, dicendo di essere andato al Duke's per cercare di convincerlo a lasciar perdere. Però non penso che Luke fosse parte attiva del piano, non credo che dovesse rapire Carly. Quindi dev'esserci qualcun altro che conosceva il piano; magari Luke aveva un altro ruolo, doveva entrare in scena più avanti, forse non vedeva l'ora di farsi un giretto con Carly, una volta che il padre l'avesse portata dove voleva tenerla. O chissà, forse il suo ruolo era quello di eliminare il corpo, ma non penso che dovesse collaborare alla fase del rapimento."

"Brutto stronzo!" esclamò Jag tirando indietro la sedia e alzandosi. Cominciò a camminare avanti e indietro agitato; non poteva starsene seduto ad ascoltare Baker che ipotizzava l'abuso e l'omicidio di Carly.

"Quello che secondo me stava facendo Luke Keyes al Duke's quella sera è irrilevante," proseguì Baker ignorando lo scatto di Jag, "quel che conta è che non aveva il tempo di raggiungere un porticciolo e prendere una barca, per poi uscire in mare aperto. Peraltro, ho trovato delle registrazioni di lui, nella sua macchina, proprio nei minuti dell'incidente."

"Quindi il suo alibi è una cazzata," commentò Slate, "ha detto che stava con la sua ragazza."

"Esatto," confermò Baker, "ma dato che stava guidando la sua macchina proprio mentre Keyes era in spiaggia con Kenna, Luke non poteva essere il complice nell'oceano."

"Merda. Va bene, che altro c'è?" domandò Mustang.

"ho parlato con Rebecca, la ragazza di Luke, ha cercato di farmi bere la storiella che aveva concordato con lui, ma l'ho convinta abbastanza alla svelta che era meglio cantare. Così ha ammesso che Luke non era con lei quella sera, ma ha giurato che non sapeva nulla del piano di rapire Carly. Onestamente, non mi sembra proprio il tipo: è una ragazzina titubante priva di autostima, non ha parenti stretti che le possano stare vicino, Luke l'ha allontanata da qualsivoglia amicizia; è anche molto giovane, ha compiuto diciott'anni qualche mese fa. Le ho consigliato caldamente di lasciar perdere Luke, per il suo bene, perché quello è un tipo che alla prima occasione la darebbe in pasto agli squali pur di salvarsi il culo."

"Infatti ci ha già provato," commentò Midas amaramente, "l'ha coinvolta in questa storia usandola come alibi e convincendola a mentire alla polizia."

"Esattamente," confermò Baker annuendo.

Jag normalmente si sarebbe dispiaciuto per quella ragazza, ma in quel momento non ce la faceva. "Chi altro?" chiese, sempre camminando avanti e indietro. Voleva *fare* qualcosa, non gli bastava starsene fermo a parlare di ciò che era successo, o di ciò che era *quasi* successo a Carly, cercando di immaginare chi ancora potesse e volesse farle del male.

"Ho rintracciato anche gli altri tre amici," rispose Baker, "Jeremiah Barrowman era l'amico più vicino a Keyes, forse il suo migliore amico. Quei due condividevano molto. Ovviamente Barrowman nega ogni coinvolgimento; mi ha detto che

Keyes era sempre incazzato, per un motivo o per l'altro, e che Carly era solo l'ultimo dei suoi tormentoni. Mi ha detto che si faceva in quattro per 'tirarla su', di nuovo, parole sue, non mie, Jag. Adesso vedi di darti una calmata, cazzo."

Jag si rese conto di avere i pugni stretti e di aver fatto un passo di scatto verso Baker, come sul punto di prenderlo a botte. Sarebbe stata una pessima idea. Anche se Baker era sulla cinquantina, era di sicuro in gran forma e in un corpo a corpo poteva ancora spuntarla.

"Scusate," disse Jag, "è solo che mi dà un fastidio tremendo sentir parlare di lei in modo così offensivo."

"Questo lo capisco, ma io sto solo riferendo ciò che mi hanno detto quegli stronzi, vuoi sentirlo o no?"

"Sì," rispose semplicemente Jag.

Baker annuì e riprese il rapporto. "Barrowman ha ammesso di sapere ciò che aveva in animo di fare Keyes, ma giura di non essersi fatto coinvolgere in alcun modo. Mi ha detto che, anche se Carly non gli piaceva, non voleva avere nulla a che fare con un piano di rapimento."

"E tu gli credi?" gli chiese Midas.

"Non è importante se gli credo o meno," rispose Baker, "ha un alibi di ferro: era al lavoro, o almeno così dice il tabulato del suo ufficio. Lavora al Waialae Country Club e ha firmato l'uscita solo dopo che era successo tutto."

"È il club vicino alla costa, vero?" gli chiese Pid. "Potrebbe aver chiesto a qualcuno di firmare al suo posto e poi aver preso una barca dal porticciolo del club, non è molto lontano da Waikiki."

"Esatto," confermò Baker, "infatti è proprio per questo che non lo escludo."

"Che ci dici degli altri?" gli domandò Jag. Più Baker parlava e più a Jag veniva voglia di raggiungere Carly immediatamente per controllare che stesse bene.

"Gideon Sparks e Beau Langford sono le altre due persone

più vicine a Keyes, credo che si trovassero loro quattro almeno una volta a settimana per giocare qualche mano di poker, o per guardare il football in TV, oltre che naturalmente per bere. Sparks non ha un alibi; non è sposato, niente figli, lavora allo zoo di Honolulu, credo si occupi di alcuni degli animali più grossi. È un tipo solitario, ho parlato con qualcuno che lo conosce, non mi hanno detto molto, solo che se ne sta sulle sue. Insomma, quel giorno non lavorava, mi ha detto di essere andato in giro per faccende, è riuscito a recuperare alcuni vecchi scontrini, ma non sono ancora riuscito a controllare i suoi spostamenti con i filmati di sorveglianza dei punti in cui dice di essere stato. Beau Langford è il più giovane della combriccola, quarantacinque anni; gli altri hanno tutti più di cinquant'anni. Lavora in un porto."

Jag smise all'improvviso di camminare. "Ah sì?"

"Sì, ma ho spulciato i video di sorveglianza di quella notte e non ho trovato alcuna prova che abbia preso una barca per uscire in mare," spiegò Baker.

Jag cominciava a sentirsi male; aveva sperato che Baker risolvesse quella situazione schifosa in breve tempo, aiutando a scoprire la minaccia e neutralizzandola. Invece non sembrava così facile come lui si aspettava.

"Però Langford sa dove sono le telecamere, perché ci lavora, se volesse saprebbe benissimo muoversi senza farsi beccare," aggiunse Baker. "Poi non c'è nessuno che confermi il suo alibi. Ha detto di essere rimasto bloccato nel traffico della superstrada. Quella sera è piovuto moltissimo in breve tempo, sappiamo tutti che le superstrade in questa zona si allagano facilmente."

"I tracciati del telefonino?" chiese Slate.

Baker scrollò le spalle. "Langford ha detto che il cellulare gli è caduto in una pozzanghera mentre correva verso la macchina e si è completamente rovinato."

"Molto comodo," mormorò Pid.

"Ho controllato anche Wes Schell, il padrone di casa di Keyes: all'apparenza erano abbastanza amici, ma sotto sotto sembra che si odiassero. Keyes aveva la brutta abitudine di pagare spesso l'affitto in ritardo, per cui Schell si incazzava. Direi che, al novanta per cento, se Schell ne avesse avuto l'occasione, avrebbe cercato di incastrare Keyes con qualunque scusa, pur di cacciarlo dal palazzo."

"Chi ci rimane?" chiese Mustang.

"Non ho ancora parlato con Kelly Gregory, l'ultima ex di Keyes. Immagino che sia stata trattata male come Carly e che quindi non volesse aver a che fare con Keyes e con il suo stupido piano, ma non voglio presumere di conoscere le donne. È sempre possibile che fosse gelosa e che volesse tornare con Keyes. In fondo, per quanto ne so, è stato lui a mollare *lei*, quindi può anche darsi che volesse togliere di mezzo la rivale, per così dire, se Keyes gliel'avesse proposto."

Jag strinse i denti: non era pronto a eliminare quella donna dall'elenco dei sospettati. Lui stesso aveva vissuto in prima persona il livello di follia a cui potevano arrivare alcune donne. Si scrollò di dosso quel pensiero, almeno per il momento, per concentrarsi su quanto stava dicendo Baker.

"Devo parlare anche con Eddie Evans, il vicino di casa di Keyes, poi con Jamie Redmon, il suo superiore alla fabbrica della Coca-Cola dove Keyes lavorava."

"Pensi che tra di loro ci sia una buona pista?" chiese Midas.

"Forse con Evans: ha dichiarato alla polizia di non sapere nulla. Sembra sia un tipo chiuso che si fa gli affari propri. Non ho motivo di dubitarne. Però l'ispettore non ha *ancora* scoperto che Evans ha mille motivi per non farsi coinvolgere: è coinvolto in decine di truffe e di sicuro non vuole farsi scoprire."

"Che tipo di truffe?" chiese Mustang.

"Falsa beneficenza, ha raccolto fondi per assistere le

vittime dei disastri naturali, furto d'identità... quel tipo sarebbe pure un genio, secondo me, peccato che usi la testa per truffare la gente e rubare soldi," aggiunse Baker con un tono di voce pieno di disprezzo.

"Hai intenzione di fermarlo?" gli chiese Pid.

Baker rispose con un'alzata di spalle: "Non è un mio problema. Certo, se qualcuno che conosco e rispetto fosse caduto in una delle sue truffe, allora ovviamente interverrei. Però in questo momento ho già troppo a cui pensare."

A Jag non fregava nulla delle truffe messe in atto dal vicino di casa di Keyes; a lui interessava solo la sicurezza di Carly. "E il capo?" chiese.

"Un altro stronzo. Sembra che Keyes si circondasse di filibustieri, proprio come lui. Però ha un alibi di ferro: era al lavoro, stava rovinando la vita di qualcuno con le valutazioni annuali. Per questo non sono andato prima da lui."

Jag si avvicinò alla propria sedia e ci si accasciò sopra sospirando: "Allora, a che punto siamo?" chiese. Gli sembrava di non aver fatto molti passi avanti, in una settimana, per scoprire chi potesse essere il complice di Keyes.

"Sto ancora scavando nella melma," rispose Baker, "qualcuno doveva avere a disposizione una barca, Redmon, Langford ed Evans hanno una barca, gli altri no, ma non significa che non potessero prenderne una in prestito o a noleggio. Metà dei residenti dell'isola possiede una barca o può averne una a disposizione. Quella sera, il tempo era talmente ostile che le telecamere di sorveglianza dei porticcioli vicini erano in gran parte fuori servizio per via della pioggia o del vento. Sull'isola ci sono anche tantissimi scivoli privati senza sorveglianza. Però non ho intenzione di arrendermi."

"Che idea ti sei fatto?" gli chiese Mustang. "Pensi che ci fosse un complice abbastanza fuori di testa da uscire in mare aperto, nell'oceano, col temporale di quella sera? Pensi che Carly sia ancora in pericolo, oppure credi che il complice di

Keyes, chiunque sia, abbia deciso di fare marcia indietro dopo che il suo compare è morto?"

Jag attese con impazienza la risposta di Baker, che rispettava. Quel tipo aveva un sesto senso infallibile. Jag si era fatto un'idea, ma voleva sapere cosa stesse pensando l'ex SEAL, dopo aver svolto le sue ricerche e approfondito la situazione.

"La logica mi dice che non c'è niente da scoprire," rispose Baker, "ma l'istinto mi porta a credere diversamente. Non posso nemmeno affermare con certezza di aver esaminato le persone giuste. Keyes era uno stronzo, ma non era uno stupido. Aveva un sacco di colleghi alla fabbrica della Coca-Cola, può aver parlato con chiunque del suo piano, chissà chi può aver convinto ad aiutarlo. L'ispettore Lee è stato molto bravo a interrogare le persone di cui gli ha parlato Carly, ma è probabile che Keyes avesse altri amici, persone di cui Carly *non* conosceva l'esistenza." Baker si voltò verso Jag per dirgli: "Ci penso io."

"Su una scala da uno a dieci, quanto pensi che Carly sia in pericolo?" gli chiese Jag senza mezzi termini.

"Cinque," rispose Baker senza la minima esitazione.

Jag si fece ancor più serio. Non erano buone notizie. Niente affatto.

"Sono passati mesi da quella fatidica sera," proseguì Baker, "è ovvio che il complice si sia tenuto nell'ombra. Poi bisogna aggiungere che Carly si è rintanata come un orso in letargo... per la cronaca, credo che abbia fatto proprio bene, perché è molto probabile che così abbia evitato di farsi beccare. Adesso ho sentito che ricomincerà a lavorare?"

Jag annuì. "Part-time. Ha cominciato proprio ieri."

"Ottimo, cerca di tornare alla normalità, di riprendere in mano la propria vita. Ammirabile," commentò Baker. "Direi che i possibili sviluppi sono due... può darsi che la persona che intendeva aiutare Keyes, vedendo Carly tornare alla normalità, si senta come riportata indietro, che si accenda come una scintilla e che cerchi di tornare al piano per finire ciò che era stato cominciato quella sera; oppure può darsi che torni dalla fogna da cui era venuto, decidendo che non vale la pena di esporsi."

"Quale dei due sviluppi ritieni più probabile?" gli chiese Midas.

Baker lo guardò. "A dire il vero, non ne ho idea."

"Cazzo," mormorò Jag.

"Non puoi certo tenerla sotto una campana di vetro per proteggerla," gli disse tranquillamente Mustang.

"Lo so," gli rispose Jag, che lo sapeva bene: infatti era stato proprio lui a incoraggiarla perché parlasse con la manager del Duke's, perché tornasse a lavorare, ma non per questo lui si sentiva totalmente tranquillo. "L'ho iscritta a un corso di autodifesa, andrà a lezione dal primo maresciallo Albertson," spiegò Jag.

Slate fece un fischio appena udibile.

"Ottima scelta," commentò Midas, "devo ammettere che quella mi fa quasi paura."

Jag annuì. Elizabeth Albertson era nelle forze di sicurezza della marina, una sottufficiale estremamente brava nel proprio lavoro. Non era nei SEAL, ma si era sottoposta comunque allo stesso addestramento, solo per dimostrare che anche una donna *poteva* superare le stesse prove estreme. Era la persona ideale per aiutare Carly a riprendere fiducia in se stessa, dandole la certezza che, qualora fosse successo qualcosa, lei avrebbe potuto difendersi da sola.

"Non è che per caso può partecipare anche Elodie?" domandò Mustang.

"Oh, sì! Anche Kenna vorrebbe tanto provare un po' di autodifesa," si aggiunse Aleck.

"Anche Lexie," intervenne Midas.

"Cacchio, ma allora non possiamo certo lasciar fuori Mo," concluse Pid.

"Cercherò di convincere anche Ashlyn a partecipare," aggiunse Slate. "Lei pensa di essere invincibile, ma con tutte le case che visita, per andare a consegnare pasti a degli estranei, mi fa impazzire."

Jag annuì. "Sono sicuro che alla Albertson non dispiacerà." Poi tornò più serio e si rivolse di nuovo a Baker. "Se tu fossi al mio posto, cosa faresti? Metteresti la tua donna sotto chiave almeno fino ad aver trovato prove sufficienti, oppure la incoraggeresti a vivere in modo più o meno normale, sia pur con maggiore prudenza?"

"Non posso rispondere alla tua domanda," disse Baker.

Jag sospirò.

"Se si trattasse di Monica, io la chiuderei in casa e getterei via la chiave," disse Pid, "però è anche vero che a Mo *piace* starsene per conto suo. Se avessi saputo che quel pezzo di merda di Shane Beyer l'avrebbe messa in pericolo, io avrei reagito così."

"Carly ci ha già provato, ma non è servito a nulla. È diventata ancor più paranoica," spiegò Jag.

"Lei sta bene solo in mezzo agli altri," intervenne Aleck, "è come Kenna."

"La terremo d'occhio," disse Mustang, "lascia che viva la sua vita... sempre con le dovute precauzioni."

"Se ti servisse aiuto da parte nostra, sai di poter contare su di noi," aggiunse Pid.

"Vuoi che venga a stare da te?" gli chiese Slate, "tanto per avere un altro paio di occhi e orecchie a disposizione?"

Jag ci pensò per un momento. Ecco perché gli piaceva far parte dei SEAL, perché amava in particolare quella squadra. Si girò verso Slate. "Penso di farcela da solo, nessuno può entrare nel palazzo senza venire registrato. In questo momento Carly non se la sente di guidare da sola, non si sente ancora sicura a uscire per conto suo."

"Però se la sente di lavorare, vero?" gli chiese Pid.

"Quello sì," rispose Jag, "oggi è solo il secondo turno che fa, ma finora penso che se la stia cavando bene, tutto sommato. Il primo giorno le è venuto un mini attacco di panico, ma Kenna l'ha raggiunta subito e l'ha calmata parlandole. Poi le è sembrato di rivedere Luke ed è andata di nuovo nel pallone. Uno dei baristi ha fatto una corsa in spiaggia appena se n'è accorto e ha raggiunto il tipo che Carly aveva visto, ma era solo un tipo qualunque, non era il figlio di Shawn. Però dopo il lavoro non è stata troppo a rimuginarci sopra. Spero solo che oggi vada un po' più liscio."

Gli altri annuirono tutti.

"Vi tengo aggiornati appena scopro qualcosa," concluse Baker, "non allenterò la pressione finché non troveremo le risposte che cerchiamo."

"Grazie," gli rispose Jag.

"Voglio parlare col comandante," aggiunse Mustang, "so che non possiamo decidere noi quando andare in missione, in base alle esigenze personali, ma gli farò capire per bene la gravità della situazione; se possibile, ci darà un minimo di spazio."

Jag sentì un'improvvisa stretta allo stomaco. "Non posso lasciarla da sola," disse al caposquadra. Già si sentiva male per il tempo che Carly aveva trascorso da sola, nei dieci giorni dell'ultima missione. Da quando si erano messi insieme... non gli dava pace il pensiero di andarsene senza sapere nemmeno quale fosse l'amico di Shawn che forse le serbava rancore.

"Se per caso vi spediscono in missione, Carly può venire a stare da me alla North Shore," gli disse Baker.

Jag lo guardò sorpreso. "Ma... non fraintendermi... ma non pensi che Jody potrebbe prenderla male?"

"Tu che ne sai di Jodelle?" gli chiese Baker sistemandosi sulla sedia e squadrandolo.

Jag alzò le mani in segno di resa. "In realtà proprio nulla, è solo che sembri molto protettivo nei suoi confronti; l'ultima cosa che vorrei è che si facesse un'idea sbagliata del motivo per cui Carly viene a stare da te."

Baker fece un respiro profondo e Jag notò che stava cercando di rispondere mantenendo il controllo. "Jodelle non si farà alcuna idea sbagliata," gli rispose alla fine semplicemente.

Jag avrebbe voluto fare altre domande su quella donna misteriosa che Baker sembrava tanto voler proteggere, ma era troppo ansioso di tornare da Carly. Doveva andarla a prendere a fine turno, anche se Aleck si era offerto volentieri di darle un passaggio, dato che anche lui andava al Duke's per Kenna; ma Jag voleva raggiungerla personalmente, assicurarsi che stesse bene, sentire com'era andata la giornata al lavoro. Ormai gli sembrava di pensare solo a lei, dal momento stesso in cui la lasciava al ristorante al mattino non vedeva l'ora di stare di nuovo con lei.

Non aveva mai provato quelle sensazioni, per nessuno, e aveva i suoi buoni motivi; ma tutto ciò che riguardava Carly lo attirava, gli interessava. Lei era agli antipodi rispetto a...

No. Non voleva nemmeno *pensare* al nome di quella stronza.

Ormai era una storia passata e Jag era deciso a non pensarci più.

Annuì verso Baker. "Grazie."

"Spero che non si arrivi a tanto," aggiunse Mustang, "ma se è necessario dirò al comandante che ti serve un permesso e che non puoi partecipare alla prossima missione."

Jag scosse la testa. "No, non è questo che voglio."

"Nemmeno io lo voglio," gli rispose Mustang, "pensi che mi faccia piacere andare in missione senza di te? Col cazzo. Ma sappiamo bene tutti per esperienza che in missione può succedere di tutto in qualunque momento, e le nostre donne vengono prima di tutto... beh, insomma, per quanto possibile, dato che siamo in missione per la marina. Però non mettiamo il carro davanti ai buoi. Toccando ferro, ultimamente non abbiamo avuto particolari problemi. Vediamo come va, un giorno alla volta."

Baker annuì per salutare tutti e si alzò in piedi. "Adesso devo andare. Il turno di Redmon sta per finire e voglio essere sicuro di beccarlo prima che torni a casa. Ci sentiamo."

Jag lo salutò con un cenno del mento e tutti gli altri si alzarono in piedi. Slate fermò Jag prima che se ne andasse.

"Guarda che dicevo sul serio," gli ribadì, "se hai bisogno di un guardiano di riserva, sono più che felice di aiutarti."

"Lo apprezzo," rispose Jag all'amico.

"Ci farai sapere quando ci saranno le lezioni di autodifesa con il primo maresciallo Albertson?"

"Sì, spero che comincino presto."

"Ottimo, grazie mille."

"Tutto bene con Ashlyn?" gli chiese Jag. Non era abituato a ficcare il naso negli affari degli altri, ma Slate gli era sembrato più nervoso ultimamente, tanto da preoccuparlo.

"Tutto bene, per quanto *possibile*. Penso che mi odi quasi tutti i giorni, è ostinata come un mulo. Non mi ascolta, io continuo a dirle che non è sicuro andare in giro per l'isola da sola a consegnare pasti, anche nei quartieri più malfamati."

"Forse ti *ascolta*, ma invece di dirle continuamente che è in pericolo e che commette un errore, potresti offrirle delle alternative, suggerirle un modo diverso e più sicuro di fare il suo mestiere," gli consigliò a cuore aperto.

Slate sospirò ammettendo: "Mi sta facendo impazzire."

Jag non poté far altro che sorridere. "Benvenuto nel club," gli disse dandogli una pacca sulla schiena.

Slate scosse appena la testa. "Adesso vado al centro di Food For All, voglio vedere se è tornata dalle consegne di oggi. Le parlerò delle lezioni di autodifesa."

"Senti, vuoi un consiglio?" gli disse Jag, "se puoi, dalle l'impressione che sia stata *lei* ad avere l'idea di andarci. Immagino che così reagirà meglio, invece che ordinarle di fare qualcosa."

Slate ci pensò per un momento, poi annuì. "Ottima idea. Magari le dico che Carly non è tanto sicura di andarci, vedrai che si offrirà di accompagnarla."

Jag annuì. "Esattamente."

"Grazie. Ah... dove pensi abbia dormito Baker stanotte? Cioè, non sapevo che avesse un amico da questa parte dell'isola."

"Non ne ho idea, ma sai, Baker ha contatti ovunque. Per quel che ne so, ha dormito persino con l'ammiraglio della base," rispose Jag con un filo d'ironia.

"Vero. Forse è meglio non saperlo. Ci vediamo domattina in allenamento. Telefonami, se ti serve qualcosa," concluse Slate.

Jag annuì e si prese un momento per riflettere. Non era sicuro di aver appreso qualcosa di nuovo, nell'incontro con Baker, ma gli faceva piacere sapere di avere il supporto e l'aiuto di tutta la squadra. Del resto, era proprio quello che si aspettava.

Eppure lo stomaco gli si stringeva per l'ansia; non si sentiva tanto male da moltissimo tempo. Nemmeno in piena missione, quando ogni piano andava completamente all'aria. Sentiva di avere molto di più in gioco, perché non c'era in ballo la *sua* vita, ma quella di Carly. Jag sapeva, sotto sotto, che le traversie non erano finite: Carly doveva essere forte e superare le difficoltà che stavano per sopraggiungere... perché qualcosa *stava* per succedere.

Negli anni, Jag aveva imparato che non poteva controllare gli altri; poteva controllare solo se stesso, il modo in cui lui reagiva agli eventi che lo circondavano. Lo stesso valeva per Carly. In fin dei conti, c'era sempre il rischio che non si scoprisse il complice di Shawn se non troppo tardi. Jag poteva solo fornire a Carly gli strumenti per gestire e affrontare ogni situazione possibile.

Il solo pensiero che qualche bastardo le mettesse le mani addosso gli faceva venire la pelle d'oca, ma qualunque cosa succedesse, la sua Carly poteva farcela. Jag non aveva dubbi. I corsi di autodifesa con il primo maresciallo della marina l'avrebbero aiutata molto, magari le avrebbero dato più fiducia in se stessa e nelle proprie capacità di difendersi da qualcuno anche più grande e grosso di lei. Inoltre, Carly sapeva che Jag avrebbe fatto di tutto, pur di raggiungerla nel momento del bisogno; forse le sarebbe bastato per superare qualunque difficoltà.

Jag sentì un brivido inquietante e si accorse di essere rimasto in piedi in quella saletta per troppo tempo: doveva darsi una mossa, raggiungere Carly al Duke's.

Mentre camminava rapidamente fuori dall'edificio per tornare alla sua Jetta, ripensò ai propri tormenti interiori, a volte spossanti. Al suo posto, altri sarebbero stati più ottimisti, si sarebbero fidati della polizia, che non aveva trovato prove di complici minacciosi in circolazione. Ma solo perché nessuno era sicuro che ci fosse un pericolo non significava che andasse tutto bene. Lui lo sapeva, l'aveva vissuto in prima persona, quando aveva undici anni.

Il pericolo c'era e si sarebbe manifestato; solo perché lui e Carly non sapevano da che parte aspettarselo, non significava che non li avrebbe raggiunti, prima o poi.

Jag si sentì pervaso dalla determinazione: non aveva idea di come sarebbe andato il rapporto con Carly, ma avrebbe fatto tutto il possibile non solo per farle superare quella brutta parentesi della vita, ma per farla tornare a splendere.

Carly aveva bisogno di tornare a credere in se stessa per vivere al meglio. Un passo alla volta. Ecco cosa le serviva. E mentre le tornava lo slancio necessario per spiegare le ali, Jag e gli altri della squadra l'avrebbero protetta, dandosi da fare per lasciarle lo spazio vitale per prosperare.

Prima o poi sarebbe scoppiato il casino (perché c'era *sempre* un casino pronto a scoppiare); Jag doveva solo fare in modo che la sua donna fosse abbastanza forte da poter sopportare la bufera.

CAPITOLO DIECI

CARLY SI SENTIVA una codarda a nascondersi in cucina, ma quando uno dei più cari amici di Shawn si era presentato al Duke's nel tardo pomeriggio per cenare, lei aveva cominciato a tremare e non era più riuscita a smettere. L'aveva visto in un gruppo di altri uomini che non conosceva; le era bastato individuare Jeremiah Barrowman per farsi prendere dai brividi incontrollati.

Kenna aveva notato quella reazione e l'aveva sottratta alla vista dei clienti portandola in cucina prima ancora che Carly se ne rendesse conto. Vera li aveva fatti sedere a un tavolo vicino alla spiaggia, Justin era il loro cameriere.

"Va tutto bene, Carly, respira a fondo," le sussurrò Kenna.

Carly fece un respiro profondo e annuì. "Mi dispiace."

"Non scusarti."

"È solo che non ho più visto nessuno che conoscesse Shawn da quando... beh, lo sai anche tu. Quel Jeremiah mi ha sempre fatto una brutta impressione."

"Beh, oggi non devi incontrarlo," le disse Kenna con fermezza, "Justin penserà al tavolo e noi intanto rimaniamo da questa parte del ristorante."

Carly annuì. "Grazie. Adesso mi sento una scema."

"Perché? Non devi, al contrario! Vuoi che vada fuori a dare un'occhiatina? Posso dare una mano a Justin, così, tanto per tastare il terreno e vedere come reagisce quello stronzo vedendo *me*. Se è lui il complice di Shawn, vedendomi dovrebbe reagire male, non trovi?"

"No!" esclamò Carly afferrando il braccio di Kenna e tenendolo stretto.

"Va bene, va bene, va bene! Non ci vado."

Carly lasciò andare un sospiro di sollievo.

"Però posso dire a Charlotte di passare da quelle parti per origliare un po' quel che si dicono..."

Carly scosse la testa esasperata. Kenna era la sua migliore amica, ma delle volte la faceva impazzire. Non si trattenne e le si avvicinò per un lungo e potente abbraccio.

"A cosa devo questo abbraccio?" le chiese Kenna ricambiandolo.

"Solo per ringraziarti di far parte della mia vita," le rispose Carly.

Kenna si allontanò. "Vale anche per te, lo sai, vero?"

Carly annuì.

"Ottimo. Siamo amiche e ci aiutiamo a vicenda. Prendiamo le insalate per il tavolo tre e cerchiamo di ignorare quel Jeremiah vattelappesca. Qui non può certo farti del male."

Carly non era del tutto d'accordo: Shawn era riuscito a far del male a Kenna proprio al Duke's, ma lasciò cadere la cosa.

Nel giro di una decina di minuti, tutto il personale del ristorante sapeva che uno dei clienti era amico di Shawn. Si impegnarono tutti per andare a quel tavolo con una scusa o l'altra. Kaleen minacciò di mettergli qualcosa di strano nel drink, tanto per fargli venire la diarrea, ma Carly la convinse a evitare: non voleva che l'amica si mettesse nei guai e magari finisse in gattabuia per aver cercato di avvelenare uno dei clienti.

Passò un po' di tempo, ma alla fine Carly smise di tremare e alla paura subentrò la rabbia. Ormai era diventata una nuova abitudine: all'inizio c'era sempre l'istinto di andarsi a nascondere per la paura, ma poi lei reagiva incazzandosi. Si stava lasciando influenzare troppo da quel Jeremiah, proprio come aveva fatto con Shawn. Non era certo il padrone della città e Carly aveva il diritto di vivere e lavorare tanto quanto lui.

Non era ancora pronta ad affrontarlo per parlarci, ma colse più di un'occasione di passare vicino al tavolo e una volta incrociò il suo sguardo: la sorprese vederlo sbalordito, in fondo doveva sapere che lei aveva ripreso a lavorare al Duke's.

L'ora successiva passò liscia e Carly si sentì davvero molto fiera di non essersi più nascosta in cucina ad aspettare che Jeremiah se ne andasse.

Quando però lui e gli altri commensali si alzarono, Carly si trovava sfortunatamente proprio all'uscita del ristorante e stava parlando con Vera.

Jeremiah le si fermò vicino. "Possiamo parlare un momento, Carly?"

A quel punto fu Vera a risvegliare Carly dal momento di vuoto in cui si era ritrovata. "Non credo proprio sia il caso," disse Vera a Jeremiah.

Carly però mise una mano sul braccio dell'amica. "Non c'è problema," le disse sorprendendo anche se stessa.

Anche Vera non se l'aspettava, ma annuì. "Ti aspetto qui," le disse, poi si rivolse a Jeremiah: "Quindi niente scherzi, bello."

Carly voleva sorridere per l'atteggiamento di Vera, che le faceva da guardia del corpo. Non era una donna dall'aspetto inquietante, anzi: era più bassa di Carly di qualche centimetro. Del resto, i cani di taglia piccola non avevano la reputazione di essere più mordaci?

Dopo un respiro profondo, Carly fece un passo da una parte e aspettò che Jeremiah le dicesse ciò che voleva dirle.

"Mi dispiace per quanto è successo," le disse, "Shawn ha oltrepassato il limite."

"Oltrepassato il limite?" ripeté Carly, incapace di trattenersi. "Venire qui con una *bomba* legata al petto per *rapirmi* è 'oltrepassare il limite'?"

Jeremiah trasalì. "Sì, beh, forse non mi sono espresso nel modo migliore, ma ti do la mia parola che io non c'entro niente."

"E ti aspetti che ti creda così?" gli chiese Carly, che sotto sotto tremava come una foglia, ma era determinata a non cedere. "Tu e Shawn eravate sempre insieme, anche con Gideon e Beau. Sono quasi sicura che ti avrà raccontato del suo piano."

"È vero," ammise Jeremiah.

Carly lo fissò con la bocca spalancata: non le sembrava vero che l'avesse appena ammesso a voce alta.

"Avrei dovuto fare qualcosa. Sinceramente pensavo fosse tutto uno scherzo! Parlava sempre male di qualcuno, non credevo che passasse dalle parole ai fatti."

Carly non era pronta a perdonare Jeremiah, ma si sentì comunque un pochino meglio vedendolo ammettere l'errore colossale che aveva fatto, non prendendo Shawn sul serio. "Invece è passato ai fatti," gli disse goffamente.

"Eh sì," ribadì Jeremiah, un po' imbarazzato.

"Eh! Dai che si va, Jer!" gridò da lontano uno dei commensali del gruppo.

Jeremiah gli fece un cenno e poi tornò a parlare con Carly. "Magari, adesso che mi sono scusato, puoi dire al tuo guardiano di farsi da parte."

"Il mio guardiano?" gli chiese Carly inarcando un sopracciglio.

"Sì. Ho bisogno di lavorare; se quello mi sta addosso, il mio capo mi licenzia. Se c'è una cosa che odia è proprio lo scandalo! Il country club deve avere un'immagine completamente immacolata."

Carly non aveva idea di cosa intendesse dire Jeremiah, ma fece finta di capire. "Ti basta collaborare, sono sicura che andrà tutto bene," gli rispose bluffando.

Jeremiah la fissò per un lungo momento e Carly si impegnò per non abbassare lo sguardo nonostante l'espressione con cui lui la osservava: non era affatto contento... e glielo stava dimostrando.

"Vabbè," sbottò infine, poi si girò e si avviò per andarsene.

Carly lo osservò andar via e lentamente riprese a respirare dopo aver trattenuto il fiato.

"Va tutto bene?"

Quella voce femminile le arrivò talmente inaspettata che Carly quasi sussultò. Si voltò e vide Vera poco lontana con un'espressione preoccupata in volto.

"Scusa, non intendevo spaventarti."

"Non c'è problema," le disse Carly.

"Ti ha fatto delle minacce? Devo chiamare la polizia?" le chiese Vera. "Credo che Brown sia da queste parti, oggi è il suo turno di ronda, c'è sempre un poliziotto qui nei paraggi a controllare che non succeda nulla. Posso chiamarlo e farlo venire da te, se vuoi."

"Non c'è bisogno," la rassicurò Carly. L'incontro con Jeremiah l'aveva agitata, ma allo stesso tempo si sentiva orgogliosa di come l'aveva gestito... almeno dopo aver smesso di nascondersi in cucina. Honolulu era la città più popolosa delle Hawaii, ma sotto molti aspetti era anche una piccola città. Era inevitabile, prima o poi, imbattersi in qualcuno che conoscesse Shawn: Gideon, Beau, Wes, Eddie... L'ex di Carly conosceva tante persone, persone che sapevano bene cos'era successo.

Molto probabilmente molti, se non tutti i conoscenti di Shawn l'avevano sentito parlar male di lei, sorbendosi storie

che intendevano provare quanto fosse stronza. Erano storie
che si raccontavano in giro di continuo, storie a cui nessuno
dava mai peso. Non era capitato anche a lei di lamentarsi con
Kenna di qualcuno che le aveva dato fastidio, in un paio di
occasioni? Eppure Kenna non avrebbe mai potuto aspettarsi
che Carly volesse uccidere qualcuno, o che volesse mettere in
piedi una tragedia greca, minacciando di far saltare in aria
qualcuno. Carly se l'immaginava Shawn che raccontava storie
simili a persone che non gli prestavano attenzione. Quindi il
fatto che Jeremiah non avesse creduto alla storia del futuro
rapimento non la sorprese più di tanto.

"Dov'è andato?" le chiese Kenna avvicinandosi di corsa
all'uscita del ristorante. "Merda, mi è sfuggito, vero? Che ti ha
detto? Va tutto bene?"

Carly si meravigliò del mezzo sorriso che si ritrovò ad
accennare. "È andato via e io sto bene."

Kenna mise le mani sulle spalle di Carly, socchiuse gli
occhi e scrutò l'amica. "Tu *stai* bene, vero?"

"Certo."

Kenna sorrise. "Si sta meglio, dopo aver tenuto testa alle
persone arroganti, vero?"

"Proprio meglio. Però non è stato arrogante con me, anzi,
si è persino scusato."

Kenna arricciò il naso. "Come se bastassero delle scuse
per farsi perdonare come se niente fosse."

"Mi ha anche detto di tenere a bada il mio guardiano. Ha
detto che rischia il licenziamento."

"Chi? Jag?"

Carly scosse la testa. "Non penso proprio. Cioè, può
anche darsi, ma quando non è al lavoro, Jag è sempre
con me."

"Baker," disse Kenna con un gran sorriso.

"Anch'io avevo pensato a lui."

"Bene, spero proprio che quell'idiota *venga* licenziato. Se

Baker si sta occupando del caso, prima o poi troverà il bandolo della matassa."

"Lo spero proprio."

"Dai, sono pronti gli ordini del tavolo tredici e abbiamo solo mezz'ora prima che vengano a prenderci."

Carly prese Kenna sottobraccio e si lasciò trascinare all'interno del ristorante. Se qualcuno le avesse detto prima che al lavoro avrebbe incontrato Jeremiah, Carly se ne sarebbe rimasta a casa: avrebbe avuto troppa paura di affrontare uno degli amici di Shawn. Invece, dopo averlo affrontato, si sentiva più forte e non aveva più tanta paura di incontrare altre persone vicine al suo ex. Sarebbero sempre stati incontri sgradevoli, ma Carly si stava convincendo di poterli gestire.

Un barlume della vecchia Carly si era riacceso in lei, che sorrise. Era pur sempre nervosa, piena di paure e cauta, ma superare il primo incontro di persona con qualcuno che aveva fatto parte della vita di Shawn aveva prodotto un ottimo effetto su di lei. L'aiutava anche sapere di non dover uscire dal ristorante da sola, per raggiungere la macchina. Sapere che Jag l'avrebbe raggiunta per portarla a casa le dava la sicurezza in più che le serviva per mettersi alle spalle quell'incontro inatteso e poco piacevole. Avrebbe rivisto Jag... presto.

———

"Com'è andata oggi al lavoro?" le chiese Jag una volta sistematisi entrambi nella Jetta, mentre tornavano all'appartamento.

Carly fino a quel momento aveva volutamente evitato di accennare all'incontro con Jeremiah. Non voleva che Jag perdesse le staffe e rientrasse di gran furia nel ristorante. Ormai non c'era più nulla da fare; un'incursione da SEAL per affrontare amici e colleghi non sarebbe servita a nulla.

"Ho visto Jeremiah," sbottò Carly.

Jag sentì ogni muscolo del corpo contrarsi. "Cosa?"

"Si è presentato al ristorante con un gruppo di altri uomini per mangiare. All'inizio mi sono spaventata," spiegò Carly parlando velocemente, perché voleva raccontare tutta la storia prima che Jag decidesse di fare inversione e dare la caccia a quel tipo, "poi però mi sono arrabbiata. Perché mai dovevo nascondermi in cucina? Avevo tutto il diritto di fare il mio lavoro quanto lui di venire a mangiare al ristorante. Non era seduto a uno dei miei tavoli, ma ci sono passata vicino qualche volta. Lui non ha detto nulla, ma quando stava per andar via mi ha chiesto di parlarmi. Sono rimasta vicino all'ingresso, dove c'è il ricevimento dei clienti, l'ho lasciato parlare. Ha ammesso che Shawn gli aveva svelato il piano, ma ha affermato che pensava fosse tutto uno scherzo, che fossero solo stupidaggini dette per rabbia, si è persino scusato. Poi è andato via. Tutto qui. Ah no, aspetta... mi ha chiesto di ritirare il mio guardiano, ma immagino che si riferisse a Baker... a proposito, oggi l'hai incontrato, vero? Cosa ti ha detto?"

Carly trattenne il fiato aspettando che Jag rispondesse.

"Sto solo cercando di non farmi prendere dai nervi," le disse Jag dopo un lungo momento.

"Lo so, mi sono sentita anch'io nello stesso modo. Non volevo farti innervosire, cioè, dopo averlo visto io sono andata fuori di melone per una buona mezz'ora, però non è successo nulla, Jag. Sì e no mi guardava. Devo ammettere che quel tipo mi fa venire i brividi, ma non ha fatto nulla."

Jag stringeva il volante talmente forte che le nocche gli si erano sbiancate.

"Poi ci ho pensato e devo dire che sono contenta di averlo incontrato. Capiterà altre volte che incontri degli amici di Shawn, devo solo sapere come affrontarli. Non voglio più star male come nei mesi in cui mi sono chiusa nel mio appartamento. Mi sembrava di essere paralizzata dalla paura, senza nemmeno sapere di cosa o di chi avevo paura. Cioè, pensavo fosse Luke, ma adesso penso fosse solo paura di cosa *poteva* succedere. Non posso più vivere in quel modo. Può capitare in qualunque momento l'incidente, *può* succedere che qualcuno mi investa in auto, oppure *può* darsi che mi venga un infarto; *può* anche capitare che vada a fare la spesa e che mentre mi faccio gli affari miei qualcuno rapini il supermercato e mi spari, o chissà che altro. Ma Jag, io voglio *vivere*, voglio provare tutte le emozioni della vita. Scusa, straparlo."

"No, invece hai detto qualcosa di molto importante. Ciò non toglie che mi dà molto fastidio che uno degli amici di Shawn si avvicini a te."

"Lo so."

"Comunque sia, sì, oggi ho parlato con Baker, è venuto in riunione con tutta la squadra."

"E allora?" gli chiese Carly, dato che Jag non proseguiva.

"Non ha ancora trovato nulla di concreto."

"Accidenti."

"Però a quanto pare la chiacchierata che ha fatto con Barrowman ha sortito un certo effetto."

"Eh sì," concordò Carly, "magari rimestando le cose, costringendolo a parlare con lui, gli ha fatto venire paura di perdere il posto... con questa pressione, potrebbe succedere qualcosa. Non che me la voglia cercare, che qualcuno cerchi di rapirmi o chissà che altro, ma se qualcuno reagisce abbastanza da fare un errore, oppure si sente in colpa a tal punto da ammettere di essere il complice che doveva uscire in barca nell'oceano quella sera per aiutare Shawn, almeno così poi potrò andare avanti con la mia vita."

"Tu andrai avanti a prescindere da cosa succede," ribatté Jag, che poi tolse una mano dal volante per porgergliela. Carly raccolse l'invito volentieri, intrecciando le dita con lui.

"Vuoi che ti racconti nel dettaglio ciò che ha scoperto Baker?"

Carly ci pensò su per un momento, poi gli chiese: "C'è

qualcuno a cui dovrei fare più attenzione rispetto agli altri? Del tipo, devo aspettarmi che Luke sia più pericoloso di qualcun altro?”

“No. Baker non ha trovato prove concrete su nessuno; sta ancora controllando gli alibi e guardando i filmati di sorveglianza.”

“Capito, allora no, non ho bisogno di altri dettagli. So che mi aggiornerai, se salterà fuori qualcosa di sicuro.”

“*Quando* salterà fuori qualcosa, certo che ti aggiornerò. Non ho nemmeno intenzione di aspettare la fine della giornata: salto su in macchina e vengo a raccontarti tutto di persona ovunque tu sia,” le disse Jag.

“Grazie.”

“Non c'è bisogno di ringraziarmi, angelo mio. Tu sei molto importante per me, più di chiunque altro nella mia vita, a questo punto. Non farei mai nulla per metterti in pericolo e se ciò significa raccontarti dei particolari che potrebbero inquietarti, temo proprio che dovrò farlo.”

Carly annuì.

“Ah, ho fatto in modo che le lezioni di autodifesa siano tutte in programma nei giorni in cui non lavori, spero che ti faccia piacere.”

“È fantastico. Anche se a pensarci mi viene l'ansia.”

“Perché?”

“Beh, hai detto che quella a cui volevi chiedere è tipo una Rambo al femminile o qualcosa del genere.”

Jag fece una risata. “È una tipa bella tosta.”

“Mi darà della smidollata, Jag, non sono affatto in forma smagliante. Pensa che mi stanco anche solo a fare le scale del parcheggio vicino al Duke's.”

“Non devi essere in forma e vedrai che non ti darà della smidollata. Ti farebbe piacere sapere che anche le altre probabilmente parteciperanno insieme a te? Quando ne ho parlato agli amici, hanno tutti offerto volontarie le rispettive compagne."

"Davvero? Che bello! Sarebbe fantastico!" esclamò Carly con gioia. Andare a lezione di autodifesa con le amiche non le sembrava più tanto tremendo.

"Ottimo. Dopo la fermata al centro di Food For All per lasciare le borse di cibo che ti ha dato Alani, ti va di andare subito a casa?"

"Sì, perché mai non dovrebbe andar bene?"

"Non so, te lo chiedevo perché non sapevo se dovevi prendere qualcosa dal tuo appartamento, o in negozio, che so."

"Non mi serve nulla," rispose Carly, "solo passare il tempo con te e cercare di dimenticare per un po' tutto il resto del mondo."

Jag fece un sorriso raggiante e le strinse la mano. "Idem, angelo mio, idem."

"Jag?"

"Sì?"

"Sono davvero pronta a voltare pagina."

"In che senso?"

"Sono pronta a voltare pagina," ripeté Carly, "andare avanti con la mia vita. Ho permesso per troppo tempo a Shawn di martellarmi la testa: ho creduto alle cattiverie che mi diceva, fino al punto di dubitare di me stessa. Quando ho chiuso con lui mi sono sentita meglio, ma poi ha cominciato a tormentarmi e devo ammettere che non sapevo più cosa pensare. Mi chiedevo perché mai qualcuno volesse stare con me, se fossero vere tutte le cose di cui mi accusava, che ero immatura, stupida, brutta... invece adesso ho capito che stava solo cercando di farmi crollare. Sono pronta a lasciarmi tutto alle spalle. So di dover stare attenta, per la mia sicurezza, ma avevi ragione, hai fatto bene a trascinarmi fuori dal mio appartamento e farmi parlare con Alani. Lo apprezzo più di quanto non riesca a dirti."

"Son contento, angelo mio," le rispose Jag sottovoce.

"Chissà quante volte ho detto a Kenna e alle altre che non volevo un altro compagno, che avevo chiuso con gli uomini. Magari non per sempre, ma per un bel po' di tempo. Invece tu sei riuscito a superare le mie barriere... e sono davvero felice che tu l'abbia fatto."

"Anch'io. Sei una donna meravigliosa, Carly. Invece Shawn era uno stronzo."

"Eh sì," confermò lei.

Si tennero per mano in silenzio per tutto il resto del tragitto verso Barbers Point. Jag parcheggiò in fondo alla strada del centro alimentare e portò con Carly le borse di cibo a Food For All. Lexie era da sola e sembrava un po' distratta; borbottava qualcosa sull'aumento del numero di persone seguite dal centro, quindi Carly e Jag non si fermarono a lungo.

Carly scrutò i dintorni mentre camminava verso la macchina, ma non vide nulla di anomalo. Non riconobbe nessuna delle persone che le camminavano intorno per la strada e la macchina era l'unica nel piazzale del parcheggio.

"Sei al sicuro," le disse Jag, che ovviamente si era accorto del modo in cui lei squadrava ogni passante.

Carly annuì. "Con te mi sento al sicuro."

"Ti sentirai al sicuro anche quando *non* sarò con te, ci penserà il primo maresciallo Albertson. Poi possiamo anche parlare di alcuni dettagli a cui puoi prestare più attenzione quando sei in giro per strada o in un parcheggio. *Tornerai* alla tua vita normale, Carly, te lo prometto."

"Primo maresciallo Albertson?" gli chiese lei. "Sembra quasi uno scioglilingua."

Jag fece una risata. "Sì, ma vedrai che vi chiamerete per nome."

Carly ci sperava: non pensava di poter chiamare 'Primo maresciallo Albertson' tutte le volte che le veniva in mente una domanda. Lasciò andare un sospiro di sollievo appena entrata nella Jetta di Jag, che avviò il motore.

"Casa?" le chiese lui.

"Casa!" rispose lei soddisfatta.

———

Un uomo guardava Carly con il compagno e si imbronciava sempre più. Gli dava fastidio vedere quella stronza felice, preferiva di gran lunga l'espressione ansiosa con cui l'aveva vista guardarsi attorno, che però era scomparsa all'improvviso appena quel tipo l'aveva distratta.

Doveva rimanere in preda alla paura.

Terrorizzata.

Lui la preferiva impaurita.

Era stata lei a uccidere Shawn. Non era presente quando lui si era fatto saltare in aria per sbaglio, ma era come se avesse premuto il grilletto e gli avesse sparato in testa direttamente.

Non vedeva l'ora di gustare l'espressione di terrore negli occhi di Carly, quando avesse finalmente capito chi era a darle la caccia e cosa l'aspettava. Shawn gli aveva insegnato cosa fare per controllare le donne, cosa dire per far venir loro montagne di dubbi, fino a farle spaventare; gli aveva insegnato come rompere le barriere di una donna, come renderla vulnerabile, in modo che dipendesse totalmente dalle decisioni del compagno. Lui si stava preparando a mettere in azione tutte quelle capacità, quando Shawn era morto. Senza l'amico, senza il mentore a sostenerlo, aveva perso la fiducia in se stesso che gli serviva per modellare la compagna perfetta.

Era tutta colpa di *Carly*.

Lui aveva frequentato una donna, anni prima, una donna che pensava di amare, invece era andata a finire molto male. Con l'aiuto di Shawn, aveva capito il perché. Non era stato abbastanza assertivo, non l'aveva spezzata, per poi modellarla e farla diventare esattamente la donna di cui lui aveva bisogno. Proprio come Carly, anche quella stronza era andata alla polizia, quando lui la seguiva per tenerla al sicuro. Bastarda!

Proprio quando stava cominciando a sentirsi pronto a riprendere, il suo amico era morto.

Doveva portare i propri piani su un altro livello. Quell'altro stronzo che era venuto a trovarlo sul posto di lavoro insistendo per parlargli di Shawn, di ciò che era successo, era un tipo che faceva troppe domande. Anche se lui aveva insabbiato ogni traccia, c'era sempre il rischio che quel vecchio idiota scoprisse che era *lui* il complice in attesa nell'oceano.

Se solo non fosse arrivato quel maledetto temporale. Se solo Carly non fosse tornata a casa perché si sentiva male. C'erano tanti "se solo" che lo facevano impazzire. Ma alla prossima occasione, lui non si sarebbe fatto più ostacolare.

Non da quel maledetto cane da guardia che lei gli aveva aizzato contro.

Non dal nuovo amichetto di Carly.

Da nulla.

Avrebbe conquistato la fiducia di Carly, che si sarebbe abituata a vederlo in giro di tanto in tanto. Avrebbe sfruttato i trucchi e i consigli di Shawn per attirarla, per farle abbassare la guardia.

Ma prima doveva completare uno dei punti più importanti del piano: imparare le abitudini e gli orari di Carly.

Aveva scoperto il turno di lavoro degli ultimi due giorni, sapeva che a volte portava qualcosa da mangiare che le davano al Duke's per quel buco di centro alimentare, sapeva anche dove viveva il tipo con cui stava... dove viveva anche *lei* al momento. Gli sarebbe bastato poco altro tempo per conoscere ogni fermata, ogni amicizia, ogni altro indirizzo a cui si fosse recata nei giorni liberi.

Era solo una questione di tempo, prima o poi Carly si

sarebbe ritrovata esattamente dove la voleva Shawn, dove la voleva lui.

Nelle sue mani, inerme.

Però stavolta lui non avrebbe corso alcun rischio, Carly non se la sarebbe cavata. L'avrebbe uccisa, fine della storia. Ne avrebbe dato il corpo in pasto ai pesci. Sarebbe scomparsa e nessuno avrebbe mai scoperto nulla della sua fine. Nessuno avrebbe sospettato di lui. Ne era certo.

Con un gran sorriso sotto ai baffi, l'uomo si tirò su e andò verso la sua macchina, che aveva parcheggiato a qualche isolato di distanza... per precauzione.

CAPITOLO UNDICI

CARLY FU PRESA da un fremito di protesta dei muscoli di tutto il corpo appena cercò di raggiungere lo scaffale alto della corsia degli alimentari. Il primo maresciallo Albertson, Elizabeth, non aveva avuto pietà né di lei né delle altre. Le aveva portate al limite, insistendo che, se qualcuno avesse cercato di rapirle o di prenderle in ostaggio (ipotesi peraltro non del tutto impossibile, dato che stavano con dei SEAL della marina pluridecorati, con molti nemici), avrebbero dovuto combattere con tutte le forze per salvarsi.

Nonostante le difficoltà, a Carly era piaciuta tantissimo la prima lezione di autodifesa del giorno precedente. Dopo quell'ora di allenamento, si era sentita molto potente, nonostante i muscoli indolenziti: non vedeva l'ora che arrivasse la lezione successiva. Dopo che Jag l'aveva accompagnata a casa, lei gli aveva fatto una dimostrazione pratica di ciò che aveva imparato, riuscendo efficacemente a liberarsi dalla sua presa, quando l'aveva afferrata da dietro. Carly aveva immaginato che lui conoscesse esattamente il movimento necessario per liberarsi da quella presa, ma aveva apprezzato comunque la disponibilità di Jag, che l'aveva lasciata fare.

"Buon Dio, sono tutta a pezzi," brontolò Kenna di fianco a lei.

Carly non poté che fare una risata, mentre metteva una scatola di spaghetti nel carrello. Era la prima volta che usciva senza Jag. A parte i viaggi al Duke's con Kenna, che non contavano, dato che l'autista assunto da Aleck era in realtà un ex marine e sembrava perfettamente in grado di affrontare qualunque minaccia potesse presentarsi.

Con sua grande sorpresa, Carly era perfettamente a suo agio in quell'uscita. Kenna le aveva telefonato dopo pranzo, chiedendole se avesse voglia di andare con lei a fare la spesa nel pomeriggio. All'inizio Carly aveva esitato, ma poi aveva drizzato la schiena e aveva accettato. Doveva pur cominciare a uscire da sola e andare con Kenna le era sembrato un ottimo modo per cominciare.

Aveva sentito un filo di panico, quando erano arrivate al negozio, ma poi aveva ripreso il controllo sulle proprie emozioni ed era andata avanti, sentendosi anche molto fiera. A tanti, un'uscita al supermercato, peraltro con un'amica, poteva sembrare un nonnulla, ma dopo aver passato dei mesi chiusa in appartamento, troppo spaventata anche solo per uscire a controllare se c'era posta, un giro a fare la spesa per lei era una vittoria importante.

"Allora... come stanno andando le cose tra te e Jag?" le chiese Kenna mentre percorreva con lei le corsie del negozio.

"Vanno bene. È diverso da come me l'aspettavo," le rispose Carly.

"Diverso in che senso?"

"È difficile da spiegare. Immagina che all'inizio, quando hai cominciato a frequentare Aleck, io mi ero fatta un'idea dei suoi amici come dei tipi tosti fino al midollo. Invece, fin da quella prima sera al Duke's, sono sempre stati molto alla mano. Sai che non ero pronta a un nuovo rapporto, dopo quel che era successo con Shawn, invece Jag mi è entrato dentro di soppiatto."

Kenna si mise a ridere. "Sì, ti capisco benissimo. Pensi che sarà un rapporto a lungo termine?"

"Non ne ho idea," le rispose Carly facendo spallucce. "Cioè, non mi aspetto certo che da un momento all'altro mi si metta in ginocchio chiedendomi di sposarlo. Sinceramente penso che abbia una specie di cotta da cavaliere errante. Non abbiamo avuto il tempo di conoscerci veramente, prima che ci fosse il patatrac con Shawn; poi, da allora, si è preso molto cura di me, più che altro."

"Lo pensi davvero?" le domandò Kenna fermandosi in mezzo alla corsia del negozio.

"Beh, sì," ammise Carly.

"Guarda che ti sbagli," le disse l'amica con una certa determinazione, "Jag non è certo il tipo di uomo che passa così tanto tempo a controllare se stai bene solo per cortesia. Non fraintendermi, è un brav'uomo, ma non avrebbe fatto tutto quello che ha fatto per tanti mesi, da quando Shawn è uscito di senno, se non fosse stato interessato a qualcosa di più di un'amicizia."

Carly deglutì a fatica. Lo sapeva. Chissà come, nel profondo, aveva sempre saputo che Jag non la teneva d'occhio solo perché un suo compagno di squadra frequentava Kenna. Aveva sentito un legame particolare con lui fin dal primo momento in cui l'aveva conosciuto, al Duke's. Solo che non aveva mai voluto ammetterlo.

"Non so come avrei fatto senza di lui," disse Carly sotto-voce, "ma come faccio a sapere che non sono attratta da lui solo perché ero in pericolo e lui è venuto in mio soccorso?"

"So che in tanti guarderebbero con indignazione l'attra-zione tra una donna in pericolo e l'uomo che la soccorre, ma a me fa incazzare," commentò Kenna, che non sembrava mini-mamente preoccupata di bloccare la corsia del supermercato per quella conversazione intensa tra cetriolini e salse varie, "però senti cosa ti dico: non c'è niente di male ad avere bisogno di una mano, ogni tanto. Chissà perché, a un certo punto in società si è deciso che una donna non deve mai chiedere aiuto, ma che importa! Peraltro, anche se i nostri uomini sono dei duri, anche loro hanno bisogno di noi tanto quanto noi abbiamo bisogno di loro, Carly, le relazioni funzionano così. Certo, magari noi non arriveremo alla riscossa su un elicottero appese a una corda per salvarli dalla lava ustionante, come ha fatto Pid per Monica, ma non significa che non possiamo rendere la loro vita migliore, più completa. Ultimamente ti sei appoggiata a Jag, e allora? Non c'è niente di cui vergognarsi, è normale, in una coppia."

Ecco uno dei motivi per cui a Carly piaceva tanto Kenna: non aveva paura di dire ciò che pensava e spesso diceva proprio ciò che Carly aveva bisogno di sentirsi dire. "Grazie," le sussurrò.

"Le amiche servono proprio per questi discorsetti," le disse Kenna con un sorriso, "comunque, per la cronaca, mi fa molto piacere che tu sia tornata a lavorare. Non fraintendermi, vado d'accordo anche con Vera, Justin, Charlotte e con gli altri, con te il tempo passa molto più allegramente."

"Mi mancava tantissimo, non me l'aspettavo. Poi mi mancava anche passare del tempo con te, anche se in un luogo pubblico mi fa ancora un po' impressione."

Le due amiche si sorrisero a vicenda, poi ripresero a fare il giro del supermercato. Proprio mentre chiacchieravano del più e del meno (se fossero più buoni i cetriolini sott'olio o in agrodolce) qualcuno sbucò da dietro un angolo e quasi si imbatté nel loro carrello.

Carly raggelò sbalordita, vedendo Luke con la sua compagna.

Per quel che le sembrò un minuto pieno, rimasero tutti e quattro a fissarsi senza dire una parola. Carly sentiva il cuore

battere all'impazzata nel petto, le sembrava di essere paralizzata dalla paura. Era il peggiore incubo che si avverava,
l'uomo per cui era rimasta chiusa a casa per tanto tempo.
Avrebbe preferito non rivedere mai più il figlio di Shawn...
invece eccolo, davanti a lei, in quel maledetto supermercato.

Sia Luke che Rebecca la fissavano.

"Spostatevi," disse Kenna a bassa voce, ma molto
determinata.

Carly avrebbe voluto dire all'amica di star buona e non
fare arrabbiare Luke, ma la laringe sembrava non funzionare
più.

"Spostatevi *voi*," replicò Rebecca con un tono infastidito.

"Non c'entro nulla con quanto è successo," sbottò Luke
all'improvviso.

Carly fu sorpresa da quella dichiarazione improvvisa, ma
non poté far altro che fissarlo.

"La mia vita è stata un inferno negli ultimi mesi, ho
dovuto rivolgermi a un avvocato per togliermi il fiato dei poliziotti sul collo, eppure continuano a seguirmi, a curiosare
nella mia vita, persino nella mia spazzatura. Devi parlare con
la polizia, devi dire all'ispettore che mi lascino in pace,
cazzo," disse Luke.

"Se non hai fatto nulla di male, non hai niente di cui
preoccuparti," gli rispose Kenna facendo un passetto di lato
per mettersi davanti a Carly, "e poi non è certo Carly a decidere cosa fa o non fa la polizia."

"Hai rovinato la vita di mio padre!" ribatté lui con un filo
di voce! Luke teneva lo sguardo incollato agli occhi di Carly,
che in quegli occhi non vedeva altro che veleno.

Poi le sovvenne qualcosa che Elizabeth aveva detto
durante la lezione di autodifesa: aveva spiegato che, tante
volte, comportarsi come se non si avesse alcuna paura spiazza
l'aggressore, perché chi attacca qualcuno non si aspetta una
vittima sicura di sé, ma una persona impaurita, intimidita,

pronta a farsi pestare, o rapinare. La paura dà forza all'aggressore.

L'ultima cosa che Carly voleva era dare a Luke ulteriore potere su di lei. L'aveva già fatto con Shawn, fin troppo a lungo. Così raddrizzò la schiena e alzò la testa. Sentiva ancora i tremori dell'adrenalina che le scorreva in corpo, ma si sforzò di guardarlo dritto negli occhi.

"È stato tuo padre a rovinarsi la vita *da solo*," sbottò, "non sono stata io a chiedergli di sminuirmi e di trattarmi come una scema. Non mi meritavo di essere presa continuamente in giro, nessuno se lo merita. Penso anche che non mi apprezzasse affatto, quindi non so perché non sia stato felice, quando finalmente ho chiuso con lui. Non doveva fare altro che voltare pagina, a quest'ora sarebbe ancora al mondo a correre dietro a un'altra. Invece è uscito di testa e ha cercato di *rapirmi*, peraltro sono certa che tu lo sapessi già, anzi, non ho dubbi che tu conoscessi ogni sporco dettaglio del suo piano... il che ti rende una persona orribile tanto quanto lui."

Quando finì di parlare, Carly stava quasi sudando, ma rispondere per le rime a Luke l'aveva fatta star bene. Aveva provato per troppo tempo a fare una buona impressione su di lui, finalmente non le importava più nulla di ciò che Luke pensava, era una sensazione liberatoria.

Luke fece un passo verso di lei e Kenna gli disse: "Avanti, stronzo, vediamo se hai il coraggio." Teneva il cellulare alzato, chiaramente stava registrando.

Lui lanciò un'occhiataccia a entrambe con fare rabbioso, poi rispose: "Non ne vale la pena."

"Andiamocene," gli disse Rebecca tirandolo per un braccio.

"Immagino che tratti di merda anche te," le disse Carly con un tono di voce vagamente più tenue. "Mollalo subito, finché sei in tempo, prima che ti rovini la vita."

"Sta' zitta, stronza!" sbraitò Luke, che poi si girò verso la sua compagna e la spinse via con troppa forza, tanto da farla incespicare. "Forza, andiamocene via di qua."

Lasciarono il carrello dov'era e se ne andarono via, mentre Rebecca protestava per aver dovuto interrompere e abbandonare la spesa.

"Che bastardo rincoglionito," commentò Kenna abbassando il telefono.

Carly non si trattenne e gettò le braccia al collo dell'amica. Voleva ringraziarla per averla difesa, per esserle stata vicina, per aver avuto la prontezza d'animo di registrare l'incontro, così Luke ci avrebbe pensato due volte, prima di fare qualunque mossa contro di lei. Le serviva il supporto di Kenna, anche per non crollare in mezzo alla corsia del negozio.

"Dai, che stai bene," le disse Kenna cercando di calmarla e tenendola stretta. Chiaramente si era accorta che Carly stava tremando. Rimasero in piedi abbracciate per almeno un minuto, poi Carly sentì che le ginocchia potevano sostenerla di nuovo e che staccandosi dall'amica non sarebbe caduta faccia a terra.

Dopo un respiro profondo, si sforzò di riprendere il controllo delle proprie emozioni: "Quasi quasi mi sono divertita."

Kenna fece un gran sorriso: "Ma dai, veramente?"

"Elizabeth aveva ragione, far finta di non avere paura funziona davvero."

"Sei stata fenomenale," le disse Kenna complimentandosi, "scommetto che ti sei sentita fortissima, vero?"

"Più forte che mai," confermò Carly, "di solito con lui stavo sempre molto mogia, perché volevo disperatamente piacergli e se andavo d'accordo con lui, anche Shawn era contento. Beh, non contento, ma insomma, tu mi capisci. Invece adesso, senza alcuna preoccupazione per ciò che Luke pensava di me o diceva, mi sono sentita una meraviglia."

"Che bastardo," commentò Kenna.

"Infatti. Sarà una rottura, raccontare tutto questo a Jag. Di sicuro mi chiederà di telefonare anche all'ispettore Lee."

"...che di conseguenza farà aumentare la pressione della polizia su Luke, facendolo incazzare ancor di più," aggiunse Kenna.

"Senza alcun dubbio," concordò Carly, che poi scosse la testa meravigliata. "Non ci posso credere, nonostante tutto non mi sento a pezzi. Se questo incontro fosse avvenuto qualche settimana fa, probabilmente avrebbero dovuto portarmi via in barella e riempirmi di sedativi."

"Pensi che sarebbe fuori luogo se ti dicessi quanto ti voglio bene, in questo preciso momento?" le chiese Kenna.

Carly fece un gran sorriso. "Niente affatto."

"Ottimo. Ti voglio bene, Carly, sei fantastica."

"Penso lo stesso di te," le rispose Carly. Poi si sorrisero a vicenda.

"Dai, finiamo di fare la spesa e poi ti riporto a casa. Devi portare avanti il progetto di seduzione di Jag."

Carly quasi si strozzò. "Ehm, come dici?"

"Dai, ormai sono mesi che ci girate attorno in punta di piedi. Sarebbe ora di darsi una mossa."

"Come fai a sapere che ancora non ce la siamo data, una mossa?" le chiese Carly.

"Perché ormai me l'avresti raccontato," rispose Kenna imboccando un'altra corsia.

Carly arricciò il naso. Probabilmente aveva ragione Kenna. "Non pensi sia troppo presto?"

Kenna inarcò entrambe le sopracciglia e la guardò incredula.

Carly fece una risata e le disse: "Va bene, signorinella, miss 'ho sposato il mio uomo due secondi e mezzo dopo averlo incontrato'."

Kenna fece una risatina. "Non è andata poi tanto male."

A quel punto fu Carly a sembrare incredula.

"Dai, dico sul serio... i nostri SEAL non perdono tempo, quando trovano la donna con cui vogliono passare il resto della loro vita, perché sanno che il nostro tempo sulla Terra è in realtà molto breve. Per quanto mi dia fastidio pensarci, il lavoro che fanno è estremamente pericoloso. Potrebbero morire in una qualunque delle missioni. Quando si tratta di legarsi per sempre a una donna, non ti prendono certo per il culo. Quindi... no, non ti stai affatto muovendo troppo alla svelta. Anzi, se proprio dovessi, direi che tu e Jag ci siete andati molto con calma. Prima di tutto siete diventati amici."

Kenna aveva ragione. A Carly sembrava che Jag l'avesse conosciuta piuttosto bene negli ultimi mesi, però le sembrava di non conoscere *lui* altrettanto bene. Sapeva che era uno uomo affidabile, protettivo, un po' autoritario. Sapeva che il suo profumo era meraviglioso e che dormire vicino a lui ogni notte la faceva sentire al sicuro. Gli piacevano la pizza e il sushi, ma odiava ananas e mango... un particolare strambo, dato che viveva alle Hawaii.

"Sì," disse Carly dopo essersi accorta di non aveva reagito all'ultimo commento dell'amica.

Kenna fece una risata. "Non esistono tempi precisi in amore," le disse dopo un momento, "ogni rapporto fa storia a sé. Voglio che tu sia felice, Carly, e penso che Jag ti renda felice."

"Infatti è così," confermò Carly.

"Allora vai dove ti porta il cuore. Non mi sorprende che Jag ti abbia chiesto di andare da lui. Sembra quasi un'idea fissa, tra i ragazzi della squadra. Però se vuoi che sia solo tuo amico, allora va bene. Devi fare la scelta giusta per te."

"Non voglio che sia solo mio amico," replicò Carly senza esitare, "è solo che... non voglio che stia con me solo per senso di responsabilità."

"Parla con lui," le suggerì Kenna, "sono successe tante

cose nella tua vita, ultimamente anche nella sua. Penso che l'ideale sia dirgli quello che vuoi. Apriti con lui. Vuoi fare sesso? Penso che dovrai essere tu a fare la prima mossa. Ormai è un po' che interpreta lo strano ruolo dell'amico, probabilmente non sa bene come cambiare lo status quo. È palese che anche lui ti vuole, tra voi due c'è una chimica alle stelle. Devi solo dargli il via libera per andare oltre."

Al solo pensiero che Jag non si limitasse a tenerla stretta di notte, Carly sentì un brivido. Era proprio quello che voleva. Lo desiderava. Kenna probabilmente aveva ragione: con lei Jag era da molto tempo un amico, un supporto, forse temeva di fare qualcosa che la spaventasse. Era stata lei a prendere l'iniziativa anche per il primo bacio. "Hai ragione," disse.

"Lo so," le rispose Kenna con aria compiaciuta. "Dai, diamoci una mossa. Immagino che Luke e la sua tipa se ne siano andati, se non altro lo spero, perché non ho proprio voglia di un altro confronto con loro, almeno per un bel po'."

Carly tremò di nuovo: nemmeno lei ne aveva voglia.

Terminarono il resto degli acquisti e andarono a pagare. Per fortuna non c'era più traccia di Luke, ma proprio mentre stavano mettendo le borse della spesa nella Chevy Malibu di Kenna, Carly lanciò un'occhiata verso destra... e vide con grande stupore Beau Langford, un altro degli amici più vicini a Shawn.

"Porca vacca, non ci posso credere," mormorò.

"Che c'è?" le chiese Kenna.

"Guarda là, sulla destra," le disse Carly facendo un cenno con la testa in direzione di Beau.

"Chi? Cosa? Il tipo vicino alla macchinona sportiva? Che modello è, una Corvette?"

"Immagino di sì. Proprio lui, è Beau Langford."

"È un nome che dovrei conoscere?" le chiese Kenna.

"Sì!" sussurrò Carly. "Cioè, *no*." Prese fiato. "È uno degli amici di Shawn, uno di quelli che ho nominato all'ispettore, perché potrebbe essere coinvolto nella trama del rapimento."

"Porca vacca, non ci posso credere. Quali sono le probabilità di incontrare due sospetti nello stesso giorno, nello stesso posto?" si chiese Kenna. "Entra in macchina," ordinò a Carly.

"Ma dobbiamo riportare indietro il carrello," protestò Carly.

"Ci penso io, tu vai dentro."

Carly ascoltò il consiglio dell'amica. Si sentiva un po' vigliacca, ma per quel giorno aveva già affrontato Luke e le era bastato. Tenne gli occhi fissi su Beau, che non guardò nemmeno verso di lei: mise la spesa nel baule della sua macchina e lo chiuse. Carly non lo aveva nemmeno intravisto, nel supermercato, ma ovviamente c'era stato.

Quando Kenna aprì la portiera per entrare in macchina, Beau stava già facendo retromarcia per uscire dal parcheggio. Proprio quando Carly cominciava a pensare che Beau non si fosse nemmeno accorto di lei, lui girò la testa e la guardò negli occhi.

Il tempo sembrò fermarsi mentre si fissavano negli occhi. Per un secondo, Carly ebbe l'impressione che Beau non la riconoscesse. Poi lui accennò una smorfia con la bocca, inserì la marcia e sfrecciò via alla svelta.

"Va bene che l'isola è piccola, ma questo è troppo strano," commentò Kenna con sarcasmo mentre avviava la macchina.

Carly non sapeva se mettersi a ridere o a piangere, quindi finì per scuotere la testa. "Vero? Sembra quasi una terapia d'urto, tipo full immersion. Chi sarà il prossimo? Wes? Il padrone di casa di Shawn? La sua ex?"

"No. Il prossimo non sarà *nessuno*," affermò Kenna, "il prossimo sarà Jag, andiamo a casa sua così gli potrai raccontare la tua giornata... gli dirai quanto è stato bello uscire a fare la spesa per conto tuo... poi ti metterai tutto alle spalle e dirai al tuo uomo che hai voglia di saltargli addosso."

Carly scoppiò a ridere. Buon Dio, Kenna sembrava sapere sempre la cosa giusta da dire. "Sì, va beh," le rispose un po' scettica.

"Dico sul serio," insisté Kenna.

"Certo, lo voglio, è vero, ma mi piace anche com'è adesso il nostro rapporto. È tutto... semplice."

"La vita può essere molto più che 'semplice'," le disse Kenna.

"Lo so, ma per adesso è tutto ciò di cui ho bisogno," spiegò Carly all'amica.

"Va bene, ma quando ti sentirai pronta a osare un po', sono sicura che anche lui sarà pronto."

Carly annuì. Kenna era più esperta di lei, in materia di relazioni, ma Carly sentiva di aver giudicato male le persone, in passato, ecco perché le piaceva come stava andando il rapporto con Jag. "Comunque... per la cronaca... oggi non sono andata in giro per conto mio."

"Dai, sai cosa intendo," le disse Kenna facendo un cenno con la mano per minimizzare. "Senza che Jag ti accompagnasse. So bene anch'io che i nostri uomini sono un appoggio fantastico, quando stanno con noi diventa difficile preoccuparsi. Il fatto che tu sia uscita con me, oggi, che ti sia fidata del mio appoggio, per me è importantissimo."

Carly sorrise all'amica, perché capiva esattamente ciò che le aveva detto sul supporto dei loro compagni. In parte era quello il motivo per cui si era sforzata di accettare, quando Kenna l'aveva invitata ad andare insieme a fare la spesa. Nonostante la paura, Carly non voleva più nascondersi.

Il rientro al palazzo di Jag fu molto breve; per fortuna, non si videro altri amici di Shawn. Kenna parcheggiò e poi aiutò Carly a portare nell'appartamento di Jag le borse della spesa. Jag abitava al sesto piano, in un palazzo molto più sicuro di quello di Carly.

"Ci vediamo domani?" le domandò Kenna

"Alla stessa ora?"

"Sì. Io e Mark arriviamo verso mezzogiorno."

Mark era l'ex marine, factotum tosto che le accompagnava al ristorante. "Va benissimo," rispose Carly.

"Parla con Jag," ribadì Kenna.

"Gli parlerò."

"Brava. Ci vediamo domani."

Carly guardò fuori dalla finestra che dava sul parcheggio e osservò Kenna che saliva in macchina e andava via, poi cominciò a metter via le cibarie che aveva acquistato. Era una bella sensazione, tornare ad avere dei soldi sul conto in banca. Non delle cifre esorbitanti, ma era pur sempre un inizio. Non voleva approfittare troppo di Jag, anche se lui le aveva garantito che non gli creava alcun problema pagare per la spesa, dato che anche lui mangiava.

Finito di sistemare gli acquisti, Carly si mise seduta sul divano con lo sguardo perso nel vuoto, ripensando a quella giornata. Rivedere prima Luke e poi Beau era stato stressante... ma cominciava a pensare di aver reagito un po' troppo male in passato.

Si era convinta che qualcuno *dovesse* aver aiutato Shawn e fosse pronto a recuperarlo sulla spiaggia. Certo, un piano di fuga doveva esserci, ma l'ispettore Lee si era fatto in quattro per trovare delle piste, però non aveva trovato nulla, nessun sospettato. Anche il grande Baker, l'amico di Jag che lei non aveva ancora incontrato, anche lui non aveva ancora trovato prove concrete contro nessuno.

Carly stava davvero cominciando a pensare di aver reagito in modo eccessivo. Tutti quei mesi nascosta, con la costante sensazione di essere osservata, i brividi di terrore ogni volta che usciva di casa... forse era stato tutto frutto della sua immaginazione.

Non aveva intenzione di fare come le protagoniste incoscienti dei film dell'orrore, quelle che si mettono in pericolo quasi di proposito, ma sentiva che parte della paura che l'aveva circondata per mesi stava lentamente cominciando a scivolarle via di dosso.

Voleva tornare la vecchia Carly, la donna che era prima che Shawn cominciasse ad attaccarla al fianco per distruggerla. Ormai era risoluta a liberarsi di lui, eliminandolo dalla propria vita e dai propri pensieri una volta per tutte. Lei non era la donna stupida e inutile che lui continuava a criticare: era Carly Stewart, una donna intelligente, divertente e decisamente un ottimo partito, per l'uomo giusto.

Carly voleva che quell'uomo fosse Jag.

Con un bel sorriso, appoggiò la testa allo schienale del divano e abbracciò un cuscino, stringendolo al petto. Jag era un amico. Le aveva detto che stavano insieme, ma lei ancora stentava a *sentirsi* insieme a lui. Si erano baciati una volta, quel giorno, ma poi più nulla. Certo, Jag continuava a cercare il contatto fisico e si tenevano sempre per mano, quando uscivano... ma lei faceva altrettanto anche con Kenna.

Carly voleva di più, anche se ancora non si sentiva pronta a portarselo a letto.

Che pensiero ridicolo, in fondo non aveva fatto altro nelle ultime notti. Dormire con lui era una delle conquiste più belle della sua vita, ma non voleva rovinare il rapporto che avevano instaurato accelerando i tempi per fare sesso.

Kenna aveva ragione: Carly doveva parlare con Jag, doveva conoscerlo meglio. Al momento giusto, avrebbero fatto l'amore, lei non aveva dubbi, ma fino a quel momento Carly decise di diventare una compagna migliore: avrebbe parlato con il suo uomo.

CAPITOLO DODICI

JAG SORRISE nell'attimo stesso in cui entrò nel suo appartamento. Carly era in cucina con la schiena abbassata per mettere nel forno una pentola.

La vide alzarsi e girarsi per regalargli un sorriso enorme.

Jag sentì il cuore in gola: accidenti, Carly era bellissima. Anche a lui avevano sempre detto che era bello, ma sotto sotto lui non si era mai sentito nulla di speciale. A volte aveva persino desiderato essere diverso... più in carne, più brutto... magari così la sua vita sarebbe stata diversa. A lui non era mai interessato l'aspetto esteriore, né il proprio né quello altrui. La bellezza esteriore era un piacere per gli occhi, ma non era necessariamente garanzia di una brava persona.

Più a fondo conosceva Carly e più lo meravigliava: i capelli biondi le cadevano ondulati sulle spalle, gli occhi azzurri sembravano scintillare. Indossava un paio di leggings che le mettevano in risalto le gambe e le forme, insieme a una maglia oversize. Jag non ricordava di averla mai vista tanto... rilassata.

"Jag! Bentornato a casa!" esclamò Carly con gioia.

Lui si avviò verso la cucina, attirato a lei come una falena ad una fiamma: non poteva starle lontano. Continuava a ripetersi di non spaventarla, di andarci piano... quando in realtà non voleva fare altro che prenderla tra le braccia e baciarla fino allo sfinimento. Non riusciva a dimenticare quel primo bacio, in macchina. Lo aveva fatto impazzire... francamente lo aveva anche un po' spaventato. Non era da lui, farsi eccitare così tanto, lasciarsi prendere dalla lussuria.

"Che buon profumino," le disse raggiungendola.

Carly gli si accoccolò addosso senza alcun problema e Jag sentì il cuore gonfio di gioia. Abbassò la testa e inalò con un sorriso il profumo di fiori di ciliegio. Santo cielo, quanto gli piaceva. Gli faceva venire in mente il buio della notte, quando la teneva stretta mentre lei dormiva.

"Ho preparato le lasagne," gli disse Carly staccandosi da lui e alzando lo sguardo, "ma non so proprio se ti piaceranno. Ho trovato la ricetta online."

"Avevamo tutto il necessario per preparare le lasagne?" le chiese Jag mostrandosi perplesso.

"No, ma sono andata a fare la spesa con Kenna."

Jag sbatté le palpebre; Carly non si era allontanata, le stava ancora tenendo le mani dietro la schiena. Gli piaceva molto la sensazione del corpo di Carly su di lui. Jag non era altissimo, uno e settantacinque, ma lei era proprio dell'altezza giusta per lui: uno e sessantacinque. "Sei andata a fare la spesa?" le chiese.

"Sì. All'inizio non volevo, ma ne avevo bisogno, non so se mi spiego."

Jag si sentì fiero di lei, anche se doveva ammettere di essere un po' preoccupato. "Ti spieghi benissimo," riuscì a dirle.

"Prima che tu ti senta dire ciò che è successo da Aleck o dagli altri, perché sono sicura che Kenna racconterà tutto al marito, che poi spifferà la storia agli altri della squadra... certo che siete davvero dei chiacchieroni patentati! Dico davvero, non si può far nulla senza che nel giro di qualche ora non lo sappiate tutti."

Carly stava straparlando e Jag sapeva che era un segno di nervosismo: aveva bisogno di sentirsi dire cosa la rendesse così nervosa. "Angelo mio, cos'è successo?" le chiese con la voce un po' roca.

"Ci siamo imbattuti in Luke e nella sua ragazza."

Jag inspirò bruscamente. Il peggiore incubo di Carly era diventato realtà. Jag sapeva che quell'incontro era ciò che Carly temeva più di tutto. Ma prima che potesse dirle qualcosa, lei proseguì.

"Ha fatto lo stronzo, ma è andato tutto bene. Cioè, non che mi vada bene che lui ha fatto lo stronzo, intendo dire incontrarlo. All'inizio mi sono spaventata, inutile negarlo, ma Kenna era al mio fianco e qualcosa mi è come scattato dentro quando ha detto qualcosa del tipo che avevo rovinato la vita a suo padre. Ho ripensato a ciò che ci aveva detto Elizabeth... scusa, il primo maresciallo Albertson. Ha detto che a volte basta fingere di essere coraggiosi per sentirsi più coraggiosi, in situazioni di stress, per togliersi di dosso l'aggressore. Quindi gli ho detto di andare a quel paese. Cioè, non con queste esatte parole, ma il significato di ciò che gli ho detto era proprio quello. Lui non l'ha presa bene, ma Kenna ha cominciato a filmarlo quindi se Luke avesse detto o fatto qualcosa di male, sapeva che si sarebbe cacciato in grossi guai, così si è preso sottobraccio la sua tipa e se n'è andato."

Jag fissò negli occhi la donna che teneva tra le braccia. In quel momento le emozioni erano troppe. Furia, perché Luke Keyes aveva avuto il coraggio di insinuare che Carly avesse rovinato la vita di Shawn; gratitudine, perché Kenna aveva saputo esattamente cosa fare per evitare che la situazione degenerasse; rimpianto, per non essere stato presente a proteggere Carly dal vetriolo che Keyes le aveva sputato addosso.

"Jag?" lo chiamò Carly con la fronte aggrottata, mentre gli appoggiava i palmi delle mani sul petto. "Di' qualcosa, se no comincio a preoccuparmi."

"Faccio fatica a trovare le parole giuste per dirti quanto sono impressionato," ammise lui, "so che ti riesce ancora difficile uscire di casa e immagino quanto sia stato difficile incontrare Luke; mi dà molto fastidio non essere stato con te, ma mi sembra che tu abbia gestito la situazione alla perfezione."

Lei gli sorrise. "Non spetta a me dirlo, ma devo ammettere che poi mi sono sentita bene. Cioè, quando ho smesso di tremare. Poi è successo qualcos'altro."

Jag si preparò al peggio. "Cosa?"

"Nel parcheggio ho visto Beau."

"Cazzo, davvero?!" sbraitò Jag staccandosi dall'abbraccio. Doveva muoversi, scaricare la rabbia repressa che gli ribolliva dentro perché la sua donna, che finalmente aveva trovato il coraggio di uscire dopo tanto tempo, dopo tanta paura, si era imbattuta in *due* persone che l'avevano di nuovo spaventata... proprio quando lui non era presente per proteggerla.

Carly lo guardò con un'espressione di ansia stampata in volto. "Non mi ha detto nulla, credo che non si sia nemmeno accorto della mia presenza, se non quando stava per andar via. Era letteralmente rientrato in macchina, stava manovrando per andarsene, quando per caso ha girato la testa e mi ha vista nella Malibu di Kenna. Non mi è sembrato tanto contento di vedermi, ma se n'è andato senza fare nulla."

Jag si sforzò di fare un respiro profondo. Poi un altro. Poi smise all'improvviso e le disse: "Devi telefonare all'ispettore Lee."

"Gli ho già telefonato," rispose Carly.

Jag smise di camminare. "E cosa ti ha detto?"

"Beh, non molto. Cioè, con Beau non c'è stata nemmeno una minima interazione, poi non è agli arresti e non c'è alcuna legge che gli vieti di andare a fare la spesa. L'ispettore mi ha fatto più domande su quanto mi ha detto Luke, ma anche in questo caso non è stata violata alcuna legge. Però Lee mi ha detto che avrebbe passato le informazioni agli altri ispettori che lo tengono d'occhio. Lo scontro verbale con me potrebbe bastare per spingerlo a commettere qualche sciocchezza."

"Spero tanto che ci provi," mormorò Jag.

Carly fece una risatina, sorprendendolo.

La guardò e poi... la *esaminò* con attenzione. Si sarebbe aspettato che fosse agitata, tesa, magari tornando a essere la donna spaventata che lui aveva dovuto tirar fuori di casa. Invece Carly sembrava... tranquilla. Troppo tranquilla? Lui non riuscì a capirlo, il che lo inquietava.

Carly fece un passo verso di lui e gli appoggiò di nuovo le mani sul petto. "Jag, va tutto bene, dico davvero. Non posso negare che Luke fosse l'ultima persona al mondo che volessi vedere o con cui volessi parlare, ma alla fine non è andata poi tanto male come mi aspettavo. Penso di essermi fatta un sacco di fantasie, immaginando di incontrarlo e di essere attaccata da lui, invece è andata diversamente: finalmente ho capito che gli avevo lasciato troppo potere di influenzarmi."

"Non puoi abbassare la guardia," la avvertì Jag.

"Non abbasserò la guardia," gli disse subito Carly, "cioè, non è che adesso lo inviterò a fare una chiacchierata a cuore aperto, niente del genere; però devo smetterla di farmi ossessionare da lui. Riguardo a quanto è successo, mi sentirò sempre in colpa per il fatto che Kenna si sia quasi fatta del male al posto mio, ma è come mi hai detto tu una volta: lo stronzo è Shawn. È stato *lui* a impazzire, non io."

"Cazzo, sei meravigliosa," le sussurrò Jag.

"Solo grazie a te," gli rispose Carly appoggiandosi a lui.

Jag le mise di nuovo le braccia intorno al corpo e la strinse più forte di prima, ma lei non ebbe a lamentarsi. "Non ho fatto nulla," le disse Jag scuotendo la testa, "o almeno non ho fatto abbastanza."

"Hai fatto molto. Mi hai parlato, mi hai inviato messaggi, mi hai telefonato. Mi hai impedito di perderti del tutto. Mi hai spinta a uscire dalle mie ossessioni. Mi hai portata qui, la mossa migliore che potessi mai fare. Il mio appartamento era diventato un carcere. Mi hai restituito Kenna, mi hai convinta a tornare a lavorare in un posto che ho capito di amare. Finalmente ho di nuovo dei soldi sul conto in banca. Non tanti, ma è sempre meglio di niente. Mi hai ridato il coraggio di *vivere*, Jag. Passerà ancora del tempo prima che mi torni il coraggio di andare in giro da sola, ma se non fosse per tutto ciò che hai fatto, oltre che per avermi fatto incontrare Elizabeth, oggi non sarei stata in grado di affrontare Luke."

"Sì, ce l'avresti fatta lo stesso; credo che tu possa arrivare a tutto, basta che te ne convinca."

"Ma è proprio così, non me ne sarei convinta se tu non mi avessi spinta, se tu non fossi stato presente, non mi fossi stato vicino. Adesso mi sento un'ingrata, perché io non ti ho dato nulla in cambio. Mi sembra di essere una parassita, ho preso tanto e non ho dato nulla."

"A me basta che tu sia qui," le disse Jag.

"No, non basta," insisté lei, "ma d'ora in poi le cose cambieranno."

A quel punto Jag non trattenne un sorriso.

"Dico sul serio," ribadì Carly, "diventerò un'amica migliore, una compagna migliore; voglio che il nostro rapporto si basi sulla reciprocità, non sul fatto che tu sei meraviglioso e io patetica."

"Va bene."

"Va bene?" gli chiese Carly inclinando la testa.

"Sì; comunque ho fatto solo ciò che volevo fare. Mi piace rendermi utile, dico davvero, ma dato che voglio che il nostro rapporto funzioni, più di quanto abbia mai desiderato qualcosa in vita mia, incluso il passaggio della settimana infernale, sai, l'addestramento dei SEAL, ecco, ti seguo in tutto ciò che hai suggerito."

"Beh, di sicuro spero che stare con me non sia come la settimana infernale. Ho letto degli articoli su ciò che vi avranno fatto passare, immagino che non sia stato affatto divertente."

"Tutt'altro."

"Appunto, allora... a partire da adesso, ho intenzione di farti più domande. Voglio sapere tutto su di te: la tua infanzia, che ragazzo eri quando andavi alle superiori, qual è stato il tuo primo impiego, perché hai deciso di entrare in marina... insomma, proprio tutto."

A quell'annuncio, Jag sentì come uno spasmo d'ansia in tutto il corpo. "Non sono tanto interessante."

"Eh no," gli disse Carly scuotendo la testa, "non sta a te deciderlo. Tu raccontami tutto, poi deciderò io. Comunque, per la cronaca... non hai nulla di che preoccuparti: sono già affascinata da te."

"Preferisco parlare di te, anch'io non so molto sul tuo conto. Dove sei cresciuta, se eri una ragazza timida, come sei finita qui alle Hawaii."

Carly sorrise. "Sarò felice di raccontarti tutto. È solo che... qui mi sono lasciata andare, Jag."

"Cosa vuoi dire, che te ne vuoi andare?" le chiese lui allarmato.

"Ma no!" esclamò Carly.

Jag si rilassò appena. "Bene, perché a me piace averti qui."

"Piace anche a me. Mi piace essere tua amica, Jag... ma voglio di più. Invece mi sembra che siamo entrati in una specie di routine. Tu... non mi hai più baciata da quel giorno."

Jag la strinse più forte. Sapeva bene di non averla più baciata. L'aveva sempre desiderato, ma la verità era che quel primo bacio era stato come un fulmine a ciel sereno e lui non voleva fare alcun tipo di pressione su Carly per entrare in intimità.

"A cosa pensi tanto intensamente?" gli chiese Carly dolcemente. "Lo fai spesso, parti per la tangente e io mi chiedo a cosa starai pensando."

"A nulla di importante," le rispose Jag.

Carly si imbronciò.

"Scusami," le disse Jag, accorgendosi di aver sminuito qualcosa che era chiaramente importante *per lei*. "Non sono abituato a parlare delle mie emozioni. Immagino di essere un tipico maschio, in questo senso."

"Non è un problema, però, Jag, con me puoi parlare di tutto."

Jag annuì. Lo sapeva già, anzi, in parte aveva una voglia disperata di raccontarle i propri segreti più profondi e bui, ma si teneva tutto dentro da così tanto tempo che non era sicuro di *riuscire* più a parlarne.

Si sforzò di allontanare i pensieri dal buio che aveva dentro e le rispose con un tono profondo e roco: "Vuoi che ti baci di più, angelo mio?"

Lei annuì con timidezza.

"Ti piace quando ti tocco?"

Lei annuì di nuovo.

"Quando ti tengo abbracciata, di notte?"

"Sì."

"Se vuoi di più, ti basta dirmelo, o farmelo capire nel modo che ti viene più spontaneo. Non ho cercato un contatto più intimo perché non volevo farti pressioni. Se in qualunque momento non dovesse piacerti ciò che faccio, il modo in cui ti tocco, non devi fare altro che dirmi di no e io mi fermerò e ti rispetterò. Te lo giuro."

"Lo so già," gli rispose Carly leccandosi le labbra e continuando a fissarlo.

"Per quanto tempo devono cuocersi le lasagne?"

"Almeno un'altra mezz'ora," gli rispose Carly.

Senza aggiungere altro, Jag ammorbidì l'abbraccio e la prese per mano, avviandosi subito verso il divano nell'altra stanza.

Carly lo seguì con una risatina.

Jag sapeva di dover prendere il telefono per chiamare l'ispettore, o Baker, o qualcun altro. Non era certo entusiasta del fatto che Carly si fosse imbattuta sia in Luke che in Beau, quello stesso giorno. Era come se l'incontro con Jeremiah al Duke's avesse in qualche modo aperto un passaggio cosmico al Karma. A quel punto Jag si aspettava che arrivassero anche altre persone vicine all'ex di Carly, perché il destino opera in modi strani.

In quel momento, però, Jag non poteva pensare ad altro se non al fatto che Carly desiderava essere baciata di più. Aveva voglia di darle proprio ciò che lei desiderava, per confermare che la chimica intensa di quel primo bacio non era stata un fuoco di paglia.

Jag si lasciò cadere sul divano e tirò a sé Carly, poi la fece sdraiare sulla schiena e si mise su di lei, che gli sorrise.

"Sei comoda?" le chiese Jag.

"Sarei ancora più comoda se tu mi baciassi per davvero," gli rispose lei stuzzicandolo.

Jag si prese un momento per godersi quello spettacolo. Carly aveva i capelli sparsi intorno alla testa quasi a formare un'aureola. Sulle labbra non aveva un filo di rossetto, eppure erano di un colorito intenso. Mentre gliele fissava, lei se le leccò di nuovo. Poi Carly portò una mano dietro la nuca di Jag e lo tirò dolcemente.

Lui le lasciò prendere l'iniziativa… e nell'attimo stesso in cui le loro labbra si sfiorarono, Jag capì di essersi perso. Non si era mai sentito in quel modo, gli sembrava che perdere il contatto fisico con Carly fosse come morire. Un pensiero melodrammatico che gli sembrò stranissimo, ma allo stesso tempo piacevole.

Carly era una donna molto diversa. Jag ne era convinto fino al midollo, tanto che era disposto a uccidere chiunque osasse torcerle un solo capello. Un istinto primordiale, brutale, considerando ciò che stavano facendo in quel momento: si stavano assaporando ed erano entrambi insaziabili. Però jag sapeva che il suo era un istinto verace.

La donna che gli stava sotto era preziosa. Stava con *lui*. Era disposto a tutto pur di diventare l'uomo di cui lei aveva bisogno. Però Jag sapeva che c'era un problema: Carly poteva essere una donna molto migliore di lui. All'esterno, lui sembrava un uomo da non perdere, ma sotto sotto Jag conosceva la triste verità.

Per il momento, Jag intendeva convincere Carly che era una donna incredibile e desiderabile, ma un giorno lei si sarebbe accorta di quanto fosse distrutto *lui*, e allora, se necessario, Jag avrebbe rinunciato a lei senza nemmeno protestare, perché l'unica cosa che voleva era che lei fosse felice e se per consentirle di essere felice doveva accettare di perderla, l'avrebbe accettato.

In quel momento preferiva essere un po' egoista.

Persero ogni sensazione del tempo, mentre pomiciavano sul divano. Jag si perse completamente in lei; il corpo morbido di Carly sotto il suo, tonico, le due lingue che si intrecciavano, la sensazione dei seni di lei sul petto, i gemiti dolci... Carly era perfetta.

Il suono fastidioso di un timer lontano gli fece aggrottare la fronte, costringendolo a staccare le labbra da quelle di Carly.

"Le lasagne," gli disse lei con voce tremante.

Jag si sentiva in fermento quanto lei. Alzò una mano per sistemarle i capelli sulla fronte. Le labbra di Carly erano leggermente gonfie, di un rosa più intenso rispetto a prima dei baci. Jag abbassò lo sguardo e intravide i capezzoli turgidi di Carly che spuntavano dal tessuto della maglia nonostante il reggiseno. Carly indossava una maglia oversize che a tanti poteva anche non piacere, invece Jag l'apprezzava, anche perché Carly l'aveva presa in prestito da *lui*... e Jag la trovava molto sensuale.

"Tutto bene?" le chiese, "abbiamo esagerato?"

"Non abbiamo esagerato," gli rispose lei con un filo di voce mentre se lo mangiava con gli occhi, "si può ripetere ogni volta che vuoi. Non mi lamenterò mai, se mi baci fino a farmi perdere."

"Non sono mai stato tanto appassionati di baci," ammise Jag.

"Ah no?" gli chiese, "ma guarda che invece sei proprio bravo."

"Solo con te," le rispose.

"Adulatore," lo provocò lei.

Jag diceva sul serio, ma se Carly lo prendeva in ridere, come un complimento, lui non aveva intenzione di smentirla. Jag non aveva alcun appetito, avrebbe preferito starsene sul divano a baciare Carly tutta la notte, ma lei aveva bisogno di mangiare. Gli sovvenne quanto fosse spoglia la dispensa dell'appartamento in cui si era rinchiusa, mangiando solo spaghetti precotti perché costavano poco e perché aveva troppa paura per andare a fare la spesa.

Si sedette meglio e la tirò su al proprio fianco. "Dai, recuperiamo la cena. Ci hai lavorato tanto e il profumino è delizioso."

"Non ci ho lavorato poi *tanto*," ribatté lei, che allo stesso tempo arrossì un pochino.

Accidenti, Jag amava il modo in cui la vedeva reagire ai complimenti. L'aiutò ad alzarsi in piedi e la prese per mano, poi si avviarono insieme verso la cucina. Lui indossava ancora l'uniforme, ma non se la sentiva di lasciarla per andare a cambiarsi. Dopo mangiato, avrebbe indossato un paio di pantaloni comodi o qualcos'altro.

Carly afferrò alcuni piatti e Jag impiattò una porzione enorme per ciascuno delle lasagne succulente. Lei versò due bicchieri di limonata e si accomodarono a tavola per mangiare.

"Carly?" la chiamò Jag dopo un po'.

"Sì?"

"Sono molto fiero di te."

"Grazie," gli rispose lei, "anch'io sono fiera di me stessa."

Ecco una delle tante ragioni per cui Jag l'amava.

Un momento, accidenti... la *amava*?

Ci pensò per tre secondi scarsi... per poi ammettere che era vero: ciò che provava per lei era senz'altro amore. Carly gli aveva cambiato la vita e per contro lui avrebbe fatto tutto ciò che poteva per restituirle la sicurezza che Shawn Keyes le aveva tolto.

L'aveva sentito dire più volte: amare significa lasciare liberi. Se la persona amata fa parte del tuo destino, tornerà da te. Lui ne era convinto. Ecco perché era sicuro si trattasse di amore, perché era disposto a dare a Carly tutto ciò di cui lei avesse avuto bisogno, a costo di spezzarsi il cuore.

"Eccoti di nuovo che pensi troppo," lo provocò Carly.

"Solo cose belle, te lo garantisco," le rispose Jag. Si era seduto vicino a lei, non di fronte, e ne fu contento, perché a quel punto si avvicinò e la baciò con grande passione. Poi le fece un cenno col capo verso il piatto, intimandole: "Mangia."

"Sissignore," rispose lei scherzando. "Comunque devo ammettere," aggiunse Carly a mezza voce, "che mi piacciono molto i nostri baci."

Jag fece una smorfia e le rispose: "Anche a me, angelo mio, anche a me. È probabile che ne arrivino molti altri, adesso che so che ti fa piacere."

Il sorrise che gli rivolse gli fece battere il cuore più forte.

Quanto gli piaceva quella Carly! Felice, gioiosa, vicina a lui. Non era sicuro di averla mai vista così ed era entusiasta di quanto si fosse trasformata in breve tempo.

Jag sapeva bene di avere un sorriso da ebete mentre mangiava, ma non gli importava. Vicino a Carly, non era il SEAL della marina silenzioso ma letale, era semplicemente Jag. Gli piaceva essere se stesso. Gli piaceva molto.

CAPITOLO TREDICI

Era passata una settimana da quel cambio di passo nel rapporto, dal giorno in cui Carly aveva incontrato Luke al supermercato. L'intuizione di Jag si era rivelata corretta: sembrava che le persone legate alla vecchia vita di Carly e a Shawn saltassero fuori di continuo. Lui era orgoglioso di Carly, che ad ogni incontro sembrava sempre meno influenzata.

Gideon Sparks, un altro caro amico di Shawn, impiegato allo zoo di Honolulu, aveva visto Carly e Kenna al negozietto ABC vicino al Duke's, quando ci erano andate per comprare uno spuntino al volo durante una pausa nel turno di lavoro. A Carly era venuta voglia di patatine alla cipolla in stile Maui (ormai sembrava dipendente da quelle patatine) e Gideon era entrato nello stesso negozio proprio quando loro stavano pagando alla cassa. Secondo Carly, Gideon l'aveva salutata a malapena passando oltre, ma a lei era sembrato comunque strano.

Per fortuna, Carly non aveva più incontrato Luke, ma Wes, il padrone di casa di Shawn, era riuscito chissà come a trovare il suo numero e le aveva telefonato. Le aveva lasciato un messaggio in segreteria, dicendole che, quando Luke aveva liberato l'appartamento del padre, aveva lasciato da parte alcune cose di Carly da gettare nell'immondizia. Wes voleva sapere se Carly fosse o meno interessata ad andare a prendere le sue cose.

Carly aveva incontrato di nuovo Beau al supermercato... e Jag si era impuntato dicendole che doveva andare a fare la spesa da qualche altra parte.

Però le aveva anche detto che era fiero di lei, perché nessuno di quegli incontri sembrava averla turbata. Almeno non per molto. Jag era combattuto: non era sicuro se abituarsi a incontrare gli amici di Shawn fosse un bene o un male. Se uno di loro era stato il complice delle trame di Shawn, Jag non voleva che Carly se lo trovasse vicino. Però alla fine aveva deciso che preferiva evitarle attacchi di panico ogni volta che usciva e che senz'altro non voleva che le tornasse la paranoia di non uscire affatto.

Al momento erano sdraiati sul divano di Jag, Carly era accoccolata contro di lui. La TV era accesa, ma Jag non stava seguendo il programma: la sua attenzione era totalmente rivolta alla donna che teneva tra le braccia.

"Senti spesso tuo papà?" gli chiese Carly.

Aveva mantenuto fede alla promessa, impegnandosi per conoscere tutto di lui. Ogni sera si facevano venti domande, imparando il più possibile l'uno dell'altra. All'inizio jag non si era sentito a proprio agio, ma poi aveva finito per divertirsi, apprezzando quelle chiacchierate serali.

Per risponderle, scrollò le spalle. "Non proprio. Cioè, gli telefono quando compie gli anni, oppure a Natale, ogni anno, ma per il resto non parliamo molto."

Carly gli teneva una mano appoggiata sul petto, ogni tanto gli tracciava dei cerchi con le dita. A lui piacevano molto quei contatti rilassati e li cercava più che poteva.

"Hmmm."

"Non mi dici che è triste? O che dovrei impegnarmi di più per parlargli?" le chiese Jag. Non era sua intenzione farle quella domanda con un tono apparentemente irritato, ma nel passato ci avevano già provato in tanti a farlo sentire in colpa, perché non era molto vicino al suo unico genitore rimasto.

Carly alzò la testa e gli appoggiò il mento sul braccio guardandolo negli occhi. "No. Anch'io non sono molto vicina ai miei, quindi chi sono io per giudicare? Peraltro, i rapporti coi parenti possono essere spinosi, carichi di tensioni per qualcuno. Se non vai d'accordo con tuo papà, di sicuro avrai le tue buone ragioni."

Jag strinse i denti per un momento. "È solo che siamo molto diversi."

"Ti capisco. Quando ero ragazza, mia mamma voleva che fossi esattamente come lei, voleva che facessi una miriade di sport, che avessi folle di amici e che mi introducessi nelle cerchie delle persone più popolari. Non me l'ha mai detto apertamente, ma io so di averla delusa quando ho snobbato tutti i suoi piani. Cioè, sono sempre stata un'estroversa e sono entrata nella squadra di nuoto delle superiori, ma le persone che frequentavo non erano esattamente quelle ritenute più 'forti' alle superiori; i secchioni delle band, quelli del teatro. Sono persino uscita con un tipo che era presidente del club di robotica." Carly fece una risata e Jag non poté far altro che sorridere.

"Che mi dici di tuo papà?"

"Era sempre via. Lavorava a lungo e passava molto del suo tempo libero con gli amici del poker," gli rispose Carly facendo spallucce. "Devo ammettere che anche questo mi dava fastidio di Shawn... che passava tanto tempo coi suoi amici. A volte li invitava a casa quando c'ero io e mi è capitato di andarmene e di tornare a casa mia; poi lui mi chiamava per chiedermi quando me ne fossi andata. In pratica mi faceva capire che non s'era nemmeno accorto che me ne fossi andata."

Jag alzò una mano per accarezzarle la testa. Lei gli appoggiò la guancia sulla spalla e cominciò a giocherellare con i bottoni della camicia di Jag.

"Mia mamma se n'è andata quando ero piccolo," le disse Jag, "non me la ricordo nemmeno, mio papà non ne parla mai. Mi ricordo che una volta gli ho chiesto perché non avessi una madre e lui se l'è presa parecchio, quindi poi non gli ho più chiesto nulla. Però mio padre era un tipo vecchio stampo... sai cosa intendo, gli piacevano un sacco le macchine e il football, mi diceva sempre che i ragazzi non devono piangere. Si trovava una nuova compagna ogni mese e scolava litri di birre. Continuava a dirmi di crescere, di diventare un uomo, di smetterla di fare lo smidollato, cose così."

"Ce l'ho messa tutta per diventare come lui, ma mi sembrava di non arrivarci mai. Non mi piacevano le cose che piacevano a lui e per me è stato un peso cercare continuamente di impressionarlo. Alla fine mi esaurivo sempre."

"Conosco quella sensazione," gli disse Carly sottovoce.

"Infatti. Alle superiori sono entrato nella squadra di football e il mio papino era molto orgoglioso, ma non ero molto bravo. Non ero abbastanza grosso per fare il linebacker. Siccome correvo veloce, l'allenatore ha cercato di farmi diventare un ricevitore, solo che non riuscivo mai a prendere la palla al volo. Mi riusciva meglio tirare i passaggi, quindi alla fine mi sono messo a fare il quarterback."

"Davvero?" gli chiese Carly sistemandosi meglio per poterlo guardare in faccia. "Accidenti, hai fatto il quarterback? Ma dai, Jag, è una posizione ambitissima, il top del top alle superiori."

Lui accennò un sorriso e scosse la testa. "Sarebbe stato il top dei top se avessi almeno giocato. Ero il vice del vice del quarterback titolare. Durante le partite passavo gran parte del tempo in piedi ai lati del campo. Penso di aver giocato un totale di dieci minuti in quattro anni."

"Ah," commentò Carly tornando ad appoggiarsi su di lui. "Però sono sicura che in quei dieci minuti sarai stato bravissimo," gli disse.

Jag amava il supporto di Carly, ma preferì non fuorviarla e dirle la verità. "Mi hanno intercettato due volte, dieci passaggi incompleti, totale complessivo delle iarde conquistate: trentasette."

"Beh, sono sempre trentasette iarde in più di quelle che ho conquistato io," commentò Carly con un sorriso frivolo.

Lui scosse la testa. "Il punto è che ho sempre deluso mio padre. Non sono andato ai balli di fine anno, né al primo né all'ultimo anno, tanto non mi interessavano le ragazze." Jag sentì il cuore battere forte: si stava avvicinando pericolosamente al periodo della sua vita che voleva solo dimenticare.

"Almeno dovrebbe essere fiero di te perché sei un SEAL," gli disse Carly dopo un momento.

Jag si rilassò appena, almeno la conversazione si stava allontanando dalla sua infanzia. Scrollò le spalle. "Immagino di sì."

"Immagini?" gli chiese Carly incredula. "Jag, nella marina, le tue forze speciali sono il top del top. Compi missioni incredibili per la patria, mettendo continuamente in pericolo la tua stessa vita, anche se nessuno sa esattamente cosa tu faccia. Se tuo papà desiderava avere un figlio che fosse da esempio per gli altri uomini, è proprio quello che sei."

Il tono con cui Carly lo difendeva gli piacque, forse un po' troppo. Quando era giovane, nessuno l'aveva mai protetto in quel modo. Quando succedeva qualcosa a scuola, suo papà gli diceva semplicemente di non rompergli le scatole e di arrangiarsi.

"Voleva che entrassi nei marine," le disse Jag, "suo padre era un marine e secondo lui i marine sono il meglio delle forze armate. Sai quante volte mi ha detto che la marina era roba da pappamolle."

"Santo cielo," commentò Carly scuotendo la testa, "che idiota."

Jag non trattenne una risata.

"Dico sul serio," sbuffò lei, "per la cronaca, Jag, io penso che tu sia incredibile e sei più uomo di chiunque altro abbia mai conosciuto. Essere uomo non significa tranguaire birra seduti sul divano e guardare il football in TV. Ci sono cose più importanti. Sei un uomo deciso e protettivo, entrambi aspetti che per me sono molto maschili... scusa, ma è così. Ma soprattutto ascolti e fai attenzione a ciò che ti capita attorno, cerchi di capire e poi agisci, se necessario."

"Come quando mi hai accompagnata al centro di Food For All, la settimana scorsa, e Lexie continuava a lamentarsi delle ragnatele agli angoli del soffitto, dicendo che non riusciva a raggiungerle e che aveva paura a camminarci sotto, perché temeva che un ragno le cadesse in testa. Elodie e Ashlyn la prendevano in giro, anch'io la trovavo divertente, invece tu, quando sei tornato a prendermi, hai portato una *scala* e le hai tolte tutte."

"Ogni volta che camminiamo su un marciapiede, tu ti metti dalla parte della strada. Mi fai aspettare in macchina mentre fai il giro per aprirmi la portiera e lo so che non è solo per fare il cavaliere, ma anche per dare un'occhiata intorno, nel caso ci sia qualcosa o qualcuno che mi possa mettere in pericolo. Mi hai mandato messaggi quasi tutti i giorni, quando avevo troppa paura per uscire di casa, sei passato da me quando ne avevo bisogno."

"Per me è *questo* che fa la differenza in un uomo. Saper aiutare, proteggere, essere premuroso, sensibile. Tanti altri non avrebbero avuto la tua stessa pazienza con me, per tutto il tempo che mi sono nascosta. Non solo, ma non mi hai fatto pressioni per portarmi a letto. Non mi hai chiesto nulla che non fossi disposta a darti. Mai una volta mi hai fatta sentire come una delle tante conquiste. So qual è il comportamento tipico di un maschio, almeno secondo i cliché della società, ma io sono contentissima che tu sia fatto come sei."

Jag non riusciva a distogliere lo sguardo dalla donna che lo osservava con gli occhi spalancati. Quando finì di parlare, Carly era quasi accalorata e Jag capì che avrebbe ricordato quel momento per tutta la vita.

Si era impegnato molto per diventare l'uomo che era, non era stato sempre facile, specialmente con un padre che giudicava di continuo ogni decisione che lui prendeva; le parole di Carly però davano un senso e un valore a tutto ciò che lui aveva fatto nella vita.

"Scusa," gli disse lei arricciando il naso, "è solo che penso che sia ridicolo che tu non ti ritenga all'altezza dell'ideale di maschio."

"Io..." Jag si fermò e si schiarì la gola per poter continuare a parlare. "Grazie."

Carly annuì e si appoggiò meglio a lui. "Peraltro, sei anche un gran baciatore. Anche questo conta, per considerarsi maschi."

Jag non trattenne la risata che gli sorse spontanea e prorompente.

Carly fece un gran sorriso. "Mi piaci molto di più quando sorridi o ridi che quando ti chiudi in te stesso, nei tuoi pensieri," gli disse.

"Anche a me piace di più," concordò lui, per poi chiederle: "Dimmi tu, che mi racconti dei tuoi genitori?"

"Cosa vuoi sapere?"

"Tutto."

Carly rise di nuovo. "Puoi restringere un po' il campo"

"Come sei finita alle Hawaii?" le chiese con un sorrisetto.

"Dopo aver finito il corso di laurea breve, non avevo voglia di passare altri due anni a studiare. Non ero certo la migliore della classe, avevo voti mediocri, così ho deciso di fare qualcosa di diverso, qualcosa di più elettrizzante. Almeno più elettrizzante della città dove abitavo, in Illinois. Mi sono tornate in mente le foto che mi aveva fatto vedere un'amica delle superiori che era stata alle Hawaii, sai quanto l'avevo invidiata... così mi sono fatta prendere, un colpo di testa, ho comprato un biglietto di sola andata per Honolulu. Ero giovane, anche un po' tonta, mi sono trasferita senza un piano. Mille dollari in tasca, li avevo risparmiati col tempo, ero piena di sogni e di speranze."

"I primi due anni sono stati fantastici. All'inizio alloggiavo in un ostello in centro, ho incontrato persone fortissime, ho dormito su vari divani prima di trovare alloggio in un monolocale fatiscente." Carly fece una risata. "Ancora stento a credere a quanto mi ritenessi fortunata. Ho fatto la cameriera in qualche locale, prima di finire al Duke's. ho guadagnato abbastanza per scambiare il monolocale con l'appartamento che ho tuttora."

Si fece silenziosa e Jag capì cosa le era successo dopo. "A quel punto hai incontrato Shawn."

"Infatti. Non è stato sempre uno stronzo," spiegò lei mettendosi sulle difensive, "all'inizio era gentile, faceva sempre il galante, mi ha fatta sentire corteggiata. Sulle prime ero sospettosa, perché era *molto* più grande di me... anche se ero già uscita con uomini più grandi. Alla fine però mi ha conquistata. Poi ha cominciato a cambiare, lentamente, tanto che in principio non me ne sono accorta. C'erano solo dei piccoli segnali qua e là, dettagli che potevo ignorare o sopportare facilmente, dato che per tutto il resto sembrava proprio un grand'uomo."

"Che stupida sono stata, sono rimasta con lui anche dopo la prima volta che mi ha messo le mani addosso. Si è scusato profusamente promettendomi che non sarebbe successo mai più. Ha detto che se mi fossi impegnata di più a non farlo arrabbiare, lui in futuro sarebbe riuscito a controllarsi. Mi ha fatto credere che fosse colpa *mia* se mi aveva sbattuta tanto forte contro il muro; ho dato un colpo contro la parete che mi è rimasto il mal di testa per tre giorni."

A quel punto Jag fece un verso di gola. "Ciò che un uomo decide di fare non è mai responsabilità di una donna. C'è il libero arbitrio. Una cosa che odio sentire è quando qualcuno incolpa una donna che viene aggredita, per via di come era vestita o di qualcosa che aveva detto, o di come si comportava. Nessuno ha il diritto di metterti le mani addosso impunemente, solo perché non può controllare le proprie voglie o la propria rabbia."

"Infatti," concordò Carly, "Shawn aveva già cominciato a sparlare di me, mi diceva che ero ingenua, una stupida, in confronto a lui. Per fortuna non ho mai accettato di andare a vivere da lui! Però capisco bene come fanno certe donne a rimanere con dei compagni che le trattano male. Staccarmi da lui è stato difficilissimo, nonostante avessi un appartamento mio e il mio conto in banca. Se non avessi avuto un posto dove andare, oppure se avessimo avuto figli, non riesco a immaginare come avrei fatto, sarebbe stato impossibile."

Jag annuì. "Ecco uno dei motivi per cui sostengo volentieri l'attività di Food For All. Alcune delle utenti sono madri single uscite da rapporti con uomini molesti."

"Idem. A proposito, domani al Duke's c'è un ricevimento importante. Un'azienda ha prenotato per tutti i dipendenti. Hanno affittato per due ore tutto il ristorante. Immagino che ci saranno un sacco di avanzi, per cui ho offerto il nostro aiuto per portare tutto al centro di Food For All. Spero che tu sia d'accordo."

"Certo che sono d'accordo," rispose Jag, che poi le fece una domanda sulla quale rimuginava da un po'. "Adesso che sei alle Hawaii da un po' di tempo... hai mai pensato di tornare in continente?"

"Non ci penso nemmeno," gli rispose Carly. "Certo, è vero che qui ci sono anche dei brutti ricordi, per non parlare degli amici di Shawn che continuo a incontrare, una vera rottura, ma adoro le Hawaii. Mi piace l'energia, il sole, la gente. Non potrei pensare di tornare in Illinois, con quegli inverni freddi. E tu? Pensi che la marina ti trasferirà, in un prossimo futuro?"

Jag sentì nella voce di Carly un filo di preoccupazione.

"C'è sempre un margine di rischio," le rispose sinceramente, "il governo può decidere come gli pare, a prescindere dalle promesse, ma quando la squadra è stata trasferita in questa base, l'accordo era che ci saremmo rimasti almeno per cinque anni. Nell'ambiente militare è un'eternità."

"Bene," commentò Carly.

"Non per cambiare argomento, ma come ti va tutto il resto, angelo mio?" le chiese Jag. "Sinceramente. Di recente, ci sono stati molti cambiamenti nella tua vita, ti sarai sentita un po' in balia degli eventi."

Carly sospirò. "Infatti, ma a dire il vero sono anche sorpresa di quanto sto bene. Cioè, all'inizio uscire dal mio appartamento mi sembrava un'impresa titanica; adesso sono tornata a lavorare e persino incontrare gli amici di Shawn non mi ha fatta tornare quella poltiglia impaurita che ero prima, non tanto tempo fa." Alzò gli occhi per guardarlo meglio. "Di questo devo ringraziarti."

Jag scosse la testa. "No, dai, non devi ringraziarmi, è tutto merito tuo."

Carly si mise a ridere incredula. "Eh no, fosse stato per me, sarei ancora rintanata nel mio appartamento. Tu mi hai dato il coraggio, Jag, solo con la tua presenza. A volte, quando mi torna la paura, ripenso a quel che mi hai detto e le tue parole mi danno la forza di superare ogni difficoltà."

"Penso che tu mi stia dando più meriti del dovuto," le disse Jag, "ma se questo significa che continuerai a rinvigorirti come negli ultimi tempi, va bene così."

Le guance di Carly si colorarono di rosa. "Davvero Elizabeth ha superato la settimana infernale dei SEAL?"

"Sì."

"È fantastica, anche un po' inquietante," confessò Carly, "ma è molto motivante e mi ha dato molti spunti sulla sicurezza personale. Adesso, quando sono in negozio, o anche in macchina con Kenna, quando andiamo al Duke's, penso sempre a cosa farei, se succedesse qualcosa. Sto più attenta a ciò che mi circonda."

"Fantastico, angelo mio, è esattamente ciò che speravo tu imparassi, dagli incontri con lei. Sì, è importante sapere come uscire da una presa o dove colpire con un pugno per mettere fuori gioco un aggressore, ma è altrettanto importante riuscire a riconoscere un pericolo prima ancora che ti arrivi addosso."

"Prima non ci facevo attenzione, ma adesso capisco tutto ciò che fai, continuamente, sei sempre all'erta in cerca di eventuali pericoli."

"Ti dà fastidio?" le chiese Jag.

"Niente affatto, anzi, così mi sento più sicura, quando sto con te."

Jag si allungò e la fece rotolare con sé, fino a trovarsi su di lei. Poi si tirò su un gomito per evitare di scaricarle addosso il proprio peso. "Con me sarai sempre al sicuro. Puoi anche parlarmi di qualunque cosa. *Qualunque*, Carly. Se hai paura, se sei nervosa, felice, entusiasta, qualunque altra emozione. Io ti ascolterò sempre, senza giudicare. Va bene?"

Carly lo fissò e annuì. "Va bene. Tu sai che lo stesso vale anche per te, vero? So che non puoi parlare di alcuni dettagli riguardanti il tuo lavoro, ma se hai dei problemi ad affrontare ciò che ti succede, io ti ascolterò senza giudicarti per quello che hai fatto o che non hai fatto."

Quelle parole gli entrarono nell'anima, andando a risanare ferite che si erano formate tanto tempo prima. Jag non aveva mai avuto prima, nella vita, qualcuno con cui essere completamente onesto e sincero. Non aveva potuto contare sul padre, sempre pronto a criticarlo, sui compagni di classe, non si era confidato nemmeno con gli amici SEAL; non perché non fosse pronto ad affidare loro la propria vita, ma perché era convinto che non avrebbero potuto capire ciò che lui aveva dovuto sopportare.

Carly invece poteva capirlo. Non l'avrebbe giudicato male, anzi, probabilmente si sarebbe schierata con lui a cuore aperto.

"A cosa devo quel sorriso?" gli chiese.

Jag non si era nemmeno accorto di aver sorriso, mentre pensava a Carly che lo difendeva. "Nulla, ma... grazie. Sapere di poterti parlare, per me è molto importante."

"Bene."

"Un'altra cosa, prima che troviamo qualcosa di più interessante e divertente da fare," le disse Jag. Gli prudevano le mani per la voglia di toccarla, non voleva far altro che perdersi nel baciarla, ma c'era qualcosa di più importante.

Carly gli sorrise timidamente passandogli le mani sul petto. "Interessante e divertente, un ottimo inizio."

Jag le prese una mano e se la portò alla bocca per baciarle le dita. "Non sono contento che gli amichetti di Shawn saltino fuori all'improvviso ovunque tu sia. Baker non ha ancora scoperto nulla e non ci sono particolari sospetti, infatti è molto frustrato, ma ciò non significa che non ci sia in ballo ancora il complice di Shawn che vuole portarne a termine la missione."

Carly sospirò. "Lo so."

"Voglio solo che tu stia attenta, angelo mio. Ricordati quello che impari alle lezioni di autodifesa. Non voglio che tu torni ad avere paura delle persone, ma ho bisogno di sapere che ti guardi sempre attorno."

"Lo so e ci sto attenta," gli rispose lei, "se poi dovesse succedermi qualcosa... tu verrai a salvarmi, vero?"

"Nulla al mondo mi impedirebbe non solo di venire a salvarti, ma anche di farla pagare cara a chi ha osato metterti le mani addosso." Jag le rispose con un tono vagamente assetato di sangue, ma Carly non fece una piega.

"Va bene."

"Però non devi mai smettere di lottare, angelo mio."

"Non mi arrenderò."

"Dico davvero. Per quanto buia ti sembri una situazione, non devi mai perdere la speranza in me, o nella mia squadra. O in Baker, o nelle tue amiche. Metterei sottosopra tutta l'isola, per trovarti, ma tu non devi arrenderti mai, hai capito?"

Lei annuì, poi sembrò farsi pensierosa.

"Che c'è? A cosa stai pensando in questo momento?" le chiese Jag.

"Molti uomini probabilmente mi direbbero di smetterla con questi pensieri, mi direbbero che non succederà nulla, che andrà tutto bene."

"Prima di tutto, io non sono come molti uomini. In secondo luogo, vorrei tanto poterti dire che andrà sempre tutto bene, che ti terrò al sicuro, ma ho imparato bene che quello che vogliamo *non è* sempre quello che poi succede. Voglio che tu sia pronta a tutto, per qualunque evenienza; star qui a dirti che andrà tutto bene, che sei al sicuro, che non ti succederà mai nulla di male sarebbe un altro modo di farti del male."

"La vita può essere estremamente difficile. Non ci sono solo le feste, i compleanni, i dolcetti e le belle foto su Instagram. Ci sono anche le cadute e le ginocchia sbucciate, le persone che perdiamo prima ancora che vivano appieno la loro esistenza, c'è il cancro, le malattie croniche, i bulli che se la cavano nonostante gli atteggiamenti da stronzi. Io voglio che tu sia abbastanza forte per superare ogni burrasca, sia con me al tuo fianco che da sola. Come coppia, possiamo essere forti solo se lo siamo anche come singoli individui. Non posso stare al tuo fianco in qualunque momento, ogni giorno, per quanto lo voglia. Se succede qualcosa di brutto, devi lottare, angelo mio. Lotta per te stessa, lotta per me. Lotta per *noi*."

Carly sentì le lacrime agli occhi mentre lo fissava. "Lotterò."

"Me lo prometti?"

"Te lo prometto. So che, quando vai in missione, ti trovi in situazioni orribili, molto pericolose, proiettili che fischiano e cose del genere. Però vorrei che anche tu mi facessi la stessa promessa. Se per caso ti catturassero, se ti sparassero, qualunque cosa... per favore, resisti finché non vengono a salvarti, o finché non arriva un medico."

"Te lo prometto," le disse Jag. La conversazione si era trasformata in uno scambio di promesse, quasi dei voti nuziali. In un certo senso, erano davvero promesse importanti. Jag si schiarì di nuovo la gola. Quella sera avevano affrontato argomenti molto importanti e lui sentiva che era il momento di tornare in un territorio più agevole.

"Tutto bene?" le chiese.

"Io sì, e tu?"

"Sì. Vuoi guardare la TV? Posso mettere su un film, preparare dei pop-corn o qualcos'altro da smangiucchiare," le suggerì.

"Oppure...?"

"Hai qualcos'altro in mente? Tipo giocare a carte, o che altro?" le chiese provocandola.

Lei si mise a ridere. "Qualcos'altro." Poi Carly alzò una mano e la mise dietro la nuca di Jag, invitandolo ad avvicinarsi.

Jag sorrise, ma fece resistenza. "Vuoi qualcos'altro, angelo mio?"

"Sì, te," gli rispose lei semplicemente.

"Eccomi qui, sono tutto tuo," le rispose Jag, che poi abbassò la testa.

Pomiciarono sul divano a lungo, a Jag sembrarono delle ore: quando stava con Carly, non gli importava di nient'altro. Non pensava al passato, al presente, nemmeno a cosa potesse succedere in futuro. Gli importava solo di lei, di loro due, della passione con cui si perdevano l'uno nell'altra.

Quando dopo un po' di tempo Jag passò una mano sotto la maglia ampia che Carly indossava (lui era sempre molto felice di vedere i propri vestiti addosso a Carly), si fermò subito sentendola irrigidirsi. Dopo essersi fermato, Jag alzò la testa per guardarla negli occhi.

"Scusami, è solo che... mi piace sentirmi addosso le tue mani, Jag."

"...ma?" le chiese, tirando fuori la mano da sotto la maglia. Quel breve contatto con la pelle nuda di Carly gli aveva fatto solleticare il palmo della mano, ma piuttosto che metterla a disagio, anche solo per un momento, avrebbe preferito tagliarsi una mano.

"Continuo a pensare a quanto ci stiamo muovendo alla svelta, adesso che abbiamo deciso di andare oltre l'amicizia. Mi sono gettata tra le braccia di Shawn ed è andata a finire non benissimo."

Jag non si sentì offeso: capiva meglio di chiunque altro le emozioni di Carly. "Non c'è problema," le sussurrò, poi si spostò in modo da sdraiarsi sulla schiena, tenendola vicina, al proprio fianco.

"È una stupidaggine, lo so; cioè, dormiamo insieme ogni notte," proseguì lei.

"Te l'ho già detto e te lo ripeterò finché ne avrai bisogno," le disse Jag, "non abbiamo alcun motivo di correre."

"Io ti voglio," gli disse sottovoce, "è solo che... ho paura."

lasciò andare un lungo sospiro. "Però sono stanca di avere paura," mormorò poi Carly, "davvero, faccio pena."

"Non è vero," la rassicurò Jag, "anzi, mi dispiacerebbe se facessi qualcosa che ti mette a disagio, qualcosa per cui non sei pronta. Dormire nello stesso letto ti fa strano? Posso..."

"No!" esclamò Carly interrompendolo subito. Poi abbassò il tono per spiegarsi: "Mi piace averti vicino, di notte, mi mantiene calma. Il mio inconscio sa che non permetterai mai a nessuno di venire a prendermi, nessuno potrà mai farmi del male, se sei vicino a me."

"Puoi dirlo forte," mormorò Jag. Carly fece una risatina, il cui suono fece rilassare i muscoli di Jag. "È *vero* che stiamo correndo, ma dovresti anche sapere che ho una cotta per te da mesi," ammise.

Carly gli sorrise. "Davvero?"

"Davvero. Da quando siamo venuti tutti insieme ad Aleck, al primo appuntamento con Kenna."

"Non riesco a credere che tu non sia scappato lontano, quando mi sono comportata da imbranata, dopo che Shawn ha tentato di rapirmi," gli disse.

Jag alzò gli occhi al cielo. "Imbranata? Dai, fammi il favore. Stavi solo cercando di proteggerti nel modo migliore che conoscevi. Anche per proteggere le tue amiche."

"Sì, anche questo è vero."

"A me... non succede mai," ammise Jag.

"Non ti succede che cosa?"

"Di innamorarmi come con te," le rispose direttamente. "Quindi prenditi tutto il tempo che ti serve per sentirti a tuo agio con me. Quando te la sentirai, io sarò qui."

"Ti sei innamorato di me?"

"Accidenti, ho perso la testa," le rispose Jag tranquillamente senza fare una piega.

"Guarda che una donna potrebbe anche approfittarsene... se fosse una stronza."

"Sì, ma tu non te ne approfitterai, perché non sei una stronza."

"Ne sembri molto sicuro," ribatté Carly.

"Sono sicuro. Che ne dici se mi alzo e finalmente preparo uno spuntino?" le chiese Jag.

Carly sospirò. "Forse è meglio. Ah, Jag?"

"Che c'è, angelo mio?"

"Anch'io mi sto innamorando di te."

Jag fece un gran sorriso. "Bene." Poi si spostò, le passò sopra e si alzò. Si abbassò su di lei e la baciò sulla fronte. "Tienimi il posto caldo," le chiese, poi si girò e andò in cucina.

CAPITOLO QUATTORDICI

A JAG PIACEVA la routine che aveva instaurato con Carly ed era orgoglioso del modo in cui lei affrontava tutto ciò che le succedeva. Non era passato nemmeno un mese, da quando le bastava mettere piede fuori di casa per farsi venire un attacco di panico. Il giorno prima, mentre lui lavorava, era andata da sola a fare la spesa.

Per molti era un'azione comune, insignificante, ma Jag sapeva che per lei era un passo enorme. Le lezioni di autodifesa che frequentava avevano fatto miracoli per farle riguadagnare autostima e sicurezza. Quando uscivano assieme, lui la osservava acquisire e mettere in pratica ad ogni occasione le tecniche di analisi e valutazione dei paraggi.

Erano tutti frustrati, perché Baker non aveva ancora scoperto nulla su chi potesse essere il complice dell'ex di Carly. Jag non era disposto a credere che Shawn avesse fatto tutto da solo: doveva esserci un complice, ci avrebbe scommesso la propria carriera di SEAL.

Tutti gli uomini della squadra erano frustrati, anche Jag, che però sapeva che Baker non si sarebbe mai arreso e prima o poi avrebbe trovato *qualcosa*.

Nel frattempo, Carly cercava di vivere nel modo più normale possibile. Kenna aveva organizzato un'altra serata tra amiche, il fine settimana a venire; Jag era stato contento di vedere che Carly era davvero ansiosa di partecipare.

Svoltò nel parcheggio cercando un posto vicino alle scale. Anche se non si era scoperto chi fosse il complice di Keyes, Jag non aveva intenzione di correre rischi dovendo camminare più del necessario per attraversare il piano del parcheggio multipiano. A volte parcheggiava in strada, oppure cambiava parcheggio, inoltre ogni tanto faceva in modo di cambiare percorso per andare al Duke's, nel caso qualcuno stesse spiando Carly. Si avviò giù per le scale, poi sul marciapiede affollato di Waikiki.

Tenne gli occhi aperti in cerca di qualcosa o di qualcuno di sospetto o pericoloso. Non vedeva altro che turisti... ma a un certo punto passò con gli occhi sul vialetto in cui si teneva il mercatino internazionale. Un tempo, quel mercatino occupava un intero quartiere, ma poi un'impresa edilizia aveva comprato il terreno per costruire un grattacielo, quindi i venditori erano stati costretti a stringersi in un vialetto angusto.

C'era un uomo appoggiato a un muro, fumava una sigaretta. Non teneva alcuna borsina, aveva gli occhi fissi sull'Outrigger Waikiki Beach Resort, il complesso turistico dall'altra parte della strada, proprio il complesso in cui si trovava il Duke's.

Non era un uomo qualunque. Jag aveva esaminato tutte le fotografie delle persone su cui Baker stava indagando e riconobbe senz'ombra di dubbio quell'uomo, che cercava di confondersi con i turisti, senza riuscirci: non era altro che Eddie Evans, il vicino di casa di Shawn.

Jag cambiò subito espressione, si voltò verso Eddie per raggiungerlo; proprio in quel momento, Eddie smise di fumare, gettò la sigaretta sul marciapiede, la spense pestan-

doci sopra, si girò e si avviò nella folla, svanendo nel mercatino internazionale. Jag lo seguì, deciso a scoprire se quel tipo
fosse là per spiare Carly, o se fosse davanti al Duke's solo per
caso. Appena entrò nella folla del mercatino, Jag capì che
sarebbe stato inutile proseguire quell'inseguimento. Il vialetto
non era molto ampio, ma era zeppo di chioschi con tendoni e
tavolini pieni di cianfrusaglie, c'erano troppi nascondigli,
troppi angoli in cui scivolare indisturbato senza farsi notare.

Jag lasciò perdere: non voleva passare il tempo a inseguire
un fantasma, magari col rischio che nel frattempo Eddie
girasse in tondo e raggiungesse Carly; così tornò al Duke's.

Vedere quell'uomo fu un ottimo modo di ricordare che
non era il caso di abbassare la guardia.

Jag attraversò il piano inferiore dell'hotel, dove si trovavano i negozi, e si sentì un pochino meglio non vedendo alcun
volto familiare, mentre raggiungeva Vera, in piedi all'ingresso
del ristorante.

"Ciao," le disse avvicinandosi.

"Ciao Jag!" lo salutò lei allegramente.

Jag annuì alla pimpante addetta all'accoglienza dei clienti,
poi andò dentro. Ormai era di casa, nessuno lo notava
nemmeno più, quando entrava al Duke's, era come se ci lavo-
rasse. Lanciò un'occhiata nella sala ristorante e non vide né
Carly né Kenna, così proseguì verso la cucina.

Si fermò appena fuori, in silenzio, per osservare Carly
senza che lei lo notasse, solo per un momento. Sembrava
stanca, doveva essere stato un turno di lavoro pesante. Aveva
la coda di cavallo sfatta, i capelli che raccoglieva per lavorare
le cadevano in disordine sulle spalle, alcuni le si erano attaccati alle guance. Aveva le spalle curve, sembrava spossata. Di
notte dormiva bene (Jag lo sapeva), quindi doveva essere stata
una giornata estremamente impegnativa.

Kenna sembrava altrettanto sfinita, Jag si preoccupò per
entrambe. Aleck stava per arrivare a prendere la moglie, era

chiaro che entrambe le amiche avevano bisogno di una serata rilassante. Senza perdere altro tempo, Jag si avviò verso di loro.

"Jag!" Carly lo vide avvicinarsi e sorrise.

"Ciao," le disse alzando le braccia per stringerla a sé. Lei si avvicinò volentieri e allargò il sorriso, mentre lui abbassava la testa. Fu un bacio casto. Gli sarebbe piaciuto approfondirlo, ma era il posto di lavoro di Carly e lui non voleva certo mancarle di rispetto, di fronte alle colleghe e agli amici.

Solo per un momento, Carly si appoggiò a lui di peso. Un altro indizio che il turno di servizio era stato pesante.

"Giornata dura?" le chiese.

Carly annuì. "Eh sì," rispose con un sospiro. "In città c'è una maratona stile Ironman, te lo giuro, tra atleti, allenatori e parenti, hanno deciso tutti di venire qui, oggi pomeriggio, per fare il carico di energie. Siamo stati bombati dal primo minuto in cui sono arrivata."

Jag aveva notato le tante persone in attesa di accomodarsi ai tavoli, ma non aveva elaborato molto, perché era troppo concentrato a tenere gli occhi su Carly.

"Scusate se non ve l'ho chiesto prima," disse Kenna a entrambi, "so che oggi toccherebbe a me portare i pasti residui al centro di Food For All, ma Robert (lo conoscete, lavora alla reception del Coral Springs), insomma, è in ospedale e volevo chiedere a Marshall di andarlo a trovare al volo, mentre torniamo a casa."

"Gli è successo qualcosa?" chiese Carly preoccupata, rivolgendosi all'amica.

Jag si sentì molto meglio, dopo aver visto che Carly stava bene; le tenne una mano sul fianco mentre lei parlava con Kenna. Si chiese cosa ci facesse Eddie da quelle parti, a Waikiki. Forse si era trattato di una coincidenza, stava solo passando davanti al Duke's. Decise di ricordarsi di parlarne con Baker, quella sera; gli avrebbe raccontato ciò che aveva visto e avrebbe chiesto a Baker di seguire quel tipo, se poteva. Poi tornò ad ascoltare la conversazione.

"Sta bene. Credo si trattasse di un intervento per un'ernia; dovrebbe tornare a casa domani, ma pensavo sarebbe carino andarlo a trovare, prima che lo dimettano. Gli porto una torta hula, così potrà farla assaggiare anche alle infermiere del reparto."

"Idea fantastica! Certo che possiamo andare noi al Food For All, vero?" chiese Carly rivolgendosi a Jag.

"Nessun problema," le rispose rassicurandola.

Carly gli regalò un altro ampio sorriso, poi tornò a rivolgersi a Kenna. "Ci penso io."

"Grazie, sei gentile."

Aleck entrò in cucina e Jag si accorse che anche lui notò la stanchezza insolita della due amiche.

"Giornata pesante?" domandò

Carly e Kenna fecero una risatina.

"Che c'è?" chiese lui confuso.

"È quasi la stessa domanda che ci ha fatto Jag appena ci ha viste," rispose Kenna al marito, appoggiandoglisi al fianco.

"Beh, abbiamo un cervello in due," scherzò Aleck.

Le due amiche risero.

"Ho capito: se pensate che *quella* battuta fosse divertente, dovete essere stanche morte," disse Aleck. "Sei pronta ad andare?"

"Quasi pronta. Carly e Jag porteranno da mangiare al Food For All, così noi possiamo andare a trovare Robert."

"Grazie, amico," disse Aleck a Jag con un cenno del mento.

"Ci mancherebbe. Ci vediamo domattina."

Mentre Kenna raccoglieva le sue cose, Jag e Carly andarono in fondo alla cucina, dov'erano stati accantonati i pasti in eccesso. Jag strabuzzò gli occhi alla quantità di scatole di cibo rimasto.

"Te l'ho detto che oggi siamo stati impegnati," ribadì Carly.

Prima di conoscere Carly e Kenna, Jag non aveva mai immaginato quanto cibo venisse sprecato nei ristoranti. Ogni giorno veniva scartata una quantità di cibo sbalorditiva. Almeno i proprietari e gestori del Duke's cercavano di fare in modo che venisse gettato via il meno possibile: ciò che veniva lasciato nei piatti o sui tavoli. Invece gli ingredienti non utilizzati (la frutta e la verdura in eccesso) potevano essere donati, come anche il pane del giorno prima non portato ai tavoli. Anche alcuni contorni o delle salse non utilizzate, alla fine della giornata potevano essere portate al centro alimentare Food For All.

Alani aveva previsto il picco di clienti, in concomitanza con la maratona cittadina, ma pur calcolando in anticipo, era difficile prevedere con precisione cosa potessero mangiare i clienti. Quindi c'era sempre qualche piatto in eccesso, mentre qualche altro si esauriva. Invece di gettare l'insalata di troppo o il pane non portato ai tavoli, faceva comodo a tutti che il cibo venisse donato. Molte mense non accettavano quei resti, ma da quando Elodie aveva cominciato a fare volontariato a Food For All, le donazioni in natura erano aumentate.

Elodie era una cuoca professionista ed era molto creativa, quindi poteva sfruttare quasi tutto ciò che veniva donato, trasformando ingredienti residui in pasti appetitosi per gli utenti del centro.

"Per portare tutto in macchina dovremo fare avanti e indietro più volte," commentò Jag, "che ne dici di aspettarmi qui, vado a prendere la macchina e accosto più vicino. Appena arrivo ti mando un messaggio, magari puoi chiedere a Justin o a qualcun altro di aiutarti a portare fuori tutto?"

"Ottima idea," rispose Carly, "ma tu stai bene?"

Jag la guardò sorpreso. "Io sì, perché?"

"Non lo so, mi sembri... agitato? Non so se è il termine

giusto, ma oggi sei diverso."

"Possiamo parlarne più tardi," le spiegò Jag: non voleva che Carly si preoccupasse anzitempo.

Lei si accigliò. "Va tutto bene? È successo qualcosa a qualcuno?"

"No, non è successo nulla," la rassicurò Jag.

"Baker ha trovato il complice di Shawn?" gli chiese sussurrando.

"No," le rispose Jag; gli dava molto fastidio non poterle dare nuove informazioni su quel lato.

Lei lo fissò per un attimo, poi fece un respiro profondo e annuì. "Va bene."

Uno dei mille motivi per cui Jag amava quella donna: era tenace, ma sapeva fidarsi. "Dammi al massimo cinque minuti, che arrivo qua davanti con la macchina," le disse, poi la baciò di nuovo. Fu un bacio un po' più lungo e intimo, dato che erano da soli nel retrocucina. Lui avrebbe voluto soffermarsi di più, ma la voglia di tornare a casa, dove avrebbe potuto coccolarla, in quel momento era più pressante.

Le passò il dorso della mano sulla guancia arrossata, poi si girò e uscì dalla cucina.

Nel giro di dieci minuti, sia Carly che le scorte alimentari erano caricate sulla Jetta di Jag, che si stava dirigendo a Barbers Point. Carly aveva mandato un messaggio a Lexie per farle sapere che stavano arrivando, in modo che si preparasse a scaricare.

"Va bene, allora, che succede?" gli chiese Carly girandosi appena sul sedile per guardare Jag, che stava guidando.

"Ho visto Eddie Evans nel mercatino internazionale," le rispose non volendosi dilungare più di tanto.

"Il vicino di casa di Shawn?" gli chiese Carly.

"Esatto."

"Cosa ci faceva?"

"Fumava una sigaretta, aveva un atteggiamento molto

sospetto," commentò Jag, "non penso che mi abbia visto, ma appena mi sono mosso per andare a chiedergli cosa diamine ci facesse là, lui si è infilato nella ressa del mercato e l'ho perso, tra i vari chioschi e tavolini."

"Allora?"

"Allora cosa?" le chiese Jag.

"Ha fatto qualcos'altro?"

"No, te l'ho detto, l'ho perso di vista."

"Ah, bene."

"Ah, bene?" ripeté Jag, sorpreso da quella reazione.

Carly annuì e tornò a mettersi seduta rivolta in avanti. Appoggiò la testa allo schienale e chiuse gli occhi. "Sì, cioè, non che sia felice di saperlo tanto vicino al Duke's, ma non possiamo certo controllare il viavai delle persone; poteva avere mille motivi per trovarsi al mercatino."

"Dimmene uno," sbottò Jag, che faticava a credere a quella reazione quasi indifferente. Era orgoglioso del modo in cui Carly si era ristabilita di recente, aveva fatto molta strada, dalla donna terrificata che si nascondeva tutto il giorno in appartamento. Allo stesso tempo, però, Jag temeva che Carly abbassasse la guardia e non si curasse più troppo della propria sicurezza.

"Spacciava droga? Aspettava un turista da truffare? Che ne so."

Jag capì il ragionamento di Carly. Eddie Evans non era esattamente un cittadino modello; però aveva una barca, e se Shawn gli avesse offerto abbastanza soldi per andarlo a prendere, lui sarebbe stato disposto a farsi coinvolgere anche in un complotto per un rapimento.

"Insomma, può stare dall'altra parte della strada e fissare il complesso finché vuole, da là non può farmi del male. Se fosse *entrato* nell'hotel, o se avesse cercato di accedere al Duke's per parlare con me, non sarebbe arrivato lontano. Te lo giuro, ci sono più persone che fanno la guardia di quante ne credessi possibile. Vera è una vedetta instancabile, ma non fraintendermi, mi fa piacere. Justin e gli altri che lavorano in sala conoscono tutti Luke di vista, in più in cucina ci sono appese le foto di tutti gli altri potenziali complici di Shawn... sai le foto che ci ha mandato Baker? Per non parlare di Kaleen e Paulo. Sono ancora molto dispiaciuti di non aver potuto fare molto, quella sera, quando Shawn si è presentato e voleva portare via Kenna. Senza dubbio, se qualcuno si presentasse e cercasse di fare qualche bravata nei miei confronti, uscirebbero tutti di melone."

Carly parlava con tono pacato, non sembrava particolarmente agitata, il che faceva piacere a Jag, però... un po' lo preoccupava. Non che lui la preferisse in preda al panico, ma *voleva* essere sicuro che prendesse ancora seriamente la situazione. Aprì la bocca proprio per dirglielo, ma lei riprese a parlare.

"Se avessi dovuto raggiungere la macchina al parcheggio da sola, allora sì, probabilmente avrei avuto una reazione molto diversa, sapendo che Eddie si aggirava nei paraggi del Duke's, ma dato che tu hai promesso di venirmi a prendere, almeno per il prossimo futuro, sono sicura che tu non permetteresti a nessuno di avvicinarsi a me, quindi non voglio sprecare le mie forze a preoccuparmi."

Carly girò la testa, ma senza guardarlo in faccia. "Mi dà molto fastidio che la faccenda non si sia ancora risolta, ma mi rifiuto di lasciare che il passato condizioni il mio presente o il mio futuro. Magari Eddie voleva spiarmi, magari stava cercando il modo migliore per raggiungermi, chi lo sa. Anche se adesso ci stressiamo per cercare di capirlo, non cambia niente. Sto solo cercando di non perdermi troppo a pensare a cose che sfuggono al mio controllo, Jag."

"Ho avuto una giornata lunga e sono esausta, ma sto molto bene per com'è andata la giornata. C'è stato molto più da fare di quando ho ricominciato a lavorare; anche se mi fanno male i piedi, è bello tornare a una vita che mi ricordi la mia normale routine. Poi ho pigliato un sacco di laute mance, quindi almeno sono stanca per qualcosa. Dopo che avremo consegnato questo cibo, torniamo a casa e magari mi faccio un bel bagno intanto che tu prepari qualcosa da mangiare, poi ci facciamo un po' di coccole. Mi interessa molto più la nostra serata, che scoprire cosa ci facesse Eddie al mercatino internazionale."

Jag provò ancora più rispetto per lei: Carly aveva ragione. Avrebbe detto a Baker e all'ispettore Lee di aver visto Evans a Waikiki, lasciando a loro il compito di scoprire cosa ci facesse. Per il resto, lui non poteva fare altro che aiutare la sua donna a rilassarsi e a riprendersi dalla giornata di lavoro. Magari l'avrebbe anche aiutata a festeggiare l'ulteriore passo in avanti, nel tornare la Carly di sempre.

"Hai ragione," le disse semplicemente.

Carly sorrise e tornò a chiudere gli occhi. "Lo so."

"Che modesta," le disse per stuzzicarla.

Lei allargò il sorriso. "Ho imparato tutto dal mio boyfriend."

Jag non poté che sorridere a sua volta e le chiese scherzosamente: "Per caso lo conosco?"

"Chissà. È un tipo meraviglioso. Alto, muscoloso, tanto bello che quando lo guardo mi viene l'acquolina in bocca; è intelligente, sensibile e ha un profumo delizioso."

Sentirsi descrivere in quel modo lo caricò emotivamente. "Niente supera il profumo del tuo balsamo alla ciliegia," le mormorò.

Carly si mise a ridere. "Sei proprio ossessionato da quel balsamo."

"Eh sì," confermò lui.

Rimasero in silenzio per qualche minuto, poi Carly riprese a parlare. "Non prendo con leggerezza la mia sicurezza," gli disse con un tono più serio, "non mi entusiasma sapere che c'era Eddie, ma sto cercando di non farmi spaventare da lui, o da chiunque altro. Per un certo periodo, mi sono persa e non ci sono stata bene. Sai che ultimamente ho trovato amichetti di Shawn un po' dappertutto. Se dovessi dare di testa ogni volta che vedo Jeremiah, Beau, Gideon, Jamie, o addirittura Luke, dovrei farmi ricoverare. Sono passati dei mesi, Jag... sono stufa di farmi spaventare."

"Lo so. Mi dispiace che tu debba vedere tutti quegli stronzi; se fosse per me, li manderei tutti in esilio, via da quest'isola, così non avresti più nessuno che ti ricorda quel bastardo con cui sei uscita."

Carly fece una risata. "Idem."

"Basta che stai sempre attenta a ciò che ti circonda," ribadì Jag, "solo perché sono passati dei mesi non significa che il pericolo sia scampato. Sono d'accordo che, in teoria, più tempo passa e meno sei in pericolo, ma so bene che quando qualcuno coltiva odio nel cuore, per quanto tempo possa passare, non sarà mai abbastanza per rinunciare. Il tempo non fa altro che esacerbare l'odio, finché non si riesce più a contenerlo e allora scoppia."

Carly annuì. "Farò attenzione," lo rassicurò.

Lei appoggiò un braccio sulla console tra i sedili e Jag le prese subito la mano. Lei chiuse gli occhi e sospirò di nuovo. "Ne avevo proprio bisogno. Tienimi per mano, la tua presenza mi dà forza."

"Idem," ripeté lui.

Il resto del viaggio verso Barbers Point filò liscio, a parte il traffico infernale. Jag accostò nel parcheggio in fondo alla strada in cui si trovava il centro di Food For All. "Aspettami qui," le disse, come sempre. Lei gli fece un sorrisetto, poi un sorriso più marcato: ormai conosceva quella routine e non gli diceva più nulla per opporvisi.

Jag uscì dalla macchina e controllò subito la zona circostante. Il parcheggio era quasi pieno, niente di nuovo. Era una zona sempre più popolare, molti negozietti nuovi aprivano e riempivano gli ambienti vuoti del quartiere.

Fece un cenno col mento a Theo, non più senzatetto, che stava seduto sul marciapiede dall'altra parte della strada; era seduto all'ombra, incastrato tra una colonna decorativa in mattoni appena davanti a un ristorantino coreano e un cartello che promuoveva i piatti del giorno. Se Jag non avesse guardato in quella direzione, la presenza di Theo gli sarebbe sfuggita.

Nonostante Lexie e Midas gli avessero procurato una casa in cui vivere, a Theo piaceva comunque stare all'aperto il più possibile. Si era anche incaricato di fare da vigilante nel quartiere. Nonostante le difficoltà a livello psicologico, era un uomo molto attento e osservatore. Theo sorrise e fece un cenno a Jag, ma non si alzò dal punto in cui era seduto: evidentemente ci stava comodo e non gli andava di spostarsi.

C'erano alcune persone che andavano avanti e indietro in quella zona, nessuno che Jag conoscesse. Aprì lo sportello per fare uscire Carly, che gli sorrise. Nonostante la stanchezza per la dura giornata di lavoro, i vestiti tutti spiegazzati e i capelli in disordine, per lui era sempre la donna più bella che avesse mai visto.

Si portarono insieme sul retro della macchina e Jag aprì il baule. Sollevò un enorme scatolone pieno fino all'orlo di lattine ammaccate e di altre cibarie, mentre Carly prese tre borse. Nel baule c'era un altro scatolone, insieme ad altre borse, quindi non era possibile scaricare tutto insieme, serviva un secondo giro. Carly chiuse il baule e si girò con Jag per avviarsi verso il centro alimentare.

Si fermarono entrambi sul posto appena si accorsero di un uomo che camminava sul marciapiede verso di loro.

"Cazzo, *ancora?*" mormorò Jag.

"Buongiorno," disse Gideon Sparks avvicinandosi.

"Cosa ci fai qui?" gli chiese Carly con tono deciso.

Gideon sembrò sorpreso; indossava una tuta da lavoro lunga, con il logo dello zoo su una toppa all'altezza del petto. I capelli castani erano vagamente brizzolati, si stava facendo crescere la barba, una novità, rispetto all'ultima foto in cui Jag lo aveva visto. Gli era cresciuta la pancia, era alto più o meno come lui.

Si fermò a una certa distanza. "Ho solo portato da mangiare, cibo che lo zoo altrimenti avrebbe gettato," rispose, "ho cercato di portarlo alla sede in centro, ma ormai c'era chiuso. Alla porta c'era un cartello che diceva che in questa succursale si riceve il cibo fino alle sette. Di recente ho letto un articolo sul giornale, parlava dei senzatetto di Honolulu, poi di tutto il cibo che viene sprecato ogni giorno; allora ho parlato col responsabile della cucina dello zoo. Anche lui era d'accordo che potremmo donare qualcosa, così di punto in bianco mi hanno incaricato di fare le consegne." Gideon sorrise leggermente e scrollò le spalle. "Però sono contento, perché non mi pesa affatto."

Jag studiò quell'uomo e non vide alcun segno di inganno nell'espressione dei suoi occhi o nel suo linguaggio del corpo. Non escluse che ci fosse dietro dell'altro, ma in quel momento sembrava sincero... stava solo facendo una buona azione.

"Tu lavori con i leoni, vero?" gli chiese Carly.

Jag avrebbe voluto dirle di non soffermarsi a lungo, ma era troppo tardi: Carly era semplicemente se stessa. O meglio, era tornata esattamente la Carly di sempre, amichevole ed estroversa. Persino con quell'uomo, un amico di Shawn, Carly faceva del suo meglio per tornare a vivere normalmente. Jag l'ammirava, anche se a volte lo metteva in difficoltà.

Gideon sorrise e si mise le mani in tasca. "Sì. Ormai sono quasi vent'anni. Ho cominciato a spalare gli escrementi e adesso sono responsabile, mi occupo della loro salute, del loro benessere. È sempre stato il mio sogno."

Carly annuì.

"Non ho mai avuto occasione di dirlo prima, magari non è il momento giusto, o il posto giusto, ma volevo dirti che mi dispiace per tutto ciò che è successo. Shawn era mio amico, ma era anche uno stronzo. Io lo sapevo e mi dispiace di non avergli detto nulla, quando parlava male di te," disse Gideon.

Sembrava sincero, ma Jag continuava a non fidarsi. "La polizia ha detto che Shawn ha raccontato i propri piani ad alcune persone, anche a te."

Gideon fu colto di sorpresa e abbassò lo sguardo al marciapiede. Sembrava pieno di rimorso. "Mi dispiace molto, io pensavo che fossero tutte spacconate, quelle che diceva. Sai, come quando dici che vorresti ammazzare qualcuno, ma *non* dici sul serio? Lui ne diceva in continuazione, prima doveva morire il governatore, poi augurava alla macchina che lo precedeva di schiantarsi, purché gli si togliesse da davanti. Era davvero un testa di cazzo e mi sento in imbarazzo, per essergli stato amico."

"Come mai eravate amici?" gli chiese Carly sottovoce, "cioè, se era tanto malvagio, perché mai prendere e trovarsi tutte le settimane per passare il tempo con lui?"

Gideon scrollò le spalle. "Immagino, perché mi sentivo solo. Ho cinquantadue anni, sono da solo, passo quasi tutto il tempo con i miei amici a quattro zampe, che non chiacchieravano molto, anche se cerco di parlare con loro. Magari era solo... la forza dell'abitudine. Giocavamo a poker insieme da quattro anni, era solo un ritrovo regolare, ogni settimana. So che adesso sembra stupido, ma non hai idea di quanto mi dispiaccia, per quanto è successo."

Jag continuò a scrutarlo con attenzione. Gli sembrava sincero, ma capitava spesso che qualcuno mentisse in modo convincente. Lui ne aveva avuto prova più volte, anche per lavoro.

"L'apprezzo," gli rispose Carly, "adesso scusa, ma è stata

una giornata lunga e pesante, dobbiamo portare questa roba al centro e poi torniamo a casa."

"Ma certo," disse subito Gideon, "scusa se ti ho rubato del tempo."

"Non c'è problema," gli disse Carly.

Gideon annuì e si avviò, girò al largo e raggiunse un grande pickup bianco che aveva sulle portiere il logo dello zoo di Honolulu. Avviò il veicolo e se ne andò, mentre Jag e Carly proseguirono sul marciapiede.

"Che incontro interessante," commentò Carly.

Jag brontolò.

"Non gli credi?" domandò Carly.

Jag la sentì parlare con una certa tensione e non volle aggiungere ulteriore ansia a quella giornata, per lei già lunga e sfiancante. "Mi chiedo solo chi altro incontreremo oggi. Magari Luke ha invitato la sua ragazza a mangiare nel ristorante coreano dall'altra parte della strada. O magari Jeremiah e Beau salteranno fuori dal negozio di articoli sportivi in fondo all'isolato. Ah no, ci sono: Jamie nel centro di Food For All, per donare casse di Coca-Cola da parte della fabbrica."

Carly fece una risatina.

Quel suono fu come un balsamo per il cuore di Jag.

"Te l'ho detto, è come se si fossero sfondati gli argini, non so che pensare, ma ovunque vada vedo gli amici di Shawn."

"Non so neppure io, va bene che Oahu è piccola, ma sta diventando ridicolo."

"Son d'accordo," ribadì Carly, che gli si avvicinò e gli diede un colpetto al braccio con il gomito. Avevano entrambi le mani occupate e non potevano tenersi o entrare in contatto in altro modo. "Sono contenta che tu fossi al mio fianco."

"Anch'io."

"Magari io posso stare dentro a parlare con Lexie, mentre tu torni alla macchina a prendere il resto della roba?" Glielo disse e glielo chiese allo stesso tempo.

"Ottima idea."

"Non ti dispiace?" gli chiese.

"Certo che no. Mustang mi prenderebbe a calci in culo, se mi lamentassi perché devo camminare fino alla macchina due o tre volte. Anzi, probabilmente mi farebbe allenare per un'ora in più con lo zaino in spalla, *dopo* aver corso una mezza maratona sulla spiaggia con gli stivali nella sabbia."

Carly rise di nuovo. "Ma no, non lo farebbe, è troppo gentile."

Jag inarcò un sopracciglio. Mustang era un caposquadra tutt'altro che accomodante, quando si trattava di allenarsi e tenere gli uomini in forma.

Scaricò rapidamente il resto delle cibarie, pregustando la serata con Carly. In passato, non si sarebbe mai aspettato di trovarsi a proprio agio a vivere con una donna, ma Carly sembrava in grado di allontanare i demoni che lo tormentavano, senza nemmeno farlo apposta. Però... non avevano ancora fatto sesso. Lui non poteva fare a meno di pensarci. Non voleva perderla, quindi avrebbe fatto tutto il necessario per non farle capire quanto fosse nervoso, sul fare l'amore.

Era lui il problema, non lei, ma Jag era abbastanza intelligente da sapere che a nessuna donna faceva piacere sentirselo dire.

Per quella sera, Jag avrebbe cercato di viziarla: Carly poteva rimanere nel bagno per tutto il tempo che voleva, intanto lui avrebbe preparato la cena. Avrebbe persino guardato *The Voice* senza lamentarsi. Sotto sotto, quel programma gli piaceva, ma quando brontolava al riguardo, ne ridevano entrambi.

Che sensazione strana, il timore e il desiderio di portare il rapporto su un altro livello. Quel momento sarebbe arrivato presto, Jag se lo sentiva fino al midollo. Il tempo passato a baciarsi e toccarsi diventava sempre più infuocato, ormai era solo questione di tempo, prima o poi nessuno dei due si sarebbe più trattenuto.

"Come mai quel sorriso?" gli chiese Carly arrivando alla porta del centro di Food For All. Jag non si era accorto del gran sorriso che aveva stampato in volto, ma non si sorprese. Ogni volta che pensava a stare con Carly, era felice. Si tolse dalla testa il brivido di nervoso e le rispose: "Stavo solo pensando a te."

Lei gli sorrise. "Ah sì?"

"Sì," confermò Jag, "dai, finiamo di scaricare così possiamo tornare a casa."

"Ottima idea."

————

Il complice di Shawn stava perdendo la pazienza. Si era riproposto di rimanere più a lungo ad osservare, ad aspettare, voleva che quella stronza si ammorbidisse, ma doveva agire al più presto. Lo stronzo che viveva con lei stava diventando un problema, era chiaro, ma lui avrebbe agito quando Carly fosse stata da sola.

Peccato che Carly fosse una stupida debole e non si muovesse mai per conto proprio. Arrivare a lei al Duke's era impossibile. Dopo la perlustrazione nell'area del ristorante, era chiaro che fossero ancora tutti molto sul chi va là. Per non parlare dell'aumento nelle misure di sicurezza: i gestori avevano assunto delle guardie.

Il sogno originale era di rapirla esattamente dallo stesso posto in cui voleva rapirla Shawn, tanto per rendere onore all'amico. Ma ormai era chiaro che quel piano non avrebbe funzionato.

Così doveva passare al piano B. Prima però Carly doveva smetterla di fare la mammola, portandosi quel baby-sitter in ogni posto.

Era quasi arrivato il momento di agire, doveva solo pazientare un po' di più.

Le immagini di una Carly spaventata, terrorizzata gli passavano per la testa. Non vedeva l'ora di sentirla piangere, di sentirla implorare per sopravvivere. Le avrebbe fatto capire esattamente quanto fosse patetica, nemmeno degna di farsi calpestare da Shawn.

Gli scappò un sorriso, l'emozione gli dava alla testa. Carly non aveva idea di cosa l'aspettasse e gli bastava quel pensiero per eccitarlo oltremodo.

"Manca poco," si disse sottovoce, cercando di convincersi, "più si sente al sicuro e più abbasserà la guardia."

Doveva solo evitare quel maledetto ispettore e l'altro bastardo, quello che ficcava il naso negli affari degli altri. Quei due non avrebbero *mai* scoperto il nesso che lo legava alla barca che aveva usato. Il solo pensiero di quella fatidica nottata gli faceva ribollire il sangue nelle vene. Aveva cercato in tutti i modi di raggiungere Shawn, nonostante il temporale, ma quella barca maledetta si era quasi capovolta e lui aveva dovuto dar fondo a tutte le sue conoscenze nautiche per tornare all'attracco privato da cui era salpato.

"Pazienza," si ripeté ad alta voce, "tu sei più furbo di tutti loro. Una passeggiata."

L'adrenalina gli scorreva nelle vene, al pensiero di Carly che finalmente capiva chi era; lui si sarebbe goduto quella reazione, ma solo per poco. Poi l'avrebbe uccisa e ne avrebbe scaricato il corpo nell'oceano, dove nessuno l'avrebbe mai trovato. Squali e altri pesci si sarebbero occupati di farla sparire.

Soddisfatto che il momento di agire non fosse più tanto lontano, quell'uomo sorrise. Erano anni che non si eccitava tanto. "Goditi la vita, finché puoi," disse ad alta voce, "perché sto per beccarti."

CAPITOLO QUINDICI

CARLY SI ACCORSE FELICEMENTE di non aver pensato a Shawn o a Luke (o a nessun altro che potesse avercela con lei) da quando era arrivata nel palazzo di Kenna. Erano già passate un paio d'ore... e lei non aveva fatto altro che ridere e spassarsela con le amiche.

Ormai quei ritrovi notturni con le altre erano diventati un appuntamento regolare e Aleck si era rassegnato a farsi cacciare di casa, in modo che le amiche potessero passare il tempo in totale libertà. Quando Carly, parlando con Kenna, aveva accennato ad Aleck, lei si era messa a ridere e le aveva detto che il marito era più che contento di uscire di casa, perché preferiva mille volte che loro si trovassero in quell'attico, dove almeno erano al sicuro e potevano fermarsi tutta la notte senza dover guidare o incontrare persone moleste. Kenna le aveva detto anche che gli uomini preferivano invece la casa di Slate per i loro "ritrovi tra amici".

Avevano già cenato: Aleck aveva portato qualcosa da Helena's, uno dei ristoranti migliori sull'isola per le ricette tipiche hawaiane, mentre Elodie aveva portato dessert e malasada dalla pasticceria Leonard's. Ovviamente si erano versate molti margarita nel giro di due ore.

Carly si sentiva più sciolta e felice. Era magnifico passare il tempo con le amiche. La faceva sentire... normale. Dopo aver tanto sentito parlare di Monica, era finalmente in grado di conoscere anche lei.

Monica era una donna tranquilla, proprio come l'aveva descritta Kenna, ma era estremamente attenta a ciò che le succedeva intorno. Non era distaccata e non sembrava annoiata... solo che non parlava molto: niente di male, dato che le altre avevano sempre molto di cui parlare.

"Allora..." attaccò Kenna strascicando la parola e guardando Monica con un'espressione d'intesa, "hai nulla da dirci, Mo?"

Monica sembrò sorpresa. "Ehm, no?"

"Ma dai!" esclamò ridacchiando Kenna; era seduta con Carly sul divano, entrambe a gambe accavallate. Elodie invece era seduta su un'enorme poltrona a sacco in un angolo, Lexie era seduta sul pavimento, col sedere su un cuscino e la schiena appoggiata al divano, mentre Ashlyn in quel momento era in cucina a preparare un'altra caraffa di drink. Monica era l'unica sulla poltroncina.

"A noi puoi dirlo, siamo le tue amiche!" proseguì Kenna; era mezza ubriaca, ma con l'alcol in circolazione diventava anche molto allegra e quella serata non faceva certo eccezione. Aveva le guance arrossate, aveva raccontato per tutta la sera storielle divertenti su alcuni clienti che aveva incontrato sul lavoro.

"Non so, cosa vuoi che racconti?" replicò Monica.

Kenna si sporse in avanti. "Stasera hai già fatto la pipì cento volte e quando Pid ti ha accompagnato eravate due piccioncini in vena di smancerie, ma più del solito! Certo, lo so, va benissimo, anch'io mi sono coccolata Aleck a modo mio prima che arrivaste... ma Pid oggi sembrava ...*molto* protettivo."

Carly guardò Monica e la sua nuova amica arrossì, abbassò lo sguardo e cominciò a piluccare un filo che sporgeva dal cuscino che si era appoggiata sulle gambe.

"Magari non le va di parlarne," disse Carly, offrendole una via d'uscita.

"Le va! Cioè, se non ne parla con noi, con *chi* ne parla?" insisté Kenna, "e guarda che poi arrivo anche da te," aggiunse rivolta verso Carly puntandole un dito.

Carly alzò gli occhi al cielo.

"Kenna ha ragione, a noi puoi dire *tutto*," disse Elodie a Monica.

"Va bene, allora... non volevamo dire nulla almeno per un altro po', ma voi siete peggio di un branco di lupi affamati... sono incinta, va bene?"

Dopo quell'annuncio, nella stanza ci fu totale silenzio, poi cominciarono tutte insieme a gridare.

"Santo cielo! Congratulazioni!"

"Che meraviglia!"

"Wow!"

"Il primo bimbo dei SEAL!"

"Lo sapevo," commentò Kenna compiaciuta, mettendosi comoda e sfoggiando un enorme sorriso.

"Come?" le chiese Monica. "Tanto non bevo mai alcol, quindi non potevi avere altri indizi. La pancia non si vede, siamo appena ai primi mesi."

"Continui ad appoggiarti una mano sulla pancia, di solito non lo fai."

Monica sorrise e scosse la testa. "Ottimo intuito."

"Lo so," rispose Kenna, che poi tornò in avanti e porse la mano a Monica col palmo in alto. Monica la prese e le due amiche si tennero per mano per un momento. "Sono tanto felice per te."

"Grazie. Io... noi non avevamo deciso, cioè, entrambi vogliamo avere dei figli, ma pensavamo di aspettare almeno un anno, tanto per goderci un po' di tempo come coppia." Monica scosse la testa. "A questo punto è chiaro che non siamo stati abbastanza attenti."

"Capita, ai nostri uomini. È difficile pensare alle protezioni, quando sei mostruosamente arrapata e loro ti guardano con quei loro occhi da mandrilli," disse Elodie.

Si misero tutte a ridere.

"Verissimo!" commentò Lexie con un sorriso complice in viso.

Ashlyn tornò in salotto con un vassoio di bicchieri pieni; riuscì per miracolo a non farne cadere alcuno, nonostante non fosse proprio sobria. Appoggiò il vassoio sul tavolino da caffè e lo indicò. "Un annuncio del genere merita un brindisi! Monica, il bicchiere in fondo è il tuo... succo d'arancia senza aggiunte."

"Grazie," le rispose Monica.

Carly fu sollevata: a nessuna sembrava interessare che Monica fosse astemia, a prescindere dalla gravidanza. Negli anni, le erano capitate alcune amiche che avevano fatto commenti maligni, quando una non se la sentiva di ubriacarsi; era bello frequentare delle donne che si rispettavano a vicenda a quel livello.

"A Monica e Pid!" esclamò Ashlyn alzando il bicchiere.

Si sporsero tutte in avanti per prendere un bicchiere e unirsi al brindisi.

"A Monica!"

"Ai figli!"

"Alla fertilità e allo sperma vincente!"

A Carly andò quasi di traverso il sorso, sentendo il brindisi di Kenna.

"Niente preservativo per il prossimo futuro!" aggiunse Elodie.

"Cacchio se sono gelosa!" mormorò Lexie.

Quando Ashlyn si sistemò sul pavimento, di fianco a Lexie, Kenna si girò verso Carly, che si tenne forte.

"Allora... come vanno le cose con Jag?"

"Vanno bene," rispose Carly.

Elodie scosse la testa. "Eh no, vogliamo saperne di più. Parla, amica cara."

Carly fece un gran sorriso. Quando cercava di fare la dura, Elodie era molto divertente; ma Carly aveva davvero bisogno di parlarne, anche per sentire dei consigli, quindi rispose volentieri. "Cioè, lui è fantastico. Sempre attento, mi sostiene, non ho mai avuto paura di lui, nemmeno una volta."

Le altre sembrarono accigliarsi, così Carly spiegò subito il motivo. "Lo sapete com'è andato a finire il rapporto con Shawn. Cioè, all'inizio andava bene, ma poi ha cominciato a farmi sentire di merda e mi maltrattava. Ero arrivata al punto in cui dovevo fare attenzione a cosa dicevo quando ce l'avevo attorno, per non farlo scattare."

"Jag non è così," disse Elodie con decisione, "i nostri ragazzi non sono così."

"Lo so," replicò Carly, "lui è buono, con lui ho sempre *voglia* di tornare a casa, ho voglia di vederlo, è difficile lasciarlo andar via la mattina, quando va a lavorare."

"Non mi sorprende che ti abbia invitata a trasferirti da lui," intervenne Lexie, "sembra quasi uno schema prefissato, coi nostri ragazzi."

"Stai pensando di tornare al tuo appartamento?" le chiese Kenna.

Carly fece spallucce. "No?"

"Cos'è, una risposta o una domanda?" le chiese Lexie.

"Entrambe, credo. Non voglio tornare al mio appartamento. Mi *piace* vivere con Jag: è una convivenza naturale e spontanea; so che il nostro rapporto è ancora agli inizi, ma insomma."

"Non è *tanto* agli inizi," protestò Kenna, "è come ha detto Lexie: i nostri ragazzi hanno tutti lo stesso modo di fare: si innamorano pazzamente e mandano avanti il rapporto senza prenderti per il culo."

"Immagino sia questo il motivo per cui sono un po' confusa," ammise Carly.

"Confusa su cosa?" le chiese dolcemente Elodie.

"Sono attratta da lui e penso anche di piacergli."

"Gli piaci," intervenne Monica.

Carly la guardò; quella rassicurazione convinta, da parte di una donna di solito taciturna, sembrava quasi avere più significato delle parole di Kenna o delle altre.

"Una volta o due, l'ho fatto fermare quando stavamo andando troppo oltre; però ho avuto la sensazione che se non mi fossi fermata io... si sarebbe fermato lui. In qualche occasione, ha detto delle cose che mi fanno pensare, forse non è sicuro di cercare l'intimità," ammise Carly. Non riusciva a credere di parlarne così apertamente, ma aveva davvero bisogno di confidarsi e chiedere consiglio. "Si eccita, so che mi vuole, ma non mi spinge mai ad andare oltre. Adesso ormai lo voglio anch'io, ma lui sembra accontentarsi dei baci e delle carezze."

"Probabilmente non è sicuro che tu sia *pronta* ad andare oltre," suggerì Elodie.

"Mi ha detto più volte che non intendeva spingere più di quanto non mi sentissi a mio agio," spiegò Carly, "ma adesso che sono sicura, adesso che sono pronta ad andare oltre, non so se lo sia *lui*." Bevve un lungo sorso del drink; le serviva una spinta per continuare. "Ho paura che non *voglia* più andare oltre."

"Io ne dubito fortemente," disse Lexie aggrottando la fronte, "magari sta solo cercando di aspettare che si risolva tutta la situazione?"

"Beh, ma insomma, se è così c'è il rischio che aspettiamo per sempre," brontolò Carly.

"Ma tu gli hai detto che vuoi fare sesso?" le chiese Kenna. "A volte gli uomini non ci capiscono niente, specialmente i nostri. Sono tanto attenti a cosa succede nei paraggi, quando sono in modalità SEAL, quando però si parla di donne... con noi a volte proprio non ci arrivano."

"Non è che gliel'abbia detto fuori dai denti, mica me ne sono uscita con uno 'scopami, Jag, sono pronta'!" spiegò Carly accorgendosi di arrossire.

"Magari dovresti," aggiunse Kenna chiudendosi nelle spalle.

"Non è da me," protestò Carly, "cioè, sono frasi da eroine dei romanzi o dei film, ma nella vita reale sarebbe troppo strano."

"Allora forse dovergli *mostrargli* che sei pronta," suggerì Lexie.

"Sì," si inserì Elodie annuendo, "tipo, spogliati nuda ed entra in salotto mentre lui sta cucinando, spalmati sul tavolo, vedrai che capirà."

Si misero tutte a ridere.

"Immagino che con te abbia funzionato, a un certo punto?" le disse Lexie stuzzicando l'amica.

Elodie arrossì, ma poi annuì. "Oh sì!" esclamò con occhi sognanti. "Con me ha funzionato eccome!"

"Non ci siamo ancora mai spogliati, non potrei mai girare per casa senza niente addosso," spiegò Carly.

"Però la notte dormite insieme, giusto?" le chiese Kenna.

Carly annuì; l'aveva confidato a Kenna di recente. "Sì. Di solito ceniamo, passiamo un po' di tempo a chiacchierare, a coccolarci sul divano, poi io vado a letto e lui mi raggiunge più tardi."

"Devi cambiare routine," le disse Kenna, "magari invitalo a venire a letto quando ci vai tu. Sì, sai, andare in bagno insieme può essere strano... insomma, tra fare la pipì, lavarsi i denti, cambiarsi... però se ti vede spogliarti e indossare una delle maglie che gli hai preso in prestito può essere una bella spinta nella direzione giusta."

"O magari quando ti raggiunge a letto potresti fargli un bel regalino," le suggerì Lexie, "uno di quei regalini che ai ragazzi piace tanto."

"Uno di... non so se posso farlo, la nostra prima volta," disse Carly imbarazzata.

"Allora mettiti a cavalcioni su di lui," le suggerì Kenna, "hai detto che quando arriva a letto ti abbraccia e ti stringe, allora potresti prendere spunto, mettere una gamba su di lui... quando gli vai sopra, lo guardi negli occhi e gli dici che sei pronta, che lo vuoi."

Carly arrossì al solo pensiero, ma più ci pensava e più le piaceva quell'idea. Jag era sempre stato attento a non farle troppe pressioni, ma magari, se avesse fatto lei la prima mossa, anche lui si sarebbe sciolto e finalmente avrebbe capito che era veramente pronta per fare l'amore con lui.

"Voi due state veramente bene insieme," le disse Ashlyn, "si vede chiaramente che siete pazzi l'uno dell'altra. A volte devi solo prenderti ciò che vuoi."

Carly annuì.

"Allora, *tu* quando di prenderai ciò che vuoi?" le chiese Lexie.

Ashlyn sembrò sorpresa. "Chi, io?"

"Sì, tu," ribadì Lexie, "hai detto che Carly e Jag sono pazzi l'uno dell'altra, ma vale anche per te e Slate, è chiaro."

Ashlyn lasciò andare un lungo sospiro scuotendo la testa. "Quasi sempre non ci sopportiamo," protestò.

"Il che di solito significa una cosa sola: negate l'evidenza," disse Elodie.

"Non cominciate a pensare che finisca per sposarmi con Slate, niente del genere," disse Ashlyn.

"Chi ha parlato di sposarsi?" rispose Kenna, "non c'è niente di male in una cara e vecchia scopata."

Scoppiarono di nuovo tutte a ridere. Kenna non aveva problemi a parlar chiaro.

"Dico sul serio," aggiunse, dopo che le altre ripresero il controllo, "capita a tutte, qualche rapporto occasionale, è normale e non c'è niente di male a fare sesso con uno, se c'è attrazione. Ash, tu e Slate siete attratti un casino!" esclamò Kenna.

Carly annuì insieme alle altre.

"Sono piuttosto sicura di rompergli le scatole, il più delle volte," spiegò Ashlyn facendo spallucce, "e la cosa è reciproca. È troppo dispotico, troppo protettivo, non riuscirei mai a sopportare un compagno come lui."

"Allora un amante?" insisté Kenna.

Ashlyn arricciò il naso. "Non credo che sarebbe tanto meglio."

"Pensa a tutto quel testosterone che viene a letto con te," le disse sottovoce Elodie. "Te lo dico francamente... è un'esperienza mozzafiato."

Lexie, Kenna e Monica annuirono d'accordo.

Carly sentì come una punta di gelosia... seguita da determinazione. Voleva anche lei ciò che avevano le amiche: non c'era dubbio che Jag sarebbe stato fantastico, a letto. Lui diceva di non avere molta esperienza, ma lei non era sicura che glielo dicesse seriamente, perché era vero, o solo per accontentarla.

"Non ho intenzione di mettermi con Slate," concluse Ashlyn, "ragazze, mettetevi il cuore in pace."

"Allora se lui conosce un'altra, non ti dà fastidio?" le chiese Monica. "Se quella che incontra comincia a uscire con noi, comincia a raccontare quanto è bravo a letto come stiamo facendo noi adesso, non pensi che ti incazzerai?"

"No," disse Ashlyn con fermezza.

Carly le avrebbe anche creduto, se Ashlyn non avesse deglutito a fatica e afferrato il bicchiere, scolandosi quasi tutto il drink. Il pensiero di Slate con un'altra donna le dava chiaramente fastidio, ma non era pronta ad ammetterlo.

"Pensaci," le disse Lexie con dolcezza, "Slate è fantastico, ma è anche molto impaziente, lo sappiamo tutte. A un certo punto c'è il rischio che si stufi e che cambi idea."

Rimasero tutte in silenzio per un momento, poi Monica intervenne dicendo: "Devo fare ancora pipì."

Carly scrutò Ashlyn mentre le altre ridevano. Sembrava quasi ferita, ma appena quell'espressione strana le si formò in volto, lei la cambiò.

"Dai," disse Elodie alzandosi in piedi e porgendo la mano a Monica, "vengo con te."

"Lo sai che non siamo in un locale, non c'è bisogno di andare in bagno a coppie," disse Kenna.

"Lo so, ma fa parte del nostro DNA," insisté Elodie.

"Che ne dite di spostare la festa sul balcone?" suggerì Lexie.

"Idea meravigliosa, vado a prendere delle coperte," disse Kenna scattando in piedi dal divano.

"Io vado a prendere le malasada che non ci siamo mangiate prima," disse Carly

Qualche ora dopo, Carly era sdraiata sul divano e pregava che la stanza smettesse di girarle intorno per poter finalmente dormire: non riusciva a smettere di sorridere. Era stata una serata esilarante. Le era mancato il divertimento di Kenna e delle altre. Shawn le aveva sottratto molto, quasi le aveva fatto perdere le amiche.

Mentre sentiva Elodie russare dall'enorme poltrona a sacco nell'angolo della stanza, Carly si ripromise che non avrebbe mai più accettato che qualcuno si intromettesse tra lei e le amiche. Poi cominciò a tramare: voleva ciò che avevano le altre, voleva Jag, voleva fargli sapere quanto fosse importante per lei; ma sapeva di essere troppo timida per dirglielo apertamente, a parole, quindi avrebbe dovuto mostrarglielo con i fatti.

Non sapeva quando, ma immaginò che il momento giusto sarebbe arrivato, e lei l'avrebbe capito. Non vedeva l'ora.

CAPITOLO SEDICI

"SUL SERIO non vuoi dirmi dove stiamo andando oggi?" insisté Carly.

Le giornate stavano passando con una rapidità sorprendente e se da un lato la mancanza di informazioni dava fastidio sia a lei che a Jag, ormai lei non ci stava male più di tanto. Arrivare a quel punto non era stato facile, certo, ma Carly era molto fiera di quanto era riuscita a migliorare. Due giorni prima, era andata persino da sola a fare la spesa, per la seconda volta. Jag lavorava e lei si sentiva una stupida a chiamare ogni volta Kenna o qualcun altro che l'accompagnasse e che le stesse vicino, solo per comprare del burro. L'aveva finito e voleva preparare dei biscotti, una sorpresa per Jag.

Poco prima, Slate le aveva consegnato una vecchia macchina proprio davanti al palazzo di Jag: una Ford Escape, vecchio modello. Guidare fino al supermercato non era stato difficile come se l'era immaginato, nonostante fosse la prima volta che tornava a guidare da sola. Aveva tenuto sempre d'occhio gli specchietti, per scoprire se qualcuno la seguiva, proprio come le aveva insegnato Elizabeth. Al negozio, invece di tenere gli occhi bassi sul cellulare, aveva tenuto il mento alto, guardando negli occhi chiunque la incrociava. Così aveva trovato la fiducia necessaria per quella breve uscita.

Quello era stato il passo più importante che avesse fatto e Jag si era dilungato in complimenti, anche se non era affatto contento che il misterioso complice di Shawn fosse ancora una minaccia a piede libero; invece lei... Carly si stava lentamente abituando al fatto che forse non si sarebbe scoperto mai più nulla. In quel caso, non poteva certo vivere sempre di nascosto. Era orgogliosa per i passi avanti che aveva compiuto, anche se sapeva bene che, senza Jag al suo fianco che la spingeva e le sollevava il morale, non sarebbe mai giunta dov'era.

La sera prima, Jag le aveva detto di avere una sorpresa per lei, per il giorno dopo, ma si era rifiutato di dirle dove dovessero andare. L'unico indizio che le aveva concesso era di indossare delle scarpe chiuse.

"Per caso andiamo su una zip-line?" gli aveva chiesto.

"Non te lo dico, è una sorpresa," le aveva risposto con un sorriso, "ma penso che ti piacerà."

Anche il rapporto con Jag andava a meraviglia. Sì, c'era molta gratitudine per ciò che aveva fatto per aiutarla, ma i sentimenti che provava per lui erano molto più profondi. Le piaceva passare il tempo con lui tutti i giorni; Jag era divertente, dolce, la faceva star bene anche quando non parlavano, anche solo stando insieme nello stesso posto.

Passavano ancora le notti accoccolati nello stesso letto, l'attrazione fisica era sempre più intensa. Ogni volta che si baciavano e pomiciavano, diventavano sempre più intimi... ma proprio quando lei era pronta per andare oltre, portando il rapporto su un altro livello, le sembrava che Jag si trattenesse e lei non ne capiva il motivo.

Carly era pronta per concedersi a Jag, pronta a fare l'amore con lui. Però, ogni volta che si faceva coraggio per fare la prima mossa, come le avevano suggerito le amiche, c'era sempre qualcosa che la fermava. Jag non sembrava poi tanto interessato a fare sesso, il che la preoccupava. Ogni giorno che passava, Carly sentiva sempre più desiderio. Non credeva che Jag avesse cambiato idea, che non volesse più stare con lei, frequentarla; ma quando si baciavano, la sera, lui si fermava sempre per primo. Ecco perché lei era confusa... e anche un po' frustrata.

"Carly?" la chiamò.

Lei si accorse che, mentre stava pensando, si era fissata con lo sguardo nel vuoto. Si girò verso di lui. "Sì?"

"Stai bene? Oggi mi sembri... molto introspettiva."

"Forse è così, ma sto bene. Cioè, a volte ho l'impressione di vivere come sulle montagne russe. Alcuni giorni mi sento la Carly di sempre, quella di una volta, mentre altri giorni faccio più fatica."

"Penso che sia normale, ma sappi che sono molto fiero di te."

"Grazie. Anch'io sono fiera di me."

Jag alzò le loro mani intrecciate e le baciò il dorso, facendole venire la pelle d'oca su tutto il braccio.

Carly aveva notato che Jag si stava dirigendo verso la parte est dell'isola, ma non aveva ancora capito quale fosse la destinazione finale. Non conosceva molto bene quelle zone e non aveva idea di cosa ci fosse di tanto interessante. La strada svoltò verso nord e Carly vide l'oceano.

"È bellissimo," commentò.

"Sai che non avevo mai visto l'oceano, prima di entrare in marina?" le chiese Jag.

Carly lo fissò incredula. "Davvero?"

"Sì sì. In Oklahoma non c'è alcun oceano."

"Capisco, ma sei bravo a nuotare, vero?"

Lui si mise a ridere. "Sono nei SEAL."

"Quindi devi essere un bravo nuotatore," ragionò Carly, "scusa, che domanda stupida."

"Tu non puoi fare domande stupide," le disse per rassicurarla.

"Allora ricordami di non sfidarti mai a chi nuota più veloce," ribatté lei scherzosamente, "cioè, anch'io so nuotare bene, me la cavo, ma non ho mai fatto delle gare, nulla del genere. Sono sempre stata mediocre, tutta la vita."

"Tu non sei mediocre," le disse Jag con tono deciso.

"Non lo dico come un insulto," gli spiegò per farlo calmare, "è solo che... in tutto ciò che ho fatto, ho sempre ottenuto risultati nella media. Penso che i miei genitori si siano esasperati, perché volevano che almeno in *qualcosa* risultassi la più brava; invece io non ho mai spiccato, per quante attività tentassi."

"Non è mica un difetto," le disse Jag.

"Quando andavo alle superiori non mi importava molto. Avevo le mie amiche, vivevo senza pensieri. Mi bastava divertirmi, non mi interessava vincere o arrivare prima nei punteggi dei test. Però poi ho cominciato il college popolare e mi sono accorta che nessuno mi *vedeva* veramente, perché ero *troppo* nella media."

"Io ti ho vista," le disse semplicemente Jag.

Quelle poche parole le arrivarono dritte al cuore. "Dopo Shawn, pensavo che non avrei voluto iniziare un altro rapporto, almeno per molto tempo. Invece tu sei riuscito a superare le mie difese. Adesso non potrei nemmeno *immaginare* di stare senza di te."

Jag le fece un gran sorriso e le strinse la mano. "Idem." Poi aggiunse: "Guarda, là c'è Mokoli'i. In tanti la chiamano 'isola del cinese', perché ha la forma di un cappello conico, ma penso che il nome in hawaiano sia molto più bello."

Mentre ci passavano davanti, Carly fissò quell'isola non troppo lontana dalla costa. "Ci sono miriadi di isolotti, attorno a Oahu, vero?" ragionò a voce alta.

"Lo stato riconosce centotrentasette isole, più o meno," le spiegò Jag.

Carly lo guardò sorpresa. "Davvero?"

"Davvero, ma in realtà ce ne sono anche di più, saranno almeno centocinquanta, includendo alcuni degli isolotti più piccoli, soprattutto disabitati, più le barriere coralline e alcuni atolli."

"Wow, non ne avevo idea."

Carly ascoltò Jag che continuò a parlare di come si fossero formati quegli isolotti, grazie all'attività dei vulcani, descrivendoli come picchi esposti di catene montuose sommerse. Era interessante pensare di vivere in cima a una montagna, non fosse stato per l'oceano che li circondava.

Jag rallentò e mise la freccia. Carly guardò a sinistra e vide un cartello di benvenuto per il Kualoa Ranch.

"Ho sentito parlare di questo posto!" esclamò con trepidazione. "Questo è il ranch di *Jurassic Park*, vero?"

Jag fece una risata. "Sì, infatti, è anche una riserva naturale e un allevamento, ma molte delle scene di quel film sono state girate nella Ka'a'awa Valley. Ci hanno girato anche *Hawaii Five-O*, *Lost* e altri programmi. Durante la seconda guerra mondiale, c'era un bunker in cui i residenti potevano ripararsi."

"Che forte," commentò Carly con un filo di voce.

"Ah... nel caso ti sentissi a disagio a stare all'aperto in questo posto... ho un'altra sorpresa per te," aggiunse Jag dopo aver parcheggiato.

Carly fu sbalordita: non le era nemmeno venuto in *mente* di preoccuparsi che qualcuno la seguisse. Però Jag aveva ragione: all'aperto, in una valle sperduta, poteva essere un'ottima occasione per aggredirla, o anche per spararle. Prima che potesse dire qualcosa, Jag proseguì.

"Ci troviamo tutti qui."

"Tutti?" ripeté Carly.

"Sì, tutti. Anche Baker ha accettato l'invito."

"Oh, santo cielo, allora sarà fantastico. Grazie!"

"Qualunque cosa, pur di vederti sorridere," le disse Jag.

Carly non si trattenne: gli gettò le braccia al collo. Era una posizione scomoda, erano ancora seduti in macchina, ma lo sentì ridacchiare mentre ricambiava l'abbraccio. Carly allora lo baciò con molta passione. Era passato tantissimo tempo dall'ultima volta che si era entusiasmata in quel modo.

Si staccò da lui e tornò a sedersi meglio. "Bene, allora andiamo!" gli disse.

"Frena l'entusiasmo, tesoro," le disse Jag con un gran sorriso, "aspetta che vengo dalla tua parte."

Carly saltellava sul sedile, mentre Jag girava intorno al veicolo. Nonostante la trepidazione incontenibile, riuscì comunque a trattenersi e a non uscire da sola. Ormai aveva stabilito una routine insieme a Jag, una routine che le andava benissimo. Chiunque, non sapendo il motivo di quella prudenza, poteva pensare si trattasse solo di un gesto di cavalleria, oppure di un atteggiamento da macho, ma Carly non si sentiva affatto a suo agio a uscire dal veicolo prima che Jag avesse dato un'occhiata in giro. Quello era stato il momento più critico, quando era andata da sola al supermercato... uscire dalla macchina.

Nell'attimo stesso in cui lui le aprì la porta, Carly saltò fuori per abbracciarlo di nuovo. "Se mi dimentico di dirtelo più tardi, sappi che oggi è stata una giornata meravigliosa."

Jag fece una risata, il cui suono riverberò in tutto il corpo di Carly. "Mi fa piacere."

Poi Carly ripensò a qualcosa che le aveva appena detto. "Oggi viene anche Baker?"

"Sì."

"Accipicchia, non lo so se sono pronta a incontrarlo," disse Carly con un tono un po' meno carico di entusiasmo. Le tornarono in mente tutte le cose che le altre donne avevano detto su Baker e non era tanto sicura di volerselo trovare davanti in un faccia a faccia.

"Sì che sei pronta," le disse Jag, "dai, andiamo a vedere chi è già arrivato."

La prese per mano e si incamminò con lei sulle scale che portavano a uno degli edifici del ranch. Davanti all'edificio c'era un porticato enorme. Lì erano esposti tavolini da pic-nic a cui si poteva pranzare, oppure ci si poteva sedere in attesa di cominciare la visita, o anche solo per rilassarsi. Jag le aprì la porta e lei entrò in un enorme negozio. Aveva tanta voglia di andare in giro a curiosare, magari per trovare dei graziosi souvenir a forma di dinosauro, ma Jag, come leggendole nella mente, si abbassò e le disse: "Dopo il tour."

Carly finse di essere contrariata, pur non essendolo minimamente. Come poteva prendersela?

Jag le mise una mano dietro la schiena per farle strada in quel negozio, sorprendentemente affollato. Era ancora presto, ma chiaramente il Kualoa Ranch era una tappa turistica molto popolare, visitata anche dagli abitanti dell'isola. Uscirono da una porta sul retro e si ritrovarono in una specie di cortile. Le montagne verdi li sovrastavano nonostante la distanza, Carly reagì inspirando di scatto.

"Che panorama, è bellissimo," disse sospirando.

"Eh sì," aggiunse Jag sottovoce.

Quando Carly si voltò, lo trovò che fissava lei, non le meravigliose montagne che avevano davanti. "Le montagne," gli spiegò.

"Anche quelle," le disse.

Carly non poté che scuotere la testa: sapeva di essere arrossita, ma adorava i complimenti di Jag.

"Eccoli!" esclamò una voce sulla destra.

Carly si girò e vide Kenna che si sbracciava, poi si accorse che tutti gli altri erano già arrivati. "Le altre sapevano già tutte dell'escursione di oggi?" domandò a Jag.

"No no, anche gli altri hanno deciso di tenere il segreto."

"Me l'immaginavo, perché Kenna non sa tenere un segreto neanche a costo della vita."

Jag fece un gran sorriso. "Proprio quello che dice anche Aleck."

Si incamminarono verso il gruppo degli altri e Carly abbracciò tutti come se non li vedesse da mesi.

"Ci divideranno in due gruppi," annunciò Mustang, "Lexie, Midas, Ashlyn, Baker e Slate in un gruppo, io, Kenna, Aleck, Elodie e voi due nell'altro. Se per voi va bene."

Carly si era già completamente scordata di Baker. Smise di ascoltare Mustang e Jag che parlavano di questioni logistiche e si girò verso l'unico del gruppo che non aveva mai ancora incontrato. Era in piedi, un po' fuori dal gruppo, con le braccia conserte: la scrutava intensamente."

Carly si fece forza ripetendo a se stessa di essere la versione coraggiosa di sé, non quella codarda; poi fece un gran respiro e fece un passo verso quell'uomo. Nel momento stesso in cui lui si accorse di quel passo, la raggiunse.

"Tu devi essere Carly," le disse con voce profonda e roca.

"E tu devi essere Baker," gli rispose porgendogli la mano.

Baker gliela strinse e Carly trattenne il fiato. Che uomo... difficile da definire, non riusciva a trovare gli aggettivi giusti. Su di lui ne aveva sentite di tutti i colori dalle altre, ma non era davvero pronta a incontrarlo.

Le sembrava quasi che avesse un'aura di pericolo tutt'intorno, quasi la vedeva. Quasi come se, alla prima mossa sbagliata di qualcuno, Baker fosse pronto a scattare. Le ricordava una pantera, affascinante e letale allo stesso tempo. Carly rimase a bocca aperta, non sapendo bene se mettersi a correre, anche perché forse lui l'avrebbe inseguita come con una preda.

Sentì la presenza di Jag prima ancora che lui le mettesse

una mano dietro la schiena. Fece d'istinto un passo indietro, fino ad appoggiarsi a lui.

"Baker," disse Jag, "piacere di vederti."

"Piacere mio," gli rispose Baker con un piccolo cenno del mento.

"Nulla di nuovo?"

"No."

Fu una risposta breve, che ovviamente non accontentava Jag. Carly sapeva che stavano parlando di lei e all'improvviso si sentì un'imbranata per aver pensato che Baker fosse altro... era solo un amico che stava facendo di tutto per aiutarla. Non aveva nessun obbligo verso di lei, non la conosceva nemmeno, non era nemmeno più un SEAL in servizio attivo. Eppure, secondo Jag, nonostante la frustrazione per non aver fatto progressi, Baker lavorava ancora da mattina a sera per cercare di scoprire chi fosse il complice di Shawn. Una ricerca che lo costringeva a stare lontano da dove abitava, la North Shore, per seguire gli amici di Shawn e tentare di scoprire qualcosa, qualunque cosa, che costituisse un nesso rispetto a quanto era successo.

Durante la nottata con le amiche di due giorni prima, Carly aveva scoperto altri dettagli sul rapimento di Monica, su come Baker si fosse messo in pericolo per salvarla. Per quanto sembrasse un burbero pericoloso... era l'opposto: un brav'uomo.

Prima di stare troppo a pensarci, Carly fece un passo avanti e mise le braccia intorno a Baker.

Lui contrasse i muscoli per quell'abbraccio, ma Carly non lo lasciò andare. Baker era più alto di Jag e la faceva sentire più bassa del solito, ma lei non se ne curò. "Grazie," gli disse sottovoce. "Apprezzo l'impegno che metti per aiutarmi; grazie anche per quanto hai fatto per Monica, anche per Elodie. Accidenti, per tutte noi." Alzò lo sguardo verso di lui. "Pasti gratis a vita," annunciò Carly spavaldamente.

"Come dici?" le chiese Baker, che sembrava un po' agitato. Non aveva ricambiato l'abbraccio: teneva le braccia appena aperte lungo i fianchi, come se non sapesse bene che fare.

"Al Duke's, pasti gratis a vita. Se mai dovessi passare dalle parti di Waikiki e ti venisse fame, al Duke's potrai mangiare gratis."

"Ehi, nemmeno *io* ho questo privilegio!" esclamò Aleck; Carly lo sentì, ma tenne gli occhi fissi su Baker. "Lo so, probabilmente non ti capita molto spesso di passarci, ma non importa. Non ho altro da offrire."

Se non l'avesse fissato in quell'istante, a Carly sarebbe sfuggito il modo in cui i suoi occhi si ammorbidirono. Baker perse un po' dell'aura di pericolo che si portava addosso come un mantello, ma rialzò subito le proprie difese.

"Ho chiesto qualcosa in cambio?" le domandò.

Carly non si lasciò intimidire. "No, ma ti tocca lo stesso."

"Basta un semplice grazie," disse Jag con un tono chiaramente divertito.

"Grazie," le disse Baker non lasciando trasparire alcuna emozione.

"Merda, guarda che lui fa più fatica ancora di Tex, coi ringraziamenti," mormorò Mustang.

Carly non aveva idea di chi fosse Tex, quindi ignorò quel commento. Poi, imbarazzata dal modo in cui era rimasta aggrappata a Baker, stringendolo quasi come un salvagente, lo lasciò andare e si allontanò da lui, imbattendosi in Jag, che le mise subito una mano intorno alla vita per evitare che si sbilanciasse.

"Non c'è di che," gli rispose Carly. "Però ho deciso che non mi interessa se scopriremo mai chi era il complice di Shawn. Me lo tolgo dalla testa, volto pagina e vado oltre tutto ciò che mi è successo in quel periodo. Vado avanti."

Gli occhi di Baker la fissavano in modo penetrante, quasi si fosse accorto che gli stava mentendo. Carly stava *cercando* di mettersi alle spalle Shawn, ma non era affatto facile come sperava. A quel punto si accorse di aver parlato in un modo che poteva farla sembrare un'ingrata, per ciò che Baker stava facendo per lei. "Cioè, faccio sempre attenzione," gli spiegò, "non corro rischi inutili, ma cerco di non spaventarmi più come prima."

Baker guardò oltre le spalle di Carly, ovviamente verso Jag, e disse: "Noto che le lezioni con il Primo Maresciallo Albertson hanno avuto ottimi effetti."

Carly sentì Kenna che rideva, dietro di lei. Era divertente: gli uomini sembravano incapaci di chiamare l'istruttrice per nome. Per loro era una questione di rispetto. Elizabeth aveva faticato duramente per conquistarsi la promozione, usare il titolo completo del grado militare era una forma di rispetto.

"Eh sì," confermò Jag.

Baker tornò a guardare Carly. "Bene. Comunque un pochino di paura non fa mica male, serve a rimanere sempre attenti. Se ci si adagia, poi succedono dei casini."

"Sacrosanta verità," mormorò Lexie.

Carly si voltò: le sembrava di dover dire qualcosa a tutte le persone che aveva intorno, tutti i SEAL della squadra di Jag e le relative compagne. "Se succede qualcosa, non è colpa di nessuno," disse con un po' più di forza di quanta intendesse usarne. "A volte ciò che deve succedere succede, a prescindere da quanto facciamo per impedirlo. Se così fosse, cercherò di fare come Elodie, o come Lexie, Kenna, o Monica. Non mi farò prendere dal panico (o almeno ci *proverò*) e aspetterò che voi vi diate una mossa per scoprire dove sono e prendiate il bastardo responsabile."

"Cazzo," commentò Mustang sospirando e passandosi una mano nei capelli.

Midas e Aleck avevano un'espressione feroce, come se fossero pronti a far del male a qualcuno.

Pid teneva le labbra serrate con forza e tirò a sé Monica,

come per proteggerla da un potenziale pericolo, pronto in agguato chissà dove.

Slate fece un suono profondo con la gola e si voltò da un'altra parte. Carly notò che Ashlyn lo guardava preoccupata.

Quando Carly tornò a guardare Baker, lo trovò con un'espressione totalmente impassibile, forse l'espressione più spaventosa che avesse.

Infine si voltò verso Jag: aveva i denti stretti, ma quando lei lo guardò, lui fece un respiro profondo e riprese il controllo delle proprie emozioni. Poi si abbassò leggermente per baciarle la tempia con dolcezza.

Carly chiuse gli occhi e si appoggiò a lui.

"Siete pronti a cominciare?" chiese una voce allegra e pimpante molto vicina, che fece sussultare Carly tra le braccia di Jag.

"Calma, tesoro," le mormorò.

Sentendosi una sciocca, Carly si girò e vide due impiegati del ranch in piedi, vicino agli altri del gruppo. I due indossavano pantaloni color kaki e magliette con la scritta "Kualoa Ranch" e con l'immagine di un Tirannosauro gigante sul davanti.

Mustang annuì e fece un passo avanti. "Ci siamo divisi in due gruppi, come ci avevate chiesto," disse ai due ragazzi, che avevano sui vent'anni.

"Aspetta un momento, ma, Monica e Pid?" domandò Carly; si era appena accorta che i loro nomi non erano stati inseriti nei due gruppi.

"Noi rimaniamo qui," disse Pid serenamente.

"Oh, ma..." esordì Carly, ma Monica la interruppe.

"Non è un problema. Pid non vuole correre rischi, teme che succeda qualcosa al piccolo."

Carly si chiese come mai avessero fatto tutta quella strada, per poi saltare il tour del ranch, ma immaginò che forse volessero incontrare comunque Baker, dato che non lo vedevano molto spesso.

"Va bene così," le ripeté Monica dolcemente, accorgendosi dello sguardo rattristato di Carly. "Davvero."

"Va bene, allora scatterò una miriade di foto, così quando torniamo potrai vedere tutto."

"Grazie."

Non passò molto tempo e Carly si ritrovò appollaiata su un quad, con il casco in testa e i guanti addosso, tanto entusiasmo da non crederci. All'inizio si era innervosita, scoprendo di dover guidare un fuoristrada, ma ci aveva fatto la mano alla svelta e in breve era partita con tutti gli altri. Procedevano in fila indiana, quindi era impossibile parlare con gli altri. Percorrevano una strada sterrata, il panorama dell'oceano era mozzafiato.

La guida a un certo punto si fermò e fece scendere tutti dai veicoli; scattò una foto di gruppo con l'oceano sullo sfondo, poi li accompagnò in un vecchio bunker, costruito durante la seconda guerra mondiale. Era stato completato nel 1943 e aveva contenuto due cannoni, uno all'ingresso e uno all'uscita, che servivano a proteggere l'isola da un'eventuale invasione. La guida si fermò davanti a una piantina dello spazio sotterraneo e Carly fu sorpresa di scoprire quanto fosse ampio quel bunker.

Visitarono tutti gli ambienti, c'erano poster dei programmi e dei film girati al ranch. C'era materiale sui film a tema *Jurassic Park* (che Carly conosceva), ma anche su *50 volte il primo bacio*, *George re della giungla*, *Il grande Joe*, fino al più recente *Jumanji*. C'erano anche cimeli degli anni Quaranta, oltre a dinosauri elettronici da quattro soldi. Passarono circa un'ora a visitare il bunker, Carly ne amò ogni secondo.

Quando la visita al bunker fu terminata, proseguirono intorno alla montagna; mentre guidavano i quad, la guida indicava vari punti vicini alla strada. Carly avrebbe tanto voluto fermarsi e scoprire di più su alcuni passaggi, ma la guida sembrava avere in mente una destinazione particolare. Dopo aver attraversato un ruscelletto e aver risalito un pendio particolarmente scosceso, il gruppo si fermò davanti a un albero obliquo con un cartello piantato davanti: *Jurassic Park*.

"Chi sa cos'è questo?" domandò la guida quando tutti si furono fermati.

"Un tronco," scherzò Elodie.

"Dieci e lode alla signora," commentò il ragazzo con grande tempismo. "Più nello specifico, è l'albero dietro cui si sono nascosti Alan e i ragazzini nel primo film di *Jurassic Par*k. Vi ricordate, quando stavano cercando di non farsi pestare dal Gallimimo?"

"Ah sì!" esclamò Elodie. "Che forte! Possiamo scendere per guardarlo?"

"Potete fare anche di più," aggiunse la guida con un sorriso, "come ve la cavate a recitare?"

Prima ancora che Carly potesse batter ciglio, si ritrovò con Elodie e Kenna in piedi, a circa cinque metri dall'albero. Gli uomini si erano rifiutati di partecipare, ma le guardavano con dei sorrisi divertiti. L'altro gruppo non si vedeva arrivare, così Carly immaginò che fossero già passati a vedere quell'albero.

"Allora, adesso conto fino a tre; al tre, correte tutte verso l'albero e fate finta che ci sia un dinosauro enorme che vi rincorre e dovete scappare per salvarvi," spiegò la guida. "Pronte? Uno, due, *tre!*"

Sempre ridendo, ma cercando di controllarsi, le tre donne scattarono verso l'albero. Kenna spinse indietro Carly scherzosamente per anticiparla, poi corse a tutta birra. Elodie fu presa fino in fondo dallo spirito di quella scena improvvisata e si guardò alle spalle più volte con un'espressione terrorizzata. Carly stava ridendo con tanto gusto che quasi non riusciva a correre, così arrivò per ultima. Elodie e Kenna arrivarono all'albero e ci saltarono dietro.

Carly le raggiunse dopo alcuni secondi. Ormai si sentivano anche gli uomini ridere come matti e Carly si chiese come mai. Di certo era stata una scena esilarante, correre fingendo di essere inseguite da un predatore enorme, ma era riuscita *davvero* tanto divertente?

Non ci fu molto da aspettare per capire il motivo di quelle risate. La guida, mentre cominciava a filmare con il telefono di Elodie, aveva tirato fuori da una tasca un burattino a forma di dinosauro e l'aveva messo nella parte sinistra dell'inquadratura durante la ripresa.

Riguardando il filmato al rallentatore, sembrava che ci fosse un dinosauro vero che correva dietro le tre amiche. Alla fine, Carly era stata "mangiata" da quella creatura perché non si era salvata dietro l'albero. Certo, era una scena che la guida proponeva a tutti i gruppi, eppure vedendo il video si erano messe tutte a ridere fino ad avere le lacrime agli occhi.

Poi si misero tutti in posa vicino all'albero per farsi degli altri scatti anche con gli uomini. Quando poi la guida disse di guardare tutti a sinistra, fingendo che ci fosse un dinosauro, Carly ebbe la sensazione che il burattino stesse per tornare in azione.

Quell'intuizione si rivelò corretta: rivedendo gli scatti in cui erano tutti terrorizzati dalla testa del dinosauro che li sovrastava, si misero tutti a ridere di nuovo.

Carly sentiva quasi male allo stomaco a forza di ridere, non ricordava di aver mai passato il tempo in modo tanto divertente. Le risate erano persino aumentate, quando gli uomini si erano aggiunti alla scena.

Tornarono tutti sui rispettivi quad, Mustang dietro la guida, poi le tre donne, infine gli altri uomini a chiudere la fila. Nel seguito del tour, Carly non tentò nemmeno di tenere gli occhi aperti in cerca di qualcosa di strano. Tutt'intorno era bellissimo, ma lei sapeva che ci avrebbe pensato Jag a tenerla al sicuro, qualora fosse spuntato dietro l'angolo qualche malintenzionato.

Viaggiarono per un'altra ventina di minuti nella vallata, poi cominciarono a rallentare di nuovo. Carly cominciò a intravedere da lontano una struttura, ma la guida si fermò prima che lei potesse capire di cosa si trattasse.

"Forse riconoscerete la struttura che abbiamo davanti, è stata usata in *Jurassic World*, quando Zach e Gray i due fratelli giovani del film, sono entrati nella girosfera."

"Ma dai, certo!" esclamò Carly con gli occhi incollati a quella struttura. "Mi ricordo quella scena, pensate quanto sarebbe stato bello farci la comparsa?"

"Probabilmente non tanto, perché le comparse sono rimaste in piedi al sole tutto il giorno per girare la scena più volte, devono essersi scocciate," scherzò la guida.

Carly si mise a ridere. Quell'appunto non le fece cambiare idea: credeva ancora che sarebbe stato meraviglioso partecipare a uno dei suoi film preferiti, insieme a tutti gli attori.

"Perché non andate avanti voi? Io arrivo tra un minuto."

Carly non si soffermò nemmeno a pensare al perché la guida li stesse mandando avanti: avviò il quad e sfrecciò verso la struttura.

Quando arrivò più vicino, sentì un trambusto che la fece confondere. Sembrava che ci fosse una... festa in pieno svolgimento? Per un attimo ci rimase male, pensando di non avere modo di avvicinarsi alla struttura del film. Poi però guardò meglio... sbigottita.

"Ma... quella è Monica?" chiese. "E quello è Pid?"

Il gruppo parcheggiò i quad vicino a una fila di altri veicoli e Carly riconobbe Ashlyn, Slate e gli altri che salutavano dalla pedana sovrastante. Si voltò verso Jag, era confusa, ma si sentì un po' meglio udendo Kenna ed Elodie chiedere cosa stesse succedendo.

"Volevano che fosse una sorpresa," le spiegò Jag sottovoce, mentre le slacciava la fibbia del casco per toglierglielo.

"Volevano che fosse una sorpresa?" ripeté Carly.

"Si sposano."

Carly rimase senza fiato e tornò a guardare la piattaforma, poi di nuovo Jag, infine si mise a ridere con gioia e scattò sulla destra, dove c'era lo scivolo che portava alla parte alta della piattaforma.

Elodie e Kenna la seguirono di corsa e appena arrivarono di sopra, vedendo l'intera piattaforma, si fermarono all'improvviso.

Monica si era cambiata, indossava un semplice prendisole bianco lungo, da cui spuntavano un paio di scarpe da tennis, anch'esse bianche. Pid si era messo una camicia nera, ma indossava gli stessi pantaloncini color kaki che portava prima. C'erano dei fiori dai colori vivaci appesi ai parapetto, l'aria era piena di un profumo inebriante.

Ashlyn e Lexie erano raggianti e si affrettarono a raggiungere le amiche.

"Non è bellissimo?!" esclamò Lexie. "Anche se avevo detto a Midas che volevo sposarmi in spiaggia, adesso penso di aver cambiato idea."

"Non sapevamo nulla nemmeno noi," aggiunse Ashlyn, "siamo arrivate qui come voi, totalmente ignare."

Le cinque amiche raggiunsero di fretta Monica, che le accolse con un sorrisetto sereno. Aveva in mano un piccolo bouquet di orchidee, con un lei, una corona di fiori intorno al collo. "Ci siete rimaste male, perché non vi avevo detto nulla?" chiese alle amiche.

"Ma va', dai!" le risposero tutte e cinque in coro.

"Che bello, è fantastico!" aggiunse Elodie.

"Sono felicissima per voi," disse Kenna.

Carly non riuscì a fare altro che stare in piedi dov'era e

sorridere. Era totalmente sopraffatta dalla gioia per quella sorpresa.

"Io volevo aspettare, ma Stuart non ha sentito ragioni," spiegò Monica voltandosi a guardare il suo futuro sposo con un sorriso timido. "L'idea era aspettare qualche mese, sposarci e *poi* fare un figlio... ma come sapete tutte, la gravidanza è un po' piovuta dal cielo. A me non sarebbe dispiaciuto aspettare lo stesso, ma Stuart ha insistito che fosse meglio sposarci subito."

"Sono felicissima per te!" esclamò Lexie.

"Il migliore tour di *sempre!*" esclamò Ashlyn.

Risero tutte.

"Ci siamo tutti?" domandò un signore; stava in piedi vicino al parapetto, evidentemente era il funzionario addetto a celebrare le nozze.

"Sì, ci siamo tutti. Procediamo," disse Pid con impazienza.

Sulla piattaforma non c'erano sedie, ma sembrava non importare a nessuno. Carly appoggiò la schiena al petto di Jag mentre osservava i due amici che si sposavano. Passò con lo sguardo dalla coppia, che si scambiava le promesse nuziali, allo sfondo assolutamente magnifico delle montagne dietro di loro, con lo scorcio d'oceano sulla sinistra. Era difficile credere di trovarsi proprio dove si erano trovate le star del cinema, proprio durante una cerimonia nuziale.

Non sarebbe mai successo, non fosse stato per Jag, che l'aveva aiutata a riprendere a vivere. Gli strinse le mani, che teneva intrecciate alle proprie sulla pancia. Lui si sporse in avanti e le appoggiò il mento su una spalla, tenendola stretta.

La cerimonia non durò a lungo: fu breva ma molto romantica. Pid sembrava tanto felice da scoppiare. Alla fine il celebrante aggiunse: "Vi dichiaro marito e moglie," al che tutti gioirono e applaudirono alla coppia di neosposini, che si baciavano.

Gli uomini andarono tutti a congratularsi con il compagno

d'armi, dandogli pacche sulla schiena, mentre le ragazze andarono ad abbracciare Monica. Entrambe le guide continuarono a scattare foto, ne scattarono insieme forse un milione, poi giunse il momento di proseguire il tour.

Uno degli addetti del ranch venne a prendere Monica e Pid con un fuoristrada e li riportò all'edificio principale. Sarebbero partiti subito per passare alcuni giorni alle ville di Tiki Moon, erano dei bungalow appena a nord del ranch, costruiti direttamente sull'oceano.

"Tutto bene?" chiese Jag a Carly tranquillamente, mentre si preparavano a tornare sui quad. Le aveva appena rimesso in testa il casco e glielo stava allacciando, quando le disse: "Sei molto taciturna."

"Sono molto felice per loro," gli rispose Carly, "e anche molto grata a te per avermi portata qui oggi. Non mi sarei persa questa festa per nulla al mondo, anche se ho appena conosciuto Monica, ma mi sembra che sia mia amica da sempre."

Jag annuì. "Vuoi sposarti?"

Carly sentì il cuore salirle in gola e fermarsi per un attimo. "Eh, in generale? O in questo preciso istante?"

Jag fece una risata. "In generale, un giorno."

Carly scrollò le spalle. Poi guardò gli altri e capì di non avere molto tempo per rispondere. Non era sicura che fosse il momento giusto per parlarne, per quanto sentisse il cuore *palpitare* più forte, sapendo che Jag le aveva chiesto un'opinione su quell'argomento.

Le mise un dito sotto al mento e le fece alzare la testa in modo da costringerla a guardarlo negli occhi.

"Sinceramente?" gli chiese. "Non ci ho mai pensato più di tanto. Cioè, se mi chiedi cosa ne penso sul sistemarsi con qualcuno e vivere per sempre felici e contenti, allora la risposta è sì. Decisamente sì. Però non ho mai sentito il bisogno viscerale di sposarmi. Mi basta stare con un uomo che mi ami quanto lo amo io, per essere felice."

Jag la fissò a lungo, tanto da farla un po' preoccupare. Gli aveva risposto in modo diverso da come lui si aspettava?

"Siamo perfetti l'uno per l'altra," finalmente le disse sottovoce, "anch'io non ho nulla contro il matrimonio, è solo che ho visto una bella dose di unioni finite in disastri."

Carly sorrise. "Non è orribile, che stiamo parlando di non sposarsi proprio alla cerimonia di nozze dei nostri amici?" gli chiese, tra il serio e il faceto.

"No," le rispose Jag, "fa sempre parte della conoscenza reciproca, imparare cosa ci tocca particolarmente."

"Come fare l'amore."

Quelle parole le uscirono d'istinto e Carly sentì un brivido appena dopo averle pronunciate; ma ormai era troppo tardi per rimangiarsele.

"Sì, come fare l'amore," confermò Jag, che poi si abbassò e la baciò. Non fu un bacio breve, né fu casto. Fu un bacio disperatamente appassionato. Quando si staccò da lei, erano entrambi senza fiato... e gli amici tutt'intorno commentarono applaudendo e fischiando.

"Prendetevi una camera!" esclamò Mustang scherzando.

"Se avete finito di pomiciare, possiamo proseguire con il tour?" aggiunse Aleck ironicamente.

"Ma andate a quel paese!" rispose Jag agli amici.

Carly non poté che sorridere. Le piacevano un sacco quei battibecchi tra amici, erano sempre spassosi e mai con cattiveria.

Elodie sorrise a Carly e Kenna le fece un cenno col pollice in alto, poi ripartirono tutti in fila indiana per completare il tour.

Quando arrivarono all'edificio principale del ranch, Carly aveva una sete esagerata e moriva di fame, le faceva male la faccia per il tanto vento, per il sole, ma anche per le abbondanti risate. Non si sarebbe mai dimenticata una giornata tanto meravigliosa.

Passò con le altre un'eternità al negozio di souvenir, finché decise di comprarsi due magliette e un pupazzo di dinosauro con la testa ciondolante. Gli uomini attesero pazientemente fuori, sul porticato; appena Carly gli arrivò a portata di mano, Jag la avvolse con le braccia intorno alla vita.

"Avete lasciato qualche souvenir anche per gli altri turisti?" le chiese stuzzicandola.

Lei alzò gli occhi al cielo e alzò una borsa. "Vedi? Solo questa, mi sono frenata."

"Non c'era bisogno, stavo solo scherzando," le disse Jag vagamente accigliato, "se ti va di comprare qualcos'altro, non devi trattenerti."

"Ho già comprato tutto ciò che volevo," gli rispose, senza preoccuparsi di sembrare troppo mielosa, "un boyfriend fantastico e degli amici meravigliosi, più le foto delle nozze di Monica e Pid. Poi sono stata dove sono passati i divi del cinema!" aggiunse.

Jag fece una risatina. "A quanto pare è stato quello il momento saliente della giornata."

"Grazie per questa esperienza meravigliosa," gli disse abbracciandolo con forza. In quel momento le tornò in mente Baker. Si girò e lo cercò nei paraggi. "Dov'è andato Baker?"

"È andato via," le spiegò Midas, "ha detto che aveva da fare."

"Volevo parlargli ancora," disse Carly imbronciandosi.

"Abituati, lui fa sempre così," le spiegò Elodie, "un attimo è qui, poi *puf*, sparito!"

"In realtà sono sorpresa che sia venuto," intervenne Kenna, "cioè, noi l'avevamo invitato alle nostre nozze, ma come sapete bene, lui non è venuto."

"Di sicuro non è perché non volesse essere presente," le disse Aleck cercando di rassicurarla.

"Lo so," rispose subito Kenna, "non volevo lamentarmi, le nostre nozze sono state comunque adorabili."

"Anche secondo me," concordò il marito.

"Penso sia stata la curiosità su Carly a interessarlo abbastanza per presenziare," affermò Slate.

Carly si voltò verso di lui; non lo conosceva benissimo. "Su di me?" gli chiese.

"Sì, si sta facendo il mazzo per scoprire chi fosse il complice del tuo ex, non mi sorprende che abbia avuto voglia di incontrarti."

All'improvviso, Carly si chiese se fosse stata all'altezza delle aspettative di quell'uomo misterioso.

"Prima di andarsene, mi ha detto che gli hai fatto un'ottima impressione," le disse Jag, quasi leggendole i pensieri.

"Davvero?"

"Ha detto proprio: 'Basta cazzeggiare, risolverò questa situazione di merda.' Citazione letterale. Non che prima non ci si stesse già mettendo d'impegno, solo che dopo averti incontrata è diventata una questione ancor più personale."

Carly annuì.

"Penso che sia stato l'abbraccio," commentò Mustang con un gran sorriso.

"Non riesco a crederci che tu l'abbia abbracciato!" esclamò Lexie scuotendo la testa. "A me spaventa ancora tantissimo, col cavolo che avrei fatto io quella mossa."

Carly fece spallucce. "In quel momento mi è sembrata la cosa giusta da fare. Se ci avessi pensato troppo, probabilmente non l'avrei abbracciato."

"Beh, per quel che vale, penso che abbia bisogno di un contatto femminile più di chiunque altro," affermò Elodie.

"Jody," disse Kenna annuendo.

"Chi?" domandò Carly.

"Jodelle. È una che secondo noi interessa a Baker," le spiegò Lexie.

"Va bene, adesso andiamo," intervenne Mustang, "non possiamo starcene qui a chiacchierare sulla vita amorosa di Baker."

Carly si mise a ridere insieme alle altre.

"Guastafeste!" borbottò Elodie prendendo il marito sottobraccio.

Scesero tutti per le scale, poi si diressero verso il parcheggio. Carly salutò tutti con un cenno della mano, dicendo che si sarebbe fatta sentire presto.

L'attimo stesso in cui Jag chiuse la propria portiera, le disse: "So che hai fame, pensavo di fermarci da qualche parte mentre torniamo a casa. Hai voglia di qualcosa in particolare, o vuoi che scelga io?"

Che uomo: era sempre sulla stessa lunghezza d'onda con lei. "Scegli tu," gli rispose semplicemente.

Jag annuì e uscì dal parcheggio, svoltò a destra per tornare verso Honolulu.

"So che te l'ho già detto, ma oggi è stata una giornata bellissima," disse Carly.

"Bene."

Durante il tragitto, Carly scrutò Jag in silenzio... e capì di amarlo. Fu una rivelazione che non la sorprese più di tanto. Non si era mai sentita tanto vicina a un uomo. Jag era tutto ciò che lei aveva sempre cercato in un uomo. Fu un pensiero quasi inquietante, perché capì anche di non voler far nulla che mandasse all'aria quel rapporto.

Ragionandoci, sapeva bene di non avere alcuna colpa per come erano andate le cose con Shawn, era stato lui a cambiare, a comportarsi da stronzo, come Jag amava tanto ripeterle. Però, sotto sotto, c'era sempre una vocina che la faceva preoccupare, dicendole che, almeno *in parte*, anche lei aveva le sue colpe, che, chissà come, era stata lei a permettergli di cambiare in quel modo.

Jag sembrò quasi accorgersi di quei pensieri negativi, le

prese la mano e le disse: "Mi piace passare il tempo con gli amici, ma non vedo l'ora di arrivare a casa per rilassarmi con te."

Tutti i dubbi le svanirono dalla mente in un lampo. "Idem," gli disse con fervore.

Era ora. Ora di mostrargli quanto lo desiderava. Se quella sera Jag non avesse fatto la prima mossa per fare l'amore, l'avrebbe fatta lei. Lo voleva ogni giorno di più. Era pronta a concedersi, a stare con lui sotto ogni punto di vista.

Invece di innervosirsi per quella decisione, Carly sentì come un peso che le veniva tolto di dosso. Quella sera avrebbe fatto l'amore col suo uomo, gli avrebbe detto esattamente ciò che provava per lui. Era un rischio, ma lei sentiva che quel piccolo rischio le avrebbe dato moltissimo in cambio. Voleva passare con Jag il resto della sua vita, a patto che il resto della sua vita cominciasse quella sera stessa. Non vedeva l'ora.

CAPITOLO DICIASSETTE

CARLY SOSPIRÒ FRUSTRATA. Dopo la gita al ranch, nulla era andato come sperava lei. Si erano fermati a pranzare lungo il tragitto e lei pensava che Jag fosse sulla stessa lunghezza d'onda, a livello intimo.

Invece, una volta tornati a casa, le era sembrato che si tirasse indietro. Si erano messi vicini sul divano, ma lui non aveva nemmeno tentato di baciarla o di accarezzarla. Quando lei aveva cominciato a stuzzicarlo per farsi toccare, praticamente gli aveva preso la mano e se l'era messa sotto la maglia, lui si era alzato per riempire di nuovo i bicchieri con dei drink.

Stava cominciando a diventare un comportamento molto sospetto... ma lei non aveva intenzione di mollare. Non ancora.

Le sovvenne il consiglio di Kenna, che le aveva suggerito di salirgli sopra quando l'avesse raggiunta a letto, così decise che quello sarebbe stato il prossimo tentativo. Gli avrebbe fatto capire in modo lampante che qualunque freno del passato era ormai svanito.

Andò in bagno più o meno all'ora di sempre. Quando si

cambiò, indosso la solita maglia oversize, ma decise di osare e non indossò l'intimo.

Sdraiata sul letto, mentre aspettava Jag, Carly si sentì una stupida. Erano entrambi adulti, non doveva fare altro che parlare con lui, dirgli apertamente che voleva fare l'amore. Chissà perché, invece, non ce la faceva. Forse era la paura di essere respinta. Forse era un po' intimidita da lui, a livello fisico. Chiaramente non era ancora del tutto sicura di sé, nell'intimità. Però l'insicurezza non le impediva di desiderarlo. Lo voleva.

Ecco, avrebbe preso lei l'iniziativa. Si sarebbe assicurata che Jag non potesse avere dubbi, che capisse che lei era pronta a farlo. Carly sentì il cuore in gola, la palpitazione accelerata; sorrise. Aveva lasciato la luce accesa nel bagno, come al solito, non vedeva l'ora di realizzare alcune fantasie, quella notte.

Jag entrò in camera dopo mezz'ora. Cercava di non fare rumore, come sempre, per non svegliarla. Carly però non dormiva affatto. Anzi, si era persino toccata, mentre pensava a come avrebbe passato la nottata, voleva essere pronta, bagnata per il suo uomo.

Jag andò in bagno e Carly sentì scorrere l'acqua; se lo immaginò, mentre si lavava i denti e indossava i pantaloni larghi di cotone con cui dormiva in quel periodo. Quando avevano cominciato a dormire insieme, per lei era stato un sollievo vederlo arrivare con i pantaloni lunghi, si era sentita più a suo agio.

Però era ora di eliminarli. Voleva sentire sul proprio corpo le gambe di Jag, poter arrivare meglio al suo intimo. Si sentiva *bruciare* di desiderio. Ormai aveva deciso di fare la prima mossa e si sentiva eccitata a un punto a cui non ricordava di essere mai stata con nessun altro.

Jag rientrò in camera e si avviò verso il letto. Ci salì e si infilò sotto le coperte, lei si girò immediatamente e gli andò addosso come faceva sempre. Sorrise, sentendo che le metteva un braccio intorno al corpo. Era il momento che preferiva in assoluto, ogni giorno: sdraiata con Jag, che la teneva stretta, al sicuro.

Quella sera, però, era molto più che appagata. Inspirò, per sentire il profumo di Jag fin nei polmoni. Pensò a quanto fosse meraviglioso, premuroso, sempre pronto a sorprenderla, a coccolarla. Stare con lui la faceva sentire importante, in un modo in cui non si era mai sentita prima.

Dopo un altro respiro profondo, Carly si mosse: si mise sulle ginocchia, poi passò una gamba sopra il corpo di Jag.

Lui inspirò di scatto per la sorpresa, ma non disse nulla.

Carly gli appoggiò i palmi delle mani sul petto; le piaceva moltissimo la sensazione dei pochi peli sul petto di Jag contro la pelle sensibile delle proprie mani. Ormai gli stava a cavalcioni sulla pancia; arrossì, sapendo che lui certamente si era accorto di quanto era bagnata tra le gambe. Si mosse un po' all'indietro, infastidita dai pantaloni di cotone di Jag che li separavano.

"Ehi," gli disse a voce bassa, sperando di avere un'aria più seducente che nervosa, "pensavo che non arrivassi più a letto."

Lui la fissava con un'espressione indecifrabile. Carly si accorse che non la stava toccando. Non le aveva messo le mani sui fianchi, come lei si era immaginata. Le venne quasi un'ombra di dubbio, ma lei lo ignorò e andò avanti secondo i piani.

"Grazie per oggi, è stata una giornata bellissima, dopo tanto tempo," gli disse. "Ho anche un'idea di quale sia il modo migliore per concluderla." Fece volteggiare leggermente i fianchi. "Ti voglio, Jag; sono prontissima a portare il nostro rapporto su un altro piano. Mi hai aspettata per tanto tempo e te ne sono grata. Per me sei più importante di quanto non lo sia mai stato nessun altro. Sei un amico,

una roccia, un cavaliere con tanto di armatura, un sosteni-
tore appassionato. Adesso voglio che diventi anche un
amante."

Carly trattenne il fiato, aspettando che Jag si muovesse,
che si tirasse su, sedendosi sul letto e tirandola a sé per dirle
quanto era felice. Oppure poteva anche metterle una mano
dietro il collo per farla abbassare e baciarla.

Invece Jag la sorprese, non facendo nulla. Non si mosse
minimamente. Rimase sdraiato sotto di lei, immobile come
un macigno.

"Jag?" lo chiamò titubante dopo un silenzio inquietante;
era più confusa che mai.

"Scendi."

Carly sbatté le palpebre. "Come?" sussurrò.

"Scendi giù," ripeté Jag con un tono che lei non aveva mai
sentito prima. Non era proprio arrabbiato, era più... agitato?

Carly era talmente sbigottita che non riusciva a muoversi
e rimase su di lui a fissarlo.

Allora finalmente Jag si mosse. Le mise le mani intorno ai
fianchi, ma non per avvicinarla. La fece spostare di lato e si
sfilò da quella posizione. Poi saltò giù dal letto di corsa, come
per fuggire da qualche malattia letale estremamente
contagiosa.

Lei lo guardò basita camminare fino alla porta della
camera da letto e uscire senza dire una parola.

Carly ebbe la netta sensazione di sentire il cuore che si
spezzava. Non era mai stata tanto sbalordita e ferita quanto
in quel momento. Nemmeno la prima volta che Shawn le
aveva messo le mani addosso. Almeno quello se l'aspettava,
dopo tutta la rabbia che Shawn aveva smesso di nasconderle.

Invece, essere respinta da Jag era *l'ultima* cosa che si aspettava. Non se lo sarebbe mai nemmeno sognato.

Si sentì completamente stupida, si portò le ginocchia al
petto e le abbracciò, appoggiandoci una guancia. Le lacrime

cominciarono a scorrere, ma dalle labbra non le usciva alcun suono.

Santo cielo, come aveva fatto a sbagliarsi completamente? Come aveva potuto fraintendere tutti i segnali che le aveva lanciato?

No, non era vero. Era assolutamente certa di non averlo frainteso. Avevano pomiciato parecchio e lui cercava di continuo il contatto fisico, la teneva per mano, la abbracciava, le baciava la fronte. Quando si baciavano e si accarezzavano, lei si era accorta dell'erezione di Jag, non se l'era certo sognata. Quando andavano in giro insieme, se Jag non si stava guardando attorno per assicurarsi che non ci fosse alcun malintenzionato in agguato, guardava lei con un'espressione che lei aveva interpretato come affetto. Forse persino amore.

Erano passate poche ore, da quando lei aveva capito di amarlo. Era davvero tanto imbranata nel capire gli uomini? Certo, si era sbagliata a giudicare Shawn, ma stava proprio riguadagnando fiducia in se stessa, in gran parte proprio grazie a Jag. L'aveva presa in giro per tutto il tempo?

Carly si stava ponendo troppe domande e non aveva risposte. Sentiva solo l'eco dei propri pensieri.

Scendi giù.

Si sentiva umiliata... e all'improvviso voleva solo andarsene. Si guardò attorno e vide il borsone che aveva usato per trasferirsi da Jag; era appoggiato sul fondo dell'armadio.

Senza rendersi conto di quel che stava facendo, saltò giù dal letto e cercò con frenesia i propri vestiti. Cominciò a riempire il bagaglio di vestiti senza nemmeno perdere tempo a piegarli. L'unico pensiero che aveva era quello di proteggersi da ulteriore dolore. Andarsene. Sfuggire all'improvviso gelo di Jag.

La borsa fu piena prima che ci entrassero tutti i vestiti e Carly fece fatica a chiudere la cerniera. Ormai stava piangendo talmente tanto che non riusciva nemmeno a vedere cosa faceva. Frustrata, distrutta, si sedette sui talloni a singhiozzare in silenzio. L'ultima cosa che voleva era dare a Jag la soddisfazione di saperla affranta.

Dopo non molto, la tristezza si mutò in rabbia. Come poteva lasciare di nuovo a un uomo il potere di farle tanto male? Aveva creduto sinceramente di piacere a Jag, sperato che ci fosse amore tra loro. Invece doveva essere un maestro della manipolazione, ancor più abile di Shawn. Rideva di lei con gli amici? Quel pensiero fu come una pugnalata al cuore.

Beh, che andasse al diavolo. Al diavolo *tutti* gli uomini. Stavolta aveva davvero chiuso. Avrebbe trovato un monastero per andare in clausura. Via dalle Hawaii, per quanto le piacesse viverci; sarebbe ripartita daccapo, da un'altra parte. Magari in Maine. Le sembrava il posto più lontano in cui poter andare.

Prima di partire, però, esigeva delle risposte. Voleva che Jag la guardasse dritto negli occhi e le dicesse cosa gli aveva fatto di tanto orribile, per farlo stravolgere in quel modo. Doveva spiegarle cosa diamine gli passava in mente, cosa mai ci aveva guadagnato, a prenderla in giro.

Non gli avrebbe mai, *mai* rivelato di essersi innamorata di lui. Piuttosto si sarebbe portata quel segreto nella tomba.

Si asciugò le lacrime dal viso, poi si alzò. Immaginava di avere la faccia gonfia e gli occhi arrossati, ma non poteva farci nulla. Avrebbe affrontato Jag, scoperto quale fosse il suo problema, poi se ne sarebbe tornata a casa, nel proprio appartamento. Sarebbe andato tutto bene. Minacce o non minacce, preferiva rischiare da sola.

Con rinnovata decisione, determinata a rimproverare Jag, respirò a fondo e uscì di gran passo dalla camera da letto, nel corridoio. L'unica luce nell'appartamento proveniva da sopra i fornelli, Jag l'aveva lasciata accesa nel caso le servisse qualcosa nel bel mezzo della notte. Le aveva detto che così avrebbe evitato di inciampare, col rischio di farsi del male.

Carly era allibita; che pezzo di merda.

Arrivò in salotto, pronta a farlo a pezzi... ma si fermò all'improvviso, come di sasso: non sapeva nemmeno che aspettarsi, cosa stesse facendo, ma di certo non credeva di trovarlo seduto sul divano con la testa bassa, tra le mani.

Non sembrava arrabbiato. Non sembrava aspettarsi di vederla andar via.

Sembrava totalmente distrutto.

Carly cercò di aggrapparsi alla rabbia tormentata che le scorreva nelle vene da qualche secondo, ma le fu impossibile... per quanto volesse cominciare a urlargli contro, a dirgli che stronzo era, a gettar via la cosa migliore che gli fosse capitata.

Carly amava Jag, nonostante lui l'avesse appena sconvolta. Non poteva semplicemente spegnere il sentimento. E poi, stava succedendo qualcosa di grave.

"Jag?" gli sussurrò.

Lui non le rispose.

Carly si accorse in quel momento che stava ancora indossando solo una maglia oversize. Le arrivava a metà delle cosce, sotto non indossava altro. Si sentì decisamente troppo svestita per affrontarlo, ma ormai era troppo tardi, non poteva più tornare in camera a cambiarsi.

Fece un passo verso il divano e si accorse che Jag stava tremando. Era talmente scosso che se ne notavano i tremori anche da lontano. Carly capì senz'ombra di dubbio che non l'aveva respinta per crudeltà.

Deglutì a fatica, la rabbia era ormai svanita. Si stava preoccupando. Rifletté se fosse il caso di tornare in camera da letto per prendere il cellulare e telefonare a Mustang, o a Midas... a qualcuno; ma poi Jag le parlò.

"Mi dispiace," le disse in preda all'angoscia.

Jag era una roccia, per lei, un pilastro di forza. La supportava con dolcezza, le faceva sempre dei complimenti e la spingeva ad andare avanti. Invece in quel momento era totalmente abbattuto.

"Cos'è successo?" gli chiese.

Jag scosse la testa tra le mani. Non aveva alzato lo sguardo verso di lei. "Non ce la faccio. Pensavo di sì... ma non ce la faccio; è impossibile."

Quelle parole spezzarono ulteriormente il cuore di Carly, che però si rifiutò di andarsene senza prima scoprire il motivo di quel comportamento. "Impossibile che cosa?" gli chiese, anche lei con voce tremante.

"Avere un rapporto. Lo voglio. *Oddio*, se lo voglio! Ma sono troppo incasinato. Non posso farti questo."

Carly voleva piangere di nuovo, ma non più per sé: per l'uomo che si stava palesemente angosciando per qualcosa che lo tormentava nel profondo. Sia pur esitando, gli si avvicinò e si sedette con circospezione sul bordo del divano. Erano seduti a un metro di distanza, ma le sembrava un abisso. Com'era successo? Poco prima sembravano essere quanto più possibile vicini.

"Non sei incasinato," gli disse a bassa voce.

Lui sbuffò con un suono duro, aspro; quando alzò la testa e la guardò, nonostante la luce soffusa, lei vide che aveva le guance bagnate.

Jagger Bennett stava piangendo?

Carly sentì la paura crescere a dismisura. Qualunque fosse il problema, era enorme. Gigantesco.

"Quando eravamo alle nozze di Aleck, tu mi hai detto qualcosa. Probabilmente non te lo ricordi nemmeno, ma hai detto che io non avevo idea di cosa significhi essere vulnerabili. Te lo ricordi?"

"Sì," rispose Carly, "e tu hai ribattuto che invece non era così e che mi sarei sorpresa." In quel frangente, Carly aveva ignorato la risposta di Jag, pensando che uno come lui, un SEAL della marina con tanto di decorazioni, in grado di attirare rispetto con un solo sguardo, non potesse proprio sentirsi esposto e vulnerabile quanto lo era lei.

Jag aveva lo sguardo perso e le chiese. "Te ne stai andando?"

Carly si avvicinò di un poco. "Volevo," gli rispose sinceramente, "ho riempito il borsone di vestiti e sono venuta qui a dirti che pensavo che fossi uno stronzo."

Lui annuì, si aspettava quella risposta; abbassò le spalle un po' di più, sembrava quasi sgonfiarsi davanti a lei. "Dovresti andartene," le confermò, "telefono a Mustang, qualcuno verrà a prenderti."

"Parla con me, Jag," lo implorò Carly.

Sinceramente, lei non si aspettava di riuscire a farlo parlare. Era seduta vicino a lui in una stanza quasi buia e lo pregava di dirle quale fosse il problema, ma passarono dieci minuti abbondanti senza che nessuno dei due parlasse, quindi lei sospirò e si alzò.

Si avviò verso il corridoio, quando lui finalmente parlò.

"Tutto è cominciato quando avevo undici anni."

Carly si girò e fissò l'uomo che amava, l'uomo che le aveva spezzato il cuore. In quel momento, le sembrò che il cuore le si stesse per stringere, per motivi diversi. I piedi si mossero senza che lei decidesse di camminare; tornò al divano e si sedette. Gli aveva chiesto di parlare, ma ciò che lui stava per dirle la terrorizzava.

Mai e poi mai si sarebbe aspettata di sentire ciò che lui le disse.

"Lei aveva diciassette anni, mio padre l'aveva assunta come baby sitter. Viveva vicino a casa nostra. Bridget Smith. Un nome qualunque, insignificante per una persona maledettamente cattiva."

Carly allungò un braccio con esitazione e appoggiò la mano sull'avambraccio di Jag. Lui si mosse di scatto, tanto da farla gridare per la sorpresa: si aggrappò alla mano di Carly come se fosse l'unico appiglio che gli impedisse di andare a fondo.

Continuò a parlare.

"Era una ragazza divertente, mi faceva rimanere alzato anche tardi, oltre l'orario in cui dovevo andare a dormire, mi faceva guardare film non adatti alla mia giovane età; in più, potevo mangiare tutto quello che volevo. Quando mio padre usciva con gli amici e lei veniva a casa mia, ero contento. Non mi ero accorto che stava solo... preparando il terreno."

"Una sera, mi ha detto che aveva portato un film speciale da guardare insieme. Siamo andati in camera mia e ci siamo seduti sul letto. Lei aveva la schiena appoggiata alla testiera del letto e mi ha fatto sedere davanti a lei. Il film era un porno. All'inizio mi sono spaventato... sapevo che c'era qualcosa di male... ma lei mi ha detto di non preoccuparmi, che mio papà era fuori e che non avremmo passato alcun guaio."

"Porca vacca," disse Carly con un filo di voce, "quanti anni avevi?"

"Dodici," rispose Jag senza un filo di emozione nella voce.

Carly faceva troppa fatica a elaborare quanto le stava raccontando, ma tutti gli indizi e le circostanze che le aveva raccontato cominciavano a prendere una forma logica. Le era sempre sembrato strano, che Jag non avesse mai avuto una relazione, che non avesse molta esperienza sessuale; finalmente cominciava a capire.

"Abbiamo cominciato a guardare porno insieme ogni volta che veniva a farmi da baby-sitter; poi lei ha cominciato a toccarmi. Mi ha fatto venire la prima erezione; ero molto confuso, perché mi piaceva quando mi toccava, ma allo stesso tempo mi dava fastidio. A tredici anni, me l'ha fatto fare per la prima volta. Prima me l'ha fatto venire duro con la mano, poi mi ha fatto sdraiare sul letto... e mi si è messa sopra, facendo sesso con me. Io me ne stavo là sdraiato, avevo una paura folle, l'ho guardata mentre lei veniva su di me. Mi sembrava quasi di non essere presente. Lei non mi ha nemmeno guardato. Ero come uno degli oggetti che usavano nei film che mi faceva guardare."

Ormai le parole gli uscivano più rapide, come se stesse spurgando il buio che aveva coltivato per anni, da quella violenza sessuale.

"Io non volevo farlo, ma lei non mi lasciava scelta. Era più grande, mi aveva incasinato la testa per anni. Rideva di me, mi dava del patetico. Poi mi costringeva a sdraiarmi e me lo menava fino a farlo diventare duro. Non ha mai voluto farsi toccare da me, non mi ha mai dimostrato alcun affetto. Mi afferrava l'uccello e me lo faceva alzare, poi ci saliva su."

"Quando ha smesso? Hai parlato con tuo padre?" gli chiese Carly sottovoce, non sapendo che altro dire.

Jag sbuffò. "Non l'ho detto a nessuno. Mi vergognavo troppo. Cazzo, mi sentivo troppo... *sporco*. Però mio padre ci ha scoperti, perché una sera è tornato e ci ha beccati. Era rientrato presto dal bowling, o dal poker, o dal night... da dove cazzo era andato, l'ha vista che mi violentava."

"L'ha denunciata?" gli chiese Carly.

"No. Ha chiuso la porta senza dire una parola," rispose lui con voce piatta. "Quando lei è andata via, mi aspettavo che mio padre mi chiedesse se stavo bene, che mi dicesse che non le avrebbe più consentito di farmi del male. Invece mi ha dato una pacca sulla spalla dandomi dello *stallone*. Mi ha detto che era fiero di me perché mi facevo una più grande."

Carly sentì i conati del vomito. La storia andava sempre peggio.

"Ormai ero troppo grande per aver bisogno di una baby-sitter, ma lei continuava a venire, quando mio padre usciva. Non so se lui la chiamava perché andava fiero di un figlio di quattordici anni che si portava a letto una donna che ne aveva appena compiuti venti, oppure se era lei ad aspettare di vederlo uscire. Però sembrava sapere sempre quando mio padre andava via. Io continuavo a dirle che non volevo, ma lei me lo prendeva da sopra i pantaloni e mi diceva che *certo* che volevo scopare. Come tutti i maschi.

"Ho cominciato ad andare sempre peggio a scuola, mi sono allontanato dagli amici perché mi sentivo maledettamente marcio. Loro cominciavano a interessarsi alle ragazze, invece io non avevo *alcun* interesse a fare ciò che Bridget faceva con me. Non rimanevo più a casa perché avevo paura che arrivasse lei, ma non volevo nemmeno uscire con nessuno."

"Un giorno, avevo compiuto da poco quindici anni, lei si è presentata a casa come al solito. Me l'ha preso in mano nel momento stesso in cui la porta di casa si è chiusa. Cazzo, mi faceva schifo avere un'erezione solo vedendola, ma ormai era un riflesso condizionato, il mio corpo diventava duro appena la *vedevo*. Però non ne potevo più. Le ho dato un pugno. Forte. Avevo cominciato a crescere, il mio corpo stava cambiando. Le ho detto di andarsene e di non tornare mai più, altrimenti avrei chiamato la polizia."

"Lei si è messa a ridere, ha detto che nessuno mi avrebbe creduto perché lei era una donna. Ha minacciato di dire a tutti che ero stato *io* a violentarla. Sapevo che aveva ragione. Mi ha detto di muovere il culo, di andare a letto. Ho obbedito. È stata l'ultima volta che mi ha violentato. Penso che ormai avesse capito che non sarebbe più stata in grado di controllarmi tanto a lungo. In seguito l'ho incrociata ogni tanto, ma non ci siamo parlati mai più."

"Che bastarda! Santo cielo, quanto vorrei pestarla a sangue, rovinare la sua vita maledetta! Aspetta... ma, magari Baker può trovarla e può pensarci lui?"

Jag si voltò a guardarla per la prima volta e Carly fu sorpresa, vedendolo quasi sorridere.

"Si può sapere cos'hai da ridere? Non c'è niente da ridere!" gli disse con un tono basso, ma deciso.

Lui tornò serio. "Lo so. E... penso che la tua sia proprio la reazione che mi aspettavo da te."

"Come potrei non reagire così? Jag, quella maledetta di ha violentato! Prima di tutto si tratta di violenza su minore, pornografia, ti ha messo in pericolo, probabilmente chissà quanti altri reati. Ma poi, insomma, eri un *bambino*!" Carly alzò la voce. Sapeva di avere una reazione isterica, ma non riusciva a trattenersi. Il pensiero che *Jag* fosse stato abusato in quel modo la faceva totalmente impazzire. "Non posso credere che tuo padre ne andasse fiero. Che bastardo! Dico sul serio, quella là dovrebbe pagarla. Dovrebbero pagarla *entrambi*. Non mi interessa, anche se sono passati vent'anni. Non può cavarsela così, dopo tutto quel marciume, non può passarla liscia!"

"Oddio... ti amo," le sussurrò Jag.

Tutto ciò che Carly stava per dire fu spazzato via. "Cosa?"

"Per questo te ne devi andare."

Carly scosse la testa confusa. "Non me ne vado."

"Ma devi. Non ce la faccio. Cazzo, sono un uomo distrutto, Carly, nell'attimo stesso in cui hai messo una gamba sopra di me, mi sono bloccato. Sono tornato quel ragazzino di tredici anni. Non voglio condannarti a sopportare il mio stesso inferno."

Lei scosse di nuovo la testa. "Se pensi di potermi dire che mi ami e che mi molli nella stessa frase, devi essere davvero matto."

"Tesoro," le disse Jag, "è *proprio* perché ti amo che devo lasciarti andare."

"No," gli rispose Carly brevemente.

"No?" ripeté lui.

"Anch'io ti amo, Jag; quando ami qualcuno, non ti arrendi tanto facilmente, solo perché il rapporto si complica. Tu mi sei stato vicino quando ne avevo più bisogno, quando ero totalmente distrutta nel mio essere, quindi *col cavolo* che me ne vado. Cosa succederebbe a ruoli invertiti, se fossi io lì seduta a piangere, a dirti che un baby-sitter mi ha violentata per anni e che mia madre pensava fosse bellissimo che qualcuno mi si facesse? Saresti disgustato? Perderesti la stima nei miei confronti? Te ne andresti, lasciandomi?"

"Lo sai che non è così," le rispose Jag.

"Allora perché diamine pensi che io me ne debba andare? Jag, ciò che ti è successo è terribile, ma *non è stata colpa tua*."

"Ti ho fatta spaventare," le spiegò con voce mortificata, lo sguardo abbassato sulle mani di entrambi, intrecciate, rifiutandosi di guardarla negli occhi.

"Sì, è vero," gli rispose apertamente, "ma avevi un motivo, maledizione, avrei dovuto parlare con te, dirti che volevo fare l'amore. Invece ho pensato sarebbe stato meglio prendere il controllo della situazione. È ovvio che non è quello il modo migliore per cercare una certa intimità con te. Però senti, Jag... cosa pensavi di fare, volevi tenerti tutto dentro per sempre?"

Lui scrollò le spalle. "Sì?"

Rimasero in silenzio per un lungo momento.

"Allora, senti cosa faremo," gli disse Carly finalmente, mettendosi seduta meglio e dando forza a quanto stava per dire, "adesso torniamo in camera e ci mettiamo a dormire abbracciati, proprio come abbiamo fatto fino a ieri. Domani andiamo a cercare uno psicologo con cui farti parlare."

Jag scosse la testa. "No."

"Invece sì," insisté lei, "devi parlarne con qualcuno. Ti sei tenuto tutto dentro per troppo tempo. Devi sfogarti, tirar fuori il dolore, tirar fuori *lei*. Senti, se qualcuno mi avesse aggredita, tu insisteresti per farmi accettare di essere aiutata. Ammettilo."

Lui annuì.

"Non c'è niente di male a farsi aiutare, Jag."

"Gli uomini non si fanno violentare," le sussurrò.

"È una *cazzata*. Magari non succede tanto spesso quanto alle donne, ma lei ti ha costretto a fare sesso, contro la tua volontà. È violenza sessuale, anche se ti è venuta l'erezione. A volte capita anche alle donne, si bagnano quando vengono stuprate, ma non significa che siano d'accordo o che se la godano. È una reazione naturale del corpo."

Carly abbassò il tono. "Ti prego, non dobbiamo dividerci per questo. Ho bisogno di te, Jag. La mia situazione non è affatto cambiata. Tu mi fai sentire al sicuro, ma soprattutto ti amo. Incarni tutto ciò che ho sempre voluto in un uomo e nulla di ciò che mi hai detto stasera ha cambiato quello che provo per te. Hai bisogno di prendere l'iniziativa per fare sesso? Va bene, ci può stare, anche per tutta la vita, se necessario."

A quel punto, lui alzò lo sguardo e Carly intravide in quegli occhi una speranza disperata. "Non voglio che provi pena per me."

Carly si mise a ridere, incapace di trattenersi. "Provare pena per te? Jag, sei un SEAL della marina, uno tosto, generoso, divertente, sensibile, meraviglioso e chissà quante centinaia di altre qualità hai. L'ultima cosa che mi verrebbe da pensare è provare pena per te."

"Non volevo farti piangere," le disse alzando una mano e sfiorandole la guancia con le nocche.

"Lo so."

"Davvero hai preparato la borsa?"

"Sì."

"Ottimo."

"Ottimo?" chiese Carly.

"Sì. Voglio che tu non abbia mai paura ad andare dove vuoi e a fare ciò che ritieni giusto. Se faccio una cazzata, tu *devi* aver voglia di andartene. Sei troppo meravigliosa per rimanere con qualcuno che non ti tratta come la persona più importante al mondo."

Carly strinse i denti e cercò di non mettersi di nuovo a piangere.

"Mi dispiace," proseguì lui, "non avrei mai voluto macchiarti col mio passato. Pensavo di avere tutto sotto controllo... ma è chiaro che non è così."

Carly si portò alla bocca le loro mani intrecciate per baciargli le nocche. "Ti va di tornare a letto?"

Dopo un momento, Jag annuì lentamente, si alzò in piedi e tirò Carly al proprio fianco; invece di avviarsi verso la camera da letto, però, la tirò tra le braccia. Lei si lasciò tirare senza esitazione e si accoccolò contro di lui, fino a sentire vicino all'orecchio il suo cuore che batteva.

"Ti amo," le sussurrò Jag nei capelli.

"Anch'io ti amo," gli rispose lei.

"Per la cronaca... io *voglio* fare l'amore con te. Accidenti se ti voglio. È solo che... il mio approccio al sesso è complicato."

Carly poteva capirlo, dopo aver sentito il racconto di ciò che Jag aveva passato. "Troveremo insieme il modo di procedere." Dopo aver alzato la testa, lo guardò. "Ti amo per la persona che sei, non per via del sesso. Possiamo comunque goderci una certa intimità anche senza il sesso."

Lui sembrava scettico. "Staresti insieme a me anche se non potessi fare l'amore con te senza rischiare una crisi nervosa?"

"Sì." Gli rispose con una sola parola, semplice e sentita.

Gli occhi di Jag cambiarono espressione in un modo difficile da interpretare, poi lo vide diventare determinato. "Parlerò con qualcuno. Voglio essere l'uomo che ti meriti."

"Lo sei già," gli rispose, prendendolo per mano e facendogli strada verso la camera.

Valeva la pena di impegnarsi, per Jag; dopo aver sentito ciò che gli era toccato superare, Carly era più che decisa ad averla vinta. Quella maledetta di Bridget Smith *non* poteva averla vinta. Impossibile. Jag era più forte di quella stronza.

Carly avrebbe trovato anche il modo di parlare con Baker, per chiedergli di rintracciare la donna che aveva violentato Jag... ma senza raccontargli cos'era successo. Non erano affari degli altri. Però Carly voleva comunque farla pagare a quella bastarda per ciò che aveva fatto all'uomo che lei amava.

Tornarono a rannicchiarsi insieme sotto le coperte e Carly si sentì all'improvviso esausta. Aveva vissuto emozioni di ogni tipo, nell'ultima ora, le sembrava di poter dormire per giorni.

Jag la tirò tra le braccia e le baciò la fronte. "Ti amo," le sussurrò.

"E io amo *te*."

Non aggiunsero altro; Jag la tenne un po' più stretta del solito, ma nessuno dei due si sentì di notarlo.

Carly era sbalordita per ciò che era successo al suo uomo, ma sapeva che Jag sarebbe riuscito a superare tutto: era l'uomo più forte che lei avesse mai incontrato, e poi si amavano. L'amore reciproco li avrebbe aiutati a superare tutte le prove a cui la vita li avrebbe sottoposti.

CAPITOLO DICIOTTO

JAG AVREBBE PREFERITO che Carly non scoprisse *mai* cosa gli era successo. Temeva che poi l'avrebbe guardato con occhi diversi, dopo averlo scoperto. Invece, il mattino seguente a quella sera, quando lui era andato fuori di testa e aveva quasi perso il dono più grande che avesse mai ricevuto, Carly arrivò in cucina, lo abbracciò a lungo e sentitamente, poi mormorò con un filo di voce per dirgli che aveva bisogno di un caffè.

Non si era comportata diversamente, con lui; anzi, caso mai gli sembrava ancor più vicina, dopo quella confessione.

Quel mattino, Jag aveva telefonato al comandante per dirgli che voleva parlare con uno psicologo. Il comandante Huttner, dal canto suo, non gli aveva chiesto il motivo, né gli aveva risposto di non fare il pappamolle o altre cavolate del genere: gli aveva semplicemente concesso un permesso per fare ciò che doveva fare.

Probabilmente il comandante aveva immaginato si trattasse di stress post-traumatico, per via delle tante missioni a cui Jag aveva partecipato, e Jag era stato contento di lasciarglielo pensare. Ormai anche in marina era cresciuta l'attenzione alle difficoltà psicologiche e i militari venivano incoraggiati a fare psicoterapia, quando ne avevano bisogno.

Erano passati cinque giorni, dalla sera fatidica in cui c'era stato il confronto con Carly; Jag era già andato a due sessioni di psicoterapia. Gli sembrava incredibile, ma aveva la sensazione che gli fosse già stato tolto un peso enorme dalle spalle. Sapeva bene che sarebbe servito molto più di un paio d'ore di terapia per tornare sereno, ma il fatto di non dover più sopportare quel segreto enorme tutto da solo già lo aiutava tantissimo a fare la pace con il proprio passato. Avrebbe dovuto chiedere aiuto già anni prima.

La verità oggettiva era che, quando era stato abusato, lui era ancora un bambino. Lo psicologo aveva anche confermato ciò che gli aveva detto Carly: l'erezione era stata una reazione naturale del corpo e non lo rendeva complice di ciò che aveva fatto Bridget. Jag doveva affrontare il senso di colpa per non essersi opposto prima, ma sperava che, col tempo, anche quello si alleviasse.

Il rapporto con Carly, invece, era più solido che mai. Lei lo amava. Jag non faceva altro che sorridere al ricordo di quelle parole, quando lei gliel'aveva detto per la prima volta. Lui aveva paura dell'intimità, paura del sesso; ma voleva Carly. Quando finalmente sarebbero riusciti a fare l'amore, Jag avrebbe avuto bisogno di prendere l'iniziativa, ma sapeva che a Carly non importava.

Aveva appena terminato un allenamento con gli altri della squadra e se ne stava seduto in macchina nel parcheggio della base navale, pronto a tornare a casa per farsi una doccia e cambiarsi, quando gli squillò il telefono. Fu tanto sorpreso che sobbalzò. Scosse la testa ironicamente: che SEAL tosto che era! Talmente perso nei propri pensieri da staccarsi totalmente dalla realtà.

"Parla Jag," disse dopo aver cliccato per rispondere.

"Sono Baker. Ieri mi ha chiamato la tua donna, ha detto che ha bisogno di un favore."

Jag fu preso un po' di sorpresa. Non credeva che Carly facesse sul serio, quando diceva che avrebbe telefonato a Baker, invece evidentemente era stata serissima. "Fammi indovinare... Bridget Smith?"

"Bingo. Vuoi dirmi di che si tratta?"

"No," gli rispose Jag. Non aveva certo intenzione di raccontargli ciò che era successo. Era già abbastanza difficile parlarne con Carly e con lo psicologo. Non se la sentiva ancora di confessare tutto ai compagni d'armi o a Baker, per quanto gli fossero amici.

"Va bene. Però senti, dimmi almeno questo... Carly ha un buon motivo per chiedermi di rovinare la vita di quella donna?" gli domandò Baker.

Prima di aprirsi con Carly, Jag avrebbe anche risposto di no; avrebbe cercato di evitare qualunque ritorno al passato, perché voleva tenersi tutto dentro. Però non poteva fingere di non amare la forza con cui Carly cercava di proteggerlo. Dopo aver parlato con lo psicologo e con Carly, Jag rispose semplicemente: "Sì."

"Sarà fatto."

Jag si chiese se fosse il caso di sentirsi in colpa, per ciò che stava per scatenarsi su Bridget... ma non ce la faceva.

"Mi serviranno altre informazioni. Bridget Smith è un nome molto comune. Sono bravo, ma *non* sono onnisciente."

"Che tipo di informazioni?" gli chiese Jag.

"Età, luogo di provenienza, cose così."

"Ormai sarà sui quarantadue, viene dalla mia stessa città, in Oklahoma."

"Avete frequentato le stesse scuole?" gli chiese Baker.

"Sì."

"Capito. Può darsi che debba chiedere aiuto, conosco un

tipo in Colorado che è davvero bravo a trovare la gente, ma senti, non ti ho telefonato solo per questo."

Jag si fece forza per sentire il resto.

"Ho scavato a fondo e ho trovato altro su Jeremiah Barrowman."

"L'amico di Keyes che lavora al country club?" chiese Jag.

"Proprio lui. Sembra che abbia una modalità di comportamento ricorrente," gli spiegò Baker, "fa una cazzata con una donna, poi si scusa e si fa perdonare, poi ripete la stessa cazzata di prima."

"Diventa manesco?"

"No, sono più cazzate mentali," gli spiegò Baker, "le convince che stanno lentamente impazzendo. Ho parlato con due ragazze, due sue ex, e hanno confermato entrambe che quel tipo ha come due facce. Da un lato fa il gentile, il galantuomo pieno di attenzioni, dall'altro è quasi uno psicopatico. Uno dei suoi giochetti preferiti era andare in giro di notte vicino alla casa della sua ragazza, farle credere che un malintenzionato volesse fare irruzione. Al che la ragazza si spaventava, lo chiamava e lui accorreva per fare il grande salvatore. Poi faceva lo stesso la notte dopo."

"Una delle donne ha messo una telecamera di sorveglianza senza dirglielo e l'ha colto sul fatto. Lui si è scusato, ha detto che era solo preoccupato perché lei viveva da sola e voleva assicurarsi che prendesse tutte le precauzioni del caso. Pensa che è persino riuscito a convincerla a non mollarlo. Solo che poi sono cominciate altre stranezze. Oggetti spostati in casa, senza che sparisse nulla. Lui ha negato, ha detto che non era stato lui. Poi sono partite le mail intimidatorie. Alla fine Jeremiah è stato scoperto ed è stato mollato."

"Quindi pensi che quando si è presentato al Duke's per scusarsi con Carly, fosse tutta una cazzata?" gli chiese Jag.

"È probabile. Tutti gli amici di Keyes sapevano della sua ossessione per Carly: parlava apertamente di vendicarsi perché l'aveva scaricato, ha detto anche che voleva darle una lezione; ovviamente nessuno ammette di averlo mai preso sul serio. Però adesso Jeremiah è diventato il mio primo sospettato nell'elenco di persone disposte a mollare tutto per aiutarlo a spaventarla a morte."

"E la barca?" gli chiese Jag.

"Ci sto ancora lavorando. Maledizione, ci sono troppi scivoli privati e barche, sull'isola," gli spiegò Baker, "troppe persone hanno accesso al Waialae Country Club e potrebbero aver dato a Jeremiah il permesso di prendere una barca, quella sera. Serve tempo per interrogare tutti i membri del club che possiedono una barca, ma ci sto lavorando."

Jag era in debito con Baker. Un debito enorme. Baker era palesemente frustrato per non essere ancora riuscito a beccare il complice di Keyes, ma stava facendo tutto ciò che poteva per assicurarsi che, chiunque fosse il complice, non avesse modo di portare a termine il piano. "Stamattina Carly dovrebbe andare a lavorare. Secondo te è in pericolo?"

"È in pericolo dal momento in cui ha rotto con quel bastardo," gli rispose Baker senza mezzi termini. "Però, se mi chiedi se *adesso* è più in pericolo rispetto agli ultimi mesi, la mia risposta è che non penso. Però ho ancora una strana sensazione su tutto questo casino."

"Cosa intendi dire?" gli domandò Jag un po' allarmato.

"Intendo dire che è passato troppo tempo. Se Keyes aveva un complice, si tratta di un bastardo molto paziente. Però scommetto anche che sta diventando ansioso di portare a termine ciò che aveva cominciato Keyes. Il mio istinto mi dice che non è finita, che qualcuno sta solo prendendo tempo. Di' a Carly di tenere gli occhi aperti, magari si accorge di qualcosa di strano."

"Più strano di vedere amici di Keyes dappertutto?" gli chiese Jag frustrato. "Te lo giuro, ne incontra di più adesso di quando usciva con quel coglione. Pensa che, due giorni fa,

Gideon Sparks ha portato due buste al Duke's, una per Carly e una per Kenna. Dentro c'erano degli abbonamenti gratuiti per un anno allo zoo di Honolulu, più un biglietto stupido in cui Sparks scriveva quanto gli dispiaceva per l'accaduto, dicendo che voleva cercare di fare qualcosa per alleviare il dolore che avevano dovuto subire."

"Dici davvero?" chiese Baker.

"Dico davvero," confermò Jag, "invece Beau Langford le ha mandato un coupon gratuito per le mini-crociere al tramonto che partono dal suo porticciolo. Come se Carly se la sentisse di salire in barca con quello stronzo, ma nemmeno a dieci chilometri!"

"Sì, infatti, non è il caso. Indagherò meglio su entrambi, magari posso tornare a trovarli, per capire le loro motivazioni."

"Carly ha già telefonato all'ispettore Lee, gli ha raccontato tutto. L'ispettore ha detto che parlerà con quei due."

"Sì, ma penso di potere ottenere più informazioni io, rispetto a Lee. Farò del mio meglio perché si dimentichino persino dell'esistenza di Carly."

"Grazie."

"Va bene, devo filare, volevo solo controllare che andasse tutto bene tra te e Carly e che quanto mi ha chiesto fosse giustificato."

"È giustificato," rispose Jag senza nemmeno pensarci.

Baker rimase in silenzio per un momento, poi Jag se la fece quasi sotto quando si sentì dire: "Sei un brav'uomo, Jag, Carly è una donna fortunata." Poi Baker chiuse la chiamata e Jag si ritrovò seduto in macchina a fissare il cellulare.

Scosse la testa e si chiese cosa diamine fosse successo: Carly aveva chiamato Baker assetata di sangue e Baker gli aveva telefonato per fargli un discorsetto. Avviò il motore e fece retromarcia per uscire dal parcheggio, ansioso di tornare a casa. Sarebbe arrivato tardi al lavoro, ma non gliene importava: si sarebbe preso tutto il tempo di fare colazione con Carly, come sempre.

Avrebbe tanto desiderato passare con lei tutto il giorno, ma non era possibile. In Nigeria c'era stato un altro rapimento in una scuola, si trattava di quasi cinquecento bambini. Boko Haram aveva colpito di nuovo e gli Stati Uniti avevano offerto aiuto al governo nigeriano per rintracciare i terroristi e liberare i bambini. I SEAL erano immersi fino al collo nelle mappe della zona in cui erano scomparsi i ragazzini, nel caso fossero inviati in missione per liberarli.

Jag non voleva partire, non in quel momento, ma il pensiero del destino di quei fanciulli, qualora non fossero liberati presto, lo colpiva molto direttamente e voleva aiutare quelle famiglie a riavere i loro bimbi.

Tornò a casa guidando un po' troppo veloce e salì le scale due gradini alla volta, raggiungendo il proprio appartamento. Nell'attimo stesso in cui entrò, sorrise. C'era profumo di rotolini alla cannella. Per quanto continuasse a ripetere a Carly che non poteva mangiare quella roba la mattina, prima di andare a lavorare, lei gli rispondeva sempre facendo spallucce e preparando altri dolci.

"Buondì," le disse Jag entrando in cucina.

Lei si girò e gli sorrise, facendolo sciogliere. Ecco cosa voleva: il sorriso di Carly per tutta la vita. Era disposto a tutto, per ottenerlo. A *tutto*. Carly lo aveva accettato nonostante ciò che gli era successo, non era scappata via per il modo in cui l'aveva trattata: era già un miracolo. Lui non se n'era reso conto, se non dopo aver rischiato di perderla. Odiava averla ferita, ma lei non gli stava tenendo il broncio e il loro rapporto si era fatto ancora più profondo.

Le si avvicinò a grandi falcate e quando le fu vicino lei allargò il sorriso. Jag la avvolse con le braccia intorno alla vita e la tirò a sé. Lei inciampò, ma la risata che le uscì naturale mentre gli appoggiava le mani sul petto fu un chiaro segno che non si era spaventata.

Gli stava ancora sorridendo, quando lui appoggiò le labbra sulla bocca di lei. Non seppe aspettare un altro secondo, doveva baciarla. Carly era dolce, come se avesse assaggiato la glassa che doveva andare sui rotolini alla cannella, una volta usciti dal forno. A Jag bastarono pochi secondi per far svanire sullo sfondo tutto il resto, tranne la sensazione del corpo di Carly contro il proprio e delle loro labbra unite.

La baciò con tutto l'amore che aveva nel cuore, con tutta la gratitudine per la donna che era, con tutto il sollievo di sapere che Carly aveva superato le proprie paure sugli uomini, uscendo con lui.

Quando il bacio finì, ansimavano entrambi.

"Ehm, wow!" esclamò Carly fissandolo con gli occhi spalancati.

"Buondì," le ripeté lui sottovoce.

"È andato bene l'allenamento?" gli chiese lei.

Jag scrollò le spalle. "Mustang ci ha fatto il mazzo più del solito, oggi; forse voleva solo dimostrare che nei giorni scorsi ho battuto la fiacca."

Carly alzò gli occhi al cielo. "Ossignore, qualche giorno di permesso, chissà che fiacca hai battuto."

Jag fece una risatina, poi si rifece serio. "Stamattina mi ha telefonato Baker."

Carly arrossì e gli chiese con leggerezza: "Ma davvero?"

Sapeva bene il motivo per cui Baker gli aveva telefonato, ma stava chiaramente fingendo di ignorarlo. "Eh sì."

Non le disse altro, così lei esitò, ma poi gli chiese: "Sei arrabbiato?"

"Arrabbiato con te, perché cerchi di proteggermi? Per la voglia matta che hai di vendicarmi? No."

"Non è una questione di vendetta," gli rispose subito, "si

tratta di giustizia, Jag. Quel che ti ha fatto non era solo sbagliato e malvagio dal punto di vista morale, era anche *illegale* e non posso far altro che pensare che, se l'ha fatto con te, probabilmente l'avrà fatto anche ad altri ragazzini. Voglio fargliela pagare. Non per averti rovinato la vita, perché tu sei un uomo fantastico e il tuo successo è un enorme 'vaffanculo' nei suoi confronti, ma per essere stata una persona orribile e maligna."

Jag non poteva non sorridere.

"Allora? Cos'hai detto a Baker?" gli chiese. "Anzi, più importante, cosa ti ha detto lui? L'ha già trovata? Le ha congelato i conti in banca? Le ha caricato dei virus nei computer? L'ha già fatta licenziare?"

"Santo cielo, cara mia," le disse Jag sorpreso, "ma fai sul serio?"

"Eh sì," gli rispose Carly annuendo con uno sguardo molto determinato. "Non è abbastanza, nemmeno lontanamente, rispetto a ciò che ha fatto, ma almeno è un buon inizio."

Jag le passò una mano nei capelli e scosse la testa. "Voleva sapere se la tua richiesta era motivata. In pratica, voleva sapere se approvavo."

"Tu che gli hai risposto?" gli chiese Carly, sentendo che Jag non si spiegava.

"Gli ho dato il via libera."

Gli occhi le si riempirono di soddisfazione. "Benissimo!"

Jag sapeva di doverle dire anche tutto il resto, ciò su cui Baker lo aveva aggiornato, ma in quel momento gli passavano per la testa altre cose.

"Voglio fare l'amore con te," le disse all'improvviso... poi si sentì un po' svergognato, per come si era espresso.

Carly invece gli sorrise appena e sembrò sciogliersi meglio contro di lui. "Ah sì?"

"Sì, stasera."

"Se mi stai chiedendo se sono d'accordo, decisamente sì," gli rispose. Poi si fece più seria. "Però voglio che tu sia sicuro di essere pronto. Per sbaglio ti ho fatto tornare in mente un sacco di brutti ricordi, l'altra sera; l'ultima cosa che voglio è farti fare qualcosa quando ancora non te la senti. Sono passati solo pochi giorni, Jag..."

"Sono pronto," le spiegò, "mi dispiace di quanto è successo perché ti ho fatta star male, ma sinceramente sono persino *contento* che sia successo. Così almeno finalmente sono stato costretto ad affrontare il passato e a fare qualcosa per passare oltre. Insieme a te. Tu *non* sei come quella stronza che mi hai trattato in quel modo. Io ti amo, Carly, non c'è nulla che voglia di più che mostrarti quanto ti amo. Non posso prometterti di non avere mai momenti difficili, ma so che stare con te non sarà affatto come è stato con lei."

"Tu non sei stato 'con' lei," gli disse Carly con forza, "e comunque hai ragione, sarà tutt'altro, perché io ti amo e tu mi ami e io non ti farei mai, *mai* del male. Non mi aspetto la perfezione a letto, Jag, non è ciò che voglio. Io voglio solo *te*."

"Allora... stasera?" le chiese.

"Sì, cento volte sì."

Si sorrisero a vicenda e Jag chiuse gli occhi per un momento, chiedendosi come mai fosse così fortunato. Poi sentì sulla guancia la mano di Carly, aprì gli occhi e si perse nelle profondità di quegli occhi blu come l'oceano.

Lei si alzò in punta di piedi e appoggiò le labbra a quelle di Jag. Fu un bacio a stampo brevissimo, ma lui sentì comunque l'uccello pulsare. Chiaramente non avrebbe avuto alcun problema di erezione, almeno quello era un sollievo. Anni prima, c'era stato un periodo in cui non riusciva nemmeno a eccitarsi, per quanto provasse a stimolarsi.

"Jag?" lo chiamò sottovoce.

"Sì?"

"Puzzi. Vai a farti una doccia."

Lui si mise a ridere. "non mi sorprende, considerato tutte

le flessioni e i salti che ho fatto, più le corse avanti e indietro sulla spiaggia; Mustang stamattina ci ha davvero torturati."

Carly però non si allontanò: gli sorrise e basta.

"Tesoro? Se vuoi che mi faccia una doccia, dovrai lasciarmi andare."

"Va bene," gli rispose fingendosi contrariata e allontanandosi lentamente. "Quando avrai finito, i rotolini dovrebbero essere pronti."

"Non posso mangiare zuccheri e carboidrati a colazione," le ricordò Jag.

"Ecco, perché vanno bene solo per noi comuni mortali," scherzò lei. "D'accordo, ti preparo un frullato proteico. Così lo puoi bere per mandar giù i rotolini." Gli fece l'occhiolino.

Jag si fece di nuovo una grassa risata e si girò, avviandosi per il corridoio che portava alla camera da letto.

"Jag?" lo chiamò ad alta voce.

Lui si girò. "Sì?"

"Ti amo. Sono molto orgogliosa di te. Stasera sarà fantastico. Indimenticabile."

Quelle parole lo fecero sentire completo. "Sì, sono d'accordo," le rispose, "spero che anche tu sia pronta," proseguì, "è passato tanto tempo dalla mia ultima volta... e ho paura che non mi accontenterò tanto facilmente."

Erano lontani più di tre metri, eppure Jag sentiva tutta l'elettricità nell'aria che aveva sentito al loro primo incontro. Abbassando gli occhi, le vide i capezzoli turgidi spingere contro la maglietta di cotone.

"Fatti sotto," gli disse con un cenno del mento, come si salutavano gli uomini del gruppo.

Jag non voleva fare altro che tornare in cucina di gran passo, prenderla in spalla e portarla in camera da letto. Però doveva andare a lavorare e Kenna sarebbe arrivata a breve per portare Carly al Duke's. Così si limitò a sorriderle, sforzandosi di andar via.

Dopo essersi fatto la doccia, essersi cambiato e aver mangiato non uno, ma due rotolini alla cannella, accompagnati dal frullato proteico, Jag doveva sbrigarsi. Per quanto volesse rimanere a casa a passare il tempo con Carly, il dovere lo chiamava.

Lei lo accompagnò alla porta e lui non resisté all'impulso di prenderla ancora tra le braccia.

"Fai attenzione al ristorante, oggi," le disse.

Lei inclinò la testa guardandolo negli occhi. "Va bene, ma... c'è qualcosa che non mi stai dicendo?"

"In realtà no," le rispose, "quando ho parlato con Baker, stamattina, lui mi ha detto di aver scoperto qualcosa su Jeremiah, vicende passate che possono preoccupare. Siamo rimasti d'accordo che è meglio stargli alla larga; se per caso lo vedi, fammelo sapere immediatamente."

"Va bene," gli promise Carly, "anche se mi sento più a mio agio, fuori casa, ogni tanto ho ancora la sensazione di essere osservata. Magari sono le mie solite paranoie, ma..." si interruppe senza concludere.

"Non ignorare le tue sensazioni," le disse Jag, "non so dirti quante volte mi sia capitato di fare attenzione a qualcosa che mi sembrava semplicemente strano, in missione, e solo così ci siamo salvati il culo."

Carly annuì.

"Porti sempre il coltellino che ti ho dato, vero?" le chiese Jag.

"Sì."

"Anche il passepartout delle manette?"

Carly sorrise e annuì.

"Quando stai camminando, fai attenzione e non ti perdi nel telefonino?"

"Sì, Jag, te lo giuro."

Jag respirò a fondo. "Scusami, non sarà sempre così, a un certo punto potrai rilassarti e non dovrai più preoccuparti che qualcuno salti fuori da dietro una macchina o chissà che altro."

"Lo so," gli rispose con un tono solo marginalmente preoccupato. "Ci sto mettendo un bel po', ma pian piano sto diventando sempre più sicura di potermi difendere."

"Ottimo." A Jag dispiaceva che Carly avesse dovuto affrontare la dura realtà: era importante guardarsi sempre attorno. Però era meglio che fosse pronta e preparata a qualunque evenienza, piuttosto che fosse colta alla sprovvista.

"Per cena vuoi qualcosa di particolare?" gli chiese.

Jag scosse la testa. "Solo te."

Carly fece un gran sorriso. "Penso che si possa fare."

"Non correre rischi inutili," le ripeté.

"Nemmeno tu."

"Non c'è niente di pericoloso nello starsene seduti tutto il giorno in sala riunioni," le disse Jag con una certa ironia.

Lei fece spallucce. "Non si sa mai."

"Ecco, infatti. Ti amo, tesoro."

"Ti amo anch'io."

"Mandami un messaggio quando arrivate al Duke's e uno quando torni a casa, per favore."

"Ma certo." Carly lo avvolse con le braccia, stringendolo forte.

Lui le mise un dito sotto al mento per farle alzare lo sguardo, poi la baciò. Non fu un bacio di sfuggita. Fu un preludio a ciò che sarebbe successo più tardi, quella sera. Quando Jag si staccò da lei, ansimavano entrambi.

"Non vedo l'ora di farti mia," le sussurrò.

"Sono già tua," ribatté lei.

Jag sorrise e si costrinse ad allontanarsi. "Passa una buona giornata," le disse.

"Anche tu."

Jag si sistemò meglio nei pantaloni appena la porta dell'appartamento gli si chiuse alle spalle, poi fece un respiro lungo e profondo per calmarsi. Era già pronto per quella sera. Gli sembrava di aspettare Carly da una vita... ed era determinato a farglielo capire.

─────

Un uomo stava seduto in macchina nel parcheggio del palazzo dove abitava quella stronza. Ormai la seguiva da settimane, in attesa dell'occasione giusta. Non gli importava più di tanto, quando lei stava chiusa in casa, perché gli piaceva troppo sapere che lei aveva troppa paura per uscire, che si chiedeva chi la volesse morta.

Col passare del tempo, però, da quando si era trasferita a casa di quel maledetto, era diventata sempre più sicura di sé e non aveva più paura.

Era ora di fare qualcosa, di mettere in pratica tutti gli insegnamenti di Shawn per dimostrare a Carly che era una nullità. Doveva capire che Shawn aveva tutto da offrirle, e che lei aveva sprecato tutto.

Ormai il piano era completo: bastava cogliere al volo l'occasione giusta per prenderla. Guardò di sfuggita l'orologio al polso e si irritò: avrebbe fatto tardi al lavoro... di nuovo. Il capo non era molto entusiasta di lui, in quel periodo. Aveva macchiato il proprio record di lavoratore impeccabile, Carly aveva la colpa anche di questo.

Arrivava spesso tardi al lavoro per seguire *lei*. Aspettava il momento giusto per colpire.

Qualche giorno prima, c'era stata un'occasione ottima, quando lei era andata al supermercato a fare la spesa, ma nel parcheggio c'erano troppe persone. Troppi testimoni. Doveva beccarla da sola.

Un'auto accostò davanti all'ingresso del palazzo e l'uomo fece un verso di gola. Era quella puttana che aveva ucciso Shawn, insieme al tipo che quel bastardo riccone del marito aveva assunto per accompagnare le due stronze al lavoro, a Waikiki.

Quel giorno era impossibile agire, al Duke's c'erano troppe persone, era impossibile riuscire a rapirla dal ristorante. Dopo il lavoro, andava sempre a prenderla quel coglione con cui abitava. Bisognava avere pazienza, aspettare ancora un pochino di tempo.

Quella stronza gli sarebbe capitata tra le grinfie, non se la sarebbe cavata. Lui era troppo intelligente, anche più di Shawn, sotto molti aspetti. Aveva elaborato un piano perfetto. Abbassò lo sguardo sulla borsa appoggiata davanti al sedile del passeggero... e sorrise. Ormai era pronto, in qualunque momento. Gli bastava un minuto per catturarla.

Quella specie di compagno avrebbe finito per ringraziarlo: Carly gli avrebbe rovinato la vita, proprio come aveva fatto con Shawn. Eliminandola, stava facendo un piacere a tutto il mondo.

"Non preoccuparti, Shawn, la pagherà per quel che ti ha fatto. A te *e* a me. Te lo garantisco."

Dopo aver visto Carly tutta felice che entrava in quella macchina, che poi ripartiva, l'uomo avviò il motore della propria auto e uscì con cautela dal parcheggio, in direzione della superstrada. Doveva inventarsi un'altra scusa per il ritardo sul lavoro, ma non era preoccupato.

"Manca poco," mormorò mentre guidava, "presto sarà tutto finito."

CAPITOLO DICIANNOVE

CARLY AVEVA VISSUTO la giornata più lunga della sua vita: non riusciva a tenere le mani ferme, era impaziente e più che pronta a finire il turno di lavoro. Non faceva altro che pensare a Jag, a ciò che si erano promessi di fare quella sera.

"Che ti succede?" le chiese Kenna, quanto mancava una mezz'ora all'orario di chiusura. "Oggi sei stata strana tutto il giorno."

"Oh, nulla," le rispose Carly.

"Dai, non spararla grossa, vuota il sacco," insisté Kenna.

Carly non si trattenne e fece un gran sorriso. "Io e Jag abbiamo dei programmi... speciali per questa sera."

A Kenna non servirono altri dettagli: fece un gridolino e un leggero applauso. "Evviva! Sei nervosa?"

"No." Non era affatto nervosa. Dopo tutto ciò che era successo tra lei e Jag, fare sesso con l'uomo che amava più della sua stessa vita non era affatto motivo d'ansia. Sperava, pregava che andasse tutto liscio, soprattutto per Jag, ma nemmeno quello la preoccupava. Ormai aveva vissuto da vicino i progressi di Jag, sempre più sicuro di sé nell'ultima settimana.

Ciò per cui si *era* preoccupata era stata la prima sessione di psicoterapia, per tutti i terribili ricordi che lui avrebbe dovuto ripercorrere, col dubbio che il passato gli impedisse un contatto sessuale con lei. Invece, gli incontri dallo psicologo sembravano ottenere l'effetto opposto.

Negli ultimi giorni, Jag aveva cercato il contatto fisico con lei più di quanto non l'avesse cercata nei due mesi precedenti. Le sembrava più... certo della propria mascolinità. La baciava più a lungo e con più intensità, le metteva le mani sul corpo, perlustrandolo sempre di più, quando si sdraiavano a letto insieme per andare a dormire. Le sorrideva con più scioltezza, rideva di più. Era come se tutto il peso del mondo stesse cominciando a togliersi dalle sue spalle.

No, Carly non era minimamente nervosa: era entusiasta di fare l'amore e di ciò che avrebbe comportato per il loro rapporto.

Kenna inclinò la testa scrutando Carly. Poi le disse: "Sono felice per te. Jag è davvero un grande. Un tipo tranquillo, ma... ho la sensazione che tu lo stia aiutando a sconfiggere i demoni che lo opprimono."

"Chi ti ha detto che ha dei demoni?" le chiese Carly un po' sulle difensive.

Kenna fece spallucce. "Mi sembra piuttosto evidente... ma non c'è niente di male. Da quando ti ha conosciuta, si è rilassato molto. Lo dico in senso buono, Carly, non per giudicare o che altro."

Carly si sforzò di rimanere calma. "Sì, lo so, scusami. È vero, *è* un grande. Davvero, non credo che sarei riuscita a superare tutta questa faccenda, senza di lui."

"L'ordine è pronto!" urlò uno dei cuochi dalla cucina, cogliendo di soprassalto sia Kenna che Carly.

Kenna fece una risata lamentandosi: "Santo cielo, gli piace spaventarci."

"Eh sì." Un tempo, farsi spaventare in quel modo le avrebbe innescato un attacco di panico. Invece ormai ci rideva sopra e ne andava fiera.

Dopo un'occhiata veloce all'orologio da polso, si accorse che mancavano solo venticinque minuti al fine turno. Jag le aveva inviato un messaggio in precedenza, doveva fermarsi al lavoro più a lungo del solito e Aleck aveva prenotato la solita macchina perché andasse a prendere e portasse a casa sia lei che Kenna.

Carly sapeva che, prima o poi, avrebbe dovuto riprendere a guidare da sola per andare al lavoro, ma per il momento era contenta di come stavano le cose. Si sentiva meglio, aveva sempre meno paura di uscire da sola, ma non voleva nemmeno affrettare le cose. Baker stava ancora lavorando per scoprire chi fosse stato il complice di Shawn e l'ultima cosa che Carly voleva era diventare una di quelle stupide protagoniste dei romanzi che le piaceva leggere, quelle ignare di andare incontro alla morte.

Ripensando ai romanzi, le tornò in mente Jag. Le riusciva difficile togliersi il sorriso dalle labbra.

"Santo cielo, basta coi sogni ad occhi aperti," la riprese Kenna, "porta l'ordine al tavolo, amica mia!"

Carly sorrise rispondendole per le rime: "Sei solo gelosa."

"Eh no, davvero, sono solo felice per te. Però adesso che so che ti tocca stasera, mi è venuta voglia di far vedere anche al *mio* uomo quanto lo amo."

Carly alzò gli occhi al cielo e mise sul vassoio i due panini al pollo con contorno. Si girò, appoggiò il vassoio sulla spalla per tenerlo in equilibrio e guardò l'amica. "Forse è meglio per tutte, se dimostriamo ai nostri uomini quanto li amiamo. Ho la sensazione che si stiano preparando per un'altra missione."

Invece di contraddirla, come Carly sperava, Kenna annuì: "Eh sì, anch'io ho avuto la stessa impressione."

Per un secondo, Carly sentì un panico molto familiare crescerle dentro, ma lei lo allontanò: non voleva pensare a rimanere da sola, senza l'appoggio di Jag che la faceva star bene, ma era anche decisa a non mettergli addosso più stress di quanto gliene desse già l'imminente missione. Lei se la sarebbe cavata. Aveva delle amiche molto care e, se si fosse sentita in pericolo, poteva sempre rintanarsi nell'appartamento di Jag fino al suo ritorno, oppure finché non si fosse sentita abbastanza coraggiosa per avventurarsi fuori casa di nuovo.

"Andrà tutto bene," le disse Kenna per tranquillizzarla, mettendole una mano sul braccio libero.

Carly annuì e confermò: "Andrà tutto bene." poi sorrise all'amica, si girò e si avviò verso la sala ristorante, per consegnare i pasti al tavolo. Non voleva pensare alla partenza di Jag. Era inevitabile, ma non doveva per forza starci male, chiedendosi quando sarebbe partito o per quanto tempo sarebbe stato via. Ormai le missioni facevano parte della sua vita e doveva dimostrare a se stessa, e a Jag, di essere abbastanza forte da sopportarle.

Per il momento, voleva solo concentrarsi sul rapporto, per portarlo a un altro livello. Quella sera avrebbero compiuto insieme il primo passo del resto della loro vita insieme.

———

L'aspettativa era palpabile nell'aria, ma Carly fece di tutto per ignorarla. Aveva messo nel forno dei petti di pollo appena tornata a casa dal lavoro, si era fatta una doccia, depilata le gambe e si era anche messa più profumo al ciliegio rispetto al solito, perché sapeva che a Jag piaceva moltissimo.

Quando lui era finalmente tornato a casa, avevano cenato, avevano discusso di com'erano andate le rispettive giornate di lavoro, cercando entrambi di ignorare il desiderio che cresceva tra loro.

Non appena liberata la tavola dai piatti sporchi, Jag si avvicinò a Carly, che si ritrovò con la schiena appoggiata al mobile della cucina. Poi lui le mise le mani intorno al viso e la fissò negli occhi.

Carly gli afferrò i polsi e si tenne stretta, reggendo il suo sguardo.

"Sei pronta per questo?" le chiese.

"Sì." Nella voce di Carly non c'era alcuna ombra di esitazione.

"Anch'io," le disse Jag con un sorrisetto.

Carly ricambiò il sorriso. Jag si era fatto una doccia appena tornato a casa, poi si era cambiato, indossando i pantaloni di cotone con cui era solito dormire. Si era messo una delle sue magliette della marina e Carly sentiva le mani pruderle dalla voglia di infilargliele sotto, per toccargli la pelle nuda. Però tenne le mani a posto: quella sera doveva essere Jag ad avere il controllo.

Senza dire altro, lui si avvicinò e la baciò con grande passione e trasporto, poi le prese la mano e uscì con lei dalla cucina.

Lei lo seguì volentieri, sapendo di avere un sorriso da ebete in volto. Jag la accompagnò in camera da letto e non si fermò se non quando furono entrambi in piedi vicino al letto.

"Ho preso i preservativi," sbottò lui. Era dolce e carino, tanto era nervoso.

"Io prendo la pillola," lo informò.

"Sì, lo so, le ho viste in bagno."

Dato che non le diceva altro, Carly proseguì titubante: "Non dobbiamo usare i profilattici se non ti va. Io sono sana e non ho fatto sesso con nessuno, dopo Shawn; puoi fidarti, anche perché quando l'ho mollato mi sono fatta gli esami, tanto per essere sicura." Si accorse di straparlare, ma non

riusciva a fermarsi. "Insomma, non sono a rischio di gravidanza. Cioè, insomma, c'è sempre un rischio minimo, la
pillola non è efficace al cento per cento, ma comunque non
sono nemmeno nel momento fertile del ciclo. Se no, se non te
la senti, possiamo usare il profilattico." A quel punto, si
costrinse a tacere.

Jag respirò a fondo. Aveva le pupille dilatate e sembrava
sul punto di afferrarla e di gettarla sul letto per prenderla
come gli pareva... il che sarebbe andato benissimo anche a lei.
"Non ho mai... lei mi metteva sempre un profilattico, prima...
sì, insomma, hai capito."

Carly annuì e gli passò con leggerezza le mani sul petto.

"Mi ha sempre fatto pensare che mi credesse sporco,"
ammise Jag.

"Non eri sporco," gli disse Carly dolcemente per rassicu-
rarlo, "comunque, per la cronaca, io non ho mai fatto l'amore
senza preservativo, quindi sarebbe la prima volta per
entrambi."

A quel punto, Jag si rilassò un pochino. "Fare sesso senza
protezione può diventare incasinato per una donna," le disse
con dolcezza.

Carly immaginò che lui l'avesse visto nei film porno che
quella stronza lo costringeva a guardare. A quel pensiero,
Carly cercò di contenere la rabbia. Non era quello il
momento. Fece un sorriso a Jag. "Non sono preoccupata."

In tutta risposta, Jag le portò le mani sotto la maglietta
che lei si era messa dopo aver fatto la doccia. Era una
maglietta verde pastello con una profonda scollatura a V che
lasciava intravedere tanto e la faceva sentire molto sensuale.
Lentamente, lei alzò le braccia sulla testa per aiutarlo a
toglierle la maglia.

Carly inarcò di poco la schiena rimanendogli di fronte...
quanto adorava l'espressione di lussuria che si accese sul viso
di Jag, mentre la osservava. Nonostante non fosse molto alta,

Carly aveva delle belle curve, che si erano accentuate meglio, da quando era venuta ad abitare con lui e aveva ripreso a mangiare per bene. Aveva i seni ben gonfi... e non vedeva l'ora che Jag ne approfittasse.

"Posso togliermi il reggiseno?" gli chiese: non voleva fare nulla che potesse fargli venire in mente *quella*.

Jag si leccò le labbra e annuì. Non le aveva tolto gli occhi di dosso, erano fissi sul petto. Carly si portò le mani dietro la schiena e sganciò la fibbia del reggiseno, lasciandolo cadere sul pavimento. Starsene davanti a lui mezza nuda la faceva sentire molto audace, ma si sentiva anche molto bene.

Jag alzò le mani e gliele mise lentamente sui seni, stringendoli leggermente. Lei sospirò e inarcò meglio la schiena per spingersi contro di lui.

"Cazzo," sussurrò Jag chiudendo per un attimo gli occhi, "che bella sensazione."

Poi Jag le fece scendere le mani lungo il corpo, infilando le dita sotto ai leggings; Carly li aveva indossati proprio perché erano più semplici da togliere. A quel punto, lui la guardò negli occhi con un'espressione che la fece quasi imbarazzare. Le iridi marroni di cui lei si era innamorata quasi non si vedevano, tanto Jag aveva le pupille dilatate. Lo vedeva respirare affannosamente dal naso, mentre le mani callose le sfregavano la pelle dei fianchi provocandole un piacere delizioso.

Con la massima lentezza, Jag le tirò giù lungo le gambe i leggings e le mutandine. Appena le arrivarono alle caviglie, lei calciò via tutto. Ormai era completamente nuda davanti a lui... si sentiva il massimo dell'erotismo. Era anche un po' spaventata, ma per il verso giusto.

"Sei bellissima," le disse Jag con ammirazione, mettendosi in ginocchio davanti a lei. "Divarica le gambe, Carly."

Lei gli obbedì senza esitare. Jag era un amante a cui piaceva dare ordini, molto diverso dall'uomo quasi distrutto che si era vista davanti qualche sera prima. Lo preferiva di gran lunga com'era diventato.

Jag le massaggiò le cosce muovendo le mani in alto e in basso, poi si fissò con gli occhi sulla passera. Carly non sapeva che fare con le mani, temeva di fargli venire dei brutti ricordi, così se le tenne ai fianchi. Jag portò le dita sempre più in alto, Carly trattenne il fiato, pregando che la toccasse.

"Sei bagnata," le disse sottovoce, sempre continuando a fissarla e basta.

"Sì."

"Ti piace?"

Carly annuì.

Lui alzò gli occhi per cercarla. "Perché? Non ti ho ancora toccata."

"Perché sei tanto... non ho mai..." Carly faceva fatica a esprimere i propri pensieri. "Mi piace quando prendi il controllo."

"Piace anche a me," le disse Jag con grande soddisfazione e con un pizzico di sollievo. "Vuoi che ti tocchi?"

"Ti prego."

"Che buon profumo che hai," le disse sospirando, invece di toccarla come lei voleva. Poi avvicinò la testa e inalò bruscamente. "Sai di ambrosia e ciliegie."

Carly non aveva la più pallida idea di quale fosse l'odore dell'ambrosia, ma non aveva voglia di chiederglielo.

Jag si avvicinò meglio e le strofinò il naso contro i peli pubici tagliati corti. Lei ansimò pregustando il piacere, poi oscillò.

Lui se ne accorse subito e le mise le mani ai fianchi per stabilizzarla.

Poi Carly sentì la lingua di Jag sull'anca... e infine sulle pieghe bagnate. Divaricò meglio le gambe, aveva bisogno di lui.

Jag però non approfondì quell'esplorazione. Si alzò in

piedi e le disse con voce quasi gutturale: "Sdraiati sul letto, metti i piedi sul letto con le ginocchia piegate."

Carly sentì un brivido. Accidenti, stava diventando un gioco piccante. Si affrettò a obbedirgli. Appena si trovò in quella posizione, lui salì sul letto senza togliersi i vestiti. Carly sentì una stretta allo stomaco. Per un attimo, si chiese se ci fosse qualcosa di sbagliato, nel sentirsi così eccitata, offrendosi a lui tanto esposta e vulnerabile. In quel momento aveva lui tutto il controllo. Non si era tolto né la maglia, né i pantaloni, le aveva ordinato come mettersi... era più che chiaro che fosse lui a decidere.

La guardò negli occhi mentre avanzava in ginocchio verso di lei. Poi le mise le mani sull'interno coscia e le spinse le gambe per divaricarle meglio.

Carly sentiva di essere bagnatissima. Aveva i capezzoli turgidi e appuntiti, morivano dalla voglia di farsi toccare da lui. Si agitò istintivamente.

"Stai ferma," le ordinò, e lei si fermò subito.

Lui si abbassò tra le gambe di lei e con una mano le aprì le labbra.

"Jag," piagnucolò lei.

"Shhh. Non sono mai stato tanto vicino prima, è una visione intima..."

Carly si morse le labbra e lasciò andare la testa all'indietro sul cuscino. Se Jag voleva esaminarla, lei gli avrebbe lasciato fare. Poteva fare ciò che voleva.

Al primo contatto col dito di Jag, lei rialzò subito la testa: non poteva *non* guardare.

Lo vide leccarsi le labbra di nuovo, mentre le passava l'indice intorno al clitoride, lentamente. Carly sussultò quando lui glielo toccò, era molto sensibile; lo vide sorridere.

"Ti piace."

Non era una domanda, ma lei rispose comunque. "Eh sì, direi di sì."

Jag se la prese comoda, voleva imparare cosa le piacesse, cosa la facesse agitare di più. Le infilò un dito nel corpo, spingendo lentamente qualche volta; Carly gemette. Quando lui tolse il dito, lo esaminò per un attimo, notò che risplendeva per i succhi di Carly, poi se lo mise in bocca.

Fu una delle scene più eccitanti che Carly avesse mai visto. Lo sguardo estatico di Jag, quando la assaggiò, le sarebbe rimasto impresso nella memoria per sempre. Poi, come se non potesse più rimandare di un attimo, Jag abbassò la testa e la leccò con un movimento unico e lungo della lingua.

Carly si agitò.

La leccò di nuovo, gustando l'abbondante quantità di eccitazione che le scendeva tra le gambe. Le piaceva molto... ma quando lui provò a succhiarle il clitoride, lei gridò.

Lui alzò la testa, come per assicurarsi che fosse un grido di piacere e non di altro tipo. Carly annuì verso di lui. "Ancora!"

Lui fece un breve sorriso e poi abbassò la testa.

I minuti successivi furono tra i migliori della vita di Carly. Nessuno l'aveva mai fatta sentire come la faceva sentire Jag. Le sembrava di uscire dalla pelle; sembrava che Jag sapesse esattamente che pressione fare sul clitoride per farla impazzire, ma senza esagerare.

"Jag, ti prego!"

"Ti prego che cosa?" borbottò lui, parlandole contro la pelle sensibile.

"Fammi venire. Ne ho *bisogno*."

"Mi fa piacere che ti piaccia," le disse abbassando la testa.

"Jag..." piagnucolò Carly.

Lui fece una risatina e gli sbuffi di aria calda sulla passera la fecero andare sia in estasi che all'inferno.

Jag le infilò di nuovo le dita tra le labbra, spargendo l'eccitazione umida fino al clitoride e accarezzandolo leggermente.

"Sei bagnata fradicia, tutta per me." Sembrava allo stesso tempo compiaciuto e meravigliato.

"Sì, sì," mormorò Carly.

"Voglio guardarti venire," le disse Jag, "non mi è mai successo, almeno con una a cui volessi bene."

Quelle parole quasi bastarono a Carly per raggiungere il picco del piacere. Sapere di essere la prima volta di Jag, sotto molti aspetti importanti, era sia un fastidio che un amore. "Ci sono quasi, Jag. Dai!"

Invece di abbassare la testa, lui le appoggiò il palmo della mano sulla pancia e con il pollice le strofinò il clitoride. Allo stesso tempo, la penetrò con due dita dell'altra mano, poi cominciò a spingere, dentro e fuori, sempre stimolandole il clitoride.

Carly sgroppò, staccando i fianchi dal letto e gemendo. Lui continuò a penetrarla con le dita e Carly non riusciva a star ferma; continuava a spingersi contro di lui, mentre dalla gola le usciva un gemito che non aveva mai sentito prima.

Era troppo bello, davvero troppo. Si sentiva quasi sopraffatta.

"Ecco, ci sei quasi," le disse Jag con la voce roca e gli occhi ottenebrati dal desiderio.

Poi mosse le dita più velocemente, oscillando dentro e fuori le pieghe bagnate e aumentando il ritmo del dito sul clitoride. Carly bloccò a mezz'aria il movimento dei fianchi, rimase immobile per un attimo sull'orlo del precipizio del piacere.

Poi prese il volo. Sentì il cuore battere fuori controllo e dimenticò di respirare, mentre veniva attraversata dall'orgasmo più intenso e fuori controllo di tutta la vita.

Jag rallentò le dita, ma non smise mai di accarezzarla, mentre lei continuava a tremare. Quando finalmente Carly si lasciò cadere sul letto, Jag le tolse da dentro le dita e abbassò la testa.

La leccò più volte e con gusto, come se quel sapore non gli bastasse mai. Ogni volta che le passava la lingua vicino al clitoride sensibile, Carly sussultava.

Proprio quando lei cominciava a pensare di non poter più sopportare quel contatto, quando era più che pronta a concedersi, Jag si mise in ginocchio, si strappò di dosso la maglia e si abbassò i pantaloni del pigiama. Per un attimo, Carly pensò che non se li sarebbe nemmeno tolti del tutto, ma poi lui si abbassò su un fianco per scacciarli via.

Ce l'aveva duro, era lungo, grosso. Lei l'aveva già sentito sulla pancia, quando dormivano insieme e quando si baciavano da vicino, ma non gliel'aveva mai visto. Voleva toccarlo, voleva farlo impazzire nello stesso modo, ma si costrinse a rimanere ferma.

Jag le fece divaricare di nuovo le gambe e si avvicinò. Gemettero entrambi, appena la punta del membro le sfiorò le pieghe bagnate.

"Sei pronta?" le chiese, afferrandosi la base dell'uccello e stringendola.

"Sì," gli rispose Carly, una parola sola, ma chiarissima.

Poi trattenne il fiato, mentre lui continuava ad avvicinarsi.

———

Jag non riusciva nemmeno più a pensare. Si leccò le labbra e assaggiò Carly. Avrebbe passato volentieri tutta la notte a venerarla, ad assaggiarla, a guardarla, sentendola esplodere mentre lui la toccava e la leccava. Era l'esperienza più bella che avesse mai vissuto. Era bagnata, stretta... ma lui voleva andare fino in fondo. Voleva tutto, con lei.

Non era per nulla com'era stato con Bridget. *Tutt'altro*. Era molto di più. Moltissimo.

Stare con una donna a cui teneva, una donna che amava, rendeva molto più eccitante ogni tocco, ogni gemito, ogni bacio. Non si era mai *sentito* come in quel preciso momento. Non aveva mai avuto l'impressione che, se non fosse entrato in lei, sarebbe letteralmente crollato. L'eccitazione e l'aspettativa gli scorrevano dentro, mentre la guardava: era un'esperienza diversa, mai provata prima.

Sapeva bene che non dover usare un profilattico era un dono: aveva sentito tanti amici, anche in marina, lamentarsi di quanto fosse più bello e più sentito farlo senza. Il solo pensarci lo sconvolgeva, ma lo voleva. Ne aveva bisogno.

Si tenne stretta la base del membro per evitare di venire precocemente e si avvicinò un poco a Carly, che teneva le gambe divaricate, tanto da fargli inalare il profumo dell'eccitazione. Le contrazioni di quell'orgasmo gli avevano stretto le dita tanto da fargli pensare come sarebbe stato, intorno all'uccello.

Per la prima volta nella vita, Jag si stava lasciando andare con una donna.

Non si sentiva in colpa, non si sentiva sporco. Non aveva la sensazione che fosse tutto sbagliato, o che lei lo stesse usando. Voleva percepire fino in fondo quel momento, non voleva chiudere gli occhi, pregando che finisse tutto al più presto.

Spinse appena la punta nelle pieghe di Carly e sentì uno spruzzo uscirne. Se lo strinse con più forza, pregando di resistere abbastanza a lungo da penetrare la donna che amava.

Jag non era vergine, non nel significato letterale del termine, ma ciò che Bridget lo aveva costretto a fare non contava. Ormai l'aveva capito. Le due donne con cui era stato nel frattempo, in tutti quegli anni, erano state esperienze ridicole rispetto a ciò che sentiva in quel momento. In quelle due occasioni, aveva come spento ogni emozione, vivendo i movimenti solo per andare oltre.

Ecco dov'era il suo posto, era con Carly. Vicino a lei,

dentro di lei. Lei lo faceva sentire amato, come rinato. Non avrebbe rovinato quel rapporto.

Voleva... no, aveva *bisogno* di sentirla venire intorno all'uccello.

Con un rinnovato senso di controllo, Jag si spinse completamente dentro la sua donna, fino a sfiorarla con i testicoli. Poi abbassò le mani e le afferrò le natiche, separandole, per potersi spingere più avanti.

Che sensazione incredibile! Il piacere più grande che avesse mai provato in tutta la vita. Bagnata, eccitante, stretta. Poteva quasi sentire il battito del cuore di Carly intorno al proprio uccello. Una fantasia, certo, non era così che funzionava, ma a lui non importava.

Si accorse di aver chiuso gli occhi e li riaprì per poter fissare la donna che aveva davanti. Era sdraiata, del tutto immobile, gli lasciava fare ciò che voleva. Jag non aveva mai amato niente o nessuno con la stessa intensità con cui amava Carly. Lei lo capiva, sapeva che doveva fare a modo suo.

"Tutto bene?" le chiese con voce rotta.

"Tutto bene," gli rispose, rassicurandolo con un sorrisetto. "Più che bene. Sei... ce l'hai grosso, Jag, mi piace tantissimo, mi sento piena..."

Quelle parole lo fecero sorridere. "Ah sì?" le chiese, provando a tirarsi indietro per poi spingersi in lei rapidamente. Avesse potuto decidere lui, non sarebbe uscito mai più, avrebbe preferito rimanere dentro di lei per sempre. Fu un pensiero incredibile e sconvolgente.

Quei pensieri gli fecero venir voglia di ridere, ma tornò a concentrarsi su Carly. Voleva fare in modo che lei godesse alla stessa maniera. Si abbassò e le mise le mani sulle spalle, poi cominciò a spingere lentamente, dentro e fuori.

Lei alzò le mani per afferrargli i bicipiti, affondandogli le unghie corte nella pelle. "Ah, sì! È bellissimo!" esclamò lei sottovoce.

A Jag piaceva molto, gli piaceva stare sopra, gli piaceva sapere di avere il controllo totale. Ne aveva bisogno. Sentiva le gambe di Carly intorno a sé, con i piedi ben piantati che gli spingevano sul sedere, ma nonostante tutto sapeva di averla sotto il proprio controllo.

Per un momento, quel pensiero lo fece sentire in colpa.

Poi lei piagnucolò e si spinse contro di lui.

"Di più, Jag!"

Lui scosse la testa. No, se fosse andato più veloce, avrebbe perso il controllo e sarebbe venuto. Invece voleva durare più a lungo, così continuò con quelle spinte lente ma costanti.

Dopo un po', pur sapendo di fare qualcosa che piaceva moltissimo a Carly, si accorse che non la stava affatto portando ad avere un altro orgasmo.

Allora provò a spingere con più forza.

Lei gridò e lui gemette, vedendo come le si muovevano i seni. Allora spinse di nuovo con forza. Più volte. Più la scopava con forza, più lei si scatenava sotto di lui. Era un'esperienza totalmente nuova per Jag. Nuova ed eccitante; incamerava ogni reazione, notava ciò che le piaceva, ciò che la faceva scatenare.

Carly venne incontro a una spinta e gemette, sentendo l'inguine di Jag che le colpiva il clitoride. Jag si accorse finalmente che, per farla venire di nuovo, doveva stimolarle quel bottoncino sensibile. Si appoggiò di peso sulla mano sinistra e con la destra andò a infilarsi tra i due corpi. Era una posizione stramba, faceva fatica a spingere, mentre cercava di strofinarle il clitoride allo stesso tempo.

"Posso farlo io," gli sussurrò Carly, ma Jag scosse la testa. Gli tornò in mente all'improvviso l'immagine di Bridget che si masturbava mentre lo cavalcava, ma si sforzò di allontanarla.

"No," le rispose con un tono più duro del previsto.

Carly annuì subito e si mise le mani sopra la testa.

A Jag dispiacque, praticamente le aveva risposto urlando,

ma quella posizione passiva gli fece uscire un altro schizzo dal pene, che cominciò a scivolare dentro e fuori ancora meglio.

Seguendo l'istinto, Jag si tirò su e si mise a sedere sui talloni, afferrando Carly per i fianchi e tirando il suo sedere per farlo salire sulle proprie cosce. In quella posizione, non riusciva a spingere bene, ma in quel momento era certamente meglio così. Era troppo vicino all'orgasmo.

"Jag?" Carly lo chiamò, ma lui non rispose. Non poteva, perché stava stringendo i denti con troppa forza. L'immagine del proprio membro che affondava dentro di lei era di un erotismo pazzesco. Non era mai stato tanto eccitato come in quel momento.

Per tutta la vita, gli era sembrato che la ragazza che lo aveva molestato gli avesse come rotto qualcosa dentro, facendo in modo di non fargli mai più provare passione, lussuria, desiderio.

Invece Jag era tutt'altro che rotto. Carly lo aveva salvato e senza dubbio gli aveva fatto tornare una libido ruggente.

Cominciò a massaggiarle il clitoride con due dita. Con forza.

Appena la toccò, lei scattò e lanciò un gridolino adorabile. Jag le prese un fianco con l'altra mano e la tenne vicina, mentre la stimolava per farla venire. Lei si agitava sulle sue gambe, ma lui non rallentò. Doveva vederla e sentirla venire, più di quanto avesse bisogno di venire lui stesso.

Non passò molto tempo: ormai era già pronta e ben lubrificata. Jag la vide contrarre i muscoli della pancia, mentre lo stringeva intorno ai fianchi con le cosce. Carly lanciò un altro verso, mentre l'orgasmo la sopraffaceva.

A quel punto lui lasciò andare la testa all'indietro e strinse i denti, mentre il corpo di Carly glielo stringeva. Jag non aveva mai, *mai* provato tanto piacere.

Non poteva più trattenere il proprio orgasmo; si sforzò di tenere gli occhi aperti per fissare il punto in cui i loro corpi si univano, dove l'uccello affondava nelle profondità di Carly. Sentì lo sperma che gli saliva dai testicoli, poi esplose. Fece un gemito potente, bombardato dalle sensazioni.

Fu un orgasmo più lungo e più potente di tutti quelli che si ricordava di aver mai avuto. Stando con Carly, stando dentro di lei, sentendola godere intorno al proprio membro e vedendola arrossire nelle guance e nel petto mentre veniva... Jag si era sentito come infuocato di piacere.

La tenne stretta a sé, non era ancora pronto a lasciarla andare. Doveva essere una posizione scomoda, per lei, che aveva la schiena molto inarcata, i fianchi tirati sulle sue gambe, ma lui non riusciva a liberarla.

Jag sentì il sudore che gli gocciolava sulla tempia e se lo asciugò con la spalla. Si sentiva esausto, come se avesse appena terminato uno dei micidiali percorsi a ostacoli a cui lo sottoponeva Mustang; ma allo stesso tempo era molto su di giri e si sentiva pronto a conquistare il mondo... perché aveva appena fatto l'amore con la sua donna.

Carly sospirò e stiracchiò le braccia sopra la testa. Gli sorrise timidamente e gli disse sottovoce. "È stato... incredibile."

Poi sentì l'uccello di Jag pulsare dentro di sé e si mise a ridere.

"Davvero?" gli chiese.

"Penso che tu abbia appena creato un mostro," le spiegò Jag con voce aspra e roca.

Poi si sostenne su di lei, con l'inguine incollato a quello di Carly, e si sdraiò mettendole una mano dietro la schiena e ancorandola a sé mentre si girava su un fianco. Era una posizione scomoda, perché Carly teneva una gamba sotto di lui, che non poteva stringerla facilmente come avrebbe desiderato.

Senza pensarci, Jag si girò sulla schiena, portando Carly su di sé.

Lei lo guardò negli occhi bloccandosi. "Non è la..."

"Va tutto bene," le disse, sentendo che Carly non andava avanti. "Tu non sei lei. Non so proprio come cazzo ho potuto mai pensare che fosse come con lei."

Jag la invitò a calmarsi e sospirò soddisfatto, quando lei andò col naso a sfiorargli il collo, accoccolandosi contro di lui. Poteva sentire sul petto i suoi capezzoli ancora turgidi, mentre la sentiva muoversi per mettersi comoda; sentiva anche i testicoli umidi tutt'intorno.

Ecco cosa gli era mancato nella vita. Carly. Le era mancata *lei*.

"Se ti peso, spostami," gli disse mezza assonnata.

Era troppo presto perché Jag si mettesse a dormire, ma non aveva alcun problema a farsi usare da Carly come cuscino.

La sentì sbuffare, senza dire nulla. "Jag?"

"Sì, angelo mio?"

"È andato tutto bene? Non hai avuto dei brutti ricordi?"

"No, nessuno," la rassicurò. "Tu..." gli si ruppe la voce, si schiarì la gola. Vinto dalle emozioni, si prese un momento per deglutire e riprendere il controllo, poi andò avanti a dirle: "Ti amo."

"Ti amo anch'io, tantissimo. Se decidessi di non voler più stare con me, sarei distrutta."

"Impossibile," le disse con fermezza. Dopo un momento, le chiese: "Non ti ho fatto male?"

Lei gli fece una risata addosso. "Al contrario."

"La prossima volta andrà meglio," le disse per rassicurarla.

Lei fece un'altra risatina.

"Dico davvero. Sono venuto troppo presto. Volevo durare di più."

Carly si sollevò un poco dal petto di Jag e sentì l'uccello pulsare di nuovo dentro di sé; sollevò i fianchi, senza farlo uscire. "Per me è stato molto eccitante, sentirti venire subito dopo di me."

"Non hai idea di quanto accidenti mi piaccia sentirti intorno a me," le disse Jag meravigliato.

Lei tornò a sorridere timidamente. Jag abbassò lo sguardo sulle sue tette, che gli sfioravano i peli del petto. "La prossima volta ce la godremo un pochino di più," le disse.

Carly tornò giù sul petto di Jag. "Va bene."

"Va bene?" le chiese; aveva bisogno di sentirla di nuovo acconsentire.

"Sì, ma per quanto mi riguarda puoi fare quello che vuoi, quando vuoi."

Jag sentì di nuovo l'uccello pulsare.

Sentì sulla pelle il sorriso di Carly, si voltò e la baciò sulla tempia. "Perché non ti fai un sonnellino? Quando ti svegli, posso cominciare ad allenare la mia resistenza. Ti dà fastidio, se rimango dentro di te?"

"No, per nulla. Però... poi potremmo sporcarci."

"Benissimo," le rispose con un filo di voce. In quel momento, Jag non riusciva a pensare a niente di meglio che al proprio seme che usciva da lei. Era un pensiero da cavernicolo, ma a lui non importava.

"Ciò che ti è successo mi fa imbestialire," gli disse Carly sottovoce, "ma non posso nascondere di essere anche contenta che tu abbia vissuto un piacere come questo per la prima volta con me."

"Anch'io ne son contento. Non sceglierei altra guida che te."

Carly fece un'altra risatina, poi si spostò per mettersi più comoda.

Passarono diversi minuti, poi Jag sentì sulla pelle sensibile dei leggeri sbuffi di aria calda che provenivano dalla bocca di Carly, e sospirò soddisfatto.

Non aveva mai pensato di arrivare a quel punto, invece

eccolo, sdraiato sotto una donna e perfettamente contento di averla su di sé.

"Grazie," accennò con le labbra senza fare rumore, rivolgendosi alla donna che aveva conquistato il suo cuore, poi finalmente chiuse gli occhi. Aveva fatto una promessa a Carly e voleva assicurarsi che fosse ben riposata.

CAPITOLO VENTI

Carly era spaparanzata sul divano con lo sguardo fisso nel vuoto e un sorrisetto soddisfatto in viso. La settimana appena passata era stata... una rivelazione. Jag era tutto ciò che lei aveva sempre desiderato in un uomo, tutto ciò che non si aspettava di trovare.

Quella mattina, dopo l'allenamento, era partito tardi per andare alla base, solo perché lei si era svegliata un po' pigra e non era ancora uscita dal letto quando lui era rientrato.

Dopo averla scopata fino a farla andare in brodo di giuggiole, le aveva detto di non aver potuto resistere alla tentazione, vedendola a letto, nuda e assonnata. A lei andava benissimo. Poi lei era rimasta nel letto a cercare di riprendersi, con un sorriso appagato in viso.

Forse Jag non aveva tanta esperienza in materia di sesso, ma stava imparando molto alla svelta. Lei non aveva mai avuto rapporti con un uomo tanto determinato a garantirle orgasmi ogni singola volta che facevano l'amore. Jag prestava attenzione a ogni minimo movimento, a ogni suono che lei faceva, e se si accorgeva che c'era qualcosa che non le piaceva, cambiava immediatamente modalità.

La notte precedente, le aveva detto di voler provare a farla stare sopra, a un certo punto. Lei non voleva correre, ricordava ancora molto bene come l'aveva visto reagire e c'era tutto il tempo di lavorarci. Peraltro, era più che soddisfatta di come Jag si muoveva.

Lui aveva partecipato a qualche altra sessione di psicoterapia e aveva detto a Carly proprio la sera prima che rimpiangeva di non aver cominciato prima. Ciò che gli era successo aveva formato gran parte dell'uomo che era diventato; comunque finalmente stava affrontando il passato.

Stiracchiandosi sul divano, Carly sorrise sentendo un dolorino tra le gambe per la stanchezza. Sentì il telefono vibrare, era un messaggio; allungò un braccio per prenderlo.

Kenna: Volevo solo dirti che sono orgogliosa di te. Ti scrivo senza un motivo particolare, è solo che ti stavo pensando, stai andando talmente bene che mi è venuto quasi da piangere. Ti voglio bene.

Dopo aver letto il messaggio dell'amica, Carly sentì le lacrime bagnarle gli occhi. A dir la verità, anche lei era orgogliosa di se stessa. Aveva fatto parecchia strada, da quando si rannicchiava terrorizzata in un angolino della camera da letto del proprio appartamento, troppo spaventata per uscire. Non era esattamente la stessa donna che era prima di incontrare Shawn, ma non era un problema.

Non era nemmeno *sicura* di voler tornare a essere la persona vagamente ingenua che era stata. Grazie alle lezioni di autodifesa impartite da Elizabeth e ai consigli di Jag e degli altri, si sentiva più forte. Se qualche mese prima Shawn l'avesse rapita, invece di rapire Kenna, lei non avrebbe mai trovato la forza interiore di fare ciò che aveva fatto l'amica. Si sarebbe bloccata per la paura e Shawn sarebbe riuscito a portare a termine i suoi piani malvagi, oppure sarebbe saltato in aria insieme a lei.

Era fin troppo facile creare una regia immaginaria di ciò che avrebbe potuto fare un domani, se Shawn fosse stato ancora vivo e avesse cercato di aggredirla, ma Carly voleva pensare che sarebbe stata in grado di sfuggirgli, in qualche modo. Non andava mai da nessuna parte, senza la bomboletta di spray al peperoncino nella borsetta; faceva sempre in modo di indossare pantaloni, corti o lunghi, con delle tasche, per poter avere con sé il coltellino che Jag le aveva regalato. Aveva imparato molti modi per usare il proprio corpo come arma, gomiti, ginocchia, persino la testa, se necessario; era in grado di costringere un eventuale aggressore a lasciarla andare, per poi mettersi a correre come un'indemoniata.

Era uno dei punti su cui Elizabeth martellava costantemente, a ogni incontro. Il fine ultimo era scappare dall'aggressore, non star lì a picchiarlo. *Scappare*. Le statistiche dimostravano che se un malvivente riusciva a portare in macchina una vittima, le possibilità di sopravvivenza calavano almeno del cinquanta per cento. Elizabeth aveva spiegato anche che l'arma migliore per una donna, o meglio, per chiunque, era la voce. Ai malintenzionati non piace attirare l'attenzione su ciò che sta accadendo. Quindi, anche se un aggressore ti ordina di non fare rumore, nove volte su dieci è meglio urlare a squarciagola.

Ovviamente Elodie si era sentita di chiedere cosa fare, nel caso l'aggressione *non avvenisse* in un luogo pubblico, probabilmente sulla scorta di quanto le era successo: aveva rischiato la vita in pieno oceano, dove nessuno l'avrebbe mai sentita, anche se si fosse messa a urlare.

Elizabeth le aveva risposto dandole dei colpetti con un dito alla tempia. "Allora devi farti più furba dell'aggressore."

Una risposta semplice; Carly non pensava sarebbe stata

utile in una situazione reale di rischio della vita, ma capiva il messaggio di Elizabeth. Il panico non sarebbe servito a nulla. Senza anima viva nei paraggi che possa aiutare, allora una vittima deve arrangiarsi.

Scosse la testa; non voleva pensare a situazioni tanto deprimenti. Digitò un messaggio di risposta per Kenna.

Carly: Grazie. Non starei altrettanto bene, senza il tuo aiuto. Ti ammiro alla follia, amica mia. Anche prima di conoscerti veramente, ti ammiravo. Ti voglio bene.

In tutta risposta, Kenna le inviò una riga intera di faccine allegre e Carly si mise a ridere. Era una risposta tipica di Kenna. Stava per rimettere giù il telefono per tornare a sognare Jag a occhi aperti, quando il cellulare squillò, spaventandola a morte.

Dopo aver ridacchiato per la propria reazione eccessiva, Carly rispose.

"Pronto?"

"Oh, grazie al cielo ci sei. Sono Alani. Ho bisogno del tuo aiuto."

"Cosa succede?" La manager del Duke's sembrava agitata, il che era molto strano per Alani, che di solito era impassibile; doveva essere successo qualcosa di importante, se la chiamava a quell'ora, con un tono tanto inquieto.

"Oggi c'è l'ispezione del dipartimento sanitario. Di solito non è niente di preoccupante, abbiamo tutto a posto e se ci fanno qualche appunto, sono sempre piccolezze, pignolerie. Però è successo questo, che ieri c'era qui il nuovo assistente manager, lo conosci, ci hai lavorato anche tu; è sempre andato tutto bene con lui, sa anche come prendere i clienti più rompiscatole; solo che Robert ha fatto l'ordine da solo per la prima volta e sono appena arrivate le forniture di oggi e... non so come sia successo, se l'abbiano interrotto, o distratto... ma invece di due casse di lattuga ne sono arrivate *venti*! Poi siamo pieni di broccoli: è impossibile che ne consumiamo cinquantacinque teste!"

"Che mi venga un colpo, ma davvero?" domandò Carly.

"Sì!!" esclamò Alani, quasi urlando. "Normalmente non sarebbe un problema, anzi, magari ci riderei anche sopra, ma è arrivato anche l'ordine mensile di ingredienti per le torte Hula e nei frigoriferi non c'è spazio per tutte queste verdure! Se arrivano gli ispettori e vedono tutta questa roba in giro non conservata a modo, ci faranno chiudere. Anche se spiego cos'è successo e prometto che non serviremo ai clienti le verdure non conservate in frigo, potrebbero non credermi."

"Cosa posso fare per aiutarti?" le chiese Carly. Le dispiaceva per la manager: Alani era una persona meravigliosa e non avrebbe fatto una bella figura, se il Duke's avesse ricevuto una cattiva valutazione dal dipartimento di sanità. Anche se non ne aveva lei la colpa.

"Odio dovertelo chiedere, perché so che non ti metterà a tuo agio, ma davvero, ho cercato di chiamare qualcun altro: sono tutti impegnati."

"Non è un problema, Alani," la rassicurò Carly.

"Ho telefonato a Food For All, sono contenti di cucinare lattuga e broccoli per gli utenti. Oggi il centro di Barbers Point è chiuso, ma la sede in centro è aperta e può ricevere le verdure di troppo."

Carly annuì; si ricordava di aver sentito parlare Lexie e Ashlyn due giorni prima, avevano deciso di chiudere, per quel giorno, perché dovevano andare in centro con il furgone a distribuire pasti. Era una mossa promozionale, per attirare l'attenzione sull'esigenza di donazioni, ma anche per cercare di rendere la zona dei senzatetto un po' più umana. Anche Kenna ed Elodie sarebbero andate a dare una mano. Carly aveva pensato di andare, ma sapeva che per lei sarebbe stato troppo; per quanto le desse fastidio starsene a casa, mentre le amiche stavano facendo del bene per la comunità, Carly si era ripromessa di trovare un modo per compensare.

"Sai che non ti disturberei mai a quest'ora, ma l'ispettore di solito arriva verso le dieci," andò avanti Alani con la voce sempre più alta per l'ansia. "Se riesco a far sparire queste verdure di troppo, penso che sarà tutto a posto, solo che io non posso andare."

Carly si alzò e andò in camera per cambiarsi. "Posso arrivare tra una mezz'oretta," le disse.

"Mi faresti un favore *enorme*," rispose Alani con voce chiaramente più rilassata, "puoi accostare davanti all'albergo, io posso uscire e venirti incontro così non devi nemmeno parcheggiare. Penso di poter mettere tutto in tre scatoloni, ci staranno nella tua macchina, che dici?"

"Ce li faremo stare," la rassicurò Carly.

"Di nuovo grazie, Carly, sei la mia salvezza! Davvero."

"Ci vediamo tra poco," concluse Carly.

"Ciao."

Carly chiuse la conversazione e afferrò una canotta dal cassetto. Rimase là in piedi per un momento, a fissare la cassettiera di Jag, che aveva risistemato tutto in modo da liberarle due cassetti. Le riusciva ancora difficile credere che il loro rapporto andasse tanto bene, ma era al settimo cielo e non voleva mettere in discussione la propria gioia. Indossò un reggiseno e si infilò una canotta nera. Decise di optare per dei pantaloni: le previsioni del tempo mettevano pioggia nel pomeriggio e fuori c'era già un bel venticello.

Dopo essersi infilata i pantaloni color cachi, prese un paio di infradito e andò in bagno. Si spazzolò i capelli e se li legò dietro la testa con un mollettone. Si fermò per un momento a fissare la propria immagine riflessa nello specchio. Rispetto alla donna di qualche mese prima, era diventata irriconoscibile. Aveva il viso più pieno, grazie ai pasti sani e regolari, non aveva più le borse sotto gli occhi.

Si sentiva rinata e amava la nuova persona che era diventata. Non sarebbe mai tornata la donna spaventata e reclusa che era diventata dopo il tentato rapimento e la morte di Shawn.

Girò i tacchi e andò verso l'uscita dell'appartamento. Afferrò la borsetta e il coltellino che era solita appoggiare sul tavolino dell'ingresso. Quando fu seduta nella sua piccola Ford Escape, fece un respiro profondo. Sentiva l'adrenalina scorrere nelle vene, una reazione ridicola, data la situazione: stava solo andando a Waikiki per prendere della verdura e portarla al centro di Food For All, per poi tornare a casa. Tuttavia, la disperazione di Alani le era entrata nella testa, mettendola in agitazione e spingendola ad arrivare al Duke's prima dell'ispettore sanitario.

Non era il caso di fare stupidaggini: tirò fuori il telefono dalla borsetta e inviò un messaggino a Jag. Lo sapeva bloccato tutto il giorno in riunioni molto importanti, almeno a giudicare da quel poco che aveva potuto dirle. Carly non conosceva i dettagli, ma sembrava sempre più probabile che la squadra di Jag dovesse andare molto presto in missione. Eppure, l'ultima cosa che Carly voleva era uscire dall'appartamento senza dirlo a nessuno.

Carly: Sto uscendo un attimo per fare un favore ad Alani. Non preoccuparti, ho con me il coltellino e lo spray al peperoncino. Ti mando un messaggio quando torno a casa. Ti amo.

Gettò il telefono nella borsetta e inserì la retromarcia, uscì dal parcheggio e si avviò.

———

Non riusciva a credere ai propri occhi: Carly stava davvero uscendo... *da sola?!*

Aspettava quel momento da troppo tempo e finalmente era arrivato. Con lei non c'era nessuno, non c'era il compagno, non c'erano nemmeno quelle deficienti delle amiche.

Era giunto il momento. Era ora di muoversi. Lui era pronto, pronto da settimane. Aveva tutto il necessario e la barca era già preparata. Ancora meglio, stava per arrivare un temporale. Lo scenario perfetto per terminare ciò che Shawn aveva cominciato.

Lui non doveva fare altro che seguirla e trovare l'opportunità per far scattare il piano. Un piano che avrebbe funzionato senza alcun dubbio. Doveva funzionare.

"È arrivato il momento, amico mio," si disse a voce alta, mentre seguiva quella stronza da una discreta distanza. "Finalmente la pagherà per tutto ciò che ti ha fatto."

Sentì l'entusiasmo crescergli dentro, poteva contenere appena l'eccitazione. Era scattato il piano, quel giorno, in quel momento.

Carly Stewart stava per morire... e lui non vedeva l'ora di scoprire che faccia avrebbe fatto, capendo cosa stava per capitarle.

———

Il ritiro delle verdure di troppo era andato liscio come l'olio. Carly aveva telefonato ad Alani per farle sapere che stava per arrivare; l'aveva trovata ad aspettarla davanti all'Outrigger Hotel con un carrello in cui aveva messo i tre scatoloni; avevano caricato tutto in macchina in breve tempo: uno scatolone nel baule, gli altri due sui sedili posteriori. Alani l'aveva abbracciata con calore, ringraziandola profusamente di nuovo. Poi Carly si era diretta in centro, per raggiungere la sede di Food For All.

Non aveva previsto che ci fosse una manifestazione in quella zona. Era ancora presto, eppure c'era gente *ovunque*. C'erano banchetti sui marciapiedi e alcune strade erano persino chiuse al traffico.

Dopo aver imprecato, perché non sarebbe stata in grado di accostare semplicemente davanti al centro alimentare e scaricare gli scatoloni di fretta, Carly raggiunse il parcheggio multipiano più vicino. Sarebbe stata costretta a fare tre viaggi per consegnare tutto. Il pensiero di andare avanti e indietro tra le centinaia di persone che circolavano per le strade la faceva sudare freddo.

Per un momento, Carly aveva pensato di tornare a casa e mandare un messaggio a Lexie, per dirle delle verdure donate e chiederle se magari poteva passare lei a prenderle. Però aveva scartato subito quell'idea. Prima di tutto, Lexie era già impegnata con il furgone promozionale di Food For All. Carly non aveva pensato di chiederle se, in concomitanza con quella iniziativa, ci fosse stato anche un *evento* in centro città.

In secondo luogo, nel frigo di Jag non c'era posto per tutte quelle verdure e non poteva lasciarle in macchina tutto il pomeriggio sotto il sole cocente: sarebbero avvizzite e magari marcite anzitempo. Il pensiero di sprecare tutto quel cibo non le andava a genio, con tutte le persone che potevano usufruire di un pasto sano.

Così mandò giù il rospo e lasciò la macchina nel parcheggio multipiano. Era stata costretta a salire fino all'ultimo piano per trovare un posto, tanto era stato l'afflusso di persone che partecipavano alla festa, per non parlare delle auto dei pendolari regolari.

Carly rimase seduta in macchina per cinque minuti abbondanti, aggrappata al volante, cercando il coraggio di uscire e avviarsi giù per le scale per raggiungere il centro alimentare. Senza dubbio, gli operatori del centro sarebbero stati molto impegnati e non avrebbero avuto personale disponibile per aiutarla, ma... l'avrebbe scoperto ben presto.

Prima usciva dalla macchina e prima avrebbe concluso la faccenda e sarebbe tornata a casa.

Odiava sentirsi tanto debole, quando proprio quel mattino si era congratulata con se stessa per il proprio coraggio; fece un gran respiro e aprì la portiera della macchina. Poteva farcela. Era una follia pensare che qualcuno potesse saltar fuori in qualunque momento da dietro l'angolo per rapirla.

Aveva fatto appena due passi fuori dalla macchina quando un uomo comparve dal nulla.

Carly gridò per la sorpresa e fece qualche passo incerto all'indietro.

"Scusami tanto! Non intendevo spaventarti," le disse quell'uomo.

Appena si riprese, Carly si accorse di conoscerlo.

"Gideon... cosa ci fai qui?" Era uno degli amici di Shawn, quello che lavorava allo zoo. Negli ultimi mesi, l'aveva visto in qualche occasione e non le aveva trasmesso alcuna vibrazione negativa... ma era sempre meglio fare attenzione. Quante probabilità c'erano che anche lui si trovasse in quel parcheggio, in quel preciso istante?

Indossava la solita tuta da lavoro. Carly si chiese se indossasse mai abiti diversi; chissà quanto tempo era passato, da quando l'aveva visto indossare altro, invece dell'uniforme dello zoo che sembrava indossare sempre.

"Lo zoo partecipa alla manifestazione con uno stand," le disse facendo spallucce, "sono venuto a fare il mio turno, ma non mi aspettavo fosse tanto affollato. ho parcheggiato laggiù," le disse indicando vagamente col pollice dietro la propria schiena.

Carly si rilassò un pelo. "Ah, sì, una folla pazzesca."

"Tu invece che ci fai qui? Vai alla festa?"

"No," gli rispose a voce un po' troppo alta. Dopo un respiro profondo per calmarsi, Carly si spiegò: "Sto portando una donazione al centro di Food For All, anch'io non mi aspettavo di trovare una folla del genere, così presto. Non sono riuscita ad avvicinarmi al centro, così ho dovuto parcheggiare qui. Devo portare tre scatoloni pieni, pensavo di chiedere aiuto."

Gideon annuì. "Ah, capisco, mi sembra giusto." Guardò verso la macchina di Carly e notò gli scatoloni sui sedili posteriori. "Sono scatoloni grossi, vuoi una mano? Possiamo portarne giù due adesso e poi torniamo per l'ultimo. Posso portartelo io, tanto mi devo fermare allo stand."

Carly si sentì leggermente sollevata. Gideon non era certo la persona che avrebbe scelto, per farsi aiutare, ma era sempre meglio che andare in giro da sola e sentirsi vulnerabile. Almeno lo conosceva, e anche se era stato amico di Shawn, non aveva mai detto o fatto nulla che la facesse sospettare, nessun segno di un rancore irrisolto. Anzi, si era sempre sforzato di metterla a suo agio.

Anche in quel momento, si teneva a una certa distanza per non farla sentire soffocare.

A quel punto, Carly voleva solamente filarsela da quel parcheggio, schivando la folla che riempiva le strade. Non poteva negare che il pensiero di dover fare un viaggio solo al centro di Food For All le sembrava un'ottima notizia, a quel punto. Accettando l'offerta di Gideon, avrebbe potuto tornare alla macchina e dirigersi verso casa nel giro di dieci minuti, al massimo.

"Va bene," gli rispose, prima di ripensarci.

"Ottimo. È davvero un bel gesto, quello di donare da mangiare, intendo," le disse Gideon.

Carly annuì e si avvicinò al baule. Aveva ancora le chiavi in mano, impugnate in modo da far male, qualora qualcuno la aggredisse; infilò la chiave nella serratura del baule e lo aprì.

Si abbassò per prendere lo scatolone... e qualcosa la colpì dietro la testa. Forte.

Carly emise un grugnito soffocato e si accorse che stava cadendo. Colpì con la testa il bordo del baule e praticamente ci rimbalzò sopra, ma non arrivò a cadere per terra.

"Ti ho presa," le disse Gideon.

Chissà perché, quelle parole le sembrarono strambe. Carly strizzò gli occhi cercando di guardarlo, mentre lui la sollevava con le braccia. Non era un uomo enorme, era alto più o meno come Jag, ma riusciva a tenerla in piedi senza fare fatica.

Si stava allontanando dalla macchina, ma Carly non riusciva a tenere gli occhi aperti. Sentiva la testa pulsare e le sembrava di essere sul punto di vomitare. Solo quando sentì qualcosa dietro la schiena, riuscì a spalancare gli occhi: Gideon la stava facendo sdraiare su qualcosa. Si voltò e rimase confusa per qualche secondo.

Poi finalmente riuscì a ragionare.

Gideon l'aveva colpita e adesso la stava mettendo in un baule.

Gideon Sparks era l'uomo che stavano cercando da tanto tempo, il dipendente dello zoo dalle maniere gentili era l'uomo che la stava rapendo!

Lei aprì la bocca per urlare, ma prima ancora che riuscisse a emettere un suono, Gideon la colpì con un pugno in pieno viso; Carly svenne e non seppe più nulla.

CAPITOLO VENTUNO

Jag era esausto. Aveva sgobbato insieme agli altri della squadra senza nemmeno pranzare, esaminando mappe e informazioni riservate per cercare di capire dove Boko Haram avesse nascosto i ragazzini rapiti. In quella zona non c'erano tantissime scelte, cinquecento ostaggi non erano esattamente un manipolo di persone.

L'esercito nigeriano però faticava a trovare gli studenti e c'era un certo rischio che la squadra di Jag venisse inviata in missione senza tanto preavviso, quindi dovevano essere pronti.

Erano circa le quindici e trenta, quando arrivò comunicazione che i ragazzini erano stati ritrovati e che l'operazione per liberarli era scattata. La squadra era ancora in sala riunioni e aspettava gli aggiornamenti in un silenzio ricco di tensione; le notizie arrivavano col contagocce.

Verso le quattro e un quarto, quasi tutti gli studenti erano stati salvati, le perdite erano state minime e gli ostaggi sarebbero tornati alle rispettive famiglie il prima possibile.

Era stata una giornata sconvolgente e Jag non voleva altro che tornare a casa da Carly; lei gli faceva un effetto calmante, sia quando lui si chiudeva troppo in se stesso e non riusciva a scrollarsi dalla testa il proprio passato, sia quando gli capitava una giornataccia sul lavoro.

Quando la squadra fu congedata, Jag tirò fuori il telefono per leggere i messaggi, non ne aveva mai avuto l'opportunità, prima di quel momento. Sperava di trovare notizie di Carly. Lei aveva la tendenza a inviargli dei messaggini carini durante la giornata, per fargli sapere che lo pensava, o anche solo per chiacchierare di qualche argomento.

Gli arrivò solo un messaggio... che risaliva a oltre otto ore prima. Carly gli scriveva che stava andando ad aiutare Alani e che gli avrebbe fatto sapere, una volta tornata a casa.

Però non gli aveva più scritto; non gli aveva nemmeno fatto sapere dove stava andando, tanto per cominciare, solo che doveva fare un favore alla manager del Duke's.

"Aleck!" urlò Jag trotterellando per raggiungere l'amico. All'uscita dall'edificio, la squadra si era divisa e ognuno raggiungeva il proprio veicolo.

Aleck si girò per chiedergli: "Che c'è?"

"Oggi hai avuto notizie da Kenna?"

"Sì, perché?"

"Carly era con lei?"

Aleck si chiuse nelle spalle. "Che io sappia, no. Kenna è andata in centro con Lexie e con Elodie per quell'evento di Food For All."

Jag si girò, si infilò le dita in bocca e fischiò con forza. Era il modo più facile e più diretto per catturare l'attenzione degli altri.

Nel giro di qualche momento, anche gli altri lo raggiunsero. Appena Mustang si fu avvicinato abbastanza per sentire, Jag gli chiese: "Per caso Elodie ha visto Carly, oggi?"

Mustang sembrava confuso, ma scosse la testa. "Non penso proprio. Elodie ha detto di essere tornata a casa poco fa. Era stanchissima, ma la giornata è andata bene."

"Midas?" chiamò Jag.

"No. Che succede?"

"Forse è andata a trovare Monica?" chiese Jag a Pid, ormai quasi disperato.

"Mo oggi lavorava tutto il giorno allo Head Start Center. Che succede? Dov'è Carly?"

"Non lo so se c'è qualcosa che non va," rispose Jag; il suo istinto era già allarmato. "Ha detto che usciva e che mi avrebbe scritto una volta tornata a casa. Però non mi ha più scritto. È uscita verso le otto di stamattina."

"Forse si è dimenticata," suggerì Slate.

Jag scosse la testa con forza. "Impossibile. Voi la conoscete bene, se dice che fa una cosa, è sicuro che la fa."

"Niente panico," disse Mustang, "hai già provato a telefonarle, Jag?"

Lui si sentì stupido, perché non aveva tentato, così non rispose: riprese il cellulare e cliccò sul nome di Carly. Aspettò di prendere la linea col telefono all'orecchio. Uno squillo, due squilli... passarono cinque squilli e poi partì la segreteria. Jag strinse i denti e chiuse la chiamata, poi ritentò subito. Stesso risultato. Cinque squilli, poi la voce dolce del messaggio registrato in segreteria.

"Ciao tesoro, per caso oggi hai sentito Carly?" Aleck aveva telefonato a Kenna prima ancora che Jag riattaccasse. "Appunto, no, tutto a posto, era solo per sapere. Ci vediamo tra poco, va bene?" Chiuse la chiamata e scosse la testa.

"Merda! Non va affatto bene," disse Jag, sopraffatto da un pessimo presentimento.

"Ti seguo a casa, magari è tornata e si è sentita male, o è successo qualcosa e si è dimenticata di avvertirti che era rientrata. Può darsi che stia dormendo," concluse Mustang.

Jag capì che il suo amico stava cercando di rimanere ottimista, ma nel profondo sapeva che si stava avverando il peggiore incubo di Carly. Il complice misterioso aveva fatto la sua mossa.

La vita di Carly era in pericolo... poteva essere già morta.

Senza dire altro, Jag si girò e si mise a correre verso la propria Jetta. Mustang aveva ragione, bisognava controllare che non fosse a casa, prima di dare l'allarme. Bisognava avvertire l'ispettore Lee della scomparsa di Carly; forse la polizia non avrebbe avviato le indagini per ritrovare una persona scomparsa da meno di dodici ore, ma forse l'ispettore avrebbe potuto fare un'eccezione, data la situazione.

Che la polizia venisse o meno coinvolta, Jag doveva contattare Baker. Se c'era qualcuno che poteva contribuire a ritrovare Carly, quello era proprio Baker, che da settimane interrogava e spiava i potenziali complici di Keyes. Lui doveva essersi fatto un'idea. Doveva per *forza*.

Jag si avviò a velocità fin troppo elevata verso il proprio indirizzo; quando ci arrivò, le sue speranze si dissolsero nel non vedere la macchina di Carly nel parcheggio. Non era a casa, era chiaro, non c'era bisogno di salire di sopra e controllare. Sì, poteva aver avuto un problema alla macchina ed essere tornata a casa in taxi, ma in quel caso gli avrebbe inviato un messaggio per fargli sapere cosa stava succedendo.

Ora sorgevano altre domande: esattamente, perché era uscita di casa? Dove stava andando? Cos'era successo quando era arrivata? Dove diavolo si trovava?

Tirò il freno a mano senza troppi complimenti, ma non si preoccupò di uscire dalla macchina. Carly non era in casa, Jag non voleva salire, per rendersi conto che l'appartamento era vuoto. Sarebbe stato sopraffatto dai ricordi e avrebbe perso ogni lucidità, non riuscendo più a pensare. Carly contava su di lui, doveva ritrovarla e non si sarebbe mai dato pace.

Vide con la coda dell'occhio gli altri della squadra radunarsi intorno a lui, ma la sua attenzione era fissa sul telefono. Cliccò sul nome di Baker e appena quello gli rispose, Jag gli disse: "Carly è sparita. Me l'hanno rapita. Ci serve aiuto per ritrovarla."

———

Carly gemette. Aveva un dolore martellante in testa e le sembrava che la faccia le bruciasse tutta. Non aveva idea del motivo di tutto quel dolore... ma dopo qualche secondo le tornò tutto in mente.

Spalancò gli occhi, senza riuscire a mettere a fuoco. Fu sopraffatta dall'istinto di vomitare, si girò su un fianco e rigettò; gli spasmi addominali spinsero fuori tutto ciò che aveva nello stomaco.

Quando finì di rigettare, sentì un rumore. Si voltò con circospezione verso sinistra.

Vide Gideon, stava ridendo ed era seduto nella parte posteriore... Carly si accorse di essere su una barca.

"Cazzo, proprio patetica!" esclamò sdegnato.

Carly finalmente si accorse che uno dei motivi per cui aveva vomitato era per via della barca: aveva sempre sofferto di mal di mare, anche nelle giornate di calma piatta, le veniva sempre la nausea.

Quel giorno, l'oceano era tutt'altro che calmo. Carly non sapeva dire a che velocità andasse quella barchetta, ma la sentiva rimbalzare a pelo d'acqua, come se stesse volando. Non c'era alcuna cabina a proteggerla dagli spruzzi delle onde, o dalla pioggia.

Peraltro, pioveva a dirotto. Sentiva le gocce che le lavavano la faccia, come punture di insetti minuscoli. Gideon non sembrava notare minimamente il maltempo. Teneva una mano sulla barra collegata al motore, dando alla barca la rotta che desiderava; aveva in faccia un'espressione da matto.

"Era ora che ti svegliassi, maledetta pigrona! Sono ore che aspetto che ti svegli. Non ti ho nemmeno colpita tanto forte, ma è una cazzo di eternità che sei svenuta. Avrei già potuto gettarti a mare, ma volevo che fossi cosciente, volevo che sapessi cosa sta per succedere... e il perché."

Carly sentì il panico montarle dentro, smise di respirare per un momento dal terrore. Il suo peggiore incubo stava diventando realtà. Era da sola con Gideon, che ovviamente voleva farle del male, anzi, le aveva *già* fatto del male. Lei non sapeva che intenzione avesse, ma di sicuro niente di buono.

Si mise seduta... e accorgendosi di non riuscire a muoversi facilmente, si guardò confusa tra le gambe.

Gideon fece un'altra risata. "Non andrai da nessuna parte, solo quando lo voglio io," le disse con una smorfia maligna.

Carly notò esterrefatta il peso che aveva legato alla caviglia con una fune apparentemente molto solida. C'era solo un motivo per cui Gideon poteva averle legato un peso enorme alla gamba. Guardò oltre la fiancata dell'imbarcazione, le onde scrosciavano, le venne un altro conato di vomito che la fece ripiegare su se stessa per rimettere ancora. Non le uscì altro che acido.

Carly sentiva il cuore battere ai mille all'ora; era completamente sola... e forse stava vivendo i suoi ultimi minuti sulla faccia della Terra. Gideon l'avrebbe ammazzata. Lo sapeva con la stessa certezza con cui sapeva di chiamarsi Carly.

Gli insegnamenti di Elizabeth le tornarono in mente all'improvviso.

Combatti. Se non puoi attirare l'attenzione, dovrai usare la testa, farti furba e cercare di sfuggire al pericolo. Qualunque cosa succeda, non puoi arrenderti. Altrimenti l'avrà vinta l'aggressore.

Lasciare che vincesse Gideon era davvero l'ultima cosa che Carly voleva. Nemmeno per sogno.

Sentì la mente schiarirsi come se delle tende si fossero aperte; non sapeva cosa fare, ma arrendersi era fuori discussione.

Magari poteva attaccare Gideon per spingerlo fuoribordo.

Poi poteva dirigere lei stessa la barca a riva. Non sapeva minimamente dove si trovasse, ma girando la prua in direzione opposta alla rotta attuale doveva per forza incontrare terra, a un certo punto.

Oppure, chissà, poteva sollevare il peso che aveva legato alla gamba e colpire Gideon sulla testa, facendogli perdere conoscenza, sempre prendendo il controllo della barca.

Diversi scenari cominciarono a frullarle in testa, mentre cercava di decidere cosa fare.

"Guarda che lo vedo che stai pensando," disse Gideon ghignando, "puoi anche smetterla, tanto la tua espressione impassibile fa schifo. Non puoi battermi d'astuzia, sei troppo scema! Mi chiedo cosa ci vedesse Shawn in te. Cazzo, fai *pietà* e poi ci raccontava sempre che a letto fai piangere." Sbuffò. "Il solo pensiero che una come te tenti di soddisfare un uomo come Shawn è ridicolo!"

"Se facevo tanto piangere, come mai gli è interessato tanto, quando è finita?" gli chiese Carly, non sapendo trattenersi.

"Perché ti stava facendo un favore!" urlò Gideon. "Era disposto a prenderti con sé per insegnarti."

"Insegnarmi cosa?" gli chiese Carly.

"Insegnarti a essere una donna *vera*, a soddisfarlo, a fare del bene alla società, invece che la maledetta sanguisuga che sei! Sei proprio *imbarazzante*. Lui non faceva altro che cercare di farti diventare una donna migliore, invece tu gli hai riso in faccia! Non toccava a te decidere quando il rapporto finiva, Shawn non aveva ancora finito con te."

Carly fissava Gideon sbigottita.

In quel momento la terrorizzava. Era bagnato fradicio per la pioggia e i capelli fini erano tirati all'indietro sulla testa. Aveva il viso paonazzo e gli occhi iniettati di sangue. Sembrava in procinto di uscire completamente di senno.

Gideon fece un respiro profondo e proseguì. "Shawn era il

mio mentore, mi ha insegnato tutto quello che c'è da sapere sulle donne. Mi ha persino aiutato a trovarne una. L'abbiamo selezionata insieme, avevo cominciato a lavorarmela, a farla mia, proprio come Shawn faceva con te. Era giovane, facile da manipolare, e le *piacevo*," disse con un tono profondo e tetro. "Invece, quando Shawn è morto, lei non ha capito come mai fossi così contrariato, non è riuscita ad aiutarmi. Senza di lui, non sapevo come metterla in ginocchio e mi ha lasciato. Proprio come tu avevi lasciato Shawn. È tutta colpa tua, maledetta! Non avresti dovuto lasciarlo! Adesso avrei ancora la mia donna, si sarebbe abituata bene, farebbe tutto ciò che le chiedo. Cucinerebbe, pulirebbe... e si metterebbe a gambe aperte ogni volta che glielo ordino. È tutta colpa tua. *Tua!*"

Santo cielo. Shawn stava insegnando a Gideon come manipolare una donna, come farla abboccare per poi denigrarla e convincerla che non aveva altra scelta se non stare con l'uomo che abusava di lei. Carly sapeva già che Shawn era un bastardo, ma non si era resa conto di che *gran* bastardo fosse.

E Gideon?

Gideon era un maledetto *pazzo*.

Decise che era meglio fare qualcosa per calmarlo, così gli disse: "Non lo sapevo, mi dispiace tantissimo che sia morto."

"Colpa tua!" le gridò Gideon, ripetendosi. "*Tutta colpa tua, maledetta!* Ma imparerai la lezione. Fosse l'ultima cosa che fai."

"Quale lezione?" gli chiese Carly senza pensarci. Quelle parole le uscirono di bocca quasi da sole, ma rimpianse subito di averle pronunciate. L'ultima cosa che voleva era che Gideon cercasse di "insegnarle" come dare piacere a un uomo. Se avesse cercato di violentarla, lei avrebbe trovato un modo per staccarglielo e darlo in pasto agli squali. Il solo pensiero che chiunque tentasse anche solo di *toccarla*, dopo essere stata con Jag, le faceva tornare la nausea. Però Carly si controllò e concentrò tutta l'attenzione su quel rapitore.

Non era il caso di pensare a Jag in quel momento, Carly doveva trovare un modo di superare Gideon in astuzia. Lei *non era* una ragazzina stupida come pensava Shawn, lei era una donna adulta e bella tosta, e avrebbe dimostrato a quel bastardo *esattamente* quanto era intelligente... appena trovato il modo di uscire da quel brutto frangente.

"Ma guardati, non vali niente, cazzo, fai pena!" brontolò Gideon. "Ti farò vedere io qual è il tuo posto. Non sei altro che una stronza inutile... e quindi devi morire. Così finalmente potrò ricominciare, metterò in pratica tutti gli insegnamenti di Shawn e mi troverò un'altra donna, così Shawn sarà fiero di me."

A Carly si fermò il cuore in gola quando Gideon alzò una mano e le puntò contro un'arma. Chiaramente l'aveva tenuta impugnata tutto il tempo, ma lei si era concentrata troppo su tutto il resto per notarla. Sembrava... una pistola stramba. Non era come quella che usava Jag, o come quelle che si vedevano in TV. Aveva la canna più lunga e più larga.

"Quando deciderò che siamo abbastanza al largo, ti sparerò questo tranquillante. Non ti farà morire subito: ti metterà KO. Almeno è l'effetto che fa ai leoni su cui lo uso." Si mise a ridere sonoramente e a lungo, sembrava ormai fuori di senno. "La dose è proporzionata al peso corporeo dei leoni, quindi è molto probabile che ti faccia dormire molto alla svelta. Poi ti getterò fuoribordo, così andrai a fondo come un masso. Potrai anche provare a trattenere il fiato, ma non servirà a nulla: ti stancherai presto, anche grazie all'effetto del tranquillante. Infine, invece di inalare dell'aria, farai entrare l'acqua nei polmoni."

"Andrai giù, fino al fondo dell'oceano, dove squali e pesci vari banchetteranno con la tua carne, finché cesserai di esistere. Passerai ogni cazzo di secondo dei tuoi ultimi minuti di vita cosciente a rimpiangere di non essere stata una donna migliore, disposta a soddisfare e compiacere Shawn. Poi passerai l'eternità *all'inferno* insieme a tutte le altre donne che si erano messe in testa di controllare gli uomini. Le donne sono fatte per stare sotto!"

Gideon era un maledetto folle. Come aveva fatto a nascondere la propria follia all'ispettore Lee, a Baker, a Carly e a Jag, oltre a tutti i colleghi? Era incredibile! Però ormai una cosa era chiarissima: Carly doveva fare qualcosa al più presto, altrimenti sarebbe morta, esattamente come aveva descritto Gideon.

Si spostò e sentì una puntura alla coscia...

Era il suo coltellino!

Un'idea cominciò a formarsi nella sua mente.

Si guardò attorno con circospezione, ma non vide un gran che. Stava diluviando e la pioggia oscurava Oahu, che doveva essere a poppa della barca. Carly non sapeva bene che ore fossero, ma c'era buio. Se fosse riuscita ad allontanarsi a nuoto, la notte l'avrebbe aiutata a nascondersi.

L'unico punto a suo favore era che Gideon poteva portare la barca solo fino a una certa distanza, perché doveva conservare il carburante per tornare indietro. Era passato un bel po' di tempo da quando Carly aveva fatto un qualunque tipo di allenamento (degli anni, veramente), ma preferiva comunque fidarsi della propria capacità di nuotare, piuttosto che dell'uomo seduto a poppa della barca.

L'imbarcazione in cui si trovava non era particolarmente elaborata; non ci vedeva alcun tipo di strumentazione satellitare. Sembrava proprio una specie di barcaccia a remi, solo più grossa. Gideon l'aveva presa in prestito da qualcuno che chiaramente non la usava per delle escursioni a lunga distanza. Probabilmente era una barca usata per pescare, o per andare un po' lontano dalla spiaggia per fare snorkelling.

Gideon continuava a farneticare, delirando di che persona orribile fosse Carly e del dolore che avrebbe provato morendo, proprio come aveva sofferto Shawn; lui avrebbe trovato una ragazzina appena diciottenne da modellare, per farla diventare una donna perfetta e sottomessa. Carly ormai lo stava ignorando; stava elaborando mentalmente le prossime mosse da fare. Non aveva la minima idea se il piano avrebbe funzionato, ma del resto non aveva scelta. Non aveva certo intenzione di starsene seduta ad aspettare che quel maledetto amico di Shawn le sparasse un tranquillante e la gettasse in pasto ai pesci. Se doveva affrontare l'oceano, l'avrebbe affrontato come e quando voleva lei.

E il momento giusto era... subito!

Carly respirò a fondo, afferrò il peso, raccolse tutte le forze e si gettò con il peso fuori dalla barca.

Come si aspettava, Gideon fu colto totalmente alla sprovvista: era troppo preso dall'elenco dei difetti delle donne. Carly sentì la barca continuare più avanti, seguendo la stessa rotta. Serviva qualche momento per fermarla e virare.

Su una cosa Gideon aveva avuto ragione: appena tuffatasi in acqua, Carly avrebbe presto cominciato ad affondare, a causa del peso legato alla caviglia.

Con una mossa rapida, Carly afferrò il coltellino, ringraziando il cielo che Jag avesse insistito per farglielo portare sempre addosso. Fece di tutto per tirar fuori la lama senza mollare il peso con l'altra mano. Ce la fece appena. Sapeva che era solo una questione di tempo prima di rimanere senza fiato; cominciò a segare freneticamente la corda. Presa dal panico, si tagliò la mano con cui la stava tenendo e lasciò andare il peso per poter tenere ferma la corda e tagliarla più facilmente.

Per un momento, terrorizzata, pensò che la lama del coltellino non fosse abbastanza affilata, che la corda fosse troppo spessa: il peso l'avrebbe trascinata in fondo all'oceano, proprio come aveva previsto Gideon.

Però continuò a segare... e finalmente la corda fu recisa.

Spinta dall'esigenza disperata di respirare, Carly nuotò

verso la superficie più veloce che poteva, impugnando con forza il coltellino, che non voleva mollare: era letteralmente l'unica difesa che aveva, qualora Gideon le si fosse avvicinato di nuovo. Affiorò in superficie e prese un'enorme boccata d'aria, ma quando un'onda le coprì la testa per un attimo, Carly cominciò a tossire per non affogare.

Sentendo i colpi di tosse, Gideon poté individuare il punto in cui era riemersa, virò più rapidamente che poteva e avviò la barca verso di lei.

Cazzo!

Appena fu vicino, Gideon puntò l'arma e sparò. Carly non sentì lo scoppio dell'arma pneumatica, ma sentì qualcosa sfiorarle il braccio prima ancora che lei si immergesse di nuovo sott'acqua.

Carly capì qual era l'unica possibilità di allontanarsi il più possibile da Gideon: doveva approfittare del temporale per nascondersi quando affiorava per respirare. Così, con riluttanza, lasciò andare il coltello. Odiava perderlo, ma le servivano entrambe le mani per nuotare sott'acqua più veloce che poteva.

Quando sentì che i polmoni erano sul punto di scoppiare, si girò pancia in aria per riaffiorare, immaginando che fosse più difficile individuarla, facendo spuntare solo il viso tra le onde, non tutta la testa. Respirò a fondo più volte, poi tornò sott'acqua, si girò e riprese a dare bracciate sott'acqua.

Continuò allo stesso modo, senza nemmeno cercare dove fosse Gideon. Rimase concentrata solo sul rimanere sott'acqua il più a lungo possibile, nuotando più forte che poteva. Quando risaliva per respirare, faceva riemergere solo il naso e la bocca oltre il pelo dell'acqua.

Perse ogni cognizione del tempo. Poteva aver nuotato per minuti o per ore. Alla prossima fermata per respirare, decise di correre il rischio e di guardarsi attorno in cerca di Gideon.

Non vide altro che acqua. Niente barca. Niente Gideon con l'arma puntata, pronto a sparare.

Fu un momento di soddisfazione, ma anche di terrore. Era rimasta sola, da qualche parte, in mezzo all'oceano; non aveva idea di dove fosse, mentre il temporale imperversava.

Un'onda le coprì la testa per un attimo, Carly sputò fuori l'acqua salata che le era entrata in bocca.

All'improvviso, fu colta da un'altra sensazione terrificante.

Dopo aver smesso di nuotare... cominciò a sentire gli arti scoordinati. Le girava la testa.

Non solo aveva una ferita alla testa, probabilmente un trauma cranico, ma la siringa sparata da Gideon l'aveva *colpita!*

Immaginò che l'iniezione fosse riuscita solo in parte, altrimenti sarebbe stata morta già da un pezzo. Se il siero fosse stato iniettato completamente sotto la sua pelle, lei se ne sarebbe accorta e avrebbe perso quasi subito conoscenza. Però le era entrata nel corpo una dose minima di sedativo, sufficiente a farla sentire stordita e... sì, spossata.

Si sentì pervasa dalla determinazione. Non voleva dare a Gideon la soddisfazione di averla vinta, sconfiggendola. No. Carly doveva tornare a Oahu per poter dire all'ispettore, a Baker e a tutti gli altri che era stato Gideon a rapirla.

Non sarebbe morta. Maledizione, no! Era arrivata fino a quel punto, non doveva fare altro che continuare a nuotare verso riva. Una passeggiata.

Carly si impegnò a rimanere ottimista, mentre i minuti passavano; tuttavia, più a lungo nuotava, più i pensieri di sconfitta facevano capolino nella mente. Il temporale si placò, una nota positiva, ma il buio era totale. Era impossibile capire anche solo se stava nuotando nella direzione giusta. Per quel che ne sapeva, poteva anche essere diretta in mare aperto, invece che verso la salvezza.

Carly non si fermò. Continuò a muovere le braccia, a scalciare con le gambe.

Proprio quando pensava di non riuscire a completare una sola bracciata in più, quando il desiderio di chiudere gli occhi e abbandonarsi al sonno stava diventando troppo pesante per resistere... Carly sentì le ginocchia urtare qualcosa sott'acqua.

Nonostante i pantaloni che aveva ancora indosso, ciò che aveva colpito le aveva fatto *male*. Lanciò un grido di dolore e fece per prendersi un ginocchio. La mano colpì subito qualcosa, chiaramente era la stessa cosa che aveva colpito con le ginocchia. Coralli? No... era roccia.

Roccia vulcanica.

Si guardò intorno e intravide sulla sinistra i contorni di una forma scura. Un'isola! Non era Oahu, ma in quel momento a lei non importava, poteva anche essere arrivata sulle coste della Russia!

Muovendosi con attenzione, per non tagliarsi più di quanto non si fosse già tagliata, Carly riuscì a trascinarsi sulle rocce che costeggiavano l'isola. Erano appuntite, per fortuna indossava i pantaloni lunghi, anche se nell'acqua le sembravano pesare un quintale. Crollò pancia a terra, non aveva più un briciolo di forza per proseguire.

Non importava: era uscita dall'acqua, era sfuggita a Gideon. Il sole sarebbe sorto e qualcuno l'avrebbe vista, magari un pescatore; su quegli scogli, avrebbe attirato l'attenzione e l'avrebbero riportata finalmente a casa. Le acque intorno a Oahu erano sempre piene di barchette a ogni ora del giorno, era stato il temporale a costringere tutti a mettersi al riparo.

L'indomani però... l'indomani sarebbe stato diverso.

Ormai Carly era al sicuro, per quanto potesse esserlo per quella notte; si lasciò andare all'effetto del sedativo. Perse conoscenza in meno di un minuto.

Non sentì più gli uccelli che abitavano su quell'isola, che si scambiavano versi striduli per avvertire che c'era un'intrusa nel loro territorio. Non sentì i pochi granchi che le camminarono addosso in cerca di cibo negli anfratti tra le rocce.

E non sentì il rumore tenue del motore di una barca solitaria in lontananza, che andava avanti e indietro nell'oceano, mentre l'unico passeggero cercava disperatamente la propria preda ormai sfuggita.

CAPITOLO VENTIDUE

JAG SEGUIVA MUSTANG che raggiungeva il proprio pick-up, erano appena usciti dalla stazione di polizia. Gli tornò in mente Elodie, che aveva dato a quel catorcio un nome: Ben. Ma in quel momento Jag non trovava la forza di sorridere per quel dettaglio. Niente poteva farlo sorridere.

Appena si erano accorti che nessuno sapeva dove fosse Carly, erano andati alla stazione di polizia per incontrare l'ispettore Lee, che si era mostrato preoccupato per la sparizione di Carly; del resto, non sapendo chi fosse il complice di Keyes, non sapeva nemmeno come muoversi per ritrovarla. Anche la polizia brancolava nel buio, così come Jag e gli altri della squadra. Almeno l'ispettore aveva fatto diramare un comunicato per la ricerca della macchina di Carly, assicurando a Jag e agli altri che ogni pattuglia sarebbe stata all'erta per avvistare lei o la sua macchina.

Jag strinse i denti e alzò lo sguardo al cielo, oltre il parabrezza del veicolo. Pioveva a dirotto. Ogni tanto, un lampo illuminava il cielo che imbruniva; Jag non poteva fare a meno di chiedersi dove fosse Carly; a cosa stesse pensando; se stava bene...

Scosse la testa. No. Stava *bene*. Doveva star bene. L'alternativa era impensabile.

"Torniamo a casa tua. Slate non è bravo quanto te con l'elettronica, però magari ha trovato qualcosa osservando le telecamere di sicurezza," gli disse Mustang; "poi sentiamo Baker, ha avvisato che stava arrivando dalla North Shore. Continuiamo anche a chiamare Alani. L'ispettore ha detto che sarebbe andato anche lui al Duke's, ma Carly ha precisato che stava facendo un favore alla manager, quindi è senz'altro lei la persona da cui dobbiamo partire."

Jag annuì, nonostante la fatica a concentrarsi. Era sicuro al novantanove per cento che dalle registrazioni di sicurezza non sarebbe emerso nulla. Qualunque cosa fosse successa a Carly, era capitata da qualche altra parte, non nell'appartamento. Non sapeva da dove gli arrivasse tanta certezza, era una sensazione di pelle. Alani non era al lavoro e non aveva ancora risposto alle numerose chiamate sul cellulare.

Dovevano trovare la macchina di Carly, almeno per avere un punto di partenza. L'ispettore avrebbe controllato i parcheggi multipiano intorno al Duke's e a Waikiki, ma sarebbe stata una ricerca lunga. Anche se Oahu era un'isolotto, in termini di superficie emersa, c'era pur sempre un milione di veicoli registrati. Trovare la macchina di Carly alla cieca era come cercare un ago in un pagliaio.

Serviva un miracolo.

Mentre tornavano in silenzio verso il palazzo di Jag, lui ripensò alla conversazione che aveva avuto con Carly; gli aveva detto che, a prescindere da ciò che sarebbe successo, lei non si sarebbe mai arresa, che avrebbe lottato fino allo strenuo delle forze, perché finalmente aveva un motivo di lottare: lui.

Tutto d'un tratto, si sentì molto grato per le lezioni di autodifesa e per i discorsi su come Carly poteva proteggersi da sola. La borsetta non era a casa, quindi Carly aveva con sé lo spray al peperoncino che le aveva procurato lui: Jag sperava tanto che si fosse portata dietro anche il coltellino.

Fece un respiro profondo: era tanto orgoglioso di lei, che finalmente si sentiva tanto sicura da potersi avventurare da sola nel mondo... e poi era sparita.

"La stava osservando," sbottò Jag.

Mustang si voltò verso di lui, ma non disse nulla.

Più Jag ci pensava, più ne era certo. "A parte un paio di salti al supermercato, non è mai andata in giro da sola, negli ultimi mesi. Se non era con me, era con una delle altre. Andava a lavorare con la macchina a noleggio, con tanto di autista; al Duke's era sempre circondata da qualcuno. Penso che qualcuno si sia preso del tempo per osservarla, nell'attesa dell'occasione giusta per rapirla."

"Probabilmente è così," confermò Mustang.

Jag era talmente avvilito che avrebbe voluto gridare. In parte, per quanto vergognandosi, avrebbe preferito che Carly non fosse stata tanto forte, che si fosse aggrappata a lui più a lungo. Però così non avrebbe fatto altro che rinviare l'inevitabile. Chissà, forse se lei avesse avuto ancora paura di uscire di casa da sola, magari l'ispettore Lee o Baker avrebbero fatto in tempo a scoprire chi fosse la persona misteriosa che la stava pedinando.

"Abbatterti adesso non serve a nulla, né per te né per lei," gli disse Mustang, "fidati, so bene come ti senti in questo momento. Quando Elodie è scomparsa, non sapevo se avrei mai potuto perdonarmi per non averla tenuta d'occhio più da vicino. Avevo sottovalutato la famiglia Columbus. Devi solo aver fede. Carly è là, da qualche parte, la troveremo."

Jag annuì, ma nel profondo nutriva i suoi dubbi. Conosceva bene le statistiche. Quando una persona scompariva, se non veniva ritrovata entro le prime ventiquattro, massimo quarantott'ore, significava molto probabilmente che era morta. Nei casi di donne scomparse, i tempi erano anche più stretti. L'unica speranza a cui aggrapparsi era che chi l'aveva rapita desiderasse prima farla soffrire, com'era nelle intenzioni di Keyes.

Jag stava male fisicamente, era costretto a sperare nella sofferenza di Carly.

Qualunque cosa le succedesse, potevano affrontarla e superarla insieme. Bastava che lei tornasse da lui, tra le sue braccia, viva, tutta intera.

―――――

Baker era sfinito, sia mentalmente che fisicamente. Provava un enorme senso di colpa. Avrebbe dovuto mettere più sotto pressione gli amici di Shawn. Avrebbe dovuto darsi più da fare per scoprire il complice misterioso. Invece non c'era riuscito e Carly era scomparsa.

Era passato molto tempo dall'ultima volta che si era sentito tanto... affezionato. Non era più un SEAL in servizio attivo, la squadra di cui faceva parte si era sciolta da un'eternità, ma Mustang e gli altri erano diventati per lui come una nuova squadra. Le loro compagne erano dolci, alla mano, cordiali e tremendamente divertenti. Gli piacevano veramente.

Erano anche molto propense a mettersi nei guai. Fosse stato per lui, probabilmente le avrebbe chiuse a chiave in casa e non le avrebbe fatte uscire mai più.

Rivolse i propri pensieri a Jodelle per un breve momento. Negli anni, Baker si era tenuto dentro molte emozioni: era l'unico modo per sopportare ciò che aveva fatto e visto.

Jodelle, da parte sua, era ancor più chiusa di lui.

In superficie, sembrava aperta e cordiale. Dava da mangiare ai ragazzi del posto che andavano a fare surf, li teneva d'occhio. Avevano caratteri affini, Baker l'aveva capito fin dal loro primo incontro. Entrambi si tenevano tutto dentro, non lasciando trasparire ciò che provavano veramente. Jodelle era per lui l'anima gemella, ma Baker non aveva idea di come connettersi con lei. Gli scudi che si era creata erano ancor più alti e invalicabili di quelli che si era creato lui.

Scosse la testa e si accorse di essere in piedi sul marciapiede davanti al monolocale di Theo già da diversi minuti. Theo era stato un senzatetto, ma era diventato un amicone: aveva uno spirito aperto e sincero, non nascondeva mai le proprie emozioni, i propri pensieri. Baker aveva cominciato a dormire da lui, quando era da quella parte dell'isola ed era troppo tardi per tornare a casa.

C'era molto da fare e l'appartamentino di Theo era il posto perfetto: era un monolocale tranquillo, e per quanto Baker apprezzasse Jag e gli altri, a quel punto dovevano essere tutti troppo su di giri, mentre lui doveva ritemprarsi un pochino, prima di scoprire chi avesse rapito Carly e dove la stesse portando.

Bussò alla porta, nessuno rispose, ma non gli servì tanto tempo per entrare nell'appartamento. Theo non c'era, niente di strano: pur avendo un posto sicuro in cui rifugiarsi, le vecchie abitudini di Theo erano difficili da cambiare. Era un uomo con delle difficoltà mentali, aveva bisogno delle sue routine e gli capitava spesso di tornare nei vecchi marciapiedi che conosceva bene, per dormirci.

Lexie non sarebbe stata felice di sapere ciò che faceva Theo, ma Baker non intendeva dirglielo. Lexie e Theo erano amici, lei l'aveva aiutato molto per dargli un posto sicuro in cui stare. Quell'aiuto era più che sufficiente.

Baker voleva farsi una doccia e sdraiarsi una mezz'ora per schiarirsi la mente, prima di tornare fuori. *Doveva* trovare Carly, non poteva fallire. Non più.

Un'altra volta, un altro luogo... un'altra donna... i ricordi minacciavano di farlo tornare in uno stato mentale pessimo;

si fece la doccia, poi si sforzò di ripercorrere tutto ciò che aveva scoperto sugli amici di Shawn Keyes. Propendeva ancora verso Jeremiah, come principale sospettato, ma non poteva ancora escludere del tutto Luke. Quel tipo era uno stronzo, proprio come il padre, che senz'altro venerava.

Baker era appena uscito dal piccolo box doccia e si stava mettendo qualcosa addosso quando la porta si aprì. Theo era tornato a casa, sembrava molto scombussolato. Appena vide Baker, spalancò gli occhi e urlò: "Baker!"

"Che succede, amico?" gli chiese Baker.

"Sta succedendo qualcosa di brutto!"

Baker si bloccò; non tanto per quel che gli aveva detto Theo, ma per il trasporto con cui gli aveva parlato: gli fece capire che Theo aveva qualcosa in mente. "Fai un bel respiro," gli ordinò, "ecco, bravo, un altro, ottimo. Adesso vieni qui e siediti, raccontami dove sei stato e cos'è successo."

Theo annuì e fece come gli aveva detto Baker. Si trascinò al divano. Aveva i vestiti sporchi e i capelli avevano bisogno di una bella lavata, ma non era quello il momento di rimbrottarlo amichevolmente per aver dormito di nuovo per la strada. Baker gli ripeteva spesso che non era un luogo sicuro, ma Theo faceva come gli pareva; era un uomo adulto, anche se non aveva le stesse facoltà mentali degli altri coetanei.

"Prima di tutto, stai bene?" gli chiese Baker.

Theo annuì.

"Ottimo. Adesso raccontami come mai sei così agitato."

"Sono andato in centro città," gli spiegò Theo, "ho sentito Lexie che parlava della festa e a me piacciono le feste. Ci sono gli stand, tanto da mangiare."

Baker annuì.

"Ho preso l'autobus, non sono andato a piedi," disse Theo come per difendersi.

Baker sapeva che Lexie si era raccomandata più volte con Theo perché non camminasse fino in centro città: tra andata e ritorno, Theo ci impiegava tutto il giorno e lei odiava saperlo così lontano, a piedi. Così gli aveva comprato un abbonamento per gli autobus che collegavano il centro città con Barbers Point, in modo che potesse viaggiare sicuro.

"Va bene, amico mio, nessun problema."

"Ho mangiato qualcosa, ho parlato con degli amici. Poi ero stanco," proseguì Theo, "volevo fare un riposino, ma i miei posti erano tutti occupati."

Si stava agitando sempre più; Baker allungò una mano per prendere quella di Theo. "Allora cos'hai fatto? Hai trovato un buon posto per dormire?"

Theo scosse la testa. "No. Anche i parcheggi erano tutti occupati, troppa gente. C'era troppo rumore e non ho trovato un buon posto. Sono tornato qui in autobus e anche quello era pieno. Un uomo ha cominciato a urlarmi dietro, non mi piaceva, allora sono uscito alla fermata dopo e mi sono perso. Non ho più trovato l'autobus giusto per tornare a casa. Ho dovuto camminare. Sono stanco, non mi piace, le ragazze sono agitate, Carly si è persa!"

Quando finì di parlare, Theo stava quasi per piangere. Baker odiava vederlo tanto in agitazione, ma davvero non aveva molto tempo per tranquillizzarlo.

"Mi dispiace, amico, a quanto pare non hai avuto una bella giornata."

Theo scosse la testa con forza. "No, non è una bella giornata. Troppa gente, troppe macchine. Dappertutto. Sul marciapiede, sull'autobus, nei parcheggi."

Sentendo di nuovo parlare di parcheggi, Baker d'istinto pensò di telefonare di nuovo ad Alani. Jag aveva telefonato al Duke's subito dopo aver scoperto che Carly era dispersa, perché lei gli aveva scritto che doveva fare un favore alla manager del ristorante. Però Alani era già andata via e nessuno riusciva a rintracciarla. Baker doveva parlare con lei, era l'unica che poteva dare un indizio, un punto di partenza per cominciare a cercare Carly.

Tirò fuori di tasca una banconota da venti dollari e la passò a Theo. "Perché non vai giù all'angolo, dove fanno gli spaghetti, ti prendi una porzione extra-large?" gli suggerì.

Bastarono quelle parole per far svanire il cattivo umore di Theo. "Sì! Mi piacciono gli spaghetti!"

Senza aggiungere altro, si avviò verso la porta.

Baker tirò fuori di tasca il telefono e richiamò Alani sul cellulare privato.

Per la prima volta dalla scomparsa di Carly, Alani rispose.

Era sorpresa di sentire Baker... e sbalordita di sentire che Carly era scomparsa. "Scomparsa? Porca vacca! Mi dispiace! Ero in palestra e avevo spento il cellulare per non farmi interrompere mentre mi allenavo. L'ho appena riacceso e stavo per richiamare Jag, ho visto che mi ha cercata più volte. Carly è stata gentilissima, mi ha fatto un favore enorme, ha evitato che l'ispettore sanitario multasse il Duke's per violazioni al codice. Ieri sono state ordinate troppe verdure, lei è venuta a prenderne un po' per portarle al centro di Food For All," gli spiegò.

"Quale sede? Quella in centro o quella qui a Barbers Point?" le chiese.

"Quella in centro."

La mente di Baker andava ai mille all'ora. "Va bene, grazie. Se si fa sentire, lo dici a Jag?"

"Ma certo."

"Grazie." Baker chiuse la conversazione e trovò subito il numero del centro alimentare di Food For All in città. Dopo qualche minuto, chiuse anche quella chiamata... dopo aver scoperto che Carly era attesa al centro con gli scatoloni di verdure, ma non ci era mai arrivata.

Baker ne dedusse che doveva essere stata rapita mentre andava da Waikiki al centro città. Forse qualcuno l'aveva mandata fuori strada, ma lui non ne era convinto. Ci sarebbero stati dei testimoni. Dopo aver parlato con Theo, che gli aveva riferito della folla che camminava in centro per via della festa, del caos dei numerosi pedoni e delle tante macchine, pensò che chi aveva rapito Carly poteva aver approfittato di quel marasma per passare inosservato.

Aprì il laptop e cominciò a cliccare freneticamente sulla tastiera, violando il circuito di sicurezza del centro; calcolò il lasso di tempo in cui Carly poteva essere arrivata, in base all'orario in cui Alani l'aveva vista al Duke's. Sapeva di dover telefonare a Jag, ma voleva prima trovare qualcosa da dirgli, senza dargli false speranze.

Servì qualche minuto (troppo tempo, per i gusti di Baker), ma alla fine trovò ciò che stava cercando: in uno dei parcheggi multipiano, le telecamere avevano ripreso l'arrivo della macchina di Carly. Aveva dovuto fare qualche giro per trovare un posto auto vuoto.

Fu però il veicolo dietro di lei a catturare tutta l'attenzione di Baker.

Carly era dovuta salire fino all'ultimo piano. Le riprese erano un po' sgranate, ma si vedeva chiaramente cos'era successo. Un uomo era uscito dalla macchina che aveva seguito quella di Carly. Si erano parlati brevemente, poi Carly si era avviata verso il baule della macchina e l'uomo l'aveva colpita. Baker non riuscì a capire se le avesse fatto perdere i sensi o se l'avesse solo tramortita, ma poi l'aveva portata verso l'altra macchina, gettandola nel baule.

Quel pezzo di merda era stato fortunato: nonostante la massa di gente che era affluita in centro città, quando aveva aggredito Carly, non c'era nessuno allo stesso piano del parcheggio.

La registrazione non era il massimo, ma Baker riuscì lo stesso a riconoscere l'uomo che aveva rapito Carly: ormai sapeva tutto su ogni singolo amico di Keyes.

Gideon Sparks guidava una Cadillac marroncina come quella che seguiva Carly; non c'era alcun dubbio: pancia prominente e uniforme familiare... era stato Sparks a rapirla.

Baker si sentì pervaso da una nuova determinazione. Quel tipo si era rivelato più furbo di quanto Baker l'avesse creduto. Non era nemmeno mai stato tra i maggiori sospetti; era un solitario, non aveva tanti amici, non aveva nemmeno una barca, per quanto ne sapesse Baker. Però c'erano molti modi per trovarne una e chiaramente Sparks e l'ex di Carly se n'erano procurati una per realizzare il loro piano nefando, poi naufragato.

Baker non sapeva quale fosse il movente di Sparks, ma ormai non importava: quel tipo aveva rapito Carly... bisognava informare Jag e gli altri di quanto era successo. Più occhi si sarebbero messi alla ricerca di Gideon Sparks e della sua macchina, prima l'avrebbero trovato.

———

Jag non era mai stato tanto agitato nemmeno durante le missioni: non riusciva nemmeno a star seduto e fermo. Non poteva fare nulla, se non preoccuparsi per Carly, che poteva essere letteralmente ovunque. Sull'isola, c'erano centinaia di ettari di natura selvaggia in cui poter scaricare un corpo, oltre alle decine di chilometri di coste. Inoltre, ormai era notte.

Al solo pensiero del corpo di Carly accasciato da qualche parte al buio, ferito... o peggio, gli veniva da tremare.

"È viva, dev'essere viva," sussurrò tra sé con un tono angosciato. Gli altri della squadra si arrabattavano per trovare un qualunque indizio che potesse aiutare a rintracciare gli ultimi movimenti di Carly. Slate era al telefono col gestore di telefonia mobile, cercava di convincere l'operatore a riferirgli l'ultima posizione in cui il cellulare di Carly era stato triangolato, ma sembrava impossibile. Alani non aveva ancora risposto al cellulare, Pid stava cercando di accedere alle telecamere del traffico, mentre gli altri erano impegnati al telefono, facendo ciò che potevano per trovare gli amici di Shawn e verificare dove fossero.

Sembrava tutto troppo poco, troppo tardi.

Quando jag sentì il telefono squillare, lo guardò nella speranza che fosse Carly, che lo chiamava per dirgli che andava tutto bene, che magari aveva forato in un punto in cui non c'era segnale. Quando lesse il nome di Baker sullo schermo, si sentì affranto.

"Jag."

"Gideon Sparks," gli disse Baker senza preamboli.

Servì un attimo al cervello di Baker per comprendere ciò che l'amico gli stava dicendo. "Cosa?"

"Gideon l'ha rapita da un parcheggio in centro città, final-mente ho trovato Alani, aveva il cellulare spento, mi ha spie-gato il favore che le aveva chiesto. C'è servito un po', ma ho trovato la macchina di Carly sulle registrazioni di sicurezza, ho visto Sparks che la colpiva e la metteva nel baule."

Jag fece dei cenni rapidi agli altri. "Cazzo, Che favore le aveva chiesto?"

"Stava portando degli scatoloni di verdure di scarto dal Duke's al centro di Food For All. Con tutta la gente che c'era in giro per via della festa, Sparks è riuscito a beccarla nel parcheggio multipiano quando non c'era nessuno nei paraggi."

"Merda! Oggi qualcuno ha parlato con Sparks?" chiese Jag agli altri.

Scossero tutti la testa.

"Cosa succede?" chiese Mustang. "Si sa chi è stato?"

"Baker ha visto le registrazioni di sicurezza, è stato Sparks a rapire Carly," spiegò Jag. "Baker sta andando in centro al parcheggio dov'è rimasta la macchina di Carly."

"Digli che ci dividiamo. Io, tu e Aleck andiamo a casa di

Sparks. Pid telefona all'ispettore Lee. Midas e Slate vanno incontro a Baker al parcheggio. Ormai lo zoo è chiuso, ma se non dovessimo trovare Sparks, controlleremo subito domattina presto i colleghi, appena aprono. Se invece *troviamo* Sparks... lo portiamo a casa di Slate per farci una chiacchierata." Il tono di Mustang era determinato, letale.

Era un rischio: in pratica dovevano rapire un uomo per poterlo interrogare, ma ormai si erano tutti rotti le scatole di perdere tempo. Avrebbero usato qualunque mezzo per convincere Sparks a dire esattamente cos'avesse fatto a Carly e dove fosse, poi sarebbero andati a riprenderla.

"L'ho sentito," disse Baker all'orecchio di Jag. "Sparks ci serve vivo, se Carly non è con lui," puntualizzò.

Jag annuì, nonostante la rabbia acida che gli montava in gola. "Lo so." Era passato troppo tempo, Carly era stata rapita già da ore. Proprio quando aveva avuto più bisogno di lui, Jag era seduto in una cazzo di riunione, col telefono spento, ignaro di quanto le stesse succedendo. Carly era chissà dove, con una persona decisa a farle del male. Oltretutto, il temporale si era alleggerito per poco tempo, ma poi era tornato a piovere che Dio la mandava.

"Tenetemi aggiornato," aggiunse Baker.

"Va bene, grazie." Jag era in debito con lui. Di nuovo.

"A dopo," concluse Baker, chiudendo la conversazione.

Jag raccontò subito ai compagni di squadra ciò che gli aveva detto Baker e si sentì meglio, vedendoli tutti determinati. Per fortuna, Mustang gli aveva detto di andare a casa di Sparks. Se Carly fosse stata trovata, ferita (o peggio), lui doveva essere presente.

———

Jag era sempre più frustrato.

Era quasi in agonia.

La sera prima, era certo di essere sul punto di trovare Carly: si sapeva chi l'aveva rapita, si conoscevano gli estremi della macchina di Sparks, tutti li stavano cercando.

Invece erano quasi le dieci del mattino successivo, quasi ventiquattr'ore dopo la scomparsa di Carly... e rispetto alla sera prima non s'era fatto alcun passo avanti per il ritrovamento di Carly *o* di Gideon Sparks.

Jag non aveva dormito, ma del resto nemmeno i suoi amici avevano dormito. Persino le loro compagne si erano trovate a trascorrere la nottata nell'attico di Kenna; erano preoccupatissime e avevano avvertito chiunque conoscessero, spargendo la voce della sparizione dell'amica.

Lo zoo di Honolulu doveva aprire a breve; Aleck e Mustang ci stavano andando insieme a Jag, che non vedeva l'ora di parlare ai colleghi di Sparks per cercare di scoprire ulteriori dettagli su di lui. Baker aveva passato la notte a scavare nei meandri della rete, cercando ogni brandello di informazione che fosse disponibile su Sparks.

Ciò che aveva scoperto aveva inquietato tutti: c'era stata un'ordinanza restrittiva contro di lui, diversi anni prima, però il suo cognome era stato scritto male, per cui la sentenza non era mai saltata fuori dalle ricerche precedenti. Una ragazzina di diciannove anni cresciuta in affidamento (e che somigliava in modo incredibile a Carly... capelli biondi della stessa lunghezza, occhi azzurri) aveva denunciato Gideon dopo averlo frequentato per alcuni mesi e poi averlo lasciato. Nella denuncia, la ragazza affermava che Gideon l'aveva pedinata dopo la fine del rapporto, spaventandola a morte.

L'ordinanza restrittiva parlava anche di Shawn. Anche lui aveva causato preoccupazione a quella ragazza, per via dell'influenza che aveva su Gideon.

Baker aveva scoperto anche che Sparks e Keyes avevano passato moltissimo tempo insieme, proprio nelle settimane precedenti la morte di Shawn. I loro telefoni risultavano triangolare negli stessi posti quasi tutte le sere, le ricevute delle carte di credito avevano dimostrato che si trovavano a mangiare e bere negli stessi locali.

Baker si era scusato profusamente con Jag, che però non lo incolpava per non aver trovato prima quelle informazioni: Sparks aveva nascosto estremamente bene quelle tracce, doveva essere molto intelligente, o molto fortunato.

A ogni minuto che passava, Jag si sentiva sempre più in ansia. Era passato troppo tempo, da quanto Sparks aveva rapito Carly. Diventava sempre meno probabile che lei fosse ancora viva... e quel pensiero gli faceva venire i conati di vomito, e gli induceva la voglia di ammazzare Sparks a mani nude. Il pensiero che avesse anche solo toccato Carly era ripugnante.

Quando Mustang accostò nel parcheggio dello zoo, fu palese all'istante che c'era qualcosa che non andava. C'erano due ambulanze e una decina di auto della polizia, tutte sparpagliate a casaccio.

Appena Mustang fermò la macchina, Aleck e Jag saltarono fuori e si misero a correre verso l'entrata.

Un poliziotto li fermò dicendo loro che non potevano attraversare il cancello. Jag stava per perdere le staffe, col rischio di fare qualcosa che avrebbe compromesso la sua carriera, quando Mustang sopraggiunse e passò il proprio cellulare al poliziotto.

"Risponda, è l'ispettore Makanui Lee, vuole parlare con lei."

Il poliziotto sembrò confuso, ma per fortuna prese il telefono di Mustang.

Jag si tenne a freno a malapena.

Dopo pochi secondi, il poliziotto restituì il telefono a Mustang annuendo e fece un passo indietro. "L'ispettore vi autorizza ad accedere, con la raccomandazione di non intralciare le operazioni," spiegò, "non intromettetevi nelle indagini in corso."

Jag non aveva ancora capito cosa diavolo stesse succedendo, ma non perse tempo a fare domande. A lui interessava solo raggiungere Sparks. Corse nello zoo, andando verso la zona dei leoni. Non gli sfuggì che quella era la stessa direzione da cui sembrava provenire tutto il trambusto.

Si fermò vicino, appena dietro il nastro giallo della polizia, che era stato tirato subito fuori dal recinto che delimitava la zona dei leoni. Aleck fermò un soccorritore che stava tornando verso il parcheggio con una barella vuota. "Cosa sta succedendo?"

"Qualcuno ha perso la testa ed è entrato nell'ambiente dei leoni, che non l'hanno presa molto bene... beh, potete immaginare cos'hanno fatto."

Jag aveva il cuore in gola. Non Carly. Oddio, non la donna che amava.

"È ancora viva?" domandò Mustang, ovviamente sulla stessa lunghezza d'onda.

"Era qualcuno che lavorava per lo zoo, almeno a giudicare da quel che è rimasto dell'uniforme. È entrato usando la propria chiave e il codice di sicurezza, prima dell'orario di apertura. Comunque sia, no, di *sicuro* non è vivo," spiegò il soccorritore scrollando le spalle, "abbiamo fatto fatica a capire che fosse un 'lui'. Quei leoni si sono proprio incazzati, chissà perché. Non so se fossero stati provocati prima che quello entrasse. La polizia ha già richiesto le registrazioni di sicurezza, così da poter scoprire meglio com'è andata. In ogni caso, penso che qui rimarrà chiuso per un po'. Gli altri dipendenti dello zoo stanno ancora cercando di domare quei gattoni infuriati per allontanarli dai resti della loro colazione."

Quel tipo era molto loquace, Jag gliene fu grato. Chiaramente non era un intervento normale, per i soccorritori, probabilmente era difficile fare i conti con ciò che aveva visto.

Il soccorritore se ne andò e Mustang alzò una mano. "Non sappiamo se si tratti o meno di Sparks."

"Certo che è lui," replicò Jag incurvando le spalle, "chi altro dovrebbe essere?"

"Ma perché?" intervenne Aleck. "Dev'esserci un motivo, se ha deciso di farla finita. Era un tipo molto furbo, l'ha fatta in barba a Baker, alla polizia... a tutti noi. Perché rapire Carly, fare chissà che cosa e poi uccidersi? Non certo perché si sentiva in colpa per ciò che ha fatto."

Un barlume di speranza si ravvivò in Jag. "L'unico motivo che mi viene in mente... è che Sparks ha fatto una cazzata e Carly gli è sfuggita, così lui s'è ammazzato."

Mustang annuì. "Sono d'accordo."

"È ancora viva," sussurrò Jag, pur temendo di dirlo a voce alta. "Ha fatto una cazzata, lei è scappata e lui sapeva che sarebbe stato beccato."

"E non voleva passare il resto della vita in gattabuia, così ha deciso di farla finita a modo suo," ragionò Aleck annuendo.

"Forse ha cercato un gesto più plateale di quello di Keyes," aggiunse Mustang con un certo disgusto.

"Beh, direi che quello almeno gli è riuscito," ribatté Aleck sarcasticamente.

"Ma, dov'è Carly?" domandò Jag.

Era quella la domanda da un milione di dollari. Avevano scoperto chi l'aveva rapita e da dove, ma non cosa ne avesse fatto Sparks.

———

Carly alzò la testa e non riuscì a trattenere un gemito. Le faceva male dappertutto. La botta alla testa pulsava ancora, ogni muscolo del corpo si faceva sentire, appena cercava di muoversi. Si sforzò per alzarsi, ma se ne pentì immediatamente, appena sentì un bruciore insopportabile alla mano. Abbassò lo sguardo e vide un palmo tagliato, una ferita da suturare.

Ricordò vagamente di essersi tagliata col coltellino con cui aveva segato la corda, per liberare la gamba dal peso. Aveva ancora attaccati alla caviglia i resti di quella corda. Non riusciva a capire che ore fossero, il sole si era quasi staccato completamente dall'orizzonte. Era riuscita a superare la notte.

Sorrise, nonostante il dolore atroce; era comunque sopraffatta dal sollievo. Gideon l'aveva rapita, ma lei si era dimostrata più furba ed era scappata. Era maledettamente orgogliosa di sé. Certo, non era ancora fuori pericolo, ma se la stava cavando piuttosto bene, salvo che non ci fosse qualcun altro in giro, pronto a drogarla e farla affogare.

Si mise seduta e spostò il peso sulle rocce laviche scomode su cui appoggiava il sedere; poi cercò di valutare la situazione. L'isola su cui si trovava non era altro che un ammasso roccioso emerso dalle acque. Era lungo circa cinque metri, largo una ventina, tutto ricoperto di guano. Non c'erano alberi, nessuna traccia di acqua potabile, niente: solo gli uccelli che la fissavano col broncio, come arrabbiati per quell'invasione, che aveva turbato la loro quiete.

Il cielo era coperto, sembrava sul punto di piovere di nuovo da un momento all'altro... ma lo spettacolo migliore che Carly avesse mai visto era il profilo di una montagna all'orizzonte. Non era molto lontana dalla terraferma, immaginò di avere davanti Oahu, ma non ne era certa. Fosse stata una giornata soleggiata, ci sarebbe stata già una moltitudine di persone sul mare, chi a pescare, chi a fare snorkelling, chi a godersi semplicemente una bella giornata alle Hawaii. Invece il tempo era uggioso e non si vedeva in giro nessuno.

Carly non poteva certo amareggiarsi: il temporale della sera prima le aveva salvato la vita. Ironia della sorte, era sfuggita a Gideon durante un temporale, proprio come Kenna aveva fatto fallire il piano di Shawn, sempre durante un temporale.

Carly pensò di tornare in acqua e nuotare fino a riva, ma sapeva che le distanze potevano ingannare, specialmente con quella visibilità. L'isola poteva distare un chilometro, o anche quindici; lei poteva anche nuotare per un chilometro, ma le sarebbe stato impossibile resistere per una distanza più importante.

La mossa migliore era rimanere dov'era e aspettare che qualcuno passasse, chiunque.

Poi le venne il tremendo sospetto che chissà, forse Gideon era ancora in mare a cercarla, per assicurarsi che fosse morta. L'ultima persona che lei voleva intercettare era proprio l'uomo che la voleva morta.

Scosse la testa: si rifiutava di credere che, dopo tutto ciò che aveva fatto, ci fosse ancora il rischio di essere catturata. Gideon probabilmente era tornato a casa, eccitato all'idea di aver portato a compimento ciò che Shawn aveva avviato. Quell'uomo era un pazzo scatenato. Lei non gli aveva fatto nulla... veramente non aveva fatto nulla nemmeno a Shawn. Non c'era un solo motivo al mondo per cui Gideon dovesse odiarla tanto.

Però era chiaro che Shawn l'aveva plasmato proprio come aveva cercato di fare con lei. Evidentemente si eccitava a manipolare le persone e aveva preso Gideon sotto la propria ala, plagiando anche lui, anche se in modo diverso. Quando lei aveva rotto il rapporto con Shawn, evidentemente anche Gideon si era arrabbiato tanto quanto Shawn. Entrambi avevano preso quella mossa come un affronto. Una reazione totalmente irrazionale, come del resto tutto ciò che riguardava Shawn, o Gideon.

Carly si tirò su meglio sulla roccia e cercò di arrancare verso una parte più piana dell'isola. Faceva un male atroce, camminare sulle rocce affilate a piedi nudi, ma l'alternativa era la morte; quindi tenne duro e fece ciò che doveva. La quantità di guano era impressionante. Il puzzo era quasi irrespirabile.

Carly era estremamente assetata, dolorante, bloccata sull'isola del guano... ma almeno era viva. Poteva andarle molto peggio.

Si sedette su un punto che sembrava meno inzaccherato di guano rispetto alle rocce circostanti, si portò le ginocchia al petto e le abbracciò. Non le interessava dover rimanere là seduta per chissà quanto tempo, non sarebbe morta. Impossibile. Non dopo tutto ciò che aveva superato.

Kenna e le altre probabilmente erano fuori di testa. Poi Carly andò con la mente su Jag... e le venne da piangere. Ormai doveva essere talmente preoccupato da impazzire. Avrebbe smosso mari e monti, pur di trovarla, insieme agli altri della squadra. Lei non aveva dubbi: avrebbero scoperto cosa le era successo. Pensò all'appartamento di Jag, trasformato in una centrale operativa da cui dirigere le ricerche. Tutti gli uomini con espressioni gelide, concentrati sui telefoni, sui computer.

Avrebbero ricostruito le sue mosse. Alani avrebbe raccontato di averla incontrata davanti al Duke's, doveva aveva prelevato le verdure da portare a Food For All. Avrebbero scoperto che non era mai arrivata a consegnare gli scatoloni, avrebbero trovato la macchina abbandonata nel parcheggio... ma poi? Come avrebbero scoperto che era stato Gideon a rapirla? Come avrebbero capito che l'aveva portata in mare su una barca?

Si sentì quasi prendere dal panico, ma scosse la testa. No, doveva pensare positivo. Jag era intelligente. Uno degli uomini più intelligenti che lei conosceva. L'avrebbe ritrovata, anche grazie al resto della squadra. Doveva solo portare pazienza.

Tornò ai ricordi di cos'era successo a Jag da ragazzino.
Doveva essersi sentito terrorizzato e confuso ogni volta che la
baby-sitter andava da lui; ma non si era mai arreso. Era
rimasto forte, e lei voleva essere proprio come lui. Voleva che
Jag fosse fiero di lei e a tal fine doveva rimanere sempre
all'erta, perché una qualche barca *sarebbe* passata e lei avrebbe
attirato l'attenzione per tornare da lui.

Col passare dei minuti, diventava sempre più difficile
portare pazienza, pensare positivo.

Cercare di nuotare fino a riva diventava man mano l'op-
zione più fattibile. L'ultima cosa che voleva era passare
un'altra notte su quelle rocce. Non che si ricordasse molto
della prima notte, ma insomma...

Proprio quando stava per decidere che non era più il caso
di aspettare, ma che era meglio salvarsi da sola nuotando fino
a Oahu, sentì un rumore.

All'inizio pensò si trattasse di un'allucinazione, solo il
forte desiderio di sentire il motore di una barca.

Poi le tornò ancora il panico: se fosse stato Gideon che
tornava a prenderla? Era una preda facile e sapeva per certo
che ormai non l'avrebbe più presa alla leggera, con un
semplice tranquillante. Probabilmente l'avrebbe strozzata sul
posto, prima di riportarla in mare aperto e farla affondare.

Nella foschia del mattino, mentre cercava di stare calma,
Carly vide qualcosa di bianco e arancione fendere le onde.
Non veniva verso di lei... il che la spaventò per tutt'altro
motivo.

La barca della Guardia Costiera si stava muovendo lentamente sulle acque, costeggiando l'isola, sembrava alla ricerca
di qualcosa... o di qualcuno? Carly non osava sperare, chissà,
magari stavano cercando proprio lei. Forse si trattava solo di
una perlustrazione di routine delle acque circostanti. in fin
dei conti non importava cosa stessero facendo, bastava che la
trovassero.

Si alzò, riusciva a malapena a reggersi in piedi, cominciò a sbracciarsi sulla testa urlando più forte che poteva. Era improbabile che riuscissero a sentirla, per via del rombo del motore e dello scrosciare delle onde contro lo scafo dell'imbarcazione, ma per quanto fosse improbabile che la notassero, anche l'uno per cento, lei si sarebbe sgolata pur di tentare, se necessario.

Per un momento terribile, pensò che la barca proseguisse senza cambiare rotta; forse i militari a bordo non l'avevano né vista né sentita.

Poi, come per miracolo, le nuvole si aprirono per un momento e i raggi del sole illuminarono le rocce, come un'enorme torcia puntata dritta sull'isola a cui lei era approdata.

La barca della Guardia Costiera virò all'improvviso... verso di lei. Carly non smise di sbracciarsi e di urlare, se non quando sentì una sirena potente provenire dalla barca. Man mano che la barca si avvicinava, Carly cominciò a dondolare.

L'avevano vista. Grazie a Dio!

Si mise a piangere, anche se le lacrime non le scendevano dagli occhi. Era troppo disidratata. Però non riusciva a non sorridere. Ce l'aveva fatta. Aveva battuto Gideon *e* Shawn. Non era la stupida inetta che credevano loro. Pur essendo più giovane, non era un'idiota. Era orgogliosa di se stessa.

Aveva timore di ciò che l'aspettava, una volta tornata a casa. La polizia l'avrebbe interrogata, probabilmente la stampa l'avrebbe tartassata per pubblicare la sua storia; avrebbe dovuto affrontare Gideon in tribunale e sentiva il pericolo di tornare indietro e dover ricominciare a vivere in modo indipendente.

Però aveva Jag al fianco e con lui poteva fare di tutto.

Jag. Oddio, non riusciva a smettere di pensare a quanto dovesse essere preoccupato.

Con quel pensiero ancora fresco nella mente, quando un giovane con un salvagente arancione, cappellino, maglia e pantaloni blu, anfibi ai piedi uscì dall'imbarcazione, la prima cosa che gli disse fu: "Chiamate Jag!"

"Carly? Carly Stewart?" le chiese quell'uomo, afferrandole il braccio con cautela.

Lei annuì. "Per favore, devo chiamare Jag!"

"Contatteremo chi vuole una volta tornati a bordo. Ce la fa a camminare?"

"Sì," rispose lei; ma appena cercò di fare un passo, sentì il corpo che si rifiutava di collaborare. Le tremarono le ginocchia e si sarebbe afflosciata a terra di peso, se il marinaio non l'avesse afferrata al volo.

"La tengo io," le disse.

Poi l'aiutò insieme ad altri due colleghi ad abbandonare l'isola del guano per salire sulla barca. La fecero sedere su una panca e la avvolsero con una coperta calda. Poi qualcuno le mise una bottiglia d'acqua in una mano e un telefono nell'altra.

Carly fu grata più di quanto potesse esprimere perché Jag le aveva fatto imparare il suo cellulare a memoria. Le aveva detto che sarebbe giunta l'occasione in cui non avrebbe potuto semplicemente cliccare sul suo nome, ma avrebbe dovuto digitare il numero. Aveva avuto ragione. Naturalmente.

Con le dita tremanti, cliccò sui pulsanti per comporre il numero di Jag.

"Parla Jag. Chi è?"

Carly chiuse gli occhi. Non aveva mai sentito un suono tanto bello quanto la voce di Jag.

"Sono io," finalmente riuscì a rispondere con voce roca. Ormai aveva perso la voce a forza di urlare dall'isola per attirare l'attenzione della Guardia Costiera.

"Carly? Porco cane! Sei davvero tu?"

"Sì."

"Dove sei?! Stai bene? Cos'è successo?"

Lei avrebbe anche risposto a tutte quelle domande, ma aveva un groppo in gola ed era sopraffatta dalle emozioni.

"Carly? *Parla con me!*" le urlò Jag.

Carly non riuscì a fare altro che passare il telefono al giovane che l'aveva aiutata a imbarcarsi. Lo sentì parlare con Jag, ma all'improvviso non riuscì più a tenere gli occhi aperti. Era sfinita, emotivamente, fisicamente, mentalmente. Totalmente sfinita. Però era riuscita a far sapere a Jag che era viva, così almeno avrebbe smesso di preoccuparsi.

Evidentemente le mancava solo di avvertirlo, prima che il corpo cedesse, abbandonandosi alla spossatezza che la stava lentamente avviluppando.

CAPITOLO VENTITRÉ

JAG ERA SEDUTO VICINO a Carly sul divano di casa, non trovava la forza di lasciarla andare. Dall'attimo stesso in cui l'aveva sentita al telefono, gli era presa l'ansia disperata di raggiungerla, per vedere coi propri occhi che stesse bene. Era arrivato all'ospedale prima ancora che l'elicottero della guardia costiera ci atterrasse, con a bordo Carly.

Mustang aveva detto agli infermieri che Jag era il fidanzato di Carly, così l'avevano lasciato entrare al pronto soccorso mentre i medici la visitavano.

Carly era sfinita, aveva una mano fasciata, una brutta escoriazione sulla testa, graffi alle braccia e alle ginocchia. Eppure Jag non aveva mai visto niente di tanto bello.

Erano passate alcune ore, prima che venisse congedata. I medici volevano ricoverarla per tenerla sotto osservazione una notte, ma lei aveva insistito e aveva firmato i documenti per il congedo volontario.

Mustang aveva accompagnato a casa la coppia; dopo una visita breve ma sentita di tutti gli amici, erano finalmente rimasti soli. Jag aveva molto apprezzato la preoccupazione e la gioia degli amici, al ritorno di Carly, ma aveva bisogno di stare da solo con lei per un po'.

Jag si alzò in piedi, poi si abbassò verso di lei e la prese in braccio con delicatezza. Lei non si agitò; si accoccolò contro di lui, che la portava in camera da letto. La posò sul letto e si sedette vicino a lei, poi fece un gran respiro.

"Sto bene," gli disse Carly sottovoce.

Jag deglutì a fatica. "Devo vederlo coi miei occhi, posso?" le chiese, allungando le mani verso i bottoni della camicetta che lei indossava. Appena arrivata a casa, Carly si era cambiata, togliendosi il lungo camice dell'ospedale.

Carly annuì e Jag le sbottonò con perizia la camicia over-size e gliela tolse. In quel momento non era mosso da attrazione fisica: la paura era ancora troppo fresca. Sentiva solo il bisogno di esaminarla dalla testa ai piedi.

Mentre lui la osservava, lei rimase sdraiata in silenzio. Aveva lividi sulla parte alta del corpo, graffi alle braccia, molto probabilmente provocati dalle rocce laviche dell' isolotto a cui era approdata nuotando. Non era possibile esaminare la ferita al palmo della mano, perché era ancora bendata, ma lui l'aveva già intravista in ospedale: era gonfia e rossastra, ma era un taglio netto e sarebbe guarito per bene. Jag scese con gli occhi lungo tutto il corpo di Carly; notò i graffi alle ginocchia, fremette per i piedi gonfi e i graffi profondi alle piante dei piedi, anche quelle per aver camminato sulle rocce vulcaniche.

Poi risalì di nuovo tutto il corpo con lo sguardo, fermandosi alla fine sul volto. Al pronto soccorso le avevano dovuto rasare un po' i capelli dietro la testa per poter pulire e suturare la ferita dovuta alla botta che Gideon le aveva inferto per farle perdere i sensi.

Carly era fortunata di essere viva, dopo la botta sulla testa con la torcia pesante e massiccia che era stata ritrovata nella macchina di Sparks, dopo l'iniezione di striscio con un sedativo formato gigante destinato ai leoni, dopo essere quasi andata a fondo nell'oceano e poi aver passato la notte all'aperto, esposta alla furia degli elementi.

Però era *viva*.

Jag poteva leggerle negli occhi un turbinio di emozioni che gli faceva venir voglia di piangere. Era andato troppo vicino a perderla; ma la sua Carly era tosta. Non era sopravvissuta grazie a lui. No, ce l'aveva fatta da sola. Si era salvata da sola, accidenti... e lui non poteva esserne più orgoglioso.

"Vieni qui," gli disse Carly porgendogli le braccia.

Jag si tolse la maglia e si sdraiò di fianco a lei; se la tirò tra le braccia, poi prese un lembo della coperta e la sistemò su entrambi. Dopo un momento, si accorse di tremare... mentre Carly gli sfiorava il petto con una mano e gli mormorava parole dolci.

"Va tutto bene, sono qui," gli disse.

Oddio, che donna!

"Sei meravigliosa," le sussurrò.

Lei scosse la testa. "No, sono solo testarda."

Lui scoppiò a ridere in silenzio. "Mi dispiace..." cominciò a dirle, ma lei scosse la testa e si tirò su un gomito.

"No, non fare così."

"Ma devo," le disse Jag, "sei stata rapita proprio sotto al mio naso. Non avevamo idea di dove fossi; è stato l'ispettore Lee a contattare la Guardia Costiera mettendo le unità in allerta, in caso di avvistamenti sospetti. Noi volevamo convincere Sparks a dirci dov'eri, ma lui si è ammazzato. Non avevamo piste da seguire. Potevi essere *ovunque*."

"Tu mi avresti trovata," gli disse Carly.

Jag non si capacitava: Carly aveva in lui la stessa fiducia di prima del rapimento. Non fece altro che stringere le labbra e scuotere la testa.

"Jag, davvero, l'unico motivo per cui sono sopravvissuta sei tu. Prima di tutto, sapevo che non avresti avuto pace se non trovandomi. Secondo: ho ripensato a ciò che ti è successo da bambino, alla tua forza, e ho capito che se solo avessi avuto anch'io una piccola parte della tua forza, sarebbe andato tutto bene. Terzo: mi è tornato in mente tutto ciò che mi hai insegnato sulla sicurezza personale. Se me ne fossi rimasta impalata e avessi lasciato che Gideon portasse avanti il suo piano, a quest'ora sarei morta stecchita. Invece ho pensato rapidamente alle mie opzioni e ho deciso che era meglio affrontare il mare."

"Quarto: mi sono ricordata tutti gli aneddoti che mi hai raccontato sulla settimana infernale, sai che mi dicevi che l'unica cosa che ti portava avanti era pensare positivo? Quarto, no... forse era quinto? Ho perso il conto. Insomma, avevo in tasca il coltellino, quello che mi hai dato *tu* insistendo che lo portassi sempre con me. Devo ammettere che, all'inizio, pensavo fosse un'esagerazione, ma ho dovuto ricredermi e non dubiterò mai più di te: mi ha salvato la vita. Se non fossi riuscita a tagliare la corda con cui Gideon mi aveva legato quel peso alla caviglia, sarei morta affogata."

"Anch'io ho fatto un sacco di cazzate. Non avrei mai dovuto lasciare che Gideon mi si avvicinasse tanto, nel parcheggio. Ho abbassato la guardia solo perché mi sembrava... un tipo modesto e innocuo. Ha fatto il gentile, ha detto le cose giuste, mi sono fidata, quando invece non avrei dovuto. Gli ho tolto gli occhi di dosso per una frazione di secondo e gli è bastata quell'occasione."

"Per favore... non posso sopportare che tu ti senta in colpa, solo perché non sei arrivato fisicamente tu a portarmi via da quell'isolotto, o perché non sei riuscito a farti dire da Gideon dov'ero. Anche se non c'eri in prima persona, in ogni momento in cui ero con Gideon... beh, a parte quando ho perso i sensi, tu *eri* con me. Senza di te, sarei stata come un sacco di patate in quella barca e lui sarebbe riuscito a portare a termine il piano di Shawn. Tu mi hai dato la forza di reagire, di non arrendermi."

Jag chiuse gli occhi e fece del suo meglio per gestire le proprie emozioni. Non avrebbe dovuto sorprendersi dell'ottimo modo in cui Carly stava prendendo quanto le era successo. Non stava dando alcuna colpa a lui, all'ispettore, agli altri SEAL. L'avevano tutti delusa, eppure, come per miracolo, lei non li riteneva responsabili.

Riaprì gli occhi e la tirò di nuovo a sé; lei si lasciò portare volentieri e si appoggiò a lui.

"Sposami," le sussurrò.

"Ma certo," gli rispose sussurrando.

A Jag venne da ridere: non era sembrata affatto sorpresa, non era andata su di giri, impazzendo di gioia. Aveva accettato la proposta di matrimonio con tutta calma, come se fosse un esito inevitabile, una richiesta prevedibile a cui lei avrebbe risposto di sì.

"Non ho un anello, te lo prenderò," le disse.

"Non m'importa," gli rispose lei.

"Possiamo avere il tipo di cerimonia che preferisci."

"Al Duke's," gli disse senza nemmeno alzare la testa dalla sua spalla. "Voglio sposarmi sulla spiaggia del Duke's. Chiunque si trova a mangiare potrà partecipare. Accidenti, possono partecipare tutti quelli che si trovano sulla spiaggia. Come torta voglio la hula, l'officiante sarà Paulo, tanto ha già preso la licenza e tutto quanto. L'ho sentito che ne parlava, un giorno. Sarà divertentissimo... proprio come piace a me. Tutti rideranno e se la spasseranno."

"Aggiudicato," le disse Jag.

"Voglio che da quella spiaggia sia spazzata via ogni traccia di negatività per quel che ha fatto Shawn. Voglio spiattellargli in faccia che non l'ha avuta vinta, ovunque sia. Anzi, che ha perso alla grande. Non mi ha distrutta. Non ha distrutto Kenna. Anzi, proprio per via di quel che ha fatto, mi ha portata da *te* e adesso sono più felice di quanto avrei mai potuto immaginare."

Santo cielo, Jag amava quella donna!

"Posso chiederti qualcosa?" gli chiese.

"Ma certo, quello che vuoi."

"Mi racconti di Gideon? Immagino che tu abbia parlato con l'ispettore Lee. Mi racconti cos'hai scoperto su di lui, su ciò che ha fatto? Com'è riuscito a ingannare tutti?"

Jag non voleva; avrebbe preferito starsene sdraiato e non pensare mai più a quel bastardo stronzo, ma Carly meritava delle risposte a quelle domande.

"La polizia non ha trovato un biglietto d'addio o altro, non ancora, ma immagino che non abbia lasciato scritto nulla. Dai filmati di sicurezza risulta che ha provocato i leoni, stuzzicandoli con la carne che dovevano mangiare, ma senza dargliela. Quando i leoni erano estremamente agitati, lui è entrato, tra l'altro teneva in mano proprio la carne cruda. Non è stata una morte rapida." Jag era stato molto contento di sentire quell'ultimo dettaglio dalla polizia.

"Devo ammettere che mi sento un po' meglio, sapendo di non doverlo vedere mai più. Non potrò fargli vedere che non mi ha distrutta, ma si è beccato quel che si meritava."

Jag non ne era sicurissimo, ma lasciò perdere. "Sembra che abbia preso in prestito la barca da un collega dello zoo. Quel tipo pensava che Sparks amasse pescare e non gli è venuto mai alcun sospetto, gli lasciava usare la barca ogni volta che voleva. La barca non era ormeggiata in un porticciolo, nulla del genere, per questo Baker non ha potuto trovare filmati in quelle telecamere. Era solo attraccata al giardino privato di quel tipo e Sparks poteva andare e venire senza che nessuno lo vedesse, senza destare sospetti."

"Una donna si è fatta avanti dopo aver visto al telegiornale ciò che è successo. Era stata lei a chiedere l'ordinanza restrittiva contro Sparks. A quel tempo era molto giovane, ma rischiava di perdere l'appartamento perché non aveva più soldi. Sparks ha fatto leva su quel bisogno, molto probabilmente con l'incoraggiamento di Keyes. L'ha aiutata e lei ha abbassato la guardia. Poi lui è cambiato e ha cominciato a manipolarla, a sminuirla."

"Proprio come faceva Shawn con me," commentò Carly tranquillamente.

"Esatto. Pensiamo che Shawn provasse un gusto sadico nell'insegnare a dei solitari stralunati come Gideon a tormentare le donne. A questo punto possiamo solo fare delle speculazioni, ma immagino che Gideon fosse più che disposto ad aiutare Keyes nel suo piano, per ringraziarlo di avergli fatto da *mentore*. Specialmente dopo che tu avevi ottenuto l'ordinanza restrittiva, proprio come quella ragazza. Quando Shawn è morto... anche lui probabilmente è crollato. Non ha gestito la situazione. Tutti i suoi sogni di conquistare una donna sono crollati, svaniti come fumo al vento, perché aveva bisogno di Shawn per manipolare gli altri. Tu eri l'unica a cui potesse dare la colpa."

Jag smise di parlare e trattenne il fiato, aspettando la reazione di Carly.

"Che... che tristezza," gli disse dopo un momento.

Una *vera* tristezza. Una storia patetica, tragica, sconvolgente, ma triste.

"Ma senti, l'isola su cui sono riuscita ad approdare si chiama *davvero* isola del guano?" gli chiese.

"Sembra proprio di sì. Il nome vero è Mōkōlea Rock, ma gli hawaiani la chiamano isola del guano per via, beh... lo sai il perché."

Lei sbottò a ridere. "Sì, lo so." Poi, con una certa esitazione, gli chiese: "Allora... è davvero tutto finito?"

Jag la strinse tra le braccia, poi dovette sforzarsi di rilassarsi. "È tutto finito," la rassicurò.

La sentì sospirare di sollievo, il fiato caldo gli accarezzò il collo.

"Va bene."

"Va bene?" le chiese Jag; voleva essere sicuro che non lo dicesse solo per accontentarlo.

"Sì. Voglio mettermi alle spalle tutto: Shawn, Gideon, tutto quel che è successo. Voglio andare oltre; sposarti, tornare la persona che ero prima di quel rapporto. Ho fatto i miei errori, ma non mi meritavo tutto questo."

"No, non te lo meritavi," concordò Jag.

Lei inclinò la testa all'indietro. "Devi andare con la squadra in missione, a breve?"

Jag si accigliò confuso. "No, perché?"

"Perché avete fatto un sacco di riunioni. È successo qualcosa di importante e mi ero immaginata che doveste partire presto. Mi hai detto che è così che funziona, che a volte passate lunghe ore a esaminare le informazioni, poi partite."

Jag annuì. Era difficile crederlo: quarantott'ore prima, l'unica cosa che gli passava per la testa erano i ragazzini rapiti in Nigeria. Gli sembrava fosse passata una vita. "Non posso garantirti che non ci chiamino in missione da un momento all'altro, può sempre capitare, ma la situazione a cui stavamo lavorando si è risolta senza il nostro intervento."

Carly gli si afflosciò addosso. Jag non aveva capito, prima di quel momento, quanto fosse preoccupata per lui.

"Ottimo."

Jag alzò una mano e le lisciò dolcemente i capelli. "Ti amo," le disse sottovoce. "Te lo giuro, ho perso dieci anni di vita, quando mi sono accorto che non mi avevi scritto per farmi sapere che eri tornata a casa sana e salva."

"Mi dispiace," gli disse Carly.

"No," ribatté subito lui scuotendo la testa, "non dispiacerti. Ciò che è successo non è colpa tua, è stato quel bastardo."

"Dobbiamo guardare quel film, presto," gli disse Carly.

Jag fece una risata leggera e annuì. "Va bene."

"Baker sta bene?" gli chiese dopo un minuto.

Jag sospirò. "Non lo so."

"Non ha fatto niente di male, anzi, so per certo che si è fatto il mazzo per trovarmi."

"Infatti," confermò Jag, "ma non gli piace fallire."

"Oh, buon Dio, non ha fallito," protestò Carly, "è stato lui a trovare le registrazioni di sicurezza con Gideon che mi colpiva e mi gettava nel bagagliaio!"

"Lui non la vede allo stesso modo."

"Vorrà dire che gli parlerò," concluse lei con decisione, poi si ammorbidì e aggiunse, "ma non adesso. Qui sto comoda."

Jag annuì contro di lei. Aveva avuto paura di non riaverla mai più tra le braccia, di non ritrovarla mai più. Sparks avrebbe potuto terrorizzarla molto di più, avrebbe potuto molestarla. L'ultima cosa che Jag si augurava era che Carly subisse ciò che aveva subito *lui*. La sensazione di impotenza, di degradazione, di dolore. Ciò che le era successo era già abbastanza brutto. Se Sparks le avesse anche messo le mani addosso, Jag sapeva che nessuno dei due sarebbe stato in grado di gestire la situazione con la calma che invece riuscivano a mantenere.

"Non vedo l'ora di andare da Kenna e Aleck per la grigliata del fine settimana."

Jag sorrise. Carly aveva avviato... un normale argomento di conversazione. Era appena uscita dall'ospedale, probabilmente soffriva ancora di una buona dose di dolore, eppure si metteva tutto l'accaduto alle spalle. Accidenti, che donna meravigliosa.

"Anch'io."

"Elodie ha detto che si farà in quattro," aggiunse Carly.

Jag se la sentì sorridere addosso. "Quindi finiremo per mangiare estremamente bene."

"Non vedo l'ora di assaggiare gli hamburger di cui gli altri parlano sempre benissimo."

"Lei ci mette come un tocco magico, penso di essere invidioso di Mustang."

"Ehi!" protestò Carly dandogli un pugnetto nello stomaco. "So cucinare anch'io."

"Certo che sai cucinare," le disse immediatamente, sapeva bene che non era il caso di contraddirla... soprattutto se voleva che cucinasse ancora, in futuro.

"Ma non come lei," aggiunse Carly. "Jag?"

"Dimmi, angelo mio."

"Ti amo, tantissimo, e non ho alcuna paura. Pensavo che mi sarebbe rimasto per moltissimo tempo il timore di innamorarmi, dopo quel che mi è successo, invece so senza ombra di dubbio che era destino che stessi con te. Ho dovuto subire tutto, con Shawn, e anche con Gideon, per finire con te. Rifarei tutto di nuovo, solo per stare con te."

Jag fu quasi sopraffatto dall'emozione, ma la capiva benissimo. Anche lui non avrebbe cambiato una virgola della propria vita, pur di arrivare a stare con lei. Fu un pensiero sorprendente. Per tanto tempo, una volta diventato adulto, aveva provato amarezza per quanto gli era successo. In quel momento? Capiva che le esperienze passate l'avevano reso l'uomo giusto per Carly. "Ti amo," riuscì a sussurrarle.

Carly gli annuì addosso e lasciò andare un lungo sospiro. "Penso che potrei dormire per giorni," mormorò.

"Pure io." Jag sentì la spossatezza che lo prendeva. Era rimasto sveglio per oltre trentacinque ore. L'adrenalina che gli era circolata nelle vene l'aveva aiutato a rimanere in piedi, ma poi, con la sua donna sana e salva tra le braccia, Sparks morto, sapendo che Carly l'avrebbe sposato... si sentì crollare.

L'ultimo ricordo di Jag fu il respiro con cui inalò il dolce profumo di ciliegia di Carly. Finalmente lei si era liberata del proprio passato. Insieme, non li aspettava altro che un bel futuro.

———

Carly non capì cosa l'avesse svegliata nel sonno, ma quando guardò l'orologio notò che erano solo le tre di notte. Aveva dormito profondamente, al sicuro, tra le braccia del suo uomo; ma c'era qualcosa che la turbava nell'inconscio. Sapeva di dover chiudere gli occhi per riaddormentarsi subito, ma c'era qualcosa che doveva fare.

Con sua sorpresa, riuscì a scivolare via dalle braccia di Jag senza svegliarlo; andò in punta di piedi verso la porta e uscì dalla camera per andare in salotto. Era chiaro che Jag aveva sofferto, mentre lei era dispersa; si ripromise di fare tutto il possibile, in futuro, per fargli superare quello spavento.

Vide il proprio cellulare appoggiato sul mobile della cucina, dove l'aveva messo Jag appena erano tornati a casa. Gli altri l'avevano recuperato dalla macchina che avevano rintracciato nel parcheggio. Lo prese in mano e vide vari messaggi delle amiche. Le esprimevano tutte gratitudine e gioia per il rientro a casa. Persino Monica le aveva inviato un messaggino per farle sapere che sollievo provava, sapendola sana e salva; Carly apprezzava moltissimo quel messaggio, perché sapeva bene che l'amica non era esattamente una dal "messaggio facile".

Kenna aveva aperto una chat di gruppo per accordarsi su cosa portare alla grigliata del fine settimana, come al solito le piaceva organizzare e impartire istruzioni.

Carly avrebbe risposto a tutte le amiche più avanti, ma prima c'era qualcosa di più importante che doveva fare. Non esitò nemmeno a cliccare su quel nome in memoria. Era tardi, o prestissimo, ma istintivamente sapeva che non sarebbe stato un problema.

"Tutto bene, Carly?" le chiese Baker tranquillamente, rispondendo al primo squillo. "Dove sei?"

"Tutto bene," gli rispose sottovoce, afflosciandosi sul divano. "Sono a casa."

"Allora come mai mi chiami?" le chiese Baker.

"E *tu* dove sei?" ribatté lei.

Lui sospirò. "Sono seduto sulla spiaggia, sono qui alla North Shore."

"Se sei seduto in spiaggia a chiederti cosa pensi di aver fatto di sbagliato o cos'avresti dovuto fare per trovare Gideon, o per impedire che succedesse ciò che è successo, sappi che mi arrabbio," gli disse.

Lui però non rise. "È stata colpa mia Carly."

"Che stronzata galattica," insisté lei, "pensi di controllare tutto quello che gli altri fanno o dicono? Perché a me non risulta."

Baker rimase in silenzio dall'altra parte, così Carly continuò.

"Lo so che sono tutti un po' intimoriti da te, che sei un ex SEAL grande e grosso, che tutti si affidano a te quando succedono dei casini, ma sei sempre un essere umano, Baker. Mangi, bevi e vai di corpo come tutti gli altri... a meno che tu sia un alieno e nessuno me l'ha detto... ma non è così. Gli unici da incolpare per quanto mi è successo sono Shawn e Gideon. Nessun altro. Tu non sei Superman. Non potevi impedire che succedesse."

"Avrei dovuto capire che era Gideon il complice," le spiegò tranquillamente, con un tono angosciato facilmente percepibile.

"Come? Per osmosi? Quel tipo era spregevole, ma furbo. È probabile che abbia pedinato me e Jag per mesi e noi non ce ne siamo mai nemmeno accorti. era impossibile anche per te interrogare tutti i suoi colleghi, o le persone che vedeva regolarmente, per scoprire della barca che aveva preso in prestito.

Se fosse stato lui l'unico sospetto, probabilmente saresti stato in grado di capirlo, al di là della faccia da poker che mostrava a tutti, ma non era l'unico. C'erano tanti altri sospettati su cui indagare. Io non sono molto brava a fare i conti, ma tra amici e conoscenti, saranno state un centinaio le persone vicine a Shawn, per scoprire tutto su tutti ti sarebbe servita un'eternità!"

Baker fece un verso di gola. Carly lo prese come un buon segno.

"Vuoi sapere come mai sono sveglia a quest'ora?"

"Sì," le rispose subito Baker. "Dovresti essere a dormire, ti fa male la testa?"

"No, la testa no. È il cuore," gli spiegò Carly, "è solo che *sapevo* che un mio amico si stava arrovellando per una colpa che non ha. Ne parlavo a Jag stasera, rifarei tutto daccapo se fosse necessario per arrivare dove sono arrivata. Lascia andare, Baker, ti prego. Nessuno ha perso la stima nei tuoi confronti solo perché non hai scoperto che era Gideon il complice di Shawn prima che mi rapisse. Né io, né Jag, né gli altri. Concediti un minimo di tregua, altrimenti perderò il sonno e mi verrà un complesso, diventerò paranoica e non riuscirò più a vivere bene, perderò il lavoro e diventerò un peso per la società."

Carly ci stava andando giù più pesante che poteva, ma per fortuna alla fine sentì Baker che ridacchiava.

"Ho capito, non sia mai."

"Dico sul serio. Mettiti tranquillo. È un ordine."

"Sissignora. Adesso che ne dici di riportare il culo a letto e riposarti? Immagino che la testa ti faccia ancora male e probabilmente non sarebbe una cattiva idea se prendessi un altro antidolorifico."

Carly fece una risata. "Va bene, solo se anche *tu* riporti il culo a letto e ti fai una dormita. Non è sicuro starsene in spiaggia a quest'ora di notte... o di mattina."

Baker fece un'altra risata. "Ecco, ma io sono un amante del surf, la spiaggia è come la mia seconda casa."

"Come vuoi, allora torna alla tua prima casa e vai a dormire," ribadì Carly.

"Va bene. Carly..."

"Sì?"

"Grazie."

"Prego."

"Ci sentiamo." Baker chiuse senza aggiungere altro.

Carly si alzò per seguire il consiglio di Baker, pronta a infilarsi di nuovo a letto con Jag, ma sussultò di sorpresa quando lo vide appoggiato alla parete, all'inizio del corridoio che portava alla camera da letto.

"Mi hai spaventata," gli disse.

"Baker?" le chiese Jag facendo un cenno del capo verso il telefono che Carly aveva appena posato sul tavolino da caffè.

Lei annuì.

"Sta bene?"

Carly fece spallucce. "Non lo so. Lo spero."

"Sta bene," le disse Jag con fermezza; poi le porse una mano.

Carly si avvicinò a lui e gliela prese, sospirando appagata quando lui la tirò a sé.

"Come mai sono stato tanto fortunato?" le mormorò tra i capelli. Non le lasciò il tempo di rispondere a quella domanda: la fece girare e la abbracciò, poi si avviò con lei al fianco verso la camera da letto. La fece sistemare sotto le coperte, poi lui andò in bagno. Ne tornò con una pillola in una mano e con un bicchier d'acqua nell'altra.

Carly non fu sorpresa di scoprire che Jag era sulla stessa lunghezza d'onda di Baker, almeno sugli antidolorifici. Prese la pillola senza brontolare, poi, quando Jag tornò a letto, si accoccolò di nuovo contro di lui.

"Ti amo," gli disse.

"Dovrei prendermela, perché sei uscita dal letto di soppiatto per telefonare a un altro uomo, ma è uno degli aspetti che amo tanto di te. Hai sempre la mente impegnata a preoccuparti per gli altri. Ti amo, angelo mio."

Carly sorrise. Pensava di essere uscita dalla camera senza averlo svegliato, invece avrebbe dovuto capirlo. Sospirò di gioia e chiuse gli occhi... e tornò a dormire in meno di un minuto.

EPILOGO

Jag osservava Carly che camminava lungo la spiaggia e rideva con Kenna e Lexie. Quella grigliata era proprio ciò di cui avevano tutti bisogno. Carly stava molto meglio, i tagli e i lividi erano ormai quasi tutti guariti. Sembrava aver superato meravigliosamente quell'esperienza orribile, mettendosela alle spalle molto prima degli altri della squadra.

Gli uomini faticavano a digerire il fatto di non essere riusciti a impedire ciò che era successo, e di non essere nemmeno riusciti a ritrovarla, dopo il rapimento. Carly invece, per com'era fatta, li aveva comunque ringraziati profusamente e fino a quel momento non mostrava alcun segno di stress post traumatico. Erano passati solo pochi giorni, ma Jag era ottimista.

Tornò a guardare il telefono e lesse di nuovo lo stesso articolo per la decima volta... glielo aveva inviato Baker di primo mattino, un link in una mail.

Non era lungo, appena un paragrafo, era tratto dall'edizione del giorno prima di un quotidiano locale, ma c'erano abbastanza informazioni per soddisfare Jag.

. . .

La concittadina Bridget Smith è stata arrestata oggi dalla polizia, che ha ricevuto una soffiata anonima; era proprietaria di un sito di pedopornografia. La polizia si è presentata a casa della signora Smith con un mandato di perquisizione e ci ha trovato un ragazzino di tredici anni, Adam Beaufort, scomparso dalla zona di Brooksfield oltre un anno fa. Era tenuto segregato contro la sua volontà nella cantina della signora Smith. Il ragazzo è tornato dalla famiglia e la signora Smith è stata accusata di rapimento, violenza e vari altri capi d'imputazione. Proseguono le indagini sulla scomparsa di altri due ragazzi, sembra che la signora Smith possa essere coinvolta. Domani pubblicheremo l'intera storia del ricongiungimento di Adam con la famiglia.

Carly sarebbe stata contentissima di sapere che Baker era andato fino in fondo alla promessa di farla pagare a Bridget per ciò che gli aveva fatto tanti anni prima. Era facile immaginare che la soffiata anonima provenisse da un SEAL non più in servizio attivo.

Da un lato, per lui fu un sollievo sapere che Bridget era stata arrestata, ma dall'altro si sentiva un po' in colpa per non averla denunciata anni prima. Forse, se avesse parlato, chissà quanti altri ragazzini non sarebbero diventati delle vittime.

"Ciao," gli disse Mustang avvicinandosi.

Jag fece del suo meglio per gettarsi alle spalle il passato una volta per tutte e si girò verso il suo caposquadra. "Ciao," gli rispose.

"Anche Carly se l'è presa come le altre, perché Baker oggi non si è presentato?"

"Un pochino," gli rispose Jag con un sorriso.

"Lui non è il tipo da grigliate," gli spiegò Mustang.

"Lo so, ma lo capisce anche Carly."

"Sì, anche Elodie. Ormai l'hanno quasi adottato."

Ridacchiarono entrambi. Il pensiero che qualcuno "adottasse" Baker era ridicolo.

"Arriva," disse Mustang con un filo di voce.

Jag alzò lo sguardo e vide Carly che si stava avvicinando. Era talmente bella che gli faceva mancare il fiato. Aveva i capelli biondi sciolti che svolazzavano nella brezza dell'oceano, un sorriso ampio e raggiante, che lui non avrebbe mai dato per scontato.

"La carne sarà pronta tra cinque minuti," disse Mustang, che poi annuì a Carly e girò i tacchi per tornare alle griglie, dove sua moglie stava preparando i suoi mitici hamburger... e tentava di evitare che gli altri glieli "rovinassero".

"Mi sembri felice," osservò Jag.

"Sono felice. È una giornata meravigliosa. Il sole splende, sto con le mie amiche e l'uomo che amo mi tiene gli occhi addosso. Che altro potrei desiderare?"

Jag non aveva programmato di fare quella mossa in quel frangente, ma non riuscì a trattenersi. "Che ne dici di un anello, per completare la proposta dell'altra sera?" le chiese, tirando fuori di tasca una scatolina.

Lei spalancò gli occhi fissando la scatolina. Jag la aprì per svelare lo smeraldo acquamarina circondato da diamantini, poi le prese la mano.

Carly rimase ferma impalata mentre lui le infilava l'anello di fidanzamento al dito.

"Respira, angelo mio," le disse Jag facendo una risatina.

Quel suono sembrò risvegliarla dalla trance in cui era caduta. Carly fece un grido di gioia e gli gettò le braccia al collo. "Non ho voglia di aspettare," le spiegò, "quindi sarebbe meglio se avvertissi Alani e le chiedessi una data che può andar bene."

"Va bene!" gli rispose Carly piena di gioia. "Oh, Jag, è bellissimo!" Tirò fuori la mano guardando in adorazione quell'anello.

"*Tu* sei bellissima, ti amo"

Carly lo abbracciò di nuovo. "Ti amo anch'io. Tantissimo!" Poi gli chiese: "Posso farlo vedere alle altre?"

Lui rise. "Ma certo. Vai, so che muori dalla voglia."

Carly si staccò da lui, lo baciò brevemente ma con molto trasporto, poi si girò e andò di corsa verso il gruppetto di amici e amiche nella zona delle griglie, dove gli altri stavano sbavando sugli hamburger di Elodie.

Jag rimase dov'era per un attimo, incamerando quel momento. Vedere Carly felice e piena di vita era un grande passo, che allontanava di molto tutti i pensieri negativi che lo tormentavano da sempre, fino a qualche tempo prima. Carly era circondata dagli altri uomini, che la abbracciavano e si congratulavano con lei. Anche loro erano sorridenti.

Quando Carly si voltò e lo invitò con un cenno, Jag non esitò. Incontrare Carly era la cosa più bella che gli fosse mai capitata; Jag avrebbe passato il resto della vita esattamente dove voleva... al fianco della donna che amava.

———

Ashlyn era in piedi vicino alle porte del palazzo in cui abitavano Aleck e Kenna; aspettava il taxi che le aveva chiamato Robert. Slate uscì dal palazzo e sembrò sorpreso di vederla.

"Ciao, cosa ci fai qui?" le chiese.

Ashlyn indicò il viale. "Aspetto il taxi."

"Perché non mi hai detto nulla? Posso portarti io a casa."

"Non preoccuparti, non volevo disturbare nessuno." Quel pomeriggio, Ashlyn era arrivata alla grigliata di gruppo in taxi perché non era sicura se avrebbe o meno bevuto alcolici e non voleva guidare dopo aver bevuto.

"Ti porto io a casa," le disse Slate con decisione, poi si girò per tornare dentro; probabilmente voleva avvertire Robert di disdire la chiamata del taxi.

Ashlyn sospirò per quella presa di posizione; più tempo passava con Slate e gli altri della squadra e più si accorgeva che erano tutti molto protettivi. Anche Slate era fatto in quel modo e non poteva farci nulla. Protestare non serviva a nulla.

Lo vide tornare e non poté non ammirare, per la milionesima volta, quanto fosse affascinante. Ormai era da un po' di tempo che gli aveva messo gli occhi addosso, per la precisione, dalla prima volta che l'aveva incontrato... nonostante con le amiche avesse sempre negato. Voleva credere che anche lui provasse un certo interesse, anche se, fino a quel momento, nessuno dei due aveva mai fatto una mossa per esporsi.

Senza dire una parola, Slate la prese sotto al gomito e la accompagnò nel parcheggio fino al suo Chevy Trailblazer. Appena la toccò, Ashlyn sentì un certo formicolio e non riuscì a smettere di sorridere nemmeno quando lui le aprì la portiera.

"A cosa devo questo sorriso?" le chiese Slate.

"Oh, nulla," gli rispose lei immediatamente.

Slate la fissò per un momento mentre Ashlyn si allacciava la cintura di sicurezza, poi le chiuse la portiera.

Il viaggio verso casa fu piacevole; per una volta non si lanciarono frecciate a vicenda. Quando Slate accostò nel parcheggio, tirò il freno a mano e spense il motore, poi si girò verso di lei. "Stavo pensando..."

"Pericoloso," lo interruppe Ashlyn stuzzicandolo.

Slate alzò gli occhi al cielo. "Ti va di uscire, qualche volta?"

Lei lo fissò a lungo sorpresa, aspettando che si mettesse a ridere o qualcosa del genere. Invece lui non rise, così gli chiese: "Sul serio?"

"Sì. Tanto passiamo sempre il tempo in compagnia. Tu mi piaci, anche se penso che *sì*, metti un po' troppo a rischio la tua sicurezza. Sì, lo so che fai attenzione quando consegni i pasti a domicilio, so anche che sei perfettamente in grado di badare a te stessa, ma io mi preoccupo lo stesso, perché al mondo ci sono tanti bastardi. Pensavo che magari potresti... insomma, sì... che ti andrebbe di uscire insieme. Senza gli altri."

Ashlyn fece un gran sorriso. "Sì."

A quel punto fu Slate a sorprendersi. "Davvero?"

"Sì, ma non voglio niente di serio," aggiunse rapidamente, "non pensare a delle scuse per farmi venire a vivere da te, e non pensare che mi innamori follemente. Uscire con te non mi dispiacerebbe e... sì, capiscimi, ma non sto cercando un rapporto, almeno non al momento."

"...*capiscimi?*" ripeté Slate.

Ashlyn sorrise raggiante. "Sesso! Amici con gli extra... questo tipo di cose."

Slate le restituì lo stesso sorriso. "A me va più che bene."

"Ottimo."

"Senti, è ancora presto," ragionò Slate, "ti va di venire da me a guardare un film, o qualcos'altro?"

"Possiamo salire da me," replicò Ashlyn, "ho anche Netflix."

"Film romantico, finale bollente?" commentò lui inarcando un sopracciglio.

Ashlyn sentì i capezzoli fremere. Era più che pronta a portarsi a letto Slate. Lo desiderava da un'eternità e le piaceva il sesso. Molto. Le mancava. Non le sarebbe dispiaciuto interrompere l'astinenza con un SEAL della Marina tanto figo. "Eh sì," gli rispose, con una voce più suadente di quanto si aspettasse.

Slate abbassò gli occhi per guardarle il corpo in un modo che a lei piacque tantissimo. Lui uscì dalla macchina e fece il giro. Quando anche lei saltò giù, lui le chiuse la portiera e le fu subito vicino, costringendola con la schiena contro il veicolo. Il metallo era ancora caldo per il sole della giornata.

Slate si abbassò su di lei e la baciò senza dire una parola.

Ashlyn gli portò le braccia intorno al collo e si aggrappò a lui, che la baciava sfogando la tensione sessuale sopita a cui giravano intorno da mesi.

Quando finalmente Slate si staccò da lei, Ashlyn si sentiva già bagnata tra le gambe.

"Niente di serio," le mormorò scrutandola.

"Niente di serio," gli fece eco lei.

Allora Slate le mise un braccio intorno alla vita e si incamminò con lei verso l'ingresso del palazzo.

Le amiche sarebbero impazzite, una volta scoperto che finalmente lei e Slate stavano dando sfogo all'attrazione reciproca. Probabilmente si sarebbero entusiasmate oltremodo, presumendo che si sarebbero sposati nel giro di una settimana o poco più, dato che erano tutte follemente innamorate dei rispettivi SEAL. Ashlyn però era più che soddisfatta di passare del tempo con lui. Lei era una donna pratica, Slate era troppo diverso, alla lunga non avrebbero funzionato, insieme... ma nel breve? Ashlyn era apertissima a uscire con lui quando volevano e a farci sesso.

Mentre Slate la precedeva sulle scale, Ashlyn non riusciva a togliersi dal volto un sorriso enorme.

**

Libro 6, *Trovare Ashlyn,* Prossimamente !

Also by Susan Stoker

Forze Speciali alle Hawaii
Trovare Elodie
Trovare Lexie
Trovare Kenna
Trovare Monica
Trovare Carly
Trovare Ashlyn (7 Feb 2023)
Trovare Jodelle

Ricerca e soccorso Eagle Point
In cerca di Lilly
In cerca di Elsie
In cerca di Bristol (15, Novembre)
In cerca di Caryn
In cerca di Finley
In cerca di Heather
In cerca di Khloe

Il Rifugio
Meritare Alaska
Meritare Henley
Meritare Reese
Meritare Cora
Meritare Lara
Meritare Maisy
Meritare Ryleigh

Armi & Amori: verso il futuro
Soccorrere Caite
Soccorrere Brenae
Soccorrere Sidney

Soccorrere Piper
Soccorrere Zoey
Soccorrere Avery (1 Sept)
Soccorrere Kalee
Soccorrere Jane

Mercenari di Montagna

Difendere Allye
Difendere Chloe
Difendere Morgan
Difendere Harlow
Difendere Everly
Difendere Zara
Difendere Raven

Delta Force Heroes

Salvare Rayne
Salvare Emily
Salvare Harley
Il Matrimonio di Emily
Salvare Kassie
Salvare Bryn
Salvare Casey
Salvare Sadie
Salvare Wendy
Salvare Mary
Salvare Macie
Salvare Annie

Armi e Amori

Proteggere Caroline
Proteggere Alabama
Proteggere Fiona
Il Matrimonio di Caroline

Proteggere Summer
Proteggere Cheyenne
Proteggere Jessyka
Proteggere Julie
Proteggere Melody
Proteggere il Futuro
Proteggere Kiera
Proteggere i figli di Alabama
Proteggere Dakota

Ace Security
Il riscatto di Grace
Il riscatto di Alexis
Il riscatto di Bailey
Il riscatto di Felicity
Il riscatto di Sarah

Una raccolta di storie brevi
Un momento nel tempo

BIOGRAFIA

L'autrice

Susan Stoker è annoverata da *New York Times*, *USA Today* e *Wall Street Journal* quale scrittrice di successo, le cui collane di libri includono Badge of Honor: Texas Heroes, SEAL of Protection e Delta Force Heroes. Sposata con un sottufficiale dell'esercito in pensione, Stoker ha vissuto in ogni dove negli Stati Uniti - dal Missouri alla California e al Colorado - e attualmente vive sotto i grandi cieli del Texas. Quale vera sostenitrice del "vissero felici e contenti", Stoker ama scrivere romanzi in cui una relazione romantica si trasforma in amore.

Per ulteriori informazioni sull'autrice e il suo lavoro, visita il sito web www.stokeraces.com